講談社文庫

原罪の庭

建築探偵桜井京介の事件簿

篠田真由美

講談社

原罪の庭——目次

登場人物表（一九八九年現在）

美《み》　杜《もり》　晃《あきら》（故人）――資産家、一九七五年病没
美《み》杜《もり》みすず（故人）――晃の妻、一九八六年薬師寺家事件で落命
薬《やく》　師《し》　寺《じ》　静《しずか》（故人）――病院長、一九八六年薬師寺家事件で落命
薬《やく》師《し》寺《じ》みちる（故人）――美杜晃とみすずの次女、静の妻、一九八六年薬師寺家事件で落命
深《しん》　堂《どう》　華《か》　乃《の》（故人）――静の前妻の連れ子、一九八六年薬師寺家事件で落命
園《その》　梨《り》　々《り》　都《と》――薬師寺静の愛人と見られる素性不明の女
美《み》杜《もり》かおる（32）――美杜晃とみすずの長女
薬《やく》師《し》寺《じ》香《か》澄《ずみ》（10）――薬師寺静とみちるの息子
門《もん》　野《の》　貴《たか》　邦《くに》（67）――美杜晃と旧知の実業家
渡《わた》　部《べ》　晶《あき》　江《え》（29）――ルポライター
神《かみ》　代《しろ》　宗《そう》（44）――W大学文学部教授
桜《さくら》　井《い》　京《きょう》　介《すけ》（20）――W大学第一文学部二年生

英国王立キュー・ガーデンにあるパーム・ハウス
(英国政府観光庁写真提供)

プロローグ——約束

I

薄墨色《うすずみいろ》の暗がりを背景にして、ほの白い顔が浮かんでいる。

顔といっても、くせのない前髪が長く垂れかかってそのほとんどを覆い隠し、見えるのは絖《ぬめ》のようにすべらかな細い顎《あご》と、きつく結ばれた口元だけだ。

暗くぼやけた世界の中で、それ自体が淡い光を放っているかのように鮮明な像を結んでいる、顔。

その映像はいまでもときおり、ぽっかりと一枚の絵のようにぼくの中に浮かんでくる。

もっと以前は、ぼくがどうしようもない不安に襲われたり、ひどく孤独な気分で落ちこんでしまったり、とにかくどんな理由があるにしろないにしろめちゃくちゃになりかけたときこそ、頻繁《ひんぱん》に現われてきたものだった。

あのころはそれだけが支えだった。なにより大切なお守りだった。ぼくはその映像に全身ですがりついて、自分がどこかへ行ってしまいそうな最悪の状態のどん底で、一秒一秒のろのろと過ぎていく時間をひたすら我慢して待つのだ。どんなに辛くともそれは永遠には続かないこと、いまを耐えることさえできれば朝が来てまた新しい一日が始まることを、ぼくはもう信じることができたから。

でもいまは、それほどひどい気分に摑《つか》まえられることもめったになくなった。部屋の明かりを消してひとり眠りに落ちる前の闇の中で、自分が過ごしてきたあの時期のことを思い返すのも、わりと平気でできるようになった。

ぼくは思い出す。繰り返し。幾度でも。自分が過ごさざるを得なかった子供時代を。それが疾《と》うに遠い過去であることを、ぼくはもうその記憶にも脅かされないことを、自分自身に確かめるために。

それでも——

ぼくはぼくの大切なお守りを、忘れてしまったわけじゃない。

かえってその映像は、なんだか自分がとても幸せに思えるとき、たとえば、少しずつ夕暮れが近づいてくる晴れた秋の日の街角に立って、移ろっていく茜雲《あかねぐも》の色を眺めながら、もうすぐ現われるだろう約束の相手を待っているような、そんなとき、とてもあざやかに心に浮かんでくる。

あの、顔。

気がついたときそれは、もやもやと曖昧《あいまい》な薄墨色の、二度と明るくも鮮明にもならなそうな気味悪い混沌《こんとん》とした薄明《はくめい》の世界のただ中から、まっすぐにこちらへ向けられていた。

顔だけが宙に浮かんでいるようだったのは、黒の詰《つ》め襟《えり》を着ていたためでしかなかったのだろうけれど、奇妙だった。どうして、まるでつぶてを当てられたように、その顔が、その顔だけがぼくに見えてしまったのか。

だってそのときのぼくは、自分を取り巻く世界のなにひとつ、見ることも感じることもなくなっていたはずだったから。

ぼくは人のかたちをした石っころだった。

石っころはなにも見ないし感じない。血を流すことも泣くこともない。痛みも覚えないし、悲しいことも辛いことも淋しいこともない。

——コノ子ハ心ノ扉ヲ閉ザシテ、ソノ向ウニ逃レテシマッテイル。我々人間ノ世界ヲ忌避《キヒ》シテ。

ぼくのことを指してそういった大人の声を、聞いた気がする。意味はわからなかったが。

——モシモコノ子ヲ治療シヨウトイウナラ、マズ彼ガ閉ジコモッタ彼岸《ヒガン》カラ、人間ノ世界へ連レ戻サネバナラナイ。

——ダガ果タシテソレガ、彼ニトッテ幸セトイエルダロウカ。

──彼ガスベテヲ正気デ行ッタノダトシテモ、罪ニ問ワレルコトハナイ。十四歳未満ノ少年ニ、刑事的責任能力ハナイノダカラ。

──ダガオソラク彼ハ、ナニモ理解シテハイナイ。

──イッソ、ソノ方ガ幸セデハナイカ。

──幸セダ。タトエ治療ガ成功シタトシテモ、ワズカ七歳デ自分ノ両親タチヲ、アンナ目ニ遭ワセタ人間ニコノ先、ドンナ生キ方ガデキルト思ウ。

──待ッテ下サイ、コノ子ハ、ソンナ。

──シカシ彼以外ノ誰ニデキマシタ、アレヲ……


人の声は絶えずあたりを、轟々《ごうごう》とうなりながら流れている。でもそれはぼくには、窓の外で鳴る風の響きほどの意味も持たない。

視線はひっきりなしにぼくに向けられ、ほとんど舐《な》めるようにぼくの全身を探り回っている。けれどそんなもの、ぼくはもうなにも感じない。

ぼくは平気だ。このまま何十年、死ぬまでだって黙ってひとりで立っていられる。だってぼくは人間ではないのだから。

なのにどうしてあの顔だけは、こうもはっきりとぼくの目に映るのだろう。なにが起ころうとしているのだろう。

そのときわずかな風が彼の髪を吹き散らし、ぼくは彼の目を見た。彼もまたぼくを見ていた。

その顔が、目が、どんなふうに見えたか。説明を求めることはしないで欲しい。この世にはどうしても、ことばには変換できない映像というものがあるのだ。これ以上ないくらいはっきりと、見えてはいるのに。

相手が男か女か、若者か老人か、美しいか醜いか、そんなことさえ思いもよらなかった。もしかしたらそれは、人間ですらないのかもしれなかった。石っころになってしまったぼくとは違った意味で、人間以外のなにかなのかも。

だがそんなことがなんの問題だろう。その視線はひとすじの矢となってぼくの眼を貫《つらぬ》き、脳に突き刺さったのだ。真っ直ぐに、嫌悪も哀れみもなく、ただ見つめている澄んだふたつの目――

体が震えていた。

恐ろしかった。

なにが。その顔が？　目が？

わからない。

ただものすごく恐かった。

そのときのぼくはもう、どんな恐怖も感じなくなっていたはずなのに。

体の震えに引きずられるようにして視線を足元に落とし、ためていた息を吐き出した。それまで固く呼吸を止めていた、それさえ気づいていなかった。

あの目を見てはいけない。ぼくは思い、けれど同時に同じほどの強さで、あの目を欲していた。

ぼくは変化を恐れ、同時になによりもそれを望んでいた。

でも、そんな自分の思いがわかったのもずっと後のことだ。

時間にしてそれは、いったいどれほどの間だったのだろう。ぼくたちの視線が出会って、ぼくの方からそらしてしまうまで。

もう一度恐る恐る顔を上げてみたときには、その不思議な顔は視界から消え失せていた。

そしてぼくはふたたび、理解不能のノイズに満ちた冷たい世界の中に、ひとりきりで放り出されているのだった。


一九八六年十一月九日。

それはぼくの八回目の誕生日であったはずの日。

ぼくの両親だという男女ふたりと、母方の祖母の葬儀の日。

ぼくが幼い、気の狂《ふ》れた猟奇殺人者として、無数の人間の好奇の視線に晒《さら》された日。

そして、桜井京介《さくらいきょうすけ》と初めて出会った日だ。

後にして思えばあれは、ひとつの約束だった。彼からぼくへ投げかけられた、そしてぼくが受け止めた。

けれど、その後のぼくの人生にとって、一口ではいいきれないほど大きな意味を持つことになる彼の名前が、その役割を果たしはじめるためには、もう三年近い年月が必要だった。

II

僕の魂の底には
小さな硝子《ガラス》の柩《ひつぎ》が埋まっている
中に封じてあるのは
僕が犯した罪
僕が殺したもののむくろ
そして僕自身
だから僕の魂は
いつも暗く冷たい
僕は――ヒトゴロシ
誰にもいえない秘密のために
僕の魂は
いつまでも暗く冷たい

追憶の楽園

1

一九八九年五月十五日。

午後の空は良く晴れて、初夏と呼ぶにふさわしいさわやかさだったが、W大学文学部教授神代宗《かみしろそう》の精神状態は良好とはいい難かった。頭の上に晴れない雲がかかっているように、というよりも彼の意識にのぼった表現に従えば、

(タクワン石でものっかってるみてえに……)

気懸《きが》かりなことがそこから離れない。なにをそれほど気にかけているのかといえば、他人に聞かれてもいちいち説明するつもりはないが、彼の教え子、W大文学部二年の桜井京介のことなのだ。神代の見るところ、いまの京介は普通ではなかった。ただちに精神科の医者が必要かどうかまでは、決められないにしろ。

しかし神代が不機嫌だったのは、そのことのためだけではなかった。断るに断れない義理で呼び出されて、地下鉄を下りたところが表参道《おもてさんどう》。大学教授などという職を持つ身ではあるが、今風の流行りものには興味も知識もなく、学生よりさらに若い娘たちの声高なさえずりに取り囲まれると、背中のあたりがむずがゆくてどうにもならない。

第一ウィークデイの昼間だというのに、これだけの若者がどこから湧《わ》いてくるのか。品行方正とはお世辞にもいえなかった昔の自分は脇に退けて、おまえらなにしてやがる、その歳で学生じゃないのか、とでも怒鳴ってやりたくなる。無論そんなのは考えるだけだが、かん高い嬌声に頭痛がすることに変わりはない。原宿駅《はらじゅく》から続いているのだろう雑踏《ざっとう》をようやく抜けて約束の場所にたどりついても、神代の機嫌は直らなかった。

南青山《みなみあおやま》の裏通りだ。小さいながらしゃれた造りの六階建てビルの最上階で、エレベーターが開いた途端シャネル・スーツを隙《すき》なく着こなした薄化粧の美人秘書が、うやうやしく出迎えて奥への扉を開く。主人の趣味に違いない、秘書にしてはいささか見事すぎる脚のラインを目で追いながら、

（なんでえ、俗物め……）

腹の中で吐き捨てた神代だったが——

「これは神代君。すっかり御無沙汰《ごぶさた》してしまったが、元気そうでなによりだ。いや、これからは神代教授とお呼びするべきだろうね」

いいながら立ち上がって握手の手を差し伸べてきた門野《もんの》貴邦《たかくに》の声は、六十代半ばの年齢をまったく感じさせない、記憶にあるとおりの豊かなバリトンだった。こちらから口を切ろうと思っていたのに、あっさり機先を制されてしまった。神代は内心苦笑しながら、その手を握り返すよりない。

「とんでもありませんよ、門野さん。いろいろお世話になりながら、私の方こそ長いこと失礼してしまって」

握手の手は離さぬまま、見上げる門野の目がにわかに皮肉っぽく輝いた。

「ふふっ、神代君。しばらく会わない内に、ずいぶんとネコをかぶるのが上手になったものじゃないか。その調子その調子。それで地金《じがね》さえ出さなければ、君の研究室は女子大生で溢《あふ》れ返《かえ》るぞ」

自分こそあんな秘書を雇っておいて、なにをいうのかと思う。だが神代がそう答えると相手は、大口を開けてからからと笑ってみせた。

「どんな美女をそばに置いても、年寄りには壁の花と同じさ。だがまあどうせ壁の花なら、見てくれは良い方がいい、ということだな。それにな」

彼はわざとらしく声を低めた。

「彼女はあれでなかなか有能なんだ。単なる秘書として以上に」

「はあ」

「日本刀を構えたやくざの二、三人なら、素手で撃退してくれるよ。ん、冗談だと思っとるのかね?」

「いえ、それで安心しました」

神代宗が門野貴邦を見知ったのは、彼がまだ二十五歳の大学院生だった頃のことだ。数えれば十九年前、ということになる。彼の本業がなんなのか、実のところ神代は正確なことを知らない。かなりの数の、それも多様な業種の企業の重役を務め、財界官界政界にも広く顔が利く。いえるのはせいぜいそれだけだ。

いま訪ねているのは青山だがたまに顔を合わせても、名刺の肩書きや住所はそのたびごとに変わっている。初めて会った、つまり門野が四十代後半の壮年の当時から、変わらないのはプロのオペラ歌手かと思えるようなよく響く美声と、人をそらさずに自分の望む方へ連れていく会話の巧みさと、顔つきの際立った、端的にいってしまえば醜さだった。

ずんぐりと腹の前に突き出た百六十にも達さぬだろう短軀《たんく》の上に、いささか大きすぎる頭が載っている。というかその頭の大きさのせいで、なおさら背が低く見えるのだ。四十代から半白だった固そうな乱れ髪が、いまはすっかり薄くなって退いて、てらてらと脂ひかる赤黒い額がそのまま頭蓋《ずがい》に続いている。眉、頰、鼻先、顎は高く突き出し、目は落《お》ち窪《くぼ》んでいながらやけに丸くて大きい。いわゆる金壺眼《かなつぼまなこ》というやつだ。

『鎌倉期の仁王像のような顔さ。漆《うるし》をかけて玉眼《ぎょくがん》を入れた、な』彼の顔かたちを説明するのに、ある東洋美術の教授が使用したレトリックに付け加えるものはない。ただし仁王の憤怒《ふんぬ》相《そう》の代わりに、たいていのときはいささか皮肉めいてはいても機嫌のよい、陽気な微笑が顔を覆っている。

その表情のためもあるだろう。個々の要素を数え上げれば醜いか、あるいは滑稽《こっけい》かとしか思えない顔を、生きた門野の放つ雰囲気とともに目の当たりにすると、不快などころか不思議に魅力的で心引かれる個性と感じられてしまう。かつての自分を一驚させたそのマジックがいまなお健在なことを、神代は改めて思い知らされていた。

「電話でなしに君と顔を合わせるのは、これで確か五年ぶりだな。無理をいって来てもらって悪かった。頼みごとならば私の方から足を運ぶべきなのは、百も承知なのだがな」

「ほかならぬ門野さんからのお話ですから」

若いときに見知った相手というのは、こちらがいくつになっても位負けの気分から抜けられないものらしい。役者が違うと認めるのは癪《しゃく》だが、事実なのだからしかたあるまい。

――で、御用とは？　と問い返すより一瞬早く、

「そういってもらえると、私の方もいくらか気が楽になるよ。しかしまあ、久しぶりに会えたのだ。まずは軽く飲《や》るとしようじゃないか。――君はこの時間ならブランデー・サワー、それもコニャックじゃなくマールがお好みだったな？」

「よくもまあ、そんなことまで覚えていらっしゃいますね」

秘書を呼びつけるのではなく、彼自らが飲み物の支度《したく》をしようというのらしい。フロアの一角にしつらえられたバー・カウンターへ気軽に足を運ぶ門野の背中を、神代は半ばあきれた顔で眺めやった。彼の前でマールを飲んだのは一度きり、それも五年どころか軽く十年は前のことだったはずだが、そういえば初めて会ったときもこの男はタキシードの袖《そで》を肘《ひじ》までまくりあげて、いとも楽しげにシェーカーを振っていたのではなかったか。

バーテンと客よろしく大理石張りのカウンターを挟《はさ》んで、神代はブランデー・サワー、門野はフリーザーで冷やしたズブロッカのストレートで乾杯する。それから極《ごく》さりげなく、という感じで門野は切り出した。

「頼みというのは私が昔から関わりのある、さるご婦人の力になってもらいたいということでね。しかし私はこの歳で野暮用《やぼよう》ばかり多くて、なかなか時間が取れない。なにも君が暇《ひま》で困っているというつもりではないんだが——」

冗談じゃねえや、と神代は思う。暇で困るどころか昨年教授になったばかり、つまり一番下っぱの自分は、わけのわからない学内政治やら雑用やらに引き回されて、毎日が飛ぶように過ぎていく有様《ありさま》だ。W大は母校だから知人は少なくないが、助手講師助教授と学部内の地位を順に上がってきた同僚連中と、ほとんどをイタリアの大学や研究機関で過ごしてきた神代とでは価値観からして違ってしまっている。

こんなことならなにも日本に戻らなくとも、長年暮した向うで研究職にでもつくのだったと後悔してもいまさら遅い。おまけに彼にはいまもうひとつ気懸かりな、頭に乗っかったタクワン石がある。

しかし神代の顔に浮かんだ表情を、見落すような門野ではない。さらにいうならば、その程度の予測が彼につかなかったわけもない。酒焼けした異相をいかにも好々爺《こうこうや》然とした笑みでやわらげて、

「ああ、誤解してもらっては困るよ。ご婦人といっても私とわりない仲のとか、そういうのじゃあない。いまは亡き友人の残した娘さんでね、三十二歳独身、といっても二十代の半ばにしか見えない、それは美しい女性だ。君は確か四十四で、いまのところ独り身だったな」

「門野さん──」

「いや、すまんすまん。からかうつもりじゃなかったんだ。正直にいうとしよう。君の助力を仰ごうと思ったのは、君もその女性とはまんざら縁がなかったわけではないからさ。覚えていてくれるといいんだが、我々が初めて出会ったあの日に、君は彼女とも会っているわけだ。私の友人とその妻君とふたりの間に生まれた娘たち。つまり私が話題にしている当の女性と、その妹にね」

それが門野の手だと承知はしているものの、神代は一瞬狐《きつね》につままれた顔になった。それからようやく、相手がほのめかしていることが見えてくる。

「するとあなたがいっておられるのは、美杜《みもり》邸のパーティのときのことなんですね？　つまり亡くなられた友人というのは美杜晃《あきら》氏――」

「まさにそれだよ、神代君。晃が死んだのは確か君がイタリアに留学中のことだったが、その後あの一家を見舞った状況について、まさかなにひとつ知らないということはないだろう？」

神代は、手にしていたグラスをゆっくりとカウンターに戻して門野の顔を見返した。相手は逆に口元を隠すかのように、シングル・グラスを持ち上げながらこちらへ目を向ける。きろきろとおどけたようにひかる金壺眼の中にどんな本音が隠れているのか、悔しいがうまく読み取れたことはこれまで一度もない。

どうして忘れるものか。初めて出会ったときも彼は、学生時代からの親友だという美杜晃をさして、若い神代が仰天するようなことをさらりといってのけたものだった。

――人間が物質的に望むものを、彼はすべて生まれながらに持っている。父祖の名声、彼らから受け継いだ豊かな資産、いまとなってはいくら金を積んでも買えない美術品、健康で容姿優れた肉体、美しい妻と娘たち。君は彼が幸せだと思うかね？

神代は無論思うと答えた。お世辞のつもりはなかった。そうした世俗的なプラス要素を、無意味だと切り捨てるほど自分は青くないと思ったからだ。だが門野は笑みを浮かべたまま、その大きな頭を左右に振った。

——君のような若者が、あれしきの輝きで目を曇らされては困るな。私なら絶対に、彼と代わりたいとは思わんね。もしもこの醜い道化のような体ごと、入れ替えてくれるといわれてもだ。

門野は毛のはえた短い指で、自分の胸をさしてみせた。

——あいつは金のさじをくわえて生まれてきた、褐色《かっしょく》のアポロかもしれん。だがその体の内に詰まっているのはなんの価値もないガラクタだ。やつは自分ではなにもできない。なにひとつ生み出せない。祖先のように政治家として権力の中枢に触れることも、祖父のように自らの美意識でひとつの世界を築き上げることも、父親のようにそんなものを軽蔑してひたすら事業の拡大と資産の蓄積に奔走《ほんそう》することも、なにも、だ。

気の毒なのはやつ自身、そのことを嫌というほど承知していることさ。残されているのは与えられたものを享受《きょうじゅ》し、消費することだけ。だが人間は生まれる前から与えられた役割を、容易に放り出すことはできんのだ。いくら光輝く楽園に住んでいるからといって、そんな男が幸せなわけがあるかね?

2

細かな泡の立ち上っては消えていくグラスに目を当てたまま、神代は回想する。

十九年前、ただ一度足を踏み入れた東京白金《しろがね》の美杜邸。それは確かに楽園と呼ぶにふさわしい、まばゆくも壮麗《そうれい》な大邸宅だった。

緑の芝生の上に屹立《きつりつ》する土色タイルの外壁。傾斜のきつい天然スレート葺《ぶ》きの屋根には煙突が高くそびえ、頭の平たいチューダー・アーチを連ねた窓、多角形に張り出したベランダ。花壇では咲き残りの薔薇《ばら》が赤い花弁をこぼし、ビロードの絨毯《じゅうたん》を思わせる芝の上には木立の影が踊っていた。

美杜家は戦前からの資産家で、先々代の当主美杜雪雄《ゆきお》は具眼《ぐがん》の西洋美術収集家としても知られていた。彼が欧州で買い集めたコレクションを収めるために、昭和初期に建てられたのが、チューダー・ゴシック・スタイルのこの館だという。当時の神代はW大文学部の大学院で、西洋美術史研究者を志していた。美術展に貸し出されたことも、画集に収録されたことも一度もないという秘蔵の品を一目見たいと、招待を受けた指導教授に頼みこんで半ば無理やりついていったのだったが。

季節は確か秋の初め。午後の軽いカクテル・パーティと聞かされていたのが、来てみれば広壮な屋敷は学生の身には気後れせずにはおれない、きらびやかな賑《にぎわ》いに包まれていた。邸宅を建てた雪雄からは孫に当たる、当主の美杜晃はそのとき四十六歳。褐色に日焼けした逞《たくま》しい体に白麻のスーツを着こなした、映画俳優といってもとおりそうな美丈夫《びじょうふ》で、華やかな空気をあたりに振りまいている。

夫人のみすずはそれとはまったく対照的に、絽《ろ》の着物に装うひっそりとした美女だ。髪を縦ロールにしてそろいのドレスで着飾った娘ふたりもともに、古風な館の住人にはふさわしい堂々たる一家が、名の知られた美術評論家や学者連中に取り囲まれている。

神代の目的は絵を見ることだから、一応の挨拶を済ませてあとはひたすらコレクションのギャラリーで時間を忘れていたが、そろそろ帰らせてもらおうかと見回すと教授の姿が見えない。客たちはそれぞれ飲み物を手に、三々五々《さんさんごご》上品な会話を楽しんでいる。無理をいってついてきた手前教授に無断で引き上げるわけにもいくまいが、そうした人々に尋ねかけるのはいささか気が引けて、だが教授の姿はどこにもない。

探しあぐねて広い庭に出ると、青々とした芝生の向うにガラスのドームが、秋の陽射しを浴びてまばゆく輝いている。白く塗られた鋳鉄《ちゅうてつ》の骨組みに、ガラスを張った温室だった。その中で神代はラタンの寝椅子にいい機嫌で眠りこけた我が指導教授と、これまた鼻を茜色に染めてなおグラスを重ねている門野貴邦を見つけたのだ。

ガラスの円天井からほしいままに光が降りそそぎ、豊富な緑に埋められた温室の中、ソファにだらしなく寝そべったままベストの前をくつろげ、酒神の従者シレヌスよろしくワイングラスを高々とかかげた男。主屋《おもや》で見かけたときはやけに騒がしい酒係だと思い、あれが美杜氏の友人で資産の管理もまかされているという男だと教授に教えられ、あわてて顔を見直したものだったが。

神代の視線を捕えるなり、彼はいとも陽気な声でいったのだった。

——やあ、ようこそ楽園へ。


「美杜コレクションか」

門野のつぶやきに、神代は十九年後の現在へと引き戻される。水滴をまとったグラスの中の薄緑の酒に視線を当てたまま、彼はひとりごとのようなことばを続けた。

「もはやあれだけの美術品が、個人の元に集められることはあるまいな」

それは神代も心から同感だった。

「殊にベルギー幻想派の収集が見事でした。ジャン・デルヴィル、コンスタン・モンタルド、ポール・デルボー、アントワーヌ・ウィールツ、フェルナン・クノップフ。私はまだ海外に出たことがありませんでしたから、どの画家についてもオリジナルを見られたのはあれが最初でした」

「美杜雪雄と彼の息子の芳雄《よしお》は、我が国では稀な真の意味の蒐集家だった。世間的な評価に先駆けてその価値を発見したからこそ、あれだけのコレクションが可能だったのだ」

「あの絵は、いまはすべて？」

主人の死とともに売却散逸《さんいつ》したということは、風の便りに耳にしていた。門野は大きな頭をうなずかせる。

「あの美杜晃が、五十一歳の若さで死ぬとは私にしても夢にも思わなかったからな。相続税対策などほとんどしていなかった。みすず夫人のときはさすがにそれなりの準備もしてあったが、やはり突然は突然だった。私もいろいろ手は尽くしたんだが、かおるさんがどうしても白金の屋敷は手放さないといい張るのでね、美術品に関してはほぼすべて処分せざるを得なかったよ」

「かおるさんというのは、確か上のお嬢さんでしたか？」

「ああ。君が見たときは十二か三の、アンティック・ドールのような美少女だったろう。あの頃はそうは見えなかったが、顔立ちも雰囲気も最近すっかり母親に似てきた」

「門野さんがさっきいわれた『ご婦人』というのは、その美杜かおるさんなんですね」

「そういうことだ。君もまんざら無縁なわけでないことは、これで納得してもらえたかな」

「まあ——」

神代はあまり浮かない顔でうなずいた。確かに無縁でないといわれればそうかもしれないが、二昔も前に、会ったというより顔を見たとしかいいようのない相手だ。いま引き合わされたところで向うが神代のことなど覚えていないのはもちろんのこと、十三歳がいま三十二歳ではこちらにしても見分けることはできないだろう。

「彼女は現在も、あの白金の邸宅に住んでいるのですか？」

「いやまさか、神代君」

門野は軽く肩をすくめた。

「いくら生まれ育った家だからといって、あんな事件が起きた後で住み続ける気はしないのじゃないかね」

「あんな事件——」

「おいおい、なにもそうとぼけてみせることはないだろう。たった三年前のことだ。まさか忘れたというわけじゃあるまい？　それとも君たち象牙《ぞうげ》の塔の住人というのは、新聞の社会面なんて俗なものは読みもしないのかね」

からかい口調で畳《たた》みかける門野に、今度は神代が肩をすくめる番だった。

「忘れてはいません。あの家で殺人があったのでしたね。美杜氏の未亡人と、他にも何人かが遺体で発見された。そして確か犯人はまだ捕まっていない。そういうことでしょう」

ていねいに説明してやる気もしないが、輝額荘《きがくそう》事件の記憶もいまだ生々しい彼としては、興味本位に殺人を話題にするなどまっぴらという気分だった。ましてその被害者たちと自分が、一度でも会ったことがあるならなおさらだ。

「正確にいうなら遺体で見つかったのは、美杜みすず、次女のみちる、彼女の夫だった薬師《やくし》寺静《じしずか》、そして薬師寺の死別した前妻の連れ子、つまり彼と血の繋《つな》がりはない深堂華乃《しんどうかの》という娘の四人だ。——いや、より正確にいうなら、その四人と推定される遺体というべきかもしれないな」

門野は気を持たせるようにことばをとぎらせた。なんとも見えすいた手だと、神代は内心苦笑をもらす。ミステリ好きの学生でも相手にしているならいざ知らず、こちらにはそんな趣味はない。しかし押しつけられようとしている面倒事はどうかして穏便《おんびん》に断るとして、気の進まぬ話題にもあと少しはつきあわぬわけにもいくまい。

「被害者は明確ではない、というのですか？」

「君はほんとうに、あの薬師寺家殺人事件に関する週刊誌やテレビのたぐいは見なかったらしいな」

「覗き趣味はありませんのでね」

「事件が起こったのは夏のさ中だ。使用人たちは盆の休みを取り、一家の者も避暑に行くはずだった。だから遺体を発見したのは休みが終わって出てきた庭師だか家政婦だかで、それはかなり、その、損傷していたわけだ。──しかもまあ、それだけではなくてな」

今度は神代は相槌《あいづち》も打たなかった。そして、門野は続けた。

「──かおるさんは当時、白金の家に住んではいなかった。彼女は数年前からパリで暮していた。しかし家族はもうひとりいた。薬師寺夫妻のひとり息子の、香澄《かずみ》という名の少年だ。当時七歳。彼は脱水症状を起こしてひどく衰弱して、しかし無傷で発見された。当然犯人を目撃しているものと期待されたわけだが、そうはいかなかった」

神代の反応を確かめるようにちらっと視線をよこした門野は、

「体が衰弱から回復しても、薬師寺香澄は警察の質問に答えることはなかったんだ。器質的な欠陥はまったくないにもかかわらず、彼は口をきかない。あるいはきけない。それ以外のどんな反応も返さない。いくら話しかけてみても、聞こえているのかいないのか、視線すら合わせようとはしないのだ。というわけで彼がそのときなにを見、どんな経験をしたのか、我々は知るすべがないままなのさ。三年後の現在にいたるまで」

「自閉症児のように、ということですか」

「専門家の言によれば自閉症本来の定義とは必ずしも重ならないようだが、我々素人にもわかりやすい表現を使えば、まあそういうことだ」

「治療は、されているんですか？」

「いや——」

「していないんですか」

「まあ、いまのところはな」

「なぜですか」

思わず聞き返していた。

「事件の直後ならショックのために、そういう状態に陥ることもあるかもしれません。だが三年経っても症状が変わらないというなら、他にも原因があるかもしれないじゃないですか。どうして放置しておくんです？　わかりませんね」

「放置していたわけではないのだよ」

答えた門野の口調は、しかしどこかいいわけじみて神代の耳に響く。

「しばらくはいろいろな治療の試みがなされた。だが結果はまったく思わしくなかった。どんな医師もセラピストも、香澄を怯《おび》えさせ状態を悪化させるようにしか見えなかったのだ。いわれていることが理解できないのではない証拠に、繰り返し事件のことを尋ねられたりすると、恐慌《きょうこう》状態に陥ってしまったりもしたらしい。

いまはかおるさんが手元に置いて、実の息子のように大切に世話している。相変わらずものはいわないが様子も大分落ち着いてきて、食べたり着替えたり、日常のことは一通り自分でできるようになったそうだ。どんな専門家の治療よりも、そういう女性のやさしさの方が傷つけられた子供には薬なのじゃないかね」

「それはそうかもしれませんが」

神代はかぶりを振った。納得できない思いは変わらない。心の病気も病気のひとつには違いないのだから。その少年が両親の残酷な死を目撃させられた衝撃から心を病んでいるなら、やさしさだけで癒《いや》されるとは限らない。

「しかし問題は、それだけではないんだ」

かさり、と乾いた音がして、グラスの脇に畳んだ紙束が置かれた。週刊誌をコピーしたものらしい。見覚えのある美杜邸と温室の、粒子の粗《あら》い写真。

そして大きな書き文字のタイトルが、見開きのページいっぱいに走っている。

『豪邸大量殺人事件に戦慄《せんりつ》の真相！』

『そのときなにが起こったか――』

『いたいけな少年の身内にひそむ悪魔』

『両親を殺しさらに遺体を切り刻む、その憎悪はどこから⁉』

「なんですか、これは」

あっけに取られる思いで尋ねる。

「まさかその七歳の子供が犯人だとでも？」

門野はすぐには答えず、カウンターの上にコピーを広げていく。二、三誌分はありそうだ。掲載されている写真はどれも似たりよったりで、つけられている見出しも大同小異《だいどうしょうい》、つまり俗悪で煽情的《せんじょうてき》としかいいようのないものだった。

「葬儀の直前にこんな記事が出たのさ。どうも元はひとつらしい。相当数の新聞や雑誌編集部に、写真をそえた文章が匿名で送りつけられたようだ。誰の仕業《しわざ》か見当もつかないが、あるいは生前の美杜に怨《うら》みでもあるやつかもしらん。おかげでテレビ局までやってきて、葬式はひどい騒ぎだったよ」

読めというように紙が押し出されてきたが、神代は手を触れる気にもならない。目を逸らしたまま指先で押し返して、

「しかしこんな記事、馬鹿げた中傷以外のなにものでもないじゃありませんか。そりゃあ以前に頭の煮詰まった受験生が、バットで両親を殴り殺したなんて事件もありましたがね。たった七歳じゃ家庭内暴力に走る歳でもない。どんな理由があってそんな子供が、自分の親を殺したりするんです」

「だがそう思わなかった人間はいる。マスコミだけでなく、警察の中にもな」

「警察も、ですか？」

馬鹿馬鹿しい。神代は思った。思っただけで顔に血が昇る気がした。なにとち狂ってやがるんだ。三年経っても犯人を上げられない、てめえらの無能は棚に上げやがって！

だが門野の表情はむしろ沈痛だった。

「しかし神代君、警察の側にもいい分はあるのさ。なぜといって薬師寺香澄は、捜査にまったく協力しなかったのだからな」

「したくとも、できなかったんでしょう。その子に必要なのは警察じゃなくて医者ですよ。それともなにかほかに、彼が犯人であるような証拠でも出ているっていうんですか？」

門野はすぐには答えなかった。こちらを見ないまま、淡々とした声が返る。

「――どうやら、少しは興味を持ってもらえたようだな。神代君」

神代は、自分がまんまと相手の仕掛けた罠に落ちこんだことを知った。だが、もう遅い。

（南無《なむ》三宝《さんぽう》！――）

3

門野が結局具体的に、神代にしてくれと頼みこんだのはそう大したことではない。

事件から足掛け三年を経過して、警察の捜査は事実上膠着《こうちゃく》状態に陥っている。時折思い出したように、唯一の証人薬師寺香澄の病状を問い合せてくるらしいが、保護者である美杜かおるは捜査員と彼を会わせることを断固として拒み続けている。事件発覚直後、警察の無神経な扱いが少年をパニックに陥れ、精神状態を悪化させたことは事実であるらしく、彼女は警察に対して、いまやまったく信頼感を持っていない。

だが先頃門野の許に、薬師寺家事件を調べてルポをまとめたいのだが口添《くちぞ》えをしてもらえないか、という要請が来た。書き手は長年アメリカで暮して心理学を学び、子供の精神衛生や親子関係についての硬派なルポルタージュを何本か発表している女性だという。つまり以前の週刊誌のような、興味本位の読み物を書くわけではない。プライヴァシーには最大限の注意を払うし、望まれないことは書かない。発表原稿の事前チェックにも応じる。

門野にしても無下《むげ》に拒絶できない方面からの推薦が添えられていたので、一応話は美杜かおるに伝えた。ところが彼にとっても予想外だったことに、かおるがそのライターと会ってもよいと答えてきたのだ。

とにかく一度会うだけで、それ以上はなにも約束しない。会った上で断るということになるかもしれない。だがライターの方もそれでよいということになって、かおるの住むマンションへの訪問というセッティングがなされた。

「それが今度の日曜なのだ」

しかし直前になってやはり不安を覚えたのか、美杜かおるから門野へ当日同席して欲しいという強い希望が出されたのだという。

「かおるさんが心細く思うのは当然だし、私が口をきいた以上断るわけにもいかず、しかしどうにも抜けられぬ野暮用《やぼよう》というやつができてしまってな、かといって他人に頼める話でもなし、ほとほと困りきってしまったわけだ。——ひとつ神代君、ここは助けると思って私の名代を引き受けて欲しい」

深々と頭を下げられて、神代は当惑するよりなかった。特別なにをしてくれ、といってるわけではないんだと門野は続ける。ただその場に立ち合って、ルポライターという女がどんな人間か、信用していい相手かどうか、かおるさんが望まないことを無理に承諾《しょうだく》させられたりしないか、そのあたりを見定めて欲しい。

「三十過ぎてなにをいっていると思うかも知らんが、何分にも人慣れのしていないおっとりとした女性だものでな、頼まれたからというだけでなく、やはり私としても気懸かりでならんのだ」

「しかし彼女がそれで承知しますか？　いくら無縁ではないといわれても、二昔前に一度顔を見ただけの私ですよ」

「それは大丈夫だ。かおるさんも美術には人並以上に関心があって、君の名前も知っていたよ。昔家に来たことがあるというだけでずいぶん心安く感じたようでな、私が信頼する人間ならかまわないといってくれている」

　こちらの名まで出しているとは、断るわけがないと踏まれたのか。腹が立つというよりあきれた。

「年寄りは気短かなんだ、神代君。どうか気を悪くしないで欲しい」

「そんなときだけ年寄りぶるのは、アンフェアじゃないですか」

　神代の皮肉にしかし門野は、いつものような笑みを返しはしなかった。むしろいっそう沈痛な表情で、その大きな頭を左右に振る。

「いや、私はもはや先の短い老人だよ。しかし神代君、薬師寺香澄はまだやっと十歳だ。そんな子供がなす術《すべ》もなく、孤独の檻《おり》の中にとじこめられておるのだ。あれの緘黙《かんもく》が癒せない心の病気なら、それはしかたがない。だがせめてあの子の上にかぶせられている、親殺しの疑惑だけはなんとか晴らしてやりたい。かおるさんにしてもそう思ったからこそ、なにかの糸口になればと思って、敢えてもう一度他人の目を受け入れてみようとしているのじゃなかろうかね」

「そのお気持ちはわかる、つもりですが」

神代はいい淀《よど》んだ。自分とはほんの名目程度の縁しかないとはいえ、少年の置かれた状況を思えば胸が痛む。一人前の大人ならともかく、無力な子供が理不尽《りふじん》な目に会わされているというのはどうもいけない。乗せられまいとしていた門野の話に、つい入りこんでしまったのもそのためだ。

「だが私がそばでルポライターの話を聞くだけで、なにか足しになるとはとても思えませんが」

断ることはすでに半ばあきらめて、それでもせめてもう一言、果敢ない抵抗を試みる神代に、

「それはそうかも知らん。だが神代君、君には立派な隠し球があるじゃないか。この二月に大学の近くで起こった事件の、犯人を自首させたのも彼だったと聞いた」

「門野さん――」

「そう驚くことはなかろう。私にしてもそれくらいの情報収集能力はあるということさ。いい機会だ。ひとつこちらのためにも、力を貸してもらってくれないか。あの、桜井京介に」

（なんてこったい！――）

門野の敷いた罠《わな》は二段階、というよりはこちらの方が本命だったのかもしれない。

かくして神代の不機嫌はその夜にいたるまで持ち越された。えらそうに情報収集能力なんてことばを使うなら、いまのあいつがどういう状態かまで調べておいて欲しいもんですね、とでもいってやりたくなったが、止めた。よけいなことをいえばいうほど、結局門野につけこまれそうな気がしたからだ。

京介がどうするかは聞いてみなくてはわからない、自分はとにかく約束の日に美杜かおるのマンションへ出向くことにするとだけは答えて、帰り際押しつけるように渡された件のコピーの束をしぶしぶ抱えたまま戻ってきたのだったが。

それはいま書斎の丸テーブルの上に、無雑作《むぞうさ》に放り出してある。ひとりの夕飯後ここに引き上げて、シングルモルトのウィスキーをストレートですすりながら、しかしまだファイルに手を伸ばす気にはなれない。

(立派な隠し球、かよ——)

くそ爺《じじ》いめ、知りもしねえでお気楽なことぬかしやがって。神代は腹の中で吐き捨てた。しかし京介の異常にさっぱり気づけなかったという点では、彼も大きなことはいえない。同じ屋根の下で暮していたのに、だ。そのことがなおさら神代を不機嫌にしている。

昨年来住んでいた下宿輝額荘が閉鎖されて、桜井京介は当座の住居を失くした。高校の三年間彼は神代宅の一室を使っていたので、部屋は余っていることだし、彼がそこへ戻るのはなんら差し支えなかった。

だがひとつ家に住んで同じ大学に通ってはいても、学生と教授では生活の時間帯が違う。家の中で顔を合わせるのも一日一度程度で、挨拶《あいさつ》以外のことばを交わさない日も特に珍しくはなく、それを変だとも思わないでいたのだが。

ほんの一週間ばかり前の、朝のことだった。神代がイタリアから戻って本郷西片町《ほんごうにしかた》の家に落ち着いて以来ずっと、食事の支度や家内の掃除には遠縁の女性が家政婦として毎日通って来てくれている。いつも「みつさん」と呼んでいる彼女が、胸元に盆を抱えたまま、いきなり思い余ったとでもいいたげな表情で口を切ったのだ。

「ねえ、先生」

「ん？」

「桜井さんってどこか悪いんじゃありませんか？　なんだかこのところ、ろくに食べてないみたいなんですよ」

藪《やぶ》から棒《ぼう》にそんなことをいわれても、なんと答えていいのかわからない。

「あたしが注意して見てますとね、お茶碗一膳《ぜん》くらいはどうにか召し上がっても、その後で吐いたりするんです。それも一度や二度じゃなくって」

「腹でもこわしたのかな」

神代がいうと、

「呑気《のんき》なことおっしゃって。そんなんじゃありません、先生ったら」

恐い目で睨《にら》まれてしまった。

「私の知り合いの娘さんで、高校生ですけど、大して太ってるわけでもないのに痩《や》せたくって、ダイエットっていうんですか、やりすぎて今度は食べようとしても食べられなくなっちゃった子がいるんです。無理に食べると吐くんですって。わざとしてるんじゃないんですよ。それで親が医者に連れていったら、そういうのは体っていうよりも心の病気だっていわれたそうなんですよ」

京介がダイエットするわけもないと思ったが、口に出すとまた睨まれそうなので止めておいた。

「それにね、あの人毎晩ちゃんと眠ってないんじゃないでしょうか。いえ、夜更かしして勉強なさって、昼間眠るっていうならまあいいですよ。それだってあんまり感心しませんけどね。でも、そうじゃないような気がするんです」

そういわれても神代には、いよいよ返事のしようがなかった。

「この前も先生のいらっしゃらなかった日、お座敷で膝《ひざ》を抱えてただじいっとしてられるんです。それもお昼から何時間も、これっぱかしも動かないで、暗くなっても電気もつけないまんま。眠ってるのかしらと思って庭からそっと覗《のぞ》いてみましたらね、薄目は開いていて、でもなんにも見えちゃいないんですよ。あたしが前を通っても、まばたきひとつしないんです」

どうだ、とでもいいたげにみつさんは神代を見つめた。

「先生だって一目ごらんになればわかりますよ。とにかく普通だとはとても思えないんです。全然表情がなくて、能面みたいな顔っていうんですかしら。そうじゃなくたってあいう、きれいすぎるくらいきれいな顔した坊っちゃんでしょう？　それが魂がどこかへ飛んでっちゃったみたいにして、暗いお座敷でぼおっとしてるんですもの。なんだかあたし、見てるだけで恐くなってきてしまって——」

そこまで聞かされては、さすがに神代も心配になってくる。この正月から二月、京介が住んでいた下宿で立て続けに事件が起こった。複数の人間が死に、あるいは傷ついた。被害者も、また加害者も、彼には身近すぎる人間だった。京介はそこで心ならずも探偵の役を果たし、門野がほのめかしたように真相を解明することにも成功したのだが、手際よくとはとてもいえなかった。そのことを誰よりわかっているのは、当の京介に違いない。

やはりあの事件の後遺症《こういしょう》なのだろうか。だとしたらこちらにも責任がないとはいえない。もともと乗り気でもない彼の尻を叩いて、半ば無理強《むりじ》いに探偵役を押しつけたのは他ならぬ神代だったからだ。

取《と》り敢《あ》えず当人をつかまえて問《と》い質《ただ》した。どこか具合が悪いのか。なにか気になることでもあるのか。夜は眠れるのか。飯はちゃんと喰っているのか。だが返ってきたのは無愛想としかいいようのない返事のみだ。「いいえ」「別に」「なにも」「普通です」——

しかしこれとても以前からの京介と、極端に違うわけではない。まったく眠らなければ人間死んでしまうし、食べなくても同様だ。生きて動いて通学もしているなら、少なくともすぐにどうこうはあるまい、と一度は思った。だが神代は昨夜、京介のただならぬ表情を見てしまった。

夜中に目が覚めて便所に立ったのだ。すると洗面所に電気がついているらしく、開き戸の隙から明かりがもれている。なんの気なしに一歩踏みこんで、思わずぎょっとした。京介が鏡に向かって立っていた。流しに両手をついて強《こわ》ばった背をこちらに向け、鏡に映る自分の顔を凝視《ぎょうし》していた。

神代の目に鏡の中の映像が飛びこんでくる。乱れた髪に縁取られ蛍光燈《けいこうとう》の光に照らされた、まったく血の気の感じられない白い顔。半眼のまぶたの下から覗く、暗い淵のような目。嚙《か》みしめられた唇。眉の間に刻まれた、ひとすじの縦皺《たてじわ》。凄絶《せいぜつ》とはこんな顔を指していうのだろうか。無表情とはいってもぼおっとした放心の表情というのとはまた違う。むしろ固く張りつめ凍りついた顔だ。端《はた》で見ているだけで鬼気迫《ききせま》るとでもいうか、背中のあたりが冷たくなってくる。

神代が背後に立ったのだから、無論その姿も鏡には映っている。気づかないわけはない。だが鏡の中の顔にはなんの変化も現われない。京介が見つめているとしても、それはどうやら現実の映像ではなかった。

仮面に開いたふたつの穴のような目から、彼はどこかここではない世界の何者かを、ひたすら睨み付けているのだった。おそらくは——殺意をこめて。

「おい」

思いきって声をかけた。それ以上見ている気がしなかった。

「こんな時間になにをしてるんだ、桜井京介」

やせた肩がびくりと震えた。だがそのまま時間が過ぎる。一秒、二秒。強ばった上体を巡らせて、ようやく顔が振り返る。長いまつげが震え、目がゆっくりとまばたきした。しかしそれより他の、いきなりで驚いたというそぶりはなく、

「別に……」

答えともつかないつぶやきをもらして、目は伏せたまま彼は体を回し、洗面所を出ていった。どこか亡霊じみた、ゆらゆらと定まらない足取りで。

今朝の京介はそんなことはなにひとつなかったとでもいいたげな、つまりは見慣れたいつもの彼だった。しかし注意して観察すれば頬も腕も、めっきり肉が落ちている。脂気のない前髪の間から覗く、顔色もひどく悪い。無口で無愛想といってもこれで気が向けば相手にもよるが、けっこういろいろしゃべったり、冗談めいたことをいったりもしたはずだったが、いまはそんな気配もない。

神代の見ている前で口にしたのは自分でいれたブラック・コーヒー一杯。目を合わせようともせず発声したのは、

「おはようございます」

と、

「行ってきます」

の二言のみ。家を出ていく背中を見送りながら、

(こいつあ、まずい……)

こうなっては神代も認めないわけにはいかなかった。京介は普通なのではない。ただひたすら普通を装っているのだ。


(どうする、かな——)

門野に押しつけられたコピーの束には手も触れないまま、神代はグラスを重ねる。他人の身に起こった過去の事件より、いま目の前の人間の方が気になるのはやむを得ぬことだろう。京介をこのままほっておいていいとは思えない。だが無理やりにでも、精神科へ引っ張っていけばいいというものでもない。いまに栄養失調で倒れるか動けなくなるか、その前に一服盛ってもということも考えられないではないが、かえって逆効果になる可能性は否定できないし、第一そんなことをすれば京介は、今後絶対に神代を許さないに違いない。

輝額荘事件の最中は栗山深春《くりやまみはる》という気のいい一年生が、もっぱら京介の相棒を務めていた。神代の知る限り彼は京介にとって、初めての対等な友人と呼び得る存在だった。きっかけは人の死からであっても、親しい友人を得られたことを神代は京介のために喜んでいたのだが、あの事件から痛手をこうむったのは栗山も同じだったはずで、しばらく気晴らしでもしてきたらどうだと、深くも考えずに日本を発たせてしまった。今頃はバックパックを肩に、アフリカかどこかを歩き回っているだろう。京介の状態がここまで深刻なら、せめてあの男でもそばにいさせた方がましだったかもしれない。

しかし、とまた神代は思う。いくら栗山が誉《ほ》めていえば度量の大きい、けなしていえば底抜けのお人好しでも、二十になったかならぬかの若者にあまり多くを期待するわけにはいくまい。当然のことながら栗山は、ここに到るまでの京介のことなどなにひとつ知らない。それに京介にしても、対等の友人であればこそ、現在の自分の状態など見られたくはないはずだ——

いつか椅子にもたれたまま、浅い眠りに落ちていた。夢の中で神代はひとり、ほの暗いジャングルのような場所を歩いている。だが足元は土ではなくタイルの床。ここは美杜家の温室だ。手入れもされないまま放置された熱帯植物が、ガラスの内部を埋めつくすほどに生い茂っているのだ。

温室の一番奥の巨大な椰子《やし》の下に、膝を抱え顔を伏せて獣の仔《こ》のように小さく身を丸めた子供がいた。あれが薬師寺香澄だろうか。目の前で両親を殺され、ただひとり死体の中に取り残され、いまも口をきくこともできないまま、親殺しの疑いさえかけられている——

(かわいそうに)

ふいに、胸底を突き上げられるように思う。

(こんな小さな子が、どうして)

手を差し伸べて頭に触れようとした。そのときこちらの気配を感じたように、少年の顔が上がった。大きく見開かれた目が神代を見上げた。なんの表情も浮かんでいない、凍りついたような顔が。

違う、香澄ではない。なぜなら彼はその顔を知っていた。

あれはいまから何年前になるのだろう。何年経とうと目の中に、焼きついた記憶は消えようもない。およそ歳には似合わぬ怜悧《れいり》な瞳の奥に、置き去りにされた仔犬の哀しい人恋しさを秘めてこちらを見上げた幼い顔。造作《ぞうさく》の固まりきらない子供の目鼻立ちでも、生まれついての美貌《びぼう》はすでに明らかで、しかしそれが決して彼を幸せにはしないだろうことも、また明らかだった。

香澄ではない。だがなぜかいまその名前を、思い出すことができない……

目が覚めたのはすぐ近くで、軽い物音が聞こえたためだった。丸テーブルの向こう側で背中を丸めた人影が、例のコピー束を広げている。

「京介？——」

「あ、すみません。勝手に」

わずかにもたげた顔に、眼鏡のレンズがきらりとひかる。そういいながらも目は、Wクリップで綴じたコピーの文字から離れない。

「なんでえ。おまえ、そんなものに興味があるのかよ」

「ええ、まあ」

口から出ることばは曖昧だが、コピーを読み続ける熱心な様子が自ずから答えになっている。意外だった。殺人事件などというものには彼は、二度と近寄りたくもないだろうと思っていたからだ。

ようやく一通り目を通し終えたらしく、顔を上げたかと思えば質問が来る。

「お尋ねしてもいいですか。どうしてここにこんなものが？」

「今日の昼間押っつけられたんだ。おまえも知ってる門野の爺いからな——」

搔《か》い摘《つま》んでしゃべった経緯を、京介はなにもいわずに聞いていた。門野が彼にも来てほしいとほのめかしていたことだけは除いて話したのだが、

「すると神代さんは、今度の日曜に美杜かおるのマンションへ行かれるんですね」

「ああ、気は進まないがな。それっくらいは義理を果たさねえと」

「そのとき、僕が一緒に行ってはまずいでしょうか」

思わずぽかんと口が開いた。さぞや間抜けな面《つら》に見えるだろうと、思わないではなかったが。

「――本気かよ」

「ええ」

脂気のない乱れた髪の中から、京介の目がまっすぐにこちらを見ている。昨夜鏡を睨んでいたときとはまったく別人の、きちんと焦点の合ったまともな視線だ。その目を見ている内に覚め際の夢がふいと戻ってきて、

「おまえか……」

ことばがもれていた。夢の中の子供は誰でもない、こいつだ。あれは初めて会ったときの、十一歳の。

「なんですか？」

聞き返されてあわてて首を振る。どっちが心配しているのか、これではわかったものではない。

「なんでもねえよ。来たいってなら好きにしな」

「ありがとうございます」

「だがよ——」

「理由ですか？」

「ああ」

すでに椅子からは立ち上がっている。その手がすいと伸びて、テーブルの上のウィスキー・ボトルを摑んだ。

「今夜はお休みになった方がいいです。明日は二限に講義があるんじゃありませんか？　いくら相手が一年生でも、二日酔いの教授なんて顰蹙《ひんしゅく》ものですよ」

「こら、京介、話をそらすなッ」

「理由は今度話します。神代さんが酔っていないときにでも。——お休みなさい」

神代の目の前で、ぱたんとドアが閉まる。彼といっしょに酒も消えて、残されたグラスの中も疾うに空。眠りこむ前は半分くらい残っていた気がするのだが、あるいはそれも京介に飲まれてしまったのかもしれない。

しかしいまの口調。教授を教授とも思っていない、小憎らしく落ち着き払った。うっかり忘れかけていた。あれがやつだ。いま現在の桜井京介だ。ということは。

（あの馬鹿、いきなり復活しやがった——）

天使のまどろみ

1

次の日曜、神代が京介をともなって美杜かおると薬師寺香澄の住むマンションを訪れたのは、午後の一時を五分ばかり回った時刻だった。

地下鉄広尾《ひろお》駅を出て西へ、いかにも昔風の、だが活気のある商店街を抜けて歩いた距離は四、五百メートル。グレーのタイルを外壁に張《は》り、地味で落ち着いたたたずまいのこぢんまりした作りだが、素材にもメンテナンスにも費用を惜しんでいないことが感じられる。見上げると最上階には角のテラスを覆《おお》うガラス屋根がきらめいていて、神代にそのまま美杜邸の温室を想起させた。

ルポライターが訪れる約束の時刻は二時だが、神代にしてもかおるとは初対面同然なわけで、その前に少しでも意志の疎通《そつう》を果たしておかねばならない。

学生をひとり同行することは前夜の電話で告げてあった。門野から予告されていたらしく拒まれることはなかったが、京介がどういう人間かということまではなにも聞いていないようで、

「あの、大変失礼ですけれど、その桜井さんという方は、どういう？……」

受話器から聞こえてくる女性にしてはやや低いやわらかな声には、隠しきれないとまどいが感じられた。門野の期待している通り、京介が迷宮入りになりかけている事件に正面から取り組む気だとしても、それはまだいわないでおいた方がよさそうだ。被害者はいずれも彼女の肉親や知人であったはずで、そんな事件に素人が探偵気取りで鼻を突き入れるのは、決して愉快なことではあるまい。

「私が大学で受け持っている学生です。以前から、近代日本の洋風建築に興味を持っておりましてね。よい機会なので、というのも失礼ですが、できれば美杜邸を見学させていただきたい、というのです。勝手なお願いで申し訳ありません。人間の方は門野さんが、保証して下さったと思うのですが」

「いえ。勝手なお願いでご迷惑をおかけしているのは、わたくしの方ですから――」

ことばは最後まで礼儀正しかったが、内心嬉しからず思っているだろうことは推測できる。京介がどういうつもりでいるのか気にはなったものの、問いただすだけの時間は結局なく、地下鉄の中でひとこと釘を刺しておくしかなかった。

「美杜さんの前ではおとなしくしていろよ。おまえは美杜邸の建築に興味があるだけの、真面目な学生なんだからな」

「ご心配なく」

前髪の中からぼそりと答えた。

「こみいった話になったら席を外します。それ以外のときは口をきっちり閉ざして、借りてきた猫みたいにしていますよ」

「可愛気のねえ猫だ」

神代のことばを平然と聞き流して、京介は手にしていた文庫本に目を戻した。

住まいはやはり最上階の五階だった。インタホンを鳴らして外扉を開けてもらい、エレベーターを出るとドアはひとつ。このフロアはすべて使っているらしい。場所も一等地だし豪勢なものだ。これで白金の住居も手放していないというなら、美杜家の資産はまだ相当なものなのではないか。

ドア・チャイムの最初の一音が鳴ったか鳴らないかで、内側から音もなくノブが回転する。だがドアは来訪者を迎え入れるために大きく開かれるわけではなく、

「——神代先生でいらっしゃいます？」

細く開かれた隙間から、不安げに見開かれた目が覗いていた。

「門野さんのピンチヒッターに参上しました、W大の神代です」

そう答えると彼女はようやく安心したようにチェーンを外し、人が通れるだけの空間を作った。

「——どうぞ」


マンションとはいっても天井もかなり高ければ、空間もゆったりとした住居だった。フローリングの床にクラシックなペルシァ絨毯《じゅうたん》を置き、焦茶色《こげちゃいろ》の腰板を張った壁、たっぷりと襞《ひだ》を取ったカーテン。客間を兼ねているらしいリビングには暖炉《だんろ》さえ切られ、ガスストーブを置いた周囲を囲むのは藍《あい》の濃淡で染め付けたウィリアム・モリス風の植物紋タイル。地味だがしっとりと落ち着いた美しさだ。

置かれた家具はビーダーマイヤー様式の、シンプルなラインに統一されている。枯葉色の花柄を散らした壁紙、金と象牙色の縦縞模様の布を張った長椅子に、金茶色のクッションも典雅な雰囲気を醸《かも》し出《だ》していて、乳白色のレエスを上げて窓の外を見なければ、マンションの一室とはとても思えない。

「静かなお住まいですね。現代の東京ではないような気がします」

神代がいうと、運んできた紅茶の盆をテーブルに降ろしながら美杜かおるは微《かす》かにほほえんだ。

「門野さんがここに来られるたびに笑われてしまいますの。七十近い自分にさえ古臭く感じられるような部屋だって」

「あの人らしい言いぐさですね」

「でもわたくしにはこれが、一番落ち着けるんですわ」

「白金のお宅の雰囲気を写していらっしゃるのでしょう？」

「ええ。先生はあの家をご存知でいらっしゃいますのね」

「伺《うかが》えたのは一度きりですが、とても美しいお屋敷でしたね。あの当時の私の目には、まるで夢の中のお城のように見えたものでした」

「いまは夢ですわ、わたくしにとっても」

細い首を傾けて美杜かおるは、また憂《うれ》わしげな笑みを浮かべた。

彼女の容貌についての門野のことばは、偽りではなかったと神代は思う。目鼻立ちは人形のように整って、華奢な体つきも若々しく、三十を越しているとは見えぬものの、いかにも古風で華《はな》やぎの乏《とぼ》しい顔だ。

肩に触れる程度の栗色がかった髪を軽く内巻きにして額は太いヘアバンドで押さえ、ハイネックの白いニットに長めの黒いフレアスカートを着た彼女は、少し昔の女子大生のように見えた。おずおずと人慣れなげな表情、くぐもりがちな物言いもなおのこと、深窓《しんそう》の令嬢といった時代離れした雰囲気を強めている。

そして門野がいったもうひとつの点にも、神代は同感だった。彼女は亡き母親とよく似ている。遠い記憶ではあるがみすずという夫人は、髪を後ろでまとめた瓜実顔《うりざねがお》の寂しげな美女ではなかったか。すべてが派手で精力的な夫のかたわらで、手折《たお》られた花のようにひっそりとことば少なに控えていた妻。

ふたりの娘はそれよりはるかに活発で、父親似であったように記憶していたのだが、年齢を加えれば顔つきも変わってくるものだろうか。まつげの長い一重まぶたは伏し目がちで、高すぎぬ鼻の線も、小さな口元も、面長な顔の輪郭も、そのまま夫人の面影に重なる。

「先生は確かあのとき、絵を見においでになられましたのね。まだ学生さんでいらっしゃった」

「そうです。お招きもいただいていないのに、ずうずうしく押しかけて拝見させていただきました」

「昔家にあった絵はみんな処分してしまったのですけれど、一枚だけ、売らないで残したものがありますの。ほんの小さなものですけれど、ブリュージュの風景を描いたクノップフの木炭画です。あちらの図書室に掛けてありますわ」

「そうですか。なんだか懐かしい気がしますね。後ででも、見せていただけますか？」

「ええ、どうぞご覧になって下さい」

「いま思っても大変に優れたコレクションでした。美杜晃氏のご見識ですね」

「それは違いますわ、先生」

いままでと変わらぬおっとりとした口調で、しかしかおるは神代のことばを否定した。

「コレクションの中の優れたものはすべて、父ではなく曾祖父の雪雄か祖父の芳雄が集めたのですもの。お気遣いいただかなくとも、わたくし存じております。父には絵を見る目なんて、少しもありませんでした。もっともわたくしにそれがわかったのは、ずっと後のことでしたけれど」

隣に座っておとなしく紅茶を飲んでいた京介が、図書室の絵を見せてもらってかまわないだろうかというと、かおるも彼が席を外すのを望んでいたのだろう。あっさりと承諾《しょうだく》を与えた。

しかし京介がドアを閉じて姿を消しても、彼女はいっこうに口を開こうとはしない。切り出すことばを探しているのか、手にしたままの飲みかけの紅茶茶碗の上にじっと視線を落としているばかりだ。痺《しび》れを切らした神代は、こちらから率直に尋ねてしまうことにした。

「それで、私はなにをしてさしあげればよろしいのでしょうね？」

はっとしたようにかおるの視線が上がる。一瞬神代とからんだ目が、またおどおどと伏せられると、

「――実をいいますとわたくし、いま少しだけ後悔しているんですの……」

小さなつぶやきが聞こえる。

「ルポライターと会うことにしたのを、ですか」

「ええ……」

「気が進まないといわれるのだったら、一度会うだけ会って断ってしまえばいい。門野さんの話によれば一応きちんとした人のようですから、まさかテレビのレポーターのように無理やり扉の前に居座るみたいな真似はしないでしょう」

「でもその方、とても頭のいい女性のようですわ。わたくし、そういう方と向い合うと、知らない内にいい負かされてしまいそうで」

「その点は安心していただいてかまいませんよ。そういうことにならないために私がいるようなものですから。今日は話を聞くだけ聞いておいて、なんなら断るときは私が外で会ってもかまいません。そう話を進めてしまっていいですか？」

「ええ、はい、でも……」

はきはきしねえ女だなあと、気の短い神代は内心うんざりしかかる。いくら美女でも同情すべき相手でも、こういう相手と長い時間会話するのは相当にかったるい。

「良かったら話してもらえませんか、美杜さん。いまそんなにためらわれるのなら、なんだってルポライターと会ってみようと思われたんです。なにかおつもりがあったのじゃないんですか？」

「それは——」

かおるは短く息を吸ったようだった。神経質にまばたきを繰り返していた目が、膝の上に置かれた手のあたりにじっとそそがれる。

「アンジュを取り戻すきっかけに、なるかもしれないと思ったからですわ」

「アンジュ？」

「あ、いいえ、香澄のことです。ただの愛称、わたくしだけの呼び名ですの。——あの、お茶のお代わりをお持ちしますわね」

口早にいいながら逃げるように腰を浮かしたかおるを、神代は押しとどめてもう一度聞き直そうとした。ルポライターを断るのはかまわないが、外界との通路を失ってしまった少年のためになにができるか、むしろそれを知りたいと思ったのだ。かおるにしてもいまのままで、いいとは思っていないらしい。それならこれを機会に、新しい治療の道を探ってみることも可能ではないか。

だがそのとき、インタホンが鳴った。

「私、渡部《わたべ》晶江《あきえ》と申します。門野貴邦様のお口添《くちぞ》えで伺いましたが、美杜かおる様はご在宅でしょうか」

かおるの危惧《きぐ》も的外れではないかもしれない。その声を聞いて神代は思った。彼女とはまさしく対極的な、きっぱりと歯切れ良い口調だった。

2

実物の当人を目の前にしても、声の印象を訂正する必要はなかった。背格好はさほど違わない中肉中背だから、向い合えばなおさらふたりの女のタイプの違いが際立つ。

なによりも真《ま》っ直《す》ぐにこちらへ向けられた、生き生きとした目の輝きが印象的だった。背の半ばまで伸ばした固そうな真っ直ぐの黒髪をうなじでひとつに束ね、黒い太枠の眼鏡を顔に乗せている。

丈《たけ》を短めにしたグレーのパンツ・スーツに活動的なローヒール。ずっしり重そうな大型のショルダーバッグを肩にして、ぴんと背筋を伸ばした姿は美人とはいえないしグラマーでもない。顎の線のしっかりした眉の濃い男顔だが、襟元《えりもと》には明るいピンクのスカーフを結び、薄く紅を塗った唇には絶えず快活な笑みが浮かんで、身にまとう空気をほどよくやわらげている。

（いい女じゃねえか……）

一目見ただけで神代は好感を覚え、おれは面食いじゃなかったんだなと場違いな自己発見をした。オブザーバーということでと名乗った彼に対しても、事前に聞かされてはいなかったはずだが微笑みを絶やすことはなく、礼儀正しく名刺交換を済ませた渡部は、

「不躾《ぶしつけ》なお願いに耳をお貸し下さって、お時間を頂戴《ちょうだい》してありがとうございます。まずはそのことを感謝させて下さいますか」

そういって改めて深々と頭を下げた。かおるは返事もできず、ただ当惑したように神代を見る。しかたなく彼女がたぶん考えているだろうことを、勝手に代弁しておくことにした。的外れだったら自分でなにかいうだろう。

「しかし渡部さん、お間違えのないようにして下さい。そう感謝していただいても、こちらはまだなにもお約束したわけではありませんからね」

「はい、それは承知しております。けれどこうして会っていただけたというだけで、私のような仕事の者には大切な第一歩ですから」

にっこりという表現そのものの邪気《じゃき》のない微笑みは、営業上の思惑がらみと考えなくてはならないだろうが、少なくとも目にして不愉快な顔ではない。自分のキャラクターをきちんと把握していて、それをも仕事に役立てることのできる人間なのだろう。ただ頭のいいだけの女ではこうはいかない。

向い合って座って自分がこれまでしてきた仕事の説明にかかると、渡部が相当にできる人間だという印象はいよいよ強くなっていった。彼女のキャリアは主としてアメリカで積まれてきたらしく、ハードカバーの著書やルポルタージュを載せた雑誌、いずれも英語のそれがバッグから次々とテーブルに取り出される。

相変わらずかおるは手をこまねいている状態なので、しかたなく神代が彼女に代わって本や雑誌を拾い読みした。扱われている主題は両親の離婚再婚が子供たちに与える精神的影響、自閉症児・精神遅滞児の教育問題、幼児の暴力と家庭状況といったところで、いずれも綿密な取材の上に書かれているようだ。論文というほど硬いものではないが、暇潰《ひまつぶ》しに読み飛ばされるノンフィクション物よりははるかに高度な、日本でいえば総合雑誌に掲載されるルポといったあたりだろうか。

「子供の心というのが、あなたのメイン・テーマのようですね。どういうものをお書きになる予定なんですか。その、今回は」

神代の問いに渡部は軽くうなずいて、

「予定といいますか、一応の目算はなくもないのですが、あまり予断は持たずに調べていきたいと思っています。ひとつのアプローチになるのではないかと考えているのはPTSDなのですが、ご存知でしょうか」

「なんでしたかね。聞き覚えはあるんだが、正確なところはさっぱりです」

「日本語に訳しますと『心的外傷後ストレス障害』といいます。生命の危機に瀕《ひん》するような事態に直面させられた人間が、消すことのできないその記憶によってさまざまの精神的肉体的苦痛に苛《さいな》まれ続ける、精神障害のひとつです」

すかさず要領のいい解説が返ってくる。

「日本ではあまりまだ知られていませんが、アメリカではヴェトナム帰還兵のケアの研究から次第に注目されるようになりました。一九八〇年にアメリカ精神医学会が出した『精神障害の分類と診断の手引』第三版に、PTSDの公的な診断基準が初めて示されています」

「すると比較的最近になって、定義づけされたものなわけですね」

「ええ。でも災害や戦争で強い恐怖や苦痛を味わった人間が、実際の危機から遠ざかった後にもその苦しみから解放されないことがあるというのは、決して珍しい事態ではありません。そのときどきに様々の解釈を与えられながら、常に観察され続けてきたことだと考えていいと思います。

たとえばある学者はシェイクスピアの『マクベス』で、ダンカン王を殺したマクベス夫妻が陥っていく状態をPTSDの例として上げています。ナチス・ドイツの収容所から生還した人に見られた制服恐怖などもその一例ということになるでしょうし、戦争ということでしたら、第一次世界大戦時にはシェル・ショックと呼ばれた症状が広く見られました」

そのことばには神代も覚えがあった。彼がそういうと渡部はうなずいて、

「ええ。当時は爆弾の爆風が脳を傷つけるためだなどとも考えられたそうですが、科学兵器の大量投入によってがらりと様相を変えた戦場で、新しく名付けざるを得ないような症状を示す兵士が続出したんです。シェル・ショックは、自制力、記憶力、言語能力の喪失を特徴とするといわれました」

目を伏せたまま口を開こうともしなかった、美杜かおるの肩がそのときびくっと震えた。

「薬師寺香澄さんは、あの事件以来ことばを話すことができないと聞いていますが、そうなのでしょうか。美杜さん」

渡部の問いにかおるの肩が、ふたたび痙攣《けいれん》するように震える。だが彼女はその震える肩を、自分の手で摑んで止めた。顔は伏せたままうなずいた。

「ええ、そうです。あの子は、香澄はなにもいいません。いえ、いえません——」

渡部は大きな眼鏡の奥から、そんなかおるをじっと観察しているようだ。さっきまでのほがらかな笑みに替えて、生真面目な、鋭角的な表情がそこに浮かんできている。

「すると渡部さん、あなたは香澄君の現在の症状はPTSDの一種だと考えられるわけですか？」

かおるに時間を与えるつもりもあって、神代は脇から尋ねた。

「それはもちろん軽々しくいえることではありません。私は彼と面接してもいませんし、精神医学会の診断基準が上げているPTSDの症状とは必ずしも一致しない、というよりはるかに深刻なようにも思えますし。

でも彼が三年前に、自分の目で恐ろしい事件を目撃したことはまず間違いのない事実です。どのようなかたちにせよそれは、彼の心に傷を与えずにはおかなかったでしょう。これが体の傷なら目に見えます。命に別状がない限りは、ある程度自然治癒《ちゆ》することも可能です。

けれど人の心の場合はもっと複雑です。事件直後はなんのダメージも残さなかったように見えて、数年を経てから突然障害を引き起こすこともあります。発症ぎりぎりで踏みとどまっていた人間が、もうひとつささいなファクターを加えられたことで突然症状を示すこともあります。障害としての基準が設けられ、症状を軽減するための治療法として催眠療法や巻戻し法といった方法が行われてはいますが、発症のメカニズムが解明されているわけではないんです」

「——でも……」

語尾をわずかに震わせながら、かおるはつぶやいた。

「でも心の傷だって、いつかは自然に癒されていいはずですわ——」

「けれど十歳の子供が十年二十年後に自分を取り戻しても、失われた彼の時間は永遠に戻ってきません。成長期の子供にとって一年という時がどれほど貴重か。美杜さん、そうは思われませんか？」

かおるはふたたび両の手で、自分の肩を摑んでいる。まぶたが震え、唇は固く嚙みしめられている。しかしその姿勢のまま、かおるはきっと顔をもたげた。まぶたを上げて渡部を見つめた。

「あなたはわたくしが、あの子の未来を奪っているとおっしゃるんですの？」

「違いますか？」

むしろ穏やかに問い返した渡部に、かおるの顔が固く強《こわ》ばる。しかし目はまた深く、まつげの下に伏せられた。その唇から語られる声は、いっそう物憂く悲しげだった。

「あなたはご存知ないんです。事件の直後あの子がどんなにひどい取り扱いを受けたか。警察はほとんど犯人扱いで、仮病でもしているように見ていました。医者だって同じようなものでした。なにもわからないままあの子をいたずらにいじりまわして、怯えさせるばかりでした。

そしてどうにもならなくなると、薬に頼って。あの子がなにもいえなくなったのは、事件のためというよりその後の扱いのせいです。わたくしはそのとき自分の病気で入院していて、そばについていてやることができなくて、ようやく会えたときはもういまのようになってしまっていました。そのことをどれだけ悔《く》やんだか知れません——」

ことばを続けている間もかおるの手は自分の腕を固く摑んでいて、彼女の覚えている緊張をあらわにしている。かおるはもろい。少しでも、香澄に関することで非難されるのは耐えられないのだ。

だが過ぎたことをいってもしかたない、それよりもいまからなにができるか、それを問題にすべきだと神代は思う。他に身寄りのない少年にとってかおるは唯一の保護者なのだから、彼女を責めたりするのではなく、進んでいまの状況を変える気にさせなくてはいけない。しかし渡部は表情も穏やかにことばを続けた。

「私はこう思うんです。香澄さんを治療するためには精神医学的なアプローチだけでなく、まだ解明されていないあの殺人事件の真相を明らかにすることが必要ではないか。それを知ることで初めて彼が閉じこもっている、閉じこもらざるを得なかった緘黙の殻《から》を破ることができるのではないか、と」

かおるはふたたび顔を上げ、目をいっそう大きく見張って渡部を見た。怒り、悲しみ、痛み。いずれもあからさまに現われてはいない。だがそんな表情をすると、あまり母親と似ているようには見えない。その顔がゆるゆると左右に振られた。

「同意して、いただけないのですか？」

依然として静かな渡部の口調。

「ええ……」

聞き取れないほど小さな声が答える。

「なぜでしょう？」

「——だって」

震える声でようやく彼女は答える。

「だっていまさら事件を掘り返してつつき回して、なんになるとおっしゃるんですの。香澄だってそんなこと、思い出したくないに決まっています。あなたは警察のように、もう一度あの子を苦しませろ、傷つけろとおっしゃいますの？」

「美杜さん――」

「死んだのはわたくしの母や妹です。でも誰がしたことだろうと、死んだ者は戻ってはきませんわ。なんといわれようとあんなこと、わたくしはもう考えたくもないのです。忘れてしまいたいのです。そしてわたくしが守りたいのはたったひとつ、生きているあの子、香澄なんです……」

「ご心配はいらないんですよ、美杜さん。調査の結果どんな答えが出ようと、それを警察に告げる告げないはまったく別の話ですし、第一薬師寺香澄を法が裁くことはあり得ません。十四歳未満の少年には、刑事責任は問えないのですから」

渡部の答えたことばに神代は愕然《がくぜん》とした。香澄にかけられた疑惑をそそぐためになら、事件を調べることにも意味があると思っていたのだが、彼女は七歳の子供が殺人を犯した可能性もあるというのだろうか。それをかおる自身も承知しているからこそ、事件について調べることをこうもはっきりと拒《こば》んでいるのだ、と？

かおるは顔を深く伏せたまま、体を固くしているだけだ。渡部は神代に視線を転じた。彼女が平然と微笑んでさえいることが、神代にはかえって不気味に感じられてきた。

「先生はでは、事件の詳細についてはなにも知っておられないのですね？」

先日も門野から同じようなことをいわれたと思いながら、神代はうなずく。

「知りません」

「ではよろしければ私からひととおり、いまわかっている経過をお話しいたします。今後改めて香澄さんの治療方法を検討するにしても、事件のことを抜かすわけにはいかないでしょうし」

その関係の資料も持参しているらしく、バッグにふたたび手を伸ばした渡部を押し殺されたかおるの声が制止する。

「止めて下さい」

ことばだけでなくかおるは椅子から腰を浮かし、寄せてくるものを力でとどめようとするかに右手を前へ伸ばしていた。

「あの子のいるところでそんな話をするのは、絶対に止めて下さい、絶対に」

「そう。薬師寺香澄さんは、いまここにいらっしゃるんですね」

青ざめ強ばったかおるの顔を、少しも表情を変えることなく見返した渡部は、さりげなく尋ねる。

「彼と会わせていただくわけには、いかないのでしょうか？」

「お断りします」

「もちろん一対一でとは申しません。そして絶対に彼を、傷つけるようなことはいわない、とお約束いたしましても？」

「お断り、します」

「なにか条件を出していただいて、というわけにもまいりませんか」

「いいえ。それだけは駄目です」

椅子から立ち上がった美杜かおると座ったままの渡部晶江、ふたりの女の視線が正面からぶつかり合う。渡部はその目にひたすら誠意をこめて、しかしかおるの表情は神代を苛立たせたときとは別人のように、決然と相手を拒絶していた。

「残念です、とても」

ふっと息を吐きながら、渡部が視線を外す。かおるも緊張をゆるめ、目を伏せながら深く吐息したようだった。

「信頼してはいただけない、ということですね」

「信頼する、しない、というのとは別の問題なのです。おわかりいただけないかもしれませんが」

椅子に座り直しても、かおるの顔はまだ固い。しかしこれほど頑強《がんきょう》に拒まれるとは、渡部も予想していなかったのだろう。彼女がこう問い返したのも当然だった。

「でもそれならどうして今日、会って下さったのでしょう。門野氏に気兼ねされたからですか？」

「いいえ、そうではなくて……」

相手の顔を見ないまま、独り言めいてかおるはつぶやく。

「わたくしがあなたに、会ってみたいと思いましたの。いまごろになってあの事件に興味を持たれる、それも女の方、いったいどんな方なのだろうって。思ったとおりでしたわ。わたくしとは正反対。頭が良くて行動的で自分の力に自信がおありで、一度こうと決めたことは必ず遣《や》り抜《ぬ》いてきた。そうですわね？」

わずかに伏せていた顔をもたげ、視線を上げながら淡く微笑む。そんなふうにいわれて渡部は逆に、落ち着かなげに目をしばたく。答えることばが見つからない、どんな顔をしていいかわからない、というようだった。

「わたくしがいくら止めて下さいと申し上げても、きっとあなたはご自分で納得がいくまで事件をお調べになって、書き物をまとめられるのでしょう。もうずいぶんいろいろなことを調べ上げておられるようですし、隠そうとすればよけいにおかしな疑いを持たれるかもしれませんわね」

「私は、決してそんな失礼なことは」

抗弁《こうべん》しかかる渡部を軽く頭をふるって止めて、

「ですからいって下されば、わたくしができることでしたらご協力いたしますわ。といっても事件そのもののことはわたくし、ほとんどなにも知らないのですけれど。ただその代わりあの子のことは、そっとしておいて下さい。間違ってもつけまわしたり、無理に口を開かせようとはなさらないで下さい。それがわたくしからのお願いです」

それはほとんど不可能な条件ではないかと、神代は思わずにはおれなかった。渡部のこれまでの仕事の流れからみても、書こうとしているルポの主題は薬師寺香澄自身に他ならぬはずだからだ。

アメリカで刊行された彼女の著書はざっと目を通したところでは、養家で幼児への暴行や自己被傷《ひしょう》といった問題行動を繰り返す少年によりそって、行為の意味を探り、原因を追究し、養親《ようしん》や医師セラピストらとともに少年の治療の道を求めるといった内容らしい。つまり渡部の薬師寺家殺人事件に対する関心はあくまで香澄が陥っている自閉症状の、原因を解明するためで、最終的には香澄の心理へと集中していく。彼との接触を禁じられてしまっては、ルポそのものが成り立たないはずだ。

だがいまは取り敢えず、一応協力の約束がもらえただけでよしというつもりなのかも知れない。渡部は当初の人を安心させるような穏やかな笑みを回復し、うなずいた。

「いろいろご心配をおかけいたします。それでは後日、美杜様にはインタビューをお願いいたします」

「後日でよろしいんですの？」

かおるの方もほっとしたのかもしれない。おっとりとした、良家の子女めいた雰囲気を取り戻している。

「ええ。申し訳ありませんが、今日は録音の用意がないもので。お話を伺うのはまた日と席を改めて、ということでいかがでしょうか」

「——そうですわね。その方が」

「それとひとつお願いですが、白金のお宅を拝見させていただけないでしょうか」

「これから、ですか？」

「地図で見ると、それほど遠くないように思えたのですが」

かおるはためらうように目をしばたかせたが、

「そう、車を使えばすぐですわね。でしたらご案内いたしますわ」

彼女が思いの外気軽に腰を上げたのは、これで渡部を帰すことができると考えたからかもしれない。

「神代先生もおいでになりますか。それとあの、学生さんも？」

彼女にいわれてようやく、京介が隣室に行ったまま戻ってきていないのを思い出す。おとなしくしていろとはいったものの、こうも長い時間コトリともしないというのは、なにかおもしろい本でも見つけてしまったのか。それとも、

（まさか腹が減りすぎて、腰抜かしてるんじゃねえだろうな——）

「ええ、もちろん。いま連れてきます」

　みっともなくない程度にあわてて客間を横切り、ドアを開ける。そこは六畳ほどのこぢんまりとした窓のない部屋で、壁のほとんどは天井まで達する作りつけの書架《しょか》で埋まっている。ドアの右手にひとところ壁の露出している場所があって、手のひらに乗るほどの額に納められているのは美杜コレクションの最後の一枚であるクノップフの木炭画のようだったが、読書用らしいアームチェアにも、床に散らした寝心地のよさそうなムートンの上にも、京介の姿はない。

　しかし彼がこの部屋に入ったこと、出てきていないことは確かで、ということは——

（なんだ。もうひとつドアがあるじゃねえか）

　だが神代がすぐに気づけなかったのも、無理はなかった。高さも幅も一メートル足らず。腰を曲げてかがまなくては、とても通り抜けられない。それも作りつけの本棚の一部が、そのまま蝶番《ちょうつがい》で開くようになっている隠し扉なのだ。きっちり閉まった状態ではまず日につかない。しかしいまは軽く隙間が開いて、窓があるのだろうか、そこから外の光が射しこんできていた。さては京介のやつ、ここから隣室へ入りこんだのか。

　あれくらいおとなしくしてろといったのに、他人様の家で勝手に許された以外の場所にまで入りこむとは、常識もなにもあったもんじゃねえ。ッたく、あの馬鹿は、とぶつぶついいながら神代も扉の中へ頭を差し入れる。

と——

「うわ……」

思わず手を上げて目元を覆うほど、まぶしい陽の光がそこには溢《あふ》れていた。マンションの下から仰ぎ見たとき、まばゆくひかって見えたガラス屋根。腰壁を巡らしただけのオープンなベランダだったのだろう場所を、屋根から壁面へ一続きのゆるやかなカーブを描くガラスで覆って、サンルームか温室のように改造してあるのだ。

床も腰壁も白タイル張り。壁に沿ってアジアンタムやパキラの鉢を並べた棚も白く塗られて、空調はしているらしく暑すぎることはないが、とにかく明るい。室内の暗さに慣れた目は、ハレーションを起こしかけている。だがこの空間の中央に、神代はようやく探していたものを見つけた。

昔美杜家の温室にあったのと似た大型のラタンのソファがこちらに背を向けて置かれ、そこから突き出しているのは、脂気のないぼさぼさ髪の頭。いわずと知れた桜井京介だ。外した眼鏡を持ったままの右腕は背もたれの上に伸ばして、頭はその上で横倒しになったまま、ぴくりともしない。どうやら背後の物音も気づかぬほど、熟睡《じゆくすい》しているらしい。

自分からついてきたくせに呑気なやつめと腹立たしくもあり、不眠症が少しでも解消されたなら良かったともいえるが、まさかこのまま放っておくわけにもいかない。揺り起こそうとソファの前に回りこんだ神代は、だが伸ばしかけた手をそこで止めてしまった。

京介はひとりではなかった。ソファの残された空間に小さく体を丸めて、眠っている子供がいた。

歳はいくつだろう、小学校の高学年くらいか。子を持った経験のない神代には見当がつかない。明るい色合いのくせっ毛の頭は京介の膝に乗せ、ほっそりした手足を縮めてすやすやと安らかな寝息をたてている。少し上を向いた鼻、小さく開きかけた唇。もつれた前髪の下の、閉じたまつげが長い。丸い頰を包む産毛《うぶげ》が陽射しを受け、桃の実の肌のようにほんのりとひかっている。

そのすぐ上に京介の顔がある。長すぎる前髪は無雑作《むぞうさ》に掻《か》き上げられ、顔は降りそそぐ陽の光に晒《さら》されている。そのためだろうか。日頃は血の気の乏しい、石の仮面めいてさえ見える頰に淡く紅が昇って、その顔に歳にふさわしい生気と若々しさを添えている。神代もほとんど目にした覚えのない彼の寝顔は膝の上の子供を鏡に映したように、不思議と無心で幼げに見えた。

どう声をかけようかと迷っている間に、気配を感じたのだろうか、青く血管の透けたまぶたが動き、彼はゆっくりと目を開ける。頭を起こして神代を見、ついで視線を膝の上に落とす。と――

その唇にふうわりと、花のほころぶような笑みが浮かんだ。左手が上がって子供の髪に触れ、指先でそっとなでる。

淡くほほえんだままの唇が、なにごとかささやいたようだが聞こえない。しかしそれはなんとやわらかな、包みこむような微笑みだろう。京介がそんな表情をするところを、神代はこれまで誓って見たことはなかった。

聞こえたのは決して大きな音ではない。だが神代も京介も、ほとんど同時にその音のした方を見た。神代が入ってきた図書室からのくぐり戸の左手の壁に、また別のドアが開いている。そこに立っているのは美杜かおるだ。彼女は目をこれ以上ないほど見開いて、ほとんど茫然《ぼうぜん》と立ちすくんでいるように見えた。

最初に動いたのは京介だった。

左手の人さし指を唇に当てて、かおるとそれから神代に合図するようにうなずくと、左右の手でそおっと膝の上の子供の頭を持ち上げクッションの上に降ろす。ソファを揺らさぬように静かに立ち上がり、仕草で神代をうながしてくぐり戸を入る。

その戸を後ろ手に閉じる瞬間、神代の耳に届いた押し殺された声。かおるは低くアンジュ……とつぶやいたのだ。

「おい、京介。いまの子が例の?――」

肩を摑んで問いただそうとした神代だが、身長はとっくに追い越されているから接近戦は分が悪い。あっさり身をかわされた上、子供でもあるまいに、

「後で」

の、ひとことで済まされてしまう。黙って寝ていればあの子とふたり、その場面は絵にして『天使の昼寝』とでも題をつけてやりたいほどだったくせに、一度目が覚めてしまえばこれだ。そういえばなんの偶然か、かおるがあの少年の愛称だといったアンジュとはフランス語で天使の意味だった。

客間に戻れば待っているのは無論渡部晶江ひとりで、怪訝《けげん》な顔をしている彼女にごくおざなりに京介を紹介して、だがその後いくら待っていてもかおるは戻ってこない。神代は彼女のアメリカでの仕事に話を向けてみたが、落ち着かない気分のまま置かれているのが嫌なのか、ろくな会話にはならず、奥へ探しに行くほど親しいわけでもない。結局じりじりした顔を突き合わせているしかなかった。

ようやくかおるがまた姿を見せたときには、かれこれ一時間近くも経っていたろうか。

「申し訳ありません。急に具合が悪くなってしまって……」

蚊《か》の鳴くような声でそういったのは満更《まんざら》いいわけでもないらしく、乱れた髪の間から覗く顔はひどく青ざめて、唇の紅も落ちている。貧血だろうか、いまにも倒れてしまいそうな様子だ。

「あの、大変に申し訳ないのですが、白金の方へは皆さん方だけで行っていただけませんでしょうか。これが鍵ですから、先生」

大きなリングで束ねた五、六本の、長く仕舞いこまれていたままのスペア・キーだろうか。塗られた油に埃がついて黒く固まり、『表玄関』『勝手口』『裏戸』といった黄ばんだメモ紙が針金でひとつひとつつけられている。

「しかし美杜さん――」

押しつけられた鍵束を手に、神代は当惑する。

「この鍵は今夜にでもお返ししなくてはならないのでしょう？　私はちょっと、夜には予定が入っていまして」

「いいんです。先生でしたらお預けいたします」

「では、また近い内に」

「どうぞ。すみませんがわたくし、ちょっと横になりたいと思いますので……」

そういわれては客たちに、ただちに退出する以外の選択肢《せんたくし》はない。タクシーを拾うなら表通りに出てからだ。神代は埃《ほこり》臭い鍵束を持て余しながら、京介は例によって前髪と眼鏡で武装して黙々と、渡部も最初の穏やかな微笑はどこかに忘れてきたように、じっと目を据《す》えたまま足を運んでいる。

「――美杜さんはどこが悪いのだろう」

独り言のつもりでいったことばに、渡部が振り向いた。

「神代先生は、ご存知ではないんですか？」

オブザーバーと称して同席していながら、その程度のことも知らないのかといわれたようだった。

「実のところ私はピンチヒッターなんです。彼女とも初対面同然で」

なおも不審げな表情で渡部はこちらを見ていたが、

「美杜かおるさんは胃潰瘍《いかいよう》です。三年前にもそれで入院して、でも手術はしていないはずです」

「そんなことまで調べておられるんですか？」

神代の方が驚いたが彼女は当然のように、

「さっきあの方自身でいっておられましたわ。入院していて事件直後は、薬師寺香澄のそばにいられなかったって。たぶん一日も早く退院したかったから、手術は断念したのじゃないでしょうか」

「では葬儀が十一月まで伸びたのも、そのためだったのですね」

脇から口を挟んだのは、それまで黙り続けていた京介だ。渡部は初めて彼の存在を思い出したというように、振り返ってその顔を、というか前髪を見上げた。濃い眉の片方が上に吊り上がり、少し口紅のはげかけた大きな口が、ふっと皮肉っぽい笑いのかたちになる。

「よく覚えているわね。でもあのときはマスコミもけっこう騒いだから。テレビにまで葬式の風景が出たりして」

「いいえ――」

低く答えた声を、タクシーを止めようとしていた渡部は聞かなかったろう。

「すっかり忘れていました。この数日前までは……」

血臭《けっしゅう》の館

1

十九年前のこととなればさすがに道順までは神代の頭から消えていたが、首都高速の高架をくぐったタクシーが台地をなしている白金の住宅街に入っていくと、たちまち家並に見覚えを感じ始めた。

いくつもの学校や病院、寺院も含まれるこの界隈《かいわい》は、都心部としては意外なほど時の変化をこうむっていない。彼の住居がある本郷西片町よりは金のかかった邸宅が目立つが、それも多くは豪邸というほどのものではなく、その中で広大な美杜邸はいまもなお人目を惹く威《い》容《よう》を誇っていた。

無愛想な長い煉瓦《れんが》塀《べい》の続くところで車を下りた。二メートルを越す塀の上に、さらに鉄柵が伸びている。

ゴシック教会のトレーサリーを思わせるアイアン・ワークといっても、盗人よけの実用性の方が大きいのだろう。ガラス片を植えるような剝《む》き出《だ》しのそれではないものの、一本一本尖らせた槍状の鉄柵は充分拒否的な空気を発散している。

門扉《もんぴ》も分厚い堅木《かたぎ》の両開きで、その鉄の蝶番が見事な唐草紋様《からくさもんよう》を描いて伸びているのを、指導教授が指差して『これはパリのノートルダムの写しだね』などといったものだった。四角い門柱につけた大きな美杜の表札は変わらないが、蝶番からしみ出た錆《さび》が扉一面に醜い縞模様を作って、放置された邸宅の荒廃を物語っていた。

手渡された鍵束から、脇の通用門の鍵を探して開ける。ここも錆がひどかったが、鍵は思いのほかスムーズに回った。戸口をくぐると意外なほど近くに美杜邸の車寄《くるまよせ》が見える。

意外に思えたのは、神代の記憶ではもっと門との間に距離があった気がしたからだが、それもあの日は開かれた門扉を通って次々と車が乗りつけ、絶えず賑《にぎ》やかな人の出入りがあったためかもしれない。

ライトが帝国ホテルで使用して以来日本ではすっかりポピュラーになった、土色のスクラッチ・タイルが外壁を覆っている。象牙色のテラコッタで縁取った玄関車寄のチューダー・アーチ。その上には城砦《じょうさい》風の鋸歯状《きょしじょう》胸壁が巡り、傾斜のきついスレート葺きの屋根もいかめしげだが、玄関上に並んだ三連の縦長窓の周囲には精緻《せいち》なテラコッタのレリーフが巡らされて固すぎる印象をやわらげ、華やかなものにしている。

　あの日。神代がここを訪れた日。パーティのさんざめきに包まれ秋の陽射しに輝いていた邸宅は、いま訪れる者もなく静まり返っていた。敷石は朽《く》ちた落葉にうずもれ、玄関戸のガラスは埃に暗く濁っていた。

「ずいぶん荒れたものね……」

　傍《かたわ》らから聞こえたつぶやきに、はっといまに引き戻される。渡部は胸前に腕組みをして、じっと家の方を見つめていた。

「取り壊す気にはなれないのかもしれないけれど、こんな状態のまま放置しておくのもなんだか悲しい気がする――」

「中へ入りますか？」

　神代が尋ねると、いいえと首を振った。

「残念ですけど、いまはそれほど時間もなさそうですから。このまま庭に回って温室へ行きましょう。――主な、現場の方へ」

　先に立って大股に歩き出す。勢い神代と京介は、彼女に従うかたちになる。

「温室が現場なんですか？　その、事件の」

　歩きながら渡部はちょっと顔を振り向ける。唇の間からこぼれる白い前歯。

「先生はほんとうに、なにもご存知ないんですね」

「温室の中で死体が発見されたんです、三人の。それと、あの少年が」

脇から答えたのは京介だ。

「死んだのは四人じゃなかったのか」

「もうひとり、美杜末亡人は自室のベッドの上で見つかりました」

「お詳しいこと。事件の担当はお弟子《でし》さん、というわけですか」

渡部はまたあの片眉を吊り上げる、皮肉めいた表情をしてみせる。どうやら京介は猟奇事件に好奇心をそそられて、顔をつっこんできた物好きな学生とでも認知されてしまったらしい。まあ別に、あわてて彼女の誤解を解いてやる必要もないだろう。

主屋を回って庭側に出ると、荒廃はいっそうあらわだった。芝生は伸びて野草にまじり、平石を敷いた園路にも木立から落ちた枯葉が分厚く降り積もっている。手入れされぬまま虫に喰われ、わずかにいじけた花をつけた花壇の薔薇が痛々しい。

だが温室は神代の記憶にあるとおりの位置、芝生の向う、敷地の奥に建っていた。そのガラスもまた枯葉が一面に張り付いて、晴れた空の下でも記憶の中のようにまばゆく輝いてはいなかったが。

「平面は楕円形ですか」

近づいてくる温室を眺めながら、京介が神代に尋ねる。

「いや。長方形の床の上に屋根まで一続きにカーブさせたガラスの壁がかぶさっている格好だな。それで中央部にもうひとつ、半円のドームがかかっている」

「ロンドンの、キュー・ガーデンの温室ともいくらか似てはいませんか？　確かパーム・ハウスといいましたっけ」

そういわれて神代はずいぶん昔に訪れた、その地の景観を記憶から手繰り寄せた。

「ああ。規模は全然違うが、全体のシルエットはいくらか似ている」

キュー・ガーデンとはイギリス、ロンドンの西郊外にいまもある、世界的に有名な大植物園だ。王室の領地を元にして、設立されたのは一七〇〇年代。ピクチャレスクな風景式庭園として設計され、豊かで変化に富んだ眺めを誇る広大な園内に、新旧大小数ある温室の中でも、パーム・ハウスは最古にして最大。全長百十メートル、ドーム高二十メートルの鉄とガラスの建造物だ。十二のボイラーが、床下に巡らされたパイプに熱湯を供給し、温室内は真冬でも摂氏《せっし》二十七度を保てるのだという。

「建造年代が近いのでしょうか。パーム・ハウスが造られたのは、十九世紀の半ばだったと思いましたが」

「多分そうだ。門野の爺いの話だと、これもディレッタントで知られた美杜雪雄が、絵のコレクションといっしょに向うから買ってきたんだそうだが」

「骨組みやガラスを丸ごとですか」

「そうだろうな。昭和初期じゃ国産では難しかったんだろうが」

「ええ――」

無論のことパーム・ハウスとは較べようもないが、美杜家の温室もドームの頂まで五メートルは優にあるだろうか。個人の住宅にあるものとしては破格の規模だ。中に入れば浮き彫り装飾のある鋳鉄の円柱が丸く並んでドームを支え、床は色タイルのモザイクに飾られている。そこで門野から聞かされたことばを神代はありありと、つい昨日のことのように思い出すことができた。

『……一八五一年のロンドン万博。クリスタル・パレスと名付けられた巨大な鉄とガラスの構築物が世界の前に姿を現わした。従来の建築に対する概念を一新する、まさしく近代産業社会の産物だ。十八世紀には王侯貴族の特権だった冬の庭、温室はプレファブ工法による大量生産が可能になったおかげで、中流市民にさえ手の届く程度の贅沢《ぜいたく》となった。十九世紀ヴィクトリア朝の、先進工業技術の賜物《たまもの》だな。しかしまあ――』

門野はそこで一息ついてグラスを干すと、感嘆とも皮肉ともつかぬ表情を浮かべて頭上の透明な円天井を見上げたものだった。

『これだけのものを船に載せてはるばる日本まで運んできて建てるとなれば、現代ならラインの古城をひとつ移築するくらいの大仕事ではあったろう。いくらかかったか知らないが、なかなか思いきったものさ。なろうことなら私も、美杜の祖父殿とは会ってみたかったな。彼の功績を利用するしか能のない、不肖《ふしょう》の孫なぞではなく……』

「柩《ひつぎ》のように見えますね」

京介がぼそりとつぶやく。

「ガラスの柩か——」

かつて見た透明に輝く温室であれば、中に白雪姫でも眠っていそうなと、お伽話《とぎばなし》めいた空想のしようもあるが、いま見えるのは捨てられた空《あ》き瓶《びん》のように埃と落葉に汚れ果てた廃屋《はいおく》だ。まして実際に血と死体で飾られた場所であれば、柩の見立ても着きすぎて陰惨《いんさん》としかいいようがない。

「神代先生！」

行く手からはぎれのよい声が飛んでくる。

「すみませんけど、お手持ちの鍵の中に温室のものはありますか？」

渡部が温室の入り口に立ってふたりを待っている。そのガラス壁は屋根まで一続きの内へ向かって傾斜した曲面で、鉄枠に板ガラスをはめた扉の部分は、下半分がそのカーブの中に沈みこむかたちになっている。ガラスの半ばは失われて枠だけが残り、両開き戸の取っ手には優雅な建物におよそ似合わぬ安物のチェーン・ロックがかけられていた。

渡部を先頭に中に入ると、ガラス屋根に積もった枯葉や汚れのためか、内部の空間はどろりと濁ったように暗い。半円ドームの梁を内側から支える八本の鋳鉄の円柱は直径十センチほど。魚の鱗《うろこ》を幾何学《きかがく》模様化したようなデザインで飾られていたが、それも白と銀の塗装が剝げ落ち、いたるところ朱赤の錆に覆われ、軽く触れただけで指が赤く汚れる。

神代の記憶では椰子やバナナ、ハイビスカスやブーゲンビレアといった熱帯植物がひしめいていたはずなのだが、いまは枯れた樹を入れた鉢ひとつなかった。

三年前、ここで死体が発見された。そういわれても神代の頭に浮かぶのはむしろはるかな過去の映像ばかりで、残虐な殺人の現場とはなかなか想像もできない。ただ床に染み出た赤錆の色が、血の滴《したた》りめいて見えるばかりだ。渡部は彼のそんな思いに気づいたのか、

「さっきはお話できなかった事件の概要ですが、どうなさいます。もし先生がお知りになりたければ、ここでざっとご説明いたしますけれど？」

「ああ。それじゃお願いしますか」

入ってきた扉の反対側にはもうひとつ、これはガラスではない鉄製らしいドアがある。機械室だろうか。渡部はつかつかとその前まで来て、モデルのように爪先でくるりとターンした。頭を高く上げて、うつろな温室の空間を視線で一薙《ひとな》ぎすると、

「いまから三年前、一九八六年の八月十七日、一週間の夏休みから戻って美杜邸に出勤してきた家政婦の須藤瑞穂《すどうみずほ》が、この温室で主人たちの遺体を発見しました。より正確にいえば彼女が最初に発見したのは、邸宅の二階の寝室で死んでいた美杜みすずの遺体です。その後姿の見えない他の家族を探して、とうとうここまで来たというわけです」

すでにすっかり整理されて頭に入っていることなのかもしれない。まるで現場から中継するアナウンサーとでもいったしゃべりっぷりだ。

「温室の扉には鍵がかかっていました。いま開けたようなチェーン・ロックではなく、ドアについた錠《じょう》です。鍵は外から鍵穴に差したままになっていましたが、須藤はそれを開けるよりもとってかえして警察へ電話することを選びました。なぜなら汚れたガラスを通して、温室の内部の様子を見ることはできたからです。これは私が彼女から直接聞いた表現ですが、自分の見たものがわかったときは腰が抜けたようになってしまって、芝生を這《は》いずって主屋に戻らねばならなかったそうです」

いったんそこでことばを切った渡部は、右手で頭上の円天井を指さした。

「ドームのかなり高い部分に鉄骨の梁《はり》がわたっているのが、ごらんになれるかと思います。いまは取り外されているようですが、当時そこからは、蘭《らん》の鉢植えを吊り下げるための金具をつけたチェーンが十数本下がっていました。水遣りや手入れの必要からでしょう、モーターと滑車でチェーンは極簡単に上下できるようになっていたといいます。そこに、三人の遺体が吊るされていたそうです。足首を上にして、逆さに」

「逆さに？――」

「ええ。ちょうど狩の獲物を血抜きするような状態で、です」

神代は思わず息を詰めた。

「この周囲のガラスも、床も、熱水パイプの通っている地下にまで、血は飛び散り流れ落ちていたそうです」

渡部はその手を頭上から周囲、足元へと巡らせて見せる。指し示されるところへ目をやっても見えるのは埃のような汚ればかりだが、こみ上げてくる不快感を押さえるために、神代は下腹に力を入れずにはおれなかった。

「薬師寺病院院長薬師寺静、当時四十一歳、その妻みちる、旧姓美杜みちる、二十八歳、薬師寺の前妻深堂花江《しんどうはなえ》の連れ子華乃《かの》、二十三歳。発見された遺体は、この三人のものだということになっています。ただし被害者の認定はそれほど順調ではありませんでした。

理由はおわかりでしょう。連日三十度を越える八月の盛夏、太陽が照りつける密封された温室の中に約一週間放置された遺体は容易《ようい》に人相を判別できぬほど腐敗が進行していました。温室の内部には凄じいばかりの臭気が充満していて、駆けつけた警察官も足を踏み入れることをためらうほどでした。

その上遺体はさらに人為的に、傷つけられてもいたそうです。顔や指先が切りつけられ、あるいは切り取られ、そして腹部からは内臓の一部が外へ引き出され、さらに――」

「細かい話はそれッくらいでけっこうだよ、渡部さん」

神代は相手のことばを大声でさえぎった。心からうんざりさせられたおかげで、さっきまでのていねい口調もどこかへ行ってしまったが、直す気にもなれない。

「これで神経はいたって繊細《せんさい》な方なんでね、そういう残虐《ざんぎゃく》映画紛《まが》いの話は聞いているだけでキビが悪くなってくる」

急にぞんざいになったことばには驚くふうもなく、渡部は大きく腕を広げて肩をすくめてみせた。

「ごめんなさい。ちょっと調子に乗りすぎたかもしれません。でも先生、考えてみて下さいませんか。これは映画みたいな作り物の話ではないんです。もちろん私が病的な趣味で、話を誇張したわけでもありません。週刊誌の無責任な記事を、引用しているのでもありません。そして薬師寺香澄は、確かにそういう光景を自分の目で見たはずなんです」

「PTSDを引き起こしても、なんら不思議はないくらいの恐ろしい光景ってわけだ」

「そのとおりです」

「だがあんたの話には、まだあの子のことが出てこなかった」

「ええ」

渡部はうなずく。

「また少し不快な話になるかもしれませんが、勘弁《かんべん》していただけますか？」

「仕方ないな。あなたのせいじゃないんだから」

神代もそう答えるしかない。

「続けてくれ」

礼儀正しいというにはほど遠い調子で言い捨てて顎をしゃくったが、渡部は軽く会釈を返してふたたび語りはじめる。

「薬師寺香澄が発見されたのは、警察がここに駆けつけて数時間経過してからだったといいます。さすがにそれだけのひどい現場となると捜査員も平常心ではいられなかったでしょうし、まさかそんな状態の中で、生きた人間がいるとは誰も考えなかったのでしょう。香澄はここにあった、骨董品《こっとうひん》のチェストの中にいたそうです」

渡部は機械室らしいドアの方を見返って、壁際のなにもない床の上にその輪郭《りんかく》を描いてみせる。

「分厚い樫材でできて鉄の金具のついた、ヨーロッパの修道院にでもありそうな箱で、長さは二メートルくらいの少し大きいお棺みたいなものです。普段は植木ばさみとかほうきとかいった道具が入っていたらしいのですが、彼はその中に横になっていました。片手に薬瓶を握って」

「薬瓶？……」

「薬師寺病院の調剤室のラベルがある瓶です。中にはバルビツール酸系の睡眠薬粉末が残されていました。作用量と致死量の幅が少ない危険すぎる薬剤だというので、すでに日本国内では手に入らないものだそうですが、深堂病院の頃から持ち越されていたのかもしれません。以前から書斎にこの薬瓶があったとの、家政婦の証言があります。そして解剖の結果、寝室で発見された美杜みすずの死因になったのがその薬であることがわかりました」

2

「なぜ、そんなものが――」

「薬瓶は人間が持ち運ばない限り、勝手に移動はしません。そして瓶には香澄のもの以外の、指紋《しもん》はありませんでした」

「香澄が祖母のみすずに、それを飲ませたとでもいうのか？」

思わず目を剝《む》いて聞き返していた。渡部は平静な口調でそれに答える。

「みすずは当時アルツハイマー性痴呆《ちほう》の症状を起こしていて、自主的な行動がほとんどできない状態であると同時に、人から強く支配的に命じられるとそれに従ってしまうことが多く見られたそうです。以前からみすずを診察していた薬師寺病院の医師は、彼女のような痴呆状態の人間が、自分から進んで自殺をはかるとは考え難いと証言しました」

「だからって――」

「少なくともこれが警察の心証を悪化させたひとつの要因ではあるようです」

「香澄の手に血がついていたことは、おっしゃらないのですか？」

ぼそりといった京介の声に、渡部は振り返る。

「これからいおうとしていたところよ」

その眉の間に一瞬、苛立たしげな表情が走るのを神代は見たように思う。

「香澄は裸でチェストの中に横たわっていたけれど、被害者たちの血と体液の多量についた彼の衣類は、温室の隅に丸めて置かれていた。彼の手足や体には、相当量の血が付着していた。床に散乱した大小の庭ばさみには、血と香澄の指紋が残されていた。ガラス壁には血をつけた手で触れて回ったような香澄の指痕が、いたるところについていた。

神代先生。これだけの物証があった以上、警察が薬師寺香澄を真っ先に容疑者と考えたのもある程度無理もなかったと思われませんんか」

畳みかけるような口調でいわれたことばを反芻《はんすう》しながら、もう一度空っぽの温室を眺める。酸鼻《さんび》としかいいようのない現場を頭に思い描き、その中に当てはめてみる。さっき京介の膝の上で子猫のように身を丸めて寝ていた、小さな男の子を。

(馬鹿いっちゃいけねえや——)

どれだけそれらしい証拠があったところで、あんな無邪気な顔で眠れる子供に人を殺すのどうの、できるとは到底思えない。まして自分の親や祖母を。

「物証《ぶっしょう》があればいいってものじゃなかろうよ」

大きくかぶりを振って神代は答えた。

「渡部さん。俺はてっきりあんたは、薬師寺香澄の味方になってやるつもりだと思っていたんだが」

「味方です、もちろん」

　即座に彼女もことばを返す。

「でも事件から目をそむけることが、彼のためになるとは思いません。役に立つ味方でありたいからこそ、真実を見極めたいんです」

「だがそうまであからさまな証拠が、あればあるほどおかしいとは考えられねえのかな」

「真犯人が香澄に罪を着せるよう工作した、ということですか？」

「まあそうだ。だいたい自分が殺した人間の死体といっしょに、一週間もとじこもってる犯人なんてものがいるかい？　その方がよっぽどおかしい」

「おかしいことは他にも山ほどあるんです、先生。それらしい証拠も山ほどあって、遺留品らしいものもやたらとあって、でもそれにどんな意味を与えて、どんなストーリーを組み立てればいいのかわからない。

　私に話をもらしてくれた刑事は、まるで迷路みたいな事件だといっていました。迷いこむべき道はいくらでもある。でもある道は行き止まり、ある道は堂々巡り、ある道はいつの間にか出発点に戻ってきてしまう――」

「そしてその結果犯人がほんとうに薬師寺香澄だとしたら、警察は事件を解明しても犯人を逮捕することができない。ということですね」

　京介がまたぼそりと口をはさむ。渡部はもうそちらには、視線もやらない。

「そのとおりよ。捜査官の立場にしてみれば、これほど意気の上がらない被疑者もないのでしょうね。いくら犯人を特定しても、逮捕することも罰することもその犯人の名を公表することさえ許されないなんて」

「だが渡部さん、率直にいうならあんたはやっぱり、薬師寺香澄こそが犯人だと思っているんだな」

「そのことを、美杜さんにはいわないでいただけたら嬉しいのですが」

あまり期待していないように渡部はいう。

「でもあの方にしても、内心ではそう考えているのではないでしょうか」

「ああ。あんたはさっきもそんなふうに、ほのめかしていたっけな」

そして彼女の反発を買ったのだ。

「ことばは不用意だったかもしれません。けれどそれが真実なら、見極めて受け入れるところから始めるしかないのではありませんか？　不快な事実から目をそらして、外界から庇護《ひご》し続けるのがほんとうに薬師寺香澄のためでしょうか。むしろ彼がそんな行為をしなければならなかった原因を発掘して、彼を理解して、彼を赦《ゆる》したいと思うんです」

「——赦す？」

聞き返されて渡部は、あ、というように唇に手を当てた。適当なことばを考えるように、数秒口をつぐんだ彼女は、

「つまり、彼は自分を赦していないと思います。罪を犯したことを逃れ難く自覚している。それが彼の心に刻まれた傷なんです。自分には罪がある、罰せられねばならない。そう思えばこそ沈黙の檻の中にいまも自分をとじこめて、いわば禁固《きんこ》刑《けい》にあわせているのではないでしょうか。

　もしも香澄がただ殺人の目撃者に過ぎなかったとしたら、いま彼が囚《とら》われている症状は重すぎるように思えます。私はアメリカで、母親が離婚した実の父親に殺されるのを目撃した、五歳の少年の治療に立ち合ったことがあります。彼は母親を救えなかったことで自分を責めていました。やさしい養父には打ち明けられぬまま、繰り返し殺人の情景を人形遊びで反復し、遊びの中で母親を救うことでようやく現実を受け入れられるようになりました。けれど香澄はどんなかたちでも、事件を表現することがない。すべてを自分の中に隠しこみ、沈黙を守っています。それは自罰行為以外には考えられないと、私は思うのです。

　そんな彼に手をさしのべて、もう自分を責めなくていいのだといってやりたいんです。檻から出てきていいのだ、と。あなたのしてしまったことはあなたのせいではないのだから、と。でもそういってやるためには、なにがあったかを知っていなくてはなりません。わかっていただけますか、先生」

　渡部の頰に血の色が昇っている。口調は確信に満ち、目は静かな高ぶりにきらめいている。彼女が悪意や中傷から、香澄を犯人だと主張しているのでないことは確かだ。

しかし——

「つまりあんたは最初っから、香澄が犯人だと考えていたわけだ」

「いいえ、私はもう一年以上前から薬師寺家事件を調べてきました。その結果に出てきた結論です。美杜さんにはなにもかもこれからのように申し上げましたが、私の調査はすでに最終段階に入っているんです」

「なるほどな。俺もあんたの話を聞いてて、そうじゃないかと思ってたんだよ。昨日今日のことじゃなさそうだってな」

それには答えず神代の目を正面から見据《みす》えて、ほとんど挑むように渡部はいう。

「お願いがあります、先生」

彼女がなにをいおうとしているのか、もう聞かなくともわかる、と神代は思う。

「これからも俺に美杜さんとの間を取り持って欲しい、それだけでなくなんとか香澄とも会えるようにして欲しい、ってとこか？　それだけ率直にいろいろ聞かせたのも、結局は全部そのためだろう？　俺が香澄を囲いこんでいる彼女のやり方に、必ずしも賛成してないと踏んでだ。違うかい」

渡部の唇が、ふっとこれまでとは違う種類の笑みを浮かべた。

「先生はご慧眼《けいがん》でいらっしゃいますわ」

「あんたもとんだ策士《さくし》だよ」

「お誉《ほ》めのことばと受け取っておきます。——それで先生、いかがです。信じて下さいますか、私が薬師寺香澄の味方であるということを？」

「いますぐ結論は出せねえよ。それに俺はまだあんたがいう、香澄が親を殺したなんて話には全然納得しちゃあいない」

「先生が納得できないと考えられる、一番の理由はどこですか？」

「まあ、動機かな」

渡部はちょっと考えこむように頭を傾けたが、

「あと一時間ほど、お時間を頂戴できますでしょうか。なんとか先生に納得していただけるように、私の考えをお話ししたいのですけれど」

こうなれば夜の予定は延ばしても、とことんつきあうしかなさそうだと神代は覚悟する。いまさら後悔しても遅い。門野の話術につい乗せられたときから、ただのピンチヒッターで済む問題でもないと考えるべきだったのだ。しかしこれでは京介に巻きこまれてこきつかわれた、栗山深春のお人好し加減を笑えるものではない。

(俺だって、暇なわけじゃねえんだがなあ——)

振り返ると桜井京介は神代たちのやり取りを聞いているのかいないのか、ぼんやりと汚れたガラスの天井を仰いでいた。

3

夕刻の近づいた美杜邸を徒歩で後にして、途中で見つけた喫茶店に座る。注文の品が来てウェイトレスが去ると、渡部は待ちかねたように口を切った。

「先生は先程、私の話で一番納得できないのは動機だ、とおっしゃいました。それはいい換えれば、わずか七歳の子供が殺人や死体損壊《そんかい》といったひどく残忍で暴力的な行為に走る理由があるとは思えない、ということですね？」

「まあ、そうだ」

「でも子供は無垢《むく》の天使ではありません。大人ほど確立した自己を持っていないぶん、外からの侵食に抵抗する力が弱いんです。暴力に晒《さら》され続けた子供はたやすく暴力に走ります。自分がされてきた仕打ちを、他人に向かってそのまま返そうとします。身内にためこんだ怒りが爆発すればそれがエネルギィになって、子供とは思えないほどの行動力を発揮します。動機らしい動機はなにもないままにです。

いくら現象としては相似していても、そんな子供たちの行動を犯罪という名で呼ぶことはできないと思います。もちろんそうした子供が大人になって、紛れもない犯罪者となることは少なくないとしてもです」

「あんたはアメリカでそういう実例を見てきた、ということかな?」

「ええ。私が出した本の主題になっている少年は、私が会ったとき七歳でした。あちらでは生活に余裕のある夫婦が身寄りのない子供を養子にすることは珍しくないのですが、その少年は五歳で施設から引き取られて以来、絶えず問題を起こしていました。IQも高くて知的には優れたものを持っているのに、心が不安定で特に自傷癖がありました。ナイフに執着が強くて、見つけると必ず持ち出しては自分の体に切り傷をつけるんです。

　私が出会ったとき養親は、彼を精神病院に入れるかどうするかの選択に迫られていました。彼が三歳の弟を、これも養子ですけれど、レイプしかけていたところを発見されて——」

「七歳の子供が?」

　思わず聞き返す神代にうなずいて、

「泣き叫ぶ幼児を押さえつけて、キャンディの棒を肛門に押しこんでいたのです」

「ああ。そういうことか……」

「それを見つけられて叱責《しっせき》された直後、家を飛び出して数ブロック離れた家の庭先にいた、二歳の幼児を連れ出し、池に投げ入れました。幸いその子は助けられましたが、発見があと少し遅れれば当然死んでいたことでしょう」

　彼女はいったんことばを切って神代の反応を待っていたようだが、彼がなにもいわないのを見るとまた話し出した。

「養親が少年に対する忍耐を、無くしていなかったのが幸いでした。私は彼のセラピーに当たるチームの一員として、それまではほとんど不明だった彼の実の親と、施設に来る以前の生活史を探索しました。その結果いろいろなことがわかってきて、最終的に少年の治療を押し進める有効な資料となったのです。

アメリカの貧困層ではそれほど珍しいことではないのですが、彼の家庭は完全に崩壊していて、親は養育の義務を放棄していました。父は妻子を捨てて姿を消し、アルコール中毒の母親が連れてきた若い情夫は子供を日常的に虐待《ぎゃくたい》していました。少年はある日突然、親元から姿を消しました」

「家出でもしたのか？」

しかし渡部はそれには直接答えず、逆に尋ねた。

「先生は、キッズ・ポルノというものをご存知ですか？」

「ああ、ことばだけは」

子供をモデルに使ったポルノ写真やヴィデオ、そういうものがあるということだけは聞いたことがある。少なくともアメリカではあまり珍しいわけでもないらしい。少女だけでなく少年もその対象とされる。子供の肉体を提供する売春組織もある。需要と供給、どちらが先かは知らないがそんなもので金を儲《もう》ける輩《やから》は、神代が考えるところどんないい訳も存在しない地上で最低最悪の犯罪者だろう。

「彼が施設に来ることになったのは、重傷を負って深夜、救急病院の前に捨てられていたからでした。傷の状況からして、おそらくは彼がその種の連中の商売道具に使われたか、使われそうになって死物狂いで抵抗した、あるいは自殺を試みた、と考えられたのです。もうひとつの可能性は悪魔主義者のカルトが、子供を生け贄《いにえ》にしたということですが、被害者にとっては同じことですね」

無言のまま顔をしかめている神代に、追い討ちをかけるように渡部はことばを継ぐ。

「彼が家出して彼らの手に落ちたのか、それとも親に売られたのか、そこまでは結局不明でした。でもそんな目にあってきた少年が、どれだけ私たちの理解を絶した、奇怪な行動や残酷な暴力に走っても不思議はないと思われませんか」

「——……」

子供の性を商売の種にする人間。そこに我が子を売る親。畜生《ちくしょう》並みのなぞといえば動物が気を悪くする。死にかけた子を病院に捨てたのも最後の良心などではなく、怪我を負って商売物にならなくなったからだろう。

人身売買と売買春の歴史は人類の文化史とともに古いなどといって、澄ましていられる話でもない。渡部に文句をいってもしかたないことだ。彼女はおそらくそれ以上の、神代が到底聞くに耐えぬほど惨《むご》たらしい事例の数々を、嫌というほどその目で見てきたのに違いなかった。

「気分を悪くされたならおわびします。でもこれは作り話じゃありません。すべて、本当にあったことなんです」

「ああ、それはわかったよ——」

神代は汗ばんだ額から髪を掻き上げた。ぬるんだコップの水を音立てて飲み干した。

「それじゃ渡部さん、あんたは香澄が両親に虐待されていたと考えているのか」

「その可能性は高いと思います」

「それに対する復讐として、いや、復讐というような意識はなかったかもしれないが、自分の親を殺し、切り刻んで温室に吊るした？」

「まだ断言はできません。わからないことが多すぎますから。でも結局のところ、それが正しい結論だと私は思っています。先生はどうお考えになりますか？」

「いきなりこっちに話を振るのかい？」

神代は苦笑して頭を振った。

「あんたがそこまでいう以上は、どうせまだ口にしてない証拠だとか証言だとかも山ほど摑んでいるんだろうが。わからないことが多いっていえばこっちの方がもっとだ。なにしろほとんどすべては、今日聞かされたことばかりなんだから」

「でも先生はひとつだけ、私に先んじていることがおありだと思うんですが——」

眼鏡の中の渡部の目が、きらりと油断なげにひかった。

「さっき先生は奥に行かれて、薬師寺香澄と会ってこられたのではありませんか?」

口元に上げかけたコーヒー茶碗を止めて、神代は聞き返す。

「なんでそう思うんだい」

「半分は勘《かん》みたいなものですけれど、先生が桜井さんを呼びにいかれた隣室方向には、あのマンションの外からも見えるガラス張りのベランダがあったはずです。彼がいるとしたらそこだと、マンションの前に立ったときから考えていたんです。そしてそう考えた理由は彼が温室で発見された直後から、重度の閉所恐怖を訴えていたようだからです」

神代は答えなかったが、

「無理もないとは思われません? どんな状況であったにせよ、発見されるまで一週間も小さな箱の中に居ざるを得なかったとすれば」

「しかしあんたの説に従えば、香澄は自分でその箱の中に閉じこもったわけだ」

「ええ、おそらく」

「だいたいそれがおかしいだろう。虐待の反動として親を殺したにしても、どうして逃げもしないで箱の中になんぞ入っていたんだ」

「それはもちろんいろいろと、理屈に合わないところはあります。でも逆にこれが大人の犯罪者による計画的な殺人だとしたら、なおのこと理屈に合わないことが多すぎると思うんです。

どうして犯人は三人の死体をあそこまで傷つけ冒瀆《ぼうとく》したのか。なのになぜみすずの死体だけはそうしなかったのか。そしてなぜ目撃者の香澄を殺さずに置いたのか。この答えを満たす、どんな解答があり得るでしょう」

「香澄犯人説なら、答えが出せるというのか？」

「たぶん。でも、いまはまだ無理です。そのときの香澄の心理を考えるとなると、直接彼と会ってみなくてはなんともいえません。無責任な推測を口にするのは嫌ですし」

渡部はことばを切って、当初の質問に神代を引き戻す。

「それで先生、香澄はどんなふうに見えました？」

京介の方を見ても彼は我関《われかん》せず、名指しで尋ねられるのでない限り、いや尋ねられてもかもしれないが、なにも答える気はないらしい。

「寝顔を見ただけだが、可愛らしい子だったよ。歳よりはかなり幼く見えたかもしれん。少なくともあんたがいってるようなことを、しそうにはとても見えなかったがね」

「話しかけたりはされなかったんですか？」

「ああ。しかしあの寝顔を見れば、誰だってあの子が自分の親を殺したなぞと信じられるわけがない。渡部さん。あんたの聞かせてくれたアメリカの子供の話には、いろいろ考えさせられたがね、俺にはどうしてもそれをそのまんま、香澄の場合に当てはめられるとは思えないんだよ」

「そうですか……」

わずかに気落ちしたように渡部が下を向き、座に短い沈黙が訪れたときだった。いままでずっと横を向いたきり、なにもいわなかった京介がふいと動いた。右手が無雑作に前髪を掻き分けると、その奥から眼鏡のレンズが白くひかる。いきなり目の前に突きつけられれば、誰しも一瞬ことばを失う秀麗《しゅうれい》な美貌だ。

口を、開いた。

「――ひとつ、お尋ねしておきたいのですが」

びくっと渡部の右肩が上がった。目が見開かれ、まじまじとテーブルの反対側の京介に向けてそそがれている。

彼女を驚かせているのは、京介の顔だけでなくその声もかもしれない。前かがみにぼそぼそと口の中でつぶやくようにしているときには、およそぱっとしない彼の声だが、顔を上げて喉に力をこめればにわかに硬質の艶のある、やや高い響きがこもる。一度聞けば耳から離れない、催眠術師的な声、といってもいい。

「あなたはさきほどこうおっしゃいました。一九八六年八月十七日、休暇から戻って美杜みすずの遺体を発見した家政婦が、残りの家族を探して温室に来たとき、その扉は施錠《せじょう》されていて鍵は外から鍵穴に差さっていた、と。それは間違いありませんか」

4

「え……」

ようやく渡部の口から出たのは無意味な音でしかない。さらにたっぷり一分間、彼女は沈黙の中に落ちこんでいた。それから急に腹立たしげな顔になって、唇を引き結ぶと、

「——ええ、確かにそういったわ」

半ば喧嘩腰《けんかごし》めいた表情でうなずく。

「先程訪れたときは、温室のドア部分のガラスは半分以上失われていましたが」

「あれは確か駆けつけた警察官のひとりが、なにかにつまずいた拍子にぶつかって壊してしまったのだと聞いたけれど」

「つまりそれまでは、温室は密封されていた」

「そう」

「では薬師寺香澄がひとりですべての殺人と、死体に対する暴行を行ったというあなたの説によれば、外から施錠されていた温室の鍵はいつ、誰によってかけられたということになるのですか？」

「あ——」

それくらいのことも気づかなかったとは我ながらなんと馬鹿な話だと、神代は自分で自分を罵《ののし》りたくなった。温室の鍵は外からかけられていたと、渡部が最初にはっきりいったではないか。香澄犯人説は、たったそれだけでくつがえされてしまう。いや、だがそれならどうして渡部は、平然と矛盾した自説を主張し続けられるのだ。

しかし彼女の顔に驚きはない。むしろ徐々にではあったが、それまでの落ち着いた表情を取り戻している。視線も京介にではなく神代の方へ向け直し、口調も変えて、

「もちろんその扉が唯一の出入口だとしたら、多少の無理は生じてきます。それでも絶対に不可能だとはいいきれません。たとえば鍵を差したまま勢いよく扉を閉めたために、それが自然と回って鍵がかかってしまった。これだとすれば、それは殺人の行われる前か後かはわからないけれど、香澄は温室から逃げたくとも逃げられなかったということになります」

「それはまたずいぶん都合のいい話だな」

神代はいわずにはおれなかった。いくらガタの来た錠でも、勝手に鍵が回ってしまうなどということがあるものだろうか。

「あるいは香澄がなんらかのトリックを用いて、表の鍵を締めたのかもしれません。隙間から糸を使って鍵を回転させるような。戸の下側にはその程度の余地はありましたから」

なんのためにそんな、と聞く間もなく彼女は続ける。

「そしてその他にも、先程は見ている時間がありませんでしたが、奥のドアの向こうに小さな通用口があるんです。発見時には鍵はかかっていましたが、香澄がそこから一度外に出て、表の鍵をかけてくることは可能でした」

「その通用口の鍵は、見つかったのか？」

「いいえ」

「温室の中にその鍵がなかったら、あんたがいったような話は成り立たないだろう」

「でもドームの部分には、いくつかモーターで動く風抜きの窓がありましたから。そこから鍵を投げてしまえば、木立の中に隠れて捜索でも見つけられなかったかもしれません」

今度こそ、香澄はなんのためにそんなことをしたのだと、聞き返そうと思ったが止めた。アメリカでの経験のためなのか、渡部は香澄が犯人だという結論を先行させて、すべてをそこへ結びつけようとしているとしか思えない。それが悪意からのことではないらしいだけに、かえってまずいのではないかと思えてしまう。

「もうひとつの可能性として、私が考えているのはみすず夫人です。彼女が鍵をかけ、それから自室に戻って死んだ」

「ちょっと待ってくれよ、渡部さん」

たまりかねて神代はふたたび口を開いた。京介はまただんまりに返ってしまったらしく、発言は期待できない。

「すると香澄は、どんな理由があったか知らないが温室の中からぼけた美杜みすずに命令して鍵をかけさせて、それから自分の部屋に戻って薬飲んで死んじまえと命令して、そのとおりにやらせたってわけだ。リモコンのロボットでもあるまいに、ずいぶん便利な共犯者だな。そんなのがひとりいれば、どんな不可能犯罪だってできそうだぜ」

渡部は腹を立てる様子もなく、しかし粘り強くこれに反論する。

「ですから先生、私が申し上げているのはあくまでひとつの可能性です。薬といっても即効性の毒物ではないのですから、飲ませてから部屋に戻るくらいの余裕はあったとも考えられますし、あるいはみすずは医師が診断したほどぼけていなかったかもしれません。彼女と娘夫妻の間は、かなり険悪だったらしいという証言もあります。その場合は香澄とみすずの共犯で、彼女の死は自殺だったということになりますけど」

「親殺しじゃなくて子殺しだっていうわけかい」

神代はうんざりと唇を曲げた。

「だが可能性というなら、もっといくらでも考えようがあるだろう」

「伺います」

余裕の表情で渡部はうながした。

「あんたはさっき否定してしまったが、まったく別の真犯人がいた可能性はほんとうにないのか？」

「と、おっしゃいますと？」

「そいつは殺人と現場のぞっとしねえ工作をやらかして、睡眠薬で眠らせた香澄の体に血をつけたあげく、チェストの中に放りこんで外から温室の鍵をかけて逃げ出した。香澄を殺さず逃げられないように鍵をかけたのも、異常な現場をこさえたのも、すべては香澄に罪を着せるためだ。その方がずっとすっきりしている。違うかい」

渡部は大きくかぶりを振った。

「リスクが大きすぎます。香澄が通常の証言能力を失うとまで、事前に予測できたはずはありませんもの。普通なら犯人を目撃していなくとも、自分の潔白を主張するくらいは可能だったはずです」

確かに渡部の強みは、香澄の現状に対してひとつの解答を用意していることだ。単に残虐な現場を見てしまったショックではなく、自らの犯した罪への恐怖と自責が彼を緘黙させているのだという。それに代え得る仮説など神代にあろうわけもない。ただあの無邪気な寝顔の子供と、聞かされた血まみれの行為とがどうしても結びつけられないというだけで。

「だったらいっそもっと推理小説紛いに考えて、被害者と思われている人物が死体をすりかえて生き延びているってのはどうだい。そのための死体に対する暴行であり、温室だったとすれば必然性もあるだろう。医者なら死体のひとつくらい、うまいとこ調達できるかもしれないしな」

神代にしてもまさか本気で、そんなことをいったわけではない。いくら血液型や体形を本人に合わせ、指紋をつぶしてみたところで不審な死体となれば検屍《けんし》はいっそう厳重なはずで、その程度の小細工で簡単に誤魔化《ごまか》されてくれる警察など、安直なミステリの中くらいにしかあるまい。

これまでの渡部なら、あっさり笑い飛ばすだろうと思った。だがなぜか彼女の顔は目に見えて強ばっていた。

「そう、ですね。やはりそんなふうにも、考えられますかしら……」

固い表情のまま、ほとんど意味のないことばを口の中でつぶやいている。バッグを掻き回して財布を取り出し、きっちり数えた飲み物代をテーブルに置くと、

「渡部さん？」

「先生、今日はほんとうにいろいろありがとうございました。また近い内に連絡させていただきます」

もう立ち上がっている。あっけに取られている神代の前から一度歩き出した渡部は、しかしまたすぐ戻ってきた。

「お貸しします」

分厚いファイルを神代の前に、突き出すように置く。かおるのところで取りだそうとして、止められたものかもしれない。

「関係者を回って私自身が集めた資料です。これを読んでいただければ、先生も私と同じだけの事実を手にされることになります。お目通しいただいた上で、またお考えをお聞かせ下さい」

ちょっと待ってくれという間もなく、店を出ていってしまった。まったく妙な女だ。馬鹿ではないというよりかなり切れる方なのだろうし、仕事に対する情熱も並み以上ではあるだろうが、お世辞にもバランスの取れた人間とはいえなそうだ。

（それにしても——）

分厚いファイルを見ただけでため息が出た。またこんなものを押しつけられて、どんどん深間にはめられていく。神代はいささか憂鬱《ゆううつ》にならざるを得ない。できるものならなんとかあの子供の力になってやりたいとは思うが、素人《しろうと》探偵を気取っていられるほど大学教授は暇ではないのだ。

隣の椅子で依然、なにを考えているのかわからない京介の膝にそれを放りこむ。さっきはいよいよ正気づいたか、目の覚めるようなことでもいってみせるのかと思ったのだが、なんのことはない、束《つか》の間《ま》の寝言のようなものだったらしい。

「おまえが読め」

「はあ——」

「はあって返事があるかよ、馬鹿野郎が。ちったあまっとうなことでもいったらどうでぇ」

「あの温室、雨樋《あまどい》がありませんでしたね」

「それがなんか関係あるのか?」

「さあ……」

(駄目だ、こりゃ――)

神代は頭を抱えたくなった。

手がかりが多すぎる

1

　実際のところ神代は、こんなもの少しも読みたくはない。今週の講義のための調べものもまだ残っている。だが、試験の前夜になるとやたら小説が読みたくなった学生時代そのまま、部屋の隅に放った例のファイルが気になってどうしようもない。京介に押しつけてしまおうと思ったのに、あいつは、

「——二、三日考えてみます……」

　とかなんとかいってファイルの方は神代の机の上に残したまま、自分の部屋へ引き上げてしまった。

　つまらない誘惑に弱いのは誰のせいでもないかもしれないが、

（ええい、くそッ！——）

覚悟を決めファイルを開く。明後日の講義は一般教養の美術だ。スライドでお茶を濁《にご》せば切り抜けられるだろう。

透明ポケットのクリア・ファイル。最初の一葉にはクリップで写真を止めた紙が数枚入っていて、そこにはワープロ打ちの文字が並んでいる。一番上にタイトルのようにやや大きく書かれているのは、《薬師寺静》《薬師寺みちる》《美杜みすず》《深堂華乃》という名。どうやら事件の死者たちのデータらしい。

《薬師寺静》

北海道札幌市出身。

N医大卒業後目黒区中目黒《なかめぐろ》深堂総合病院に医師として勤務。専門、循環器科。

七三年院長深堂義孝《よしたか》の独り娘花江《はなえ》と結婚、深堂家の籍に入る。

翌年院長の死とともにその地位を継ぐ。美杜晃の主治医となる。

七五年美杜晃脳溢血《のういっけつ》で死亡。深堂花江心筋梗塞《しんきんこうそく》で死亡。薬師寺姓に戻り、病院を薬師寺総合病院と改称。

七六年美杜みちると結婚。七八年みちる、長男香澄を出産。

八六年死亡時、四十一歳。

死亡時の年齢から逆算すると、彼は結婚と舅《しゅうと》の死によってわずか二十九歳で病院長となり、翌年にはその妻の死によって病院を完全に我がものとした上に新しい妻を得たことになる。これを幸運と呼ぶのはいささか不穏当な感もあるが、下種《げす》な噂を呼びそうな経緯だとはいえる。

だが神代の注意を引いたのは添えられていた写真だった。結婚式披露宴のスナップでもあろうか。白いタキシードの胸に蘭を飾り、精悍《せいかん》に日焼けしたハンサムな男が白い歯を見せて笑っている。みちるとの結婚式当時なら三十一歳のはずだが、それよりははるかに落ち着いた壮年《そうねん》の年頃に見える。

見たことのある顔だと思い、少し考えて自分の間違いに気づく。薬師寺ではない、美杜晃だ。十九年前のパーティで見た四十代の彼と、顔立ちといい全体の印象といい実によく似通っている。

紙を裏返してみると、そこには細かな書き文字が並んでいる。渡部の手らしいが、後から走り書きで書き足したという感じだ。その内容は薬師寺の経歴を読んだとき、神代が感じたところを裏書きしていた。

『薬師寺病院を退職した医師、看護婦には、薬師寺院長の経営方針に対するさまざまな不満を述べる者が少なからずいる。飽くまで噂だがとしつこく念を押して、相次いだ深堂父娘の死因に疑惑を投げかける者さえいた。

無論真偽不明。いくら医師でもそう簡単に完全犯罪はできまい。だが少なくとも二十八の未婚の男が十歳上の子持ち再婚の女を妻にするのは、打算以外考えられない。』

神代は肩をすくめて次の紙へ進む。

《薬師寺みちる》

S女子学院高等科卒。就労経験なし。七六年薬師寺静と結婚し、実家美杜邸に夫、実母、姉とともに居住。七八年長男香澄を出産。

八六年死亡時、二十八歳。

彼女のデータはたったこれだけだ。その代わり写真が全部で三枚添えられている。一枚は子供時代、神代がパーティで見たときとそう変わらない年頃だろう。姉のかおるに違いないもうひとりの少女と、椅子に座った美杜晃をはさんで立っている。専門の写真家が撮った記念写真という感じのモノクロームだ。

かおるにはやはり現在の面影《おもかげ》があった。肩に垂らした髪のウェーブもおとなしめでドレスもシンプル、シックな小公女《しょうこうじょ》といった雰囲気を出している。みちるはそれとは対照的に縦ロールの髪には大きな造花をつけて、レエスとリボンに埋まったフランス人形のような格好だ。

椅子の肘《ひじ》かけから両腕を伸ばして、娘たちの腰を抱いたハンサムな父親。背筋をまっすぐに伸ばして、行儀のよい笑みを浮かべている姉。レンズに向かってにっこり笑いながら、父の手に甘えるようにもたれている妹。幸せな父娘の肖像《しょうぞう》、とでも呼びたいような一枚の写真だった。

(それにしても……)

美杜晃と薬師寺静が、これほど似たタイプの男だったとは知らなかった。父に強い愛情を持ち続けた娘なら、その父に突然死なれたとき、父とよく似た雰囲気を持つ男に引かれるのも当然かもしれないが。

次の一枚はやはり結婚式のスナップだ。華やかなロング・ドレスを着て友人と話しているらしいみちるは、子供時代の写真と雰囲気が驚くほど変わっていない。髪には白いオレンジの花を飾り、ブーケを手に、甘やかされることに慣れて少しも疑いを持たない若い娘。陽気で満ち足りた笑い声が、そのまま聞こえてくるような顔だ。

最後の一枚はその十年後の死の、何年前だろう。みちるは変わっていた。どこか屋外のカフェでテーブルに両肘をつき、唇を軽くゆがめるだけの笑みを浮かべてレンズを見ている女。ファッションのことなどなにもわからぬ神代にさえ、金のかかっていると感じさせるような服装と入念に整えた髪をして、しかし彼女は少しも幸せそうではなかった。息をしているのさえ気だるいとでもいうように、その表情は物憂《ものう》げで投げやりに見えた。

紙の裏面にあった走り書きはたった一行。『事件当時すでに薬師寺夫妻の結婚生活は破綻《はたん》に瀕していたという者もいる。』
写真の表情を見る限り、それは確かだといえそうだった。

《美杜みすず》
旧姓藤原《ふじわら》、京都市出身。五六年美杜晃と結婚。五七年長女かおる出産、五八年次女みちる出産。七五年夫と死別。
八三年ころよりアルツハイマー性痴呆発症（薬師寺病院にカルテあり）。自宅療養を続ける。八六年死亡時、五十歳。

彼女の写真は一枚きり。おそらく死亡時よりそれほど前ではあるまい。留袖《とめそで》をきっちりと着付け、髪も整えて椅子にかけている。しかし表情はすでに仮面のようで、まっすぐ前に向かって見開かれた目はなにも映してはいない。髪に白いものが見えるわけではなく、皺や染みが現われているのでもないが、どんな老齢の女性でもこれよりは若々しく生き生きと見えるだろう。記憶に連なる整った目鼻立ちが、神代の目にはむしろ痛ましい。みすずの心はこの写真で見る限り死んでいる。彼女が娘夫婦を殺した、あるいは香澄の共犯となったという説は、やはり被害者と加害者の入れ替わりと同様の愚論というしかなさそうだ。

裏面に書かれていた文。

『美杜晃はふたりの娘を溺愛《できあい》したが、京都の公家《くげ》筋から嫁いだみすずは育児にはまったく無関心で、夫婦関係は早くから冷却していたらしい。ただし晃が外に特定の女性を作っていた形跡はない。』

(まあったく、金があったから幸せってもんじゃねえやな——)

口の中でつぶやきながら紙をめくった。

《深堂華乃》
私立A大学文学部仏文科卒、事件当時同大学院在籍中。
深堂花江と入《い》り婿《むこ》である純友《すみとも》との次女。純友は華乃が五歳時に病没。
八六年死亡時、二十三歳。

この女性だけが被害者の中で異質だ、と神代は思う。他の被害者との関わりも薄い。彼女の母花江と静が再婚していたときも、養子縁組の手続きをしなければ静と華乃の間に戸籍上の関係は生まれないのだから。つまりは薬師寺にとっても美杜にとっても赤の他人。たとえ香澄が両親から虐待されていたとしても、華乃がそれに関与していたとは思われない。当然香澄に殺されるようないわれもない。

写真に写っているのは長い髪をソバージュにして、派手やかな顔立ちに濃い目の化粧の映《は》える、いかにも今風の若い娘だった。W大のキャンパスを歩けば、たちまち何十人と目につくだろう平均的なタイプだ。自分の講義に出ている学生でも、神代など何度見ても顔も名前も覚えられない。みんな同じに見えてしまうのだ。

最後にその一枚の裏の文字を読んだとき、

「――なんなんだよ、こいつらは」

神代の口から心底うんざりしたようなため息がもれた。

『数年前から彼女は静と頻繁《ひんぱん》に接触を持っていた。ふたりの間に男女の関係があった可能性は極めて高い。飽くまで可能性だが。』

つまり薬師寺静とみちると深堂華乃は、いわゆる三角関係だったということになる。

「最低じゃねえかよ。どいつもこいつもろくなことしてやしねえ。殺されても惜しいような人間じゃねえやな――」

2

しかし分厚いファイルは、まだ始まったばかりだった。事件の調査はすでに最終段階だといいきった渡部のことばは、見栄《みえ》でもはったりでもなかったらしい。

　ぱらぱらとめくってみただけでもどういうコネやルートを摑んでいるのか、よくもこんな相手から情報を引き出せたと思われる警察関係者某や医師某へのインタビューによって、調書やカルテの内容がある程度推察されている。もちろんその情報が、すべて完全に正しいとはいいきれないわけだが。

『関係者』と書かれた一葉には、被害者たちと同様に美杜かおるや門野貴邦までふくんだメモが収められていた。無論香澄の分もあるが、写真はついていない。今夜はそれだけにしておこうと思ったが、『事件前後』というかなり長くまとめられた紙を見つけると、やはりそれも読みたくなる。そしてこれは積極的に読みたいというのではないのだが、『事件現場の状況、警察の検証』と書かれた紙。ともかく基本的な事実というあたりを把握しておかないと、また渡部と会っても話もできない。

『一九八六年八月、薬師寺静は旧盆前後の十日（日）から十七日（日）までを休暇とする予定だった。彼は数年前に北海道富良野《ふらの》に購入した別荘の管理人に七月初め電話を入れ、十一日から十七日まで利用する旨を連絡している。管理人は美杜晃存命中から同家で働いていたもので、薬師寺静には必ずしもよい感情を抱いていなかった。彼が妻みちる以外の女性を連れて別荘を利用することが、しばしばあったからである。静の滞在中は管理人は別荘から遠ざけられるのが通例であり、このときも改めてそう申し渡されていた。

しかし彼は以前に、静の愛人らしい女性を幾度か目撃している。その証言と、静の愛人関連については後述及び別紙。

みちるは息子香澄を連れて避暑に出る予定を組んでいたが、それは奥軽井沢《おくかるいざわ》の別荘だった。こちらには管理人は置かれていないが、メンテナンスと使用人の派遣を引き受ける管理会社があり、ここへ六月の内に、八月十日から二名で約半月程度利用という連絡が入っていたことで確認される。

薬師寺一家の避暑にともなって、美杜みすずは薬師寺病院へ一時入院する予定となっており、退院の日は決められていなかった。

当時美杜邸の住人は薬師寺一家三人と美杜みすずの四人のみで、住込みの使用人は家政婦須藤瑞穂ひとりだった。他に通いで家事関係の女性ふたり、みすずを見る看護婦、運転手、雑用もする庭師がいた。しかし彼らはいずれも、薬師寺静の休暇に合わせて九日から休みをもらっており、須藤も十日朝九時に美杜邸を出、邸内には家族四名のみが残された。したがってその後になにが起こったかということは、推測するしかないが、それはある程度は可能である。

薬師寺静は品川《しながわ》駅前のホテルに、十日スイート一室の予約を入れていた。しかしこれは同日昼過ぎ、電話でキャンセルされた。馴染《なじ》みのフロント係はその電話の声が、みちるのものであったように思うといっている。

みすずはみちるが車で病院に乗せていくという予定になっていたが、十日午前薬師寺みちるから、もう一日自宅にいることになったのでまた明日連絡するという電話が入った。電話を受けた看護婦長はそれがみちるの声だったと断言している。彼女は当然ながら院長夫人であるみちるとは面識があった。

十日午後（正確な時刻は不明）になって軽井沢の別荘管理会社に薬師寺みちるから電話があり、利用が十一日からになること、人数の増える可能性があることを連絡。

十日夕刻高輪《たかなわ》の寿司屋に特上握り四人前の注文電話。同五時過ぎ出前。脇門に出て寿司桶を受け取り金を払ったのは女性だったがみちるではなく、夕刻にも拘らずサングラスをかけたソバージュ・ヘアの女性だったと配達員の証言あり。

十一日早朝、薬師寺病院にふたたびみちるからの電話があり、みすずは軽井沢へ連れていくので入院はしないと告げる。以前にもみちるがみすずを別荘に連れ出したものの、結局世話しきれず、大騒ぎになったことがあったのだが、婦長や担当医師が病院にいなかったこともあって、異議《いぎ》を唱えることはなかった。

以後、薬師寺夫妻からの連絡はどこに対しても確認されていない。

十一日夜、富良野の別荘管理人から美杜邸へ電話が入れられるが応答はない。

この後数度にわたって北海道から電話がかけられたが、応答はなかった。薬師寺みちるが現われぬ軽井沢からも電話の問い合せが入れられたが、連絡はつかなかった。

十七日朝、家政婦須藤瑞穂が死体を発見。』

ここまでを渡部はワープロで打っている。そして後に書き加えたらしい、手書きの文章が続く。

『ここで再度十日十一日の経過をまとめてみるなら、十日の内にみちると香澄の母子は軽井沢へ、みすずは薬師寺病院へ、静はホテルに一泊した後十一日に北海道へという予定が、十日になって急遽《きゅうきょ》変更されたことになる。そしてその間のすべての電話連絡を行ったのはみちるだった。

推測をまじえながらこの二日間のストーリーを描いてみる。静が北海道の別荘に伴おうとしていたのは愛人関係にあった深堂華乃だった。彼は品川のホテルで彼女と待ち合わせ、一泊して後十一日に北海道へ飛ぶ予定だった（後に彼の車のダッシュボードから十一日午前の航空券二枚が発見されている）。

しかし静の予定を裏切って、華乃はホテルではなく自邸に現われた。それが彼女の自主的な行動か、あるいはみちるによって呼び出されたのかはわからない。だがその後の外部に対する電話連絡が、すべてみちるによって行われていることは、彼女が積極的にこの事態に関与していることを想像させる。

みちるは使用人らの目がなくなったこの夏の日に、夫とその愛人を自邸に呼び寄せ、破綻《はたん》した夫婦関係になんらかの決着をつけようとはかったのではないか、というのが真っ先に浮かぶ推測だ。だが三者の話し合いは容易に決着がつかず、夕食に寿司の出前を取らざるを得なかったのであろう。つまり脇門でそれを受け取ったサングラスの女性は、華乃であると考えられる。

手のつけられた寿司桶と食事の痕跡は、食堂のテーブルの上に残されていた。したがって彼らの死は少なくとも、十日夕刻以降に起こったと考えられる。ただし発見された遺体の消化器からは寿司らしい残存物は見出されなかったが、これは死体の特殊な状況も関わっているのであまり重視できない。

使用人の目を遠ざけ、夫とその元義理の娘である愛人を声高に非難する妻。感情の行き違いと怒りがやがて殺意に代わる。だがこれを薬師寺家殺人事件の原因の構図と断定することができるだろうか。性急な結論は慎まねばならない。

薬師寺夫妻の関係は久しく冷えきっていた。それはいまに始まったことではなく、静には華乃以外にも愛人のいたらしいことがわかっている。その愛人はみちるの留守にしばしば美杜邸を訪れており、家政婦たちによって繰り返し目撃されている。

しかしその愛人についてわかっていることは極めて少なく、漠然としている。事件後も彼女は警察によって捕捉されていない。

園梨々都《そのりりと》といういかにも変名然とした名（静がそう呼ぶのを聞いた家政婦の証言あり。文字については占い師という肩書きと架空の住所電話番号を添えた名刺が静の書斎机から発見された）、明るい栗色に染めた派手なロング・ソバージュにサングラス、という特徴だけが明らかにされたが、その背格好や容貌についての証言は必ずしも一致しない。

東京の家政婦だけでなく北海道の別荘管理人も、同様の特徴を持つ女性が静とともに来訪したのを目撃している。つまり寿司屋の出前が十日夕に目撃した女は、華乃ではなくこの愛人だった可能性もあるのだ。

ではもしも十日の美杜邸に、先述の四人に加えてこの愛人がいたと考えたならどうなるのか。各方面に予定変更の電話を入れたのがみちるである以上、彼女がある程度事態に関与していたことは否定できない。捨てられかけた旧愛人と妻が連合して、男とその新しい愛人に対抗したということは考え得る。だがその結果、なにが起こったか。ふたりの女の脳裏にどのような計画が立てられていたかはともかく、残ったのは四人の遺体である。

当然ながら捜査当局は園梨々都の行方を追ったが、先に書いたとおり現在にいたるまで彼女の身柄はもちろんのこと、その本名経歴すら摑めてはいない。また十日に一家の者以外の人間が、美杜邸にいたことを示す証拠もない。新たな証拠証人が出現するのでない限り、彼女の存在は考慮に入れなくてよいのではあるまいか。さらに推測をたくましくするなら、そのような名前で呼び得るひとりの女性はいなかったのではないだろうか。

派手やかなロング・ソバージュのかつらにサングラスとは、格好の変装道具である。当人の個性は容易に隠されてしまう。静は複数の愛人、ないしはそのときどきの浮気の相手に敢えてよく似た扮装をさせ、ひとつの偽名を与えるという遊びを行っていたのではないかと筆者は考える。また筆者は、自邸に園として現われた愛人がみちる自身ではなかったかという推理も抱いている。その根拠となったのは、みちるが出産以後ショート・ボブという対照的な髪型を通してきたこと、またいかにも作り声のハスキー・ボイスで受け答えしていた園が、なにかに驚いた拍子にあっと高い声を出し、その声がみちるそっくりだったという家政婦の話である。

それが夫妻のどのような心理的必然性から生まれた行為だったのか、または遊戯でしかなかったのかの考察はここでは置く。要は薬師寺家事件の容疑者から、園梨々都なる正体不明の存在を消し去ることができればよい。

静の愛人であると疑うことなく断定してきた深堂華乃についても、いま一度検討を加えるべきだろう。血の繋がりはないにしても、義理の親子に近い関係であった男女が愛人関係になるとは、決して一般的な出来事とはいえない。華乃の実父純友は同じ医師とはいえ静とはまったくタイプの違う人間で、鉱物採集を趣味とし、古事記《こじき》万葉《まんよう》を愛読する物静かな男だった。さらに華乃は祖父の急死に不審を抱き、静を殺人者と罵って母親と激しくいい争っていたとの情報もある。

一度でもそのような疑いを抱いていた相手と、まして彼女の疑念をより強めるかのように母親が死亡した後になって、たやすく関係を結ぶことが自然だといえるだろうか。大いに疑問である。

とすれば薬師寺静の周辺で見られた愛人らしい女は、華乃ではなかったのかもしれない。それはやはり『園梨々都』の名を負った複数の愛人のひとりであり、彼が北海道に伴おうとしていたのもその女で、ホテルで待ちぼうけを喰わされたあげくにそのまま姿を消し、後難を恐れて口をつぐみ続けているのであって、華乃は自らの意志と用件を持って美杜邸を訪れたのかもしれない。その場合電話連絡の件がある以上、みちるはある程度彼女に加担していたと考えられる。ただしみちると華乃の間に、好意的協力的な関係があったという傍証《ぼうしょう》はまったくない。

だがこれまで長々と述べてきた被害者を巡る多くの葛藤《かっとう》の考察は、実はほとんど無駄である。薬師寺夫妻と深堂華乃の間には、場合によっては傷害殺人にまでいたるやもしれぬ緊張があったことは明らかだが、そうであればなおのこと、彼ら三人とさらに美杜みすずまでをも死に至らしめる必然性は想定し難い。

つまり未知の犯人Xが出現して凶器を振るったとして、その犯人が利害対立する被害者たちの全員に殺意を抱いていたとは考えにくいのだ。これまでの考察は、そのことを明確にするためのものだった。

薬師寺家事件の死体発見現場では、前世紀末のロンドンで起こったいわゆる切り裂きジャックによる連続娼婦殺害事件のひとつ、メアリ・ケリー殺害にも比するべき死体冒瀆が見られた。これを理性によって企てられ遂行された殺人として捉えることは、無理であると断定してさしつかえない。かといって切り裂きジャックの犯人像として多くの論者が結論しているような、快楽殺人の倒錯者をここへ持ってくるのもさらに信じ難い。

推理小説にはしばしば首を切り取ったり、顔面を焼いたり、指紋の判別ができないようにした死体が登場し、その場合の多くは被害者と犯人の入れ替わりが目的であったと結論される。AがBを殺して死体を残して逃亡したと見られ、Aが捜索の対象とされるが、実はBと思われた死体はAのものであり、探すべき犯人はBであった、と。

しかしもしも犯人が逃亡を容易にするためにこの詐術《さじゅつ》を実行したとすると、Bは自分本来のBとしての名前も人間関係も資産も一切失ってしまい、生きた幽霊のような存在になるしかない。殺人罪を免れるためとはいえ、これが成功したとしてもその後犯人が生き延びることは著しく困難を伴うだろう。

もちろん小説の場合は様々の細部を加えて説得力を持たせることも可能なわけだが、そこにあって意外な犯人を演出するには大いに魅力的だった入れ替わりトリックも、実際の犯罪にあてはめてはほとんど実効性に乏しいといわねばならない。策を弄するならむしろ、他殺体を事故死や病死に偽装する方がまだしもであろう。

さらに現代の検屍技術の発達は、こうした小説的トリックの妙を完全に過去のものとしている。いくら血液型が同じで体形が似ていて、顔かたちを破壊し指紋を消しても、AとBの遺体を不審を抱かせぬほど完全に入れ替えることは不可能だ。発見された四人の遺体が深堂華乃、薬師寺夫妻、美杜みすずのものであったことは否定しようがない。

にもかかわらず十七日になって発見された遺体の状況は、三角関係の葛藤の果ての愛憎劇といった、ありがちな動機を大きく逸脱している。死体への極めて執拗な破壊行為、冒瀆と呼ぶよりない蛮行《ばんこう》はなんのためになされたか。それを解くためにはいったん、犯人の理性、合目的性というものを棚に上げなくてはならないのだ。そして本件最大のキーパースンであるはずの、薬師寺香澄という存在を改めて考慮に入れなくてはならない。』

3

レポート用紙数枚にわたる文章を読み終えて、神代はふうと深い吐息をもらした。

(こいつは確かに、一筋縄で行きそうもない事件だぜ。迷路のような、たあよくいったもんだ——)

タバコを止めたのはかなり前のことだが、こういう場合は一服つけたい衝動が無性に湧《わ》いてきてしまう。せめてもの代わりに立って茶をいれた。

渡部のレポートのおかげで、被害者たちの横顔と事件直前の経緯はある程度摑むことができたような気がする。しかしそれでなにかが明確になったかといえば、むしろ事態は混迷の度を深めたとしかいいようがない。

薬師寺静と深堂華乃は愛人関係にあったのか。それとも華乃は元義理の父が祖父や母の死になんらかの関与をしたと、疑っていたのか。

薬師寺静とみちるの関係は完全に冷えていたのか。

それとも、ずいぶん酔狂《すいきょう》な話ではあるが妻に変装をさせて遊び、妻も自らそれに応ずる程度にはふたりの仲は保たれていたのか。

薬師寺静の愛人、園梨々都という女はひとりの個人として存在したのか。それとも渡部が推測しているように、みちるまでをもふくむ複数の女の変装に過ぎなかったのか。

さらに、事件当時美杜邸に園梨々都はいたのか。つまり寿司屋の店員が出会った女は園か、深堂華乃か。

そして十日に美杜邸を出て避暑に行くはずだった彼らが、当日になって予定を変更したのはなんのために、また誰の意志によってなのか。

最後に、被害者四人はなんのために、誰によって殺害されねばならなかったのか。

(頭が痛いぜ、まったく……)

　薬師寺夫妻の仲がとっくに冷えていて、避暑も夫婦別々に出かけるはずだったと聞けばそこに事件の火種があると思え、ホテルで待ち合わせるはずだったろう愛人が自邸に現われて出発予定が変更されたとなればまたそこに争いの影が見え、しかし彼女は男が自分の母や祖父を殺したかもしれないと疑っていたと聞けば双方に殺意の存在が窺われる。さらには名前のみで正体の知れない謎めいた女などというものまで現われて、それこそ真犯人かという気を起こさせる。

　だがいくら探しても謎の女は捜査の網にかからず、その存在の有無までが疑わしくなり、夫妻の不和もどこまで確かなことかわからず、痴呆に落ちた老女をふくめ、およそ立場も利害も異なる四人を殺害するどんな動機があるかと考え出せば、いつか錯綜《さくそう》する迷路の出発点にふたたび引き戻された感がある。いかにも事件を引き起こしそうな疑わしげな要素は、薬師寺静の幸運すぎる前歴から深堂・美杜両家の豊富な資産まで山ほどあって、それなのにどこをつついてみても実際に起こった殺人とは結びつかない。

　そしてさらに事態を混乱させるのは『死体への極めて執拗な冒瀆』、こいつだ。そこになんらかの理由はあるのか。神代が半ば冗談のつもりで持ち出した死体入れ替わりの可能性について、渡部もかなり気になったのかことばを費やしてはいるが、結局のところあり得ない話であることには変わりがない。

「いくら嫌だ嫌だったって、結局は読むしかねえんだろうよッてな——」

口の中でつぶやいて、神代は栞《しおり》をはさんでおいたファイルのページを開く。『捜査官から聞いた事件現場の様子』とタイトルがあって、ワープロ文字の文章が始まる。

『以下は現職警察官の個人的好意によって得られた情報であり、その提供者の氏名所属は厳重に秘匿《ひとく》されねばならない。ただし彼は一九八六年八月十七日、実際現場に立ち入り、その捜索に従事した。従って情報の精度という点では大いに信頼が置けるといってよい。

まず本館での状況について述べる。

本館一階は広い応接間、それと続き部屋になる食堂、家族用の小食堂、キッチンなどがあり、家族の使用する個室は二階に配置されている。

美杜みすずは本館二階東南角の自室（洋間寝室と洋間居間、広さはそれぞれ六畳と八畳程度、トイレ、洋式バスが付属する）の寝室ベッド上に、夜具はかけることなく仰向けに横臥《おうが》して死亡していた。身につけた和服に乱れ汚れはなく、両手を胸前に組んでいたが、これは覚悟の自殺の姿とも、死後何者かによって整えられたとも考え得る。

枕元には備え付けのカット・ガラス製水差しとコップがあり、コップにはみすずの指紋のみが残されていた。薬の容器と見られるものはなかった。みすずは家族の顔もほとんど見分けられない痴呆状態ではあったが、不潔恐怖的なところがあり、家政婦らが水を満たした水差しとコップを用意するときは、必ず清潔な布手袋をしなくては承知しなかったという。

室内には家政婦須藤瑞穂の記憶による限り、十日朝の状態と較べて特に乱れたところ、変わったところは見られなかった。解剖の結果、死因はバルビツール酸系睡眠薬の大量服用による中毒死と断定された。また消化器内には食後数時間と見られるオートミールの痕跡が確認された。

オートミールはみすずが進んで口にする唯一の食物であり、ほとんどの場合彼女は毎食をそれで済ましていた。クーラーの止められた室内は連日かなりの高温に達しており、すでに腐敗の始まった遺体からは、死後一週間前後という以上に死亡日時を絞りこむことができなかったが、トイレには使用された痕跡があり（みすずはひとりで用を足すことはできた）、十日朝に新品と換えたペーパーの減り具合からしても、みすずの死が十日遅くか十一日に起こった可能性は高いと見られる。

同じ二階の南側、庭に面した広いテラスを持つ薬師寺静の書斎（洋間約十五畳）には、いくつかの異常が認められた。十日朝との異同は家政婦須藤の記憶による。

壁際のガラス戸付き飾り棚内の骨董品類（古代ガラスの香水瓶など、いずれも高さ五センチほどの小品。美杜晃の収集物で極めて高価）が転倒していた。破損はしていなかったが、棚になにかが激しくぶつかるなどして揺れたように思われる。またデスク上のガラス製インク瓶が床に転落し、少量残っていた中身のインクがこぼれて絨毯に染みを作っていた。かなり大型の安定のよい形をしたものなので、そう簡単には落ちそうにない。

庭に向かって突き出たベランダのテラコッタ（素焼《すや》き陶器）製手すりに、鋭利な金属を打ち当てたかのような割れが見られた。ただしこれに関しては、家政婦の記憶は多少曖昧である。早朝の掃除の折にベランダまで出はしたが、その傷跡が絶対になかったとはいいきれないという。

この他二階には薬師寺夫妻それぞれの寝室や居間があるが、十日朝の掃除は行われなかったため、特に荒された痕や紛失したものはないようだ、という程度の証言しか得られなかった。数ヵ所ある客用寝室や風呂、三階の使用人私室や納戸には異常は見られなかった。

一階食堂のテーブル上には三分の一程度減った寿司の残る寿司桶、醤油《しょうゆ》皿三枚、急須《きゅうす》と客用湯飲み三客、箸三膳が残されていた。また台所には十日朝に使用されたはずの紅茶茶碗類の他に、オートミールの鍋と汚れた皿、匙《さじ》などが放置されていた。いずれも家政婦が外出して後に使用されたと見られる。

これらは十日のうちに自邸を後にするはずだった者たちが予定を変更し、出前の寿司で夕飯を済ませ、みすずには常食のオートミールを与えた痕跡と見ることができる。

本邸内の異同については家政婦須藤瑞穂の証言を参考にしているが、庭園に関しては同様に通いの庭師大宮修《おおみやおさむ》の証言を得ている。ただし遺体発見現場の温室については大宮は普段から出入りすることがなかったので、証言は限られたものである。その事情については後に述べる。

美杜邸の庭園主部は芝生に覆われ、敷石の園路が周辺などに走っている。その敷地内は排水路から木立の中まで徹底的に調べ上げられたが、事件との関連を示すと見られる遺留品、足跡等はついに発見されなかった。だが十日から遺体発見の十七日まで、東京は数日数度にわたってかなり強い雷雨に見舞われている。庭園内になんらかの痕跡が存在したとしても、雨に洗われ昼の陽射しに乾かされてしまった状態では、それを確認できなかったとしても無理はないだろう。

薬師寺静、みちる、深堂華乃の遺体は庭園内の温室内部で発見された。芝生に面したガラスと鉄のドアは施錠され、鍵は外から差さっていた。この鍵は五十年以上前の温室創建時にさかのぼるもので、合鍵は存在しない。またドア内側の鍵穴は接着剤で貼られた木片によってふさがれているが、これはここ数年になされたことらしい。

温室の出入口としてはもうひとつ、後背部の機械室に通用口があるが、錆や埃の状態からして、これは施錠されたまま相当年開かれていないと思われる。機械室にはまた冬季の暖房用としてボイラーの設備があり、地下には熱水を巡らすパイプが走っていて、点検用の地下へのはしごを備える上げ蓋もあるが、庭師の知る限り使用はされておらず、上げ蓋にも動かされた形跡はない。また温室にはドーム状天井の三ヵ所に風抜きの窓が設置されていて、内部からモーターで開閉することができたが、それはいずれも閉ざされていた。従って遺体発見当時、本温室は密閉された状態であったということができる。

三名の遺体は天井部から足を上にして吊られていた。十数年前に晩年の主人美杜晃が蘭栽培に興味を示した時期があり、鉢吊りとして天井梁から数条の鉄鎖が下げられていた。鎖は二本一組みで、大きさの異なる鉢をしっかりと把握できるよう、バネで締まる輪型の金具が先端についていた。遺体はいずれもこの金具に二本の足首をはさまれて吊るされていた。鎖を上下するモーターは現在も稼働《かどう》可能に維持されており、ボタン操作で極めてたやすく動かすことができた。

死因について推定し得るところを述べる。

薬師寺静は刺傷による失血死の可能性が高い。右上腕部に両刃の短刀ないしはそれに類似したものによって、生前に与えられた長さ数センチの切り傷が確認されたが、これは男物ハンカチによって覆われている。しかし彼の死因となったであろう傷は、死後に与えられたと見られる多くの損傷に紛れてしまったために、これを確認することはできなかった。用いられた道具は温室床上で発見された園芸用はさみ類と見られ、傷は頸部《けいぶ》、両手首、腹部に及ぶ。特に消化器官は体外に引き出され細片化されて、床の格子の隙から熱水パイプ管の設置された地下までこぼれ落ちていた。

薬師寺みちるの死因は絞殺と見られる。頸部は静同様死後の損傷で確認できないが、わずかに残された後ろ頸の皮膚に、スカーフのような布をもってなされたらしい絞殺の痕跡が認められた。

みちるの遺体に対しては、静同様頸部、両手首、腹部のみならず、指紋のある指先と顔面に対してはさみによってつけられたと考えられる極めて多くの損傷が与えられ、それは顔貌の確認ができぬほどであった。

深堂華乃の死因は頸骨の骨折で、ほとんど即死に近い。後頭部及び後肩部に打撲の痕跡が見られ、もっとも妥当な想像では高所からの転落死が考えられる。死体に対して与えられていた損傷は、みちるとほぼ同様である。

この結果三名の体から流れ出たと見られる血液が温室の床に流れ出し、格子を通って地下へまで滴っていたのみならず、ガラスの内壁にはその血をもって記した多くの手形が見られた。また床の上には裸足の足跡が多く印されていた。その手形足形はいずれも薬師寺香澄のものであり、また彼以外のものはなかった。

薬師寺香澄は温室内の長さ約二メートル、幅と高さは〇・七メートルの蓋つき木製箱内で発見された。血によって汚れた衣服（木綿製半ズボン、下穿《したば》き、靴下）は丸められて温室の隅に置かれ、香澄は裸で箱内に横臥していた。脱水状態ではなはだ衰弱しており、事件当日からこの箱の中にいたと考えられた。また発見された香澄の手には薬師寺病院のラベルのある薬瓶が蓋を開けたまま握られており、中にはバルビツール酸系睡眠薬粉末約二グラムが入っていた。彼の口辺には同剤粉末が付着しており、少量を嚥下《えんか》しようと試みた形跡があるが、量は少なく生命に別状はなかった。

香澄が本件において果たした役割の解明なしに、捜査当局が真相へ至り得ることはないであろう。

しかし香澄は事件直後より極度の精神不安定状態を示し、証言を得ることが不可能なまま時を経ている。

極めて興味深いことは、薬師寺香澄が二歳児健診の折に自閉症様の症状（ことばが遅く、いったん獲得したことばが消える。視線が合わない。ひとりでの単調な反復遊びのみをして、玩具《がんぐ》や友人に興味を示さない等）を示しているという記録が残っていること、そして就学困難との両親からの申立てによって、七歳の事件時までまったく学校や施設での教育を経験させられることなく、基本的には美杜邸内のみで成長してきたという点である。

たとえ重度の知的障害を持つ児童といえども、可能な限りの教育は与えられる権利があり、当然関係官公庁からそうした手が差し伸べられるべきものなのだが、両親が死亡したため細かな事情は不明である。

だが彼がこうした、極めて特殊な成育環境に置かれてきた少年であることは、事件と無関係ではあるまい。

以上。推測や所感は捜査官個人のことばをそのまま写した。』

ようやく読み終えて神代は、吐息をつきながら目頭をもんだ。

暴力や異常心理、残虐な殺人や異様な死体といったものがこれでもかと登場する最近の犯罪小説や、ましてそうした場面を大画面で見せつける映画を喜ぶ人間がいるということが、神代にはどうしても理解できない。

人の死や死体が日常から隠蔽《いんぺい》された現代、リアリティを喪失した死、その反転としての死の形象の娯楽化——といった解釈がすぐ浮かんでは来るが、たとえば交通事故によってもおびただしい数の人間は日々血を流して死んでいくのであって、現代の日本がさほど死と無縁な社会であるとは思えない。

現にこの数ヵ月前にも神代は、友人とも恩人とも考えていた古い知り合いの、不慮《ふりょ》の死に直面させられた。だがあの死は、理解できる。承認するとは到底いえないが、いわば人間世界の出来事として、そこに起こり得るひとつの結末として、傍観者でしかない自分は自らを納得させるしかないのだと諦めることができる。

しかし——

(いったいなんなんだ。俺がいままで読まされてきたレポートの中の、この事件は？……)

目を閉じていると今日見てきた美杜邸の温室の荒涼《こうりょう》とした廃墟《はいきょ》に、色ガラスを重ねるようにあざやかな血の赤色がかぶさって浮かんでくる。天井の鎖から吊るされた、もはや人間とは思われないかたまりが三つ。そこから滴っては床の上を、ひたひたと流れていく幾筋もの血潮。

白い素足をした子供が、そこをはずむように駆けている。足を止めては手のひらを床の血だまりにひたし、遊戯のようにその手でもってガラス壁にしるしをつける。赤い花のかたちの手形が開く。ひとつ、ふたつ、みっつ。にこにこと笑いながら、それとも無邪気に歌を歌いながら……

（ちぇっ、馬鹿いってんじゃねえや！——）

神代は自分の頭の中に浮かんできた妄想を、罵りとともに振り捨てた。なんかの間違いだ。さもなければ卑劣なトリックだ。香澄に罪を着せるための。渡部晶江もアメリカでの経験があるからなおのこと、それに乗せられているのだ。学校にも行かせてもらえずとじこめられてきた子供、精神に異常があった子だからこそ、どんなとんでもないことをしても不思議はないとでもいうように。

しかし改めて考えるまでもなく、香澄にかけられた嫌疑が軽いものでないことは、神代にも理解できている。このレポートにあった通り温室の床が血で覆われていて、そこに香澄以外の足跡がなかったというのなら、最初考えたように眠らせた子供の体を抱えてその手足に血をつけ、痕《あと》を残させたというのはほとんど不可能だろう。

もちろん絶対に無理ということはない。たとえばあらかじめゴムか樹脂のようなもので香澄の手形足形を作っておき、それを手袋の表面や靴の底に張りつけて痕をつけるとでもいったことをすれば。

しかしそこまでして罪をなすりつけるなら、彼を生かしておくのは危険で無意味だという話になる。折角《せっかく》みすずの命を奪った睡眠薬もあることだし、両親を殺して切り刻んだ悪魔のような子供が、自殺したというかたちにすれば首尾《しゅび》も整う。そして当然温室の鍵は、外からしめられていたりしてはまずい。

（どっちにしてもそこが矛盾、てわけか……）

いつの間にか雨が降り出したようだった。ガラス窓の外を水滴がひかりながら流れ落ちていく。かなりの勢いで降っているらしい。気がついてみれば頭上の屋根からも、しきりと雨音が響いてくる。

この家も古いのだ。昭和ひと桁の築造のはずだから、すでに六十年近く経っている。屋根や柱はまだしっかりしているとはいえ、雨風の音はよく響く。この書斎は玄関の脇についた一室だけの洋間で、天井も高く、壁も座敷よりは厚くできているはずなのだが。

（雨、か……）

いくら頑丈に出来ているとはいえ温室のガラスのドームなら、雨音はさぞ大きく響くに違いない。事件の起こった八月の前半、庭の足跡も洗い流すほどの雨が幾度も降ったと、いま読んだレポートには書かれていた。血まみれた温室の中で香澄は、どんな思いでその雨音を聞いていたのだろう。

どうして逃げ出さなかったのか。いくら外から鍵がかけられていたとしても、なにかを使ってガラスを割るかどうか、できなかったのだろうか。

それとも一度も家から出たことのない少年には、外の世界は恐ろしすぎたのか。濃密な血の匂いのたちこめる温室の中は、そんな子供にとってはやはり一種の楽園に他ならなかったのか――

少し風まで出てきたようだ。張り出し窓の外につけた、開いたままの鎧扉《よろいとびら》が、ガタガタ音を立てている。仕方ない。濡れるのは覚悟でガラス窓を開けた神代は、しかし信じられないものをそこに見た。

玄関脇の終夜灯《しゅうやとう》におぼろに照らされた大谷石《おおやいし》の門柱の下に、うずくまっている人影がある。頭から全身ずぶ濡れになって、体を縮めた子供。それだけでわかった。

なぜ、などということは後でゆっくり考えればいい。書斎を飛び出した神代は、廊下の奥に向かって大声を張り上げる。

「――おおい、京介。出てこい、客だ！」

彼もまだ寝ていなかったらしく、ほとんど間を置かず廊下に出てくる。ふたりして玄関の引き戸を開けた。その音に、うずくまっていた子供がゆっくりと小さな顔を上げる。大きく見開かれた目が、ふたりを見上げた。

やはり見間違いでも、まぼろしでもなかった。薬師寺香澄なのだ。

いつからそんなところに、捨てられた子猫のように身をひそめていたのだろう。だが血の気を無くした白い顔に、感情らしいものはほとんど浮かんでいない。ただ深々と見開かれた、なにを思っているとも知れぬ丸い瞳だ。

なにかが神代の足を止めた。いくら証拠めいたものを山と積まれようと、こんな子供が親を殺したりするはずがない。そう信じていたはずなのに、その目を見た途端《とたん》背筋を冷たいものが、すうと通り抜けた。悪意も憎悪も知らず、ただ本能によって人に死をもたらし得る野生の猛獣を、目の前にしたときのように。

前に出たのは京介だった。軽い動作で三和土《たたき》に下りると、しかし雨の中には踏み出すことなく、

「──おいで」

片手を伸ばして呼んだ。

「──おいで、アオ」

神代は目を見張った。濡れねずみの子供はふらふらと、それでも自分の足で立ち上がり、そのままよろめくようにして京介の腕の中に倒れこんだのだった。

ふたつの名前

1

どうやって広尾からここまで来たのか、どれほどの時間そうしてうずくまって雨に打たれていたのか、香澄の手足は氷のように冷えきっていた。

服装は昼間見たままの白いトレーナーに半ズボン、ソックスだけで、足には靴も履《は》いていない。玄関から廊下へ上げてもひとりで立っていることさえできず、風呂に入れでもしたらそのまま溺《おぼ》れてしまいそうだ。

他にしようがないので濡《ぬ》れて張りついた服と下着を脱がせ、座敷に蒲《ふ》団《とん》を敷いて京介とふたりがかり、乾いたタオルで体をこする。その間も香澄は、声ひとつ立てない。目を閉じてじっと息を詰め、体を固くしてされるままになっている。

だがしばらくすると、血の気のなかった肌に少しずつ赤みがさしてきた。

子供用の寝間着《ねまき》などないので神代のパジャマの上だけ着せて、京介に牛乳でも温めてやれと命じてから電話に向かう。

時刻はすでに十二時を回っている。口をきくこともできない子供が消えて、美杜かおるがなにも気づかずに眠っているはずもないが、マンションの電話は虚《むな》しく呼出音を響かせるばかりだ。かおるの身になにか異常事態でも起こったのだろうか。

門野の自宅は知らないので、オフィスの留守電にできるだけ早く連絡をとだけ吹きこんでおく。後は取り敢えずできることもないわけだが、神代は廊下に足を止めたまま考えこまないわけにはいかない。

なにが起こったにもせよ、なぜ香澄はうちになぞ来たのだろう。住所は置いてきた名刺でわかったのかもしれないが、まさか広尾から本郷まで靴下裸足で歩いてきたわけでもあるまい。

地下鉄に乗ったとしても駅員に呼び止められる公算が強いから、後はタクシーを使った可能性くらいだが、そんなことができたのだろうか。事件のショックのあまりことばを失くし、閉所恐怖に憑《つ》かれ、人と会うこともできないはずの子供が。

ついさっき思いがけず窓の外に香澄の姿を見出して、神代は一瞬息の止まるような驚きを味わった。たったいま頭の中に描いていたその子の映像が突然物質化した、そんな気がしてしまったのだ。

馬鹿げた妄想《もうそう》には違いない。しかし目覚めたまま悪夢を見せられたような、自分を取り囲む世界が奇妙にあり得ぬものへと変貌していくがごとき感覚は、束の間とはいえ容易に忘れられぬほど強烈だった。

（そして、あの目——）

雨に濡れた白い小さな顔から、玄関灯の明かりを映して黄色くひかっていた、空っぽのガラスのような目。子供らしい感情や喜怒哀楽《きどあいらく》を、どこかへ置き去りにしてしまった目だ。人間と呼ぶにはなにか根本的なものが欠け落ちてしまい、ただ野の獣のような、本能的な飢えだけがその奥にうごめいている、そんな目。

——違う、と思った。子供といってもこれは自分が漠然《ばくぜん》と想像していたような、そして京介の膝で寝ているところを見て思ったような、普通の子供ではない。もしかしたら人間ですらない。そんな目をした子供がなにをしてしまおうと、それは犯罪ではない。獣を人間の善悪の基準で、縛ることはできないのだから……

（ちぇっ。なにいってやがるんだ、てめえは！）

神代は顔をゆがめて舌打ちした。

（あんなレポートひとッつで、洗脳されちゃざまァねえや——）

そう思いながらも一方で神代は、自分の気持ちが少しずつ揺らいできているのを、感じないではいられなかった。あの少年の手はほんとうに、血で汚れてはいないのか？……

六畳の座敷に戻ると香澄は寝入ったのか、目を閉じて蒲団の中に顎まで埋まっていて、その枕元に京介がぽつねんと正座している。

「牛乳、飲んだのか？」

「一口だけ」

枕元の盆の上では、マグカップの牛乳に膜がはりかけていた。スプーンと砂糖壺までそえてある。彼にしては気がついたものだ。

「——なあ、京介。一応聞いときたいんだが」

隣の座布団に腰を落としながら口をきった神代に、いずれそんな質問が来ることはわかっていたのだろう。最後までいわせず口を開く。

「アオというのは僕が子供のとき、いっしょに暮していた猫の名前です。和猫とシャム猫の混血で毛並みが灰色の、目がすばらしくきれいなブルー・グレーをした猫でした」

「だからアオ、か」

ずいぶん単純な名前のつけかただとおかしくなったのが、京介には神代のそんな表情が大いに心外だったらしい。

「字は草かんむりに倉《くら》の、蒼です。けっこう好きな名前だったんですよ。彼も気に入っていたし」

「彼ってのは、その猫のことかよ」

「他に誰がいるんです」

　むっとしたように聞き返されて、吹き出したくなるのを危うくこらえながら、

「わかったわかった。——で？」

「あのとき、美杜さんのサンルームで椅子に座って、眠るつもりはなかった、というか眠れるわけがないと思っていたんですが」

「しっかり寝てたな」

「ええ——」

　それまでの不服げな顔に替えて、珍しく京介は照れたような笑みを浮かべた。

「そのとき夢を見たんです、蒼の夢を」

「そして目が覚めたら膝の上に、この子がいたってわけか？」

「そうです」

　いま掛け蒲団の下から見えるのは、頬もほんのり赤らんで、歳よりいくらか幼げな愛らしい子供の寝顔でしかない。濡れて張りついていた明るい色の髪が乾きかけ、ゆるく波打ちながらふわふわと枕に散っている。

　そんな顔を見ているとまた、なにもかも馬鹿げた間違いだという気がしてきてしまう。こんな無邪気な寝顔の子供が、どうして人殺しなんてできるものかと。京介もそれを眺めながら、つぶやくようにことばを続けた。

「子供のときのことです。昼寝していると、よく蒼が僕のところにやって来ました。足音ひとつ立てずに歩けるくせに、そういうときはわざと音を立てたりして、僕を起こそうとするんです。でも僕は目が覚めても、そのまま寝たふりをしている。蒼が膝に飛び乗ってきても、まだ動かない。

するとと蒼は少しずつ胸に爪を立てたり、僕の頬に濡れた鼻先を押しつけたりする。しっぽの先で顎の下をくすぐってきたり、そうかと思えば膝小僧を舌で舐《な》めたり嚙みついてみたり。動いたり笑ったりすれば僕の負け、じれて鳴き声を出したり、痛いほど嚙んだりしたら蒼の負け。そんなことをしてよく遊んだんです」

「そりゃあまた、利口な猫もいたもんだな」

これほどの猫好きだったとは、いままでついぞ気がつかなかった。いつにない京介の饒舌《じょうぜつ》に神代は半ばあきれ顔で合いの手を入れたが、

「利口でしたよ、蒼は。二度と他の猫と暮したいとは思わないくらいに」

彼は真顔で答える。

「サンルームで足音が聞こえてきたとき、僕は蒼だと思いました。膝の上が重く暖かくなったときも、少しも変だと思わずに蒼だとばかり決めていました。なんだ蒼のやつ久しぶりに来たと思ったら、僕を起こさずに自分が眠ってしまったって、そんなことをぼんやり考えていた。だから半分は夢で、半分は夢ではなかったんですね」

「目が覚めて猫が人間になって、びっくりしなかったのか？」

「いいえ。なんだかそれがすごく、自然なように感じられてしまって」

確かに驚いているようには見えなかった、と神代は思う。それどころか京介のあんなに嬉しそうな顔は、いままで一度だって見た覚えがない。香澄の頭をなでながら口が動いて、なにかいったと思ったのは——『蒼』、だったのか。

「まさかこの子がおまえの猫の、生まれ変わりだとかいい出すんじゃねえだろうなあ」

「そういう考え方も、悪くはないですけどね」

まんざら冗談でもないように頭を傾けて、またつくづくとその寝顔に見入った京介は、

「実はそんな夢物語ではなくて、僕は前にこの子と会ったことがあるんです」

「ほんとか？」

「ええ」

「いつだよ」

答えかけて少しためらうようにいい淀み、

「——ちょっと、席を変えませんか？」

そういったのは万一にも、香澄の耳には入れたくないというのだろう。かといって書斎まで行ってしまっては遠すぎるから、隣の客間へ移ることにする。間をへだてているのはふすま一枚だ。なにかあればわかる。

だが漆《うるし》を拭いた年代物の欅《けやき》の座卓に、男ふたり向い合って座ってみれば、なにもないのも妙に手持ち無沙汰で、

「飲《や》るかい」

神代が持ち出したスコッチに、珍しく京介もグラスを取った。氷片を浮かべた琥珀《こはく》色の液体を、一口飲んでまた語り出した。

「まったくの偶然だったんです。八六年、高三の秋ですね。僕は旅行の情報を集めにあちこち大使館を回っていて、白金の住宅地を通り抜けようとして、近くの寺で行われていた薬師寺家の葬式に出くわしてしまった。もちろんそのときは、誰の葬式かなんて知りません。でも道がひどい混雑で、テレビの中継車はいるしパトカーはいるし、進むことも引き返すこともできなくて、気がついたら寺の門の中へ入りこんでしまっていました。

たぶん出棺《しゅっかん》だったんでしょう。本堂の中から出てきた人で広くもない境内《けいだい》がなおさらごった返して、警官がマスコミの人間らしいのと大声で罵《のの し》り合ったりして、いよいよわけがわからない。どちらへ向かえばここから抜け出せるだろうときょろきょろしていたとき、ふいと目が合ってしまったんです。

置き去りにされたみたいにひとりでぽつんと立っている、半ズボンに黒い上着の子供。もちろんそれが誰かなんてことも、少しもわからなかった——」

京介がこれほどしゃべることは実に珍しかった。神代は口をはさむ隙もない。

「お互いの目が合っていたのは、たぶんほんの数秒のことでした。その子は怯えたようにうつむいてしまい、僕は人波に押し流されて境内から出されて、子供の姿はたちまち見えなくなってしまった」

「そんなことがあったなんて、おまえあの頃はひとっこともいわなかったな」

「無意識に、考えることを避けていたんでしょうね」

京介は口元を曲げて、苦く笑う。

「そしてそれから二年半、神代さんが持ってきたコピーを見るまで、僕は彼のことを忘れていました。つまり忘れることで、逃げていたんです。いくらでも思い出す機会はあったはずなのに」

いったんことばを切った彼は、吐き捨てるようにつぶやいた。

「――最低ですね」

その語調の激しさに神代は目を剝く。

「逃げたっておまえ、別に偶然目が合っただけなんだろう？　それ以上のなにが、あったわけでもないんだろうが」

「でもそのとき僕には、はっきりと聞こえたんです。その子が僕に向かってなんといったのか。テレパシーなんて空想的なものじゃない。ことばなんかなくても気持ちが伝わるときは伝わる、それは動物と接していればわかることでしょう。

なのに僕は自分を誤魔化して、すべて気のせいだったと思いこもうとした。口に出さず忘れ去ることで、その記憶からさえ逃げた。あまりにも卑劣《ひれつ》で、我がことながら吐き気がしますよ」

軽い気持ちでいっているわけではないことは表情でわかる。唇が神経質に引《ひ》き攣《つ》れて、それを前歯が絶えず噛みしめている。しかし鋭くとがった氷の破片を吐くような口調を聞かされ続けるのは、非難がこちらに向けられているのではないとわかっていてもいささか心臓に悪い。

「おまえになんていったんだ、香澄は」

京介は濡れたオンザロック・グラスの表面を指でひとなでると、座卓の上に文字を書いた。かたかなが四文字。――タスケテ。

「助けて、か……」

「そういわれながら、その声に気づきながら、僕は逃げた」

自分で書いた文字を凝視したまま彼はつぶやく。

「なのに彼は僕を、覚えていた」

どうしてそんなことがわかると聞き返そうとして、だが、そうなのかもしれないと神代も思った。だからこそ香澄は進んで京介の膝に頭を乗せたのだし、いまもまた彼の姿を求めて、どうやってかここまで訪ねてきたのだ。

京介の手のひらが座卓の上で開いた。見つめている。ついさっき手の中に受け止めた子供の、小さな冷えきった体の感触を思い出すように。彼が二十の現在まで、その手で抱いた生きものといえば蒼という名の猫だけだったのだろうか。

細い指がふいに、ぎゅっと握りしめられる。

「今度は、逃げません」

京介は目を上げて神代を見据えた。

「——絶対に」

眼鏡の中から色の薄い瞳が、いつにない熱い輝きを放っていた。

2

(なんて目ェしやがる——)

口には出さないことばを、神代は胸の内に綴《つづ》らずにはいられない。

(ほとんど見ず知らずのがきのために、そこまで熱くなれるってのかい)

(だがよ、そんな目してりゃあおまえだって、ちゃあんと歳相応に見えるじゃねえか)

(ついこないだまでは半分死人か、化けもんみてえな面してやがったのによ……)

(ツたく、おまえってやつは——)

しかしそのいずれも胸の内に畳みこんで、神代はふたつのグラスに酒をそそぎ足す。溶けかけた氷ごとがぶりと一口飲みこんで、

「具体的にはどうする。やっぱし薬師寺家事件の真相を探り出すのか？」

「ええ、たぶん——」

そこで声がとぎれるのは逡巡《しゅんじゅん》からではなく、慎重にことばを選ぶときの京介の癖だ。

「やはりそういうことになるでしょうね。対社会的に事件を解明することにはなんの意味もないけれど、少なくともいまの彼は幸せではない」

「そういい切れるのか？」

「美杜かおるの庇護《ひご》の下にまどろんでいることは、彼にとって必ずしも不幸とは限らない。そういう意味ですか」

神代の目を見つめて、京介は逆に問い返す。

「もしも彼がほんとうにあの殺人と、それ以外の行為をやってしまったなら、へたにそれを暴き立てるよりも、すべて謎の霧の中に包みこんでしまった方が彼のためにはいい。罰されることのない、つまりは償《つぐな》いの手段さえ持てない幼い殺人者の烙印《らくいん》よりは、黒白不明な疑いだけの方がはるかにましだ。そっとしておけばいい、美杜かおるが口にしていたように。そう思われるんですね？」

「そこまで断言するわけじゃあ、ないけどな」

穏やかなことば遣いで、だが容赦《ようしゃ》なく問い詰められているようだ。つい神代はいいわけめいた口調になる。

「だが真相ってやつは常に両刃《もろは》の剣だ。強引にことを進めすぎると、かえって傷口を広げかねない。助けるつもりでよけいに香澄を苦しめることになってしまうかもしれない。違うかい？」

「それは身に染みてわかっているつもりです。この前の、事件で」

京介は唇だけを笑いのかたちにしたが、

「けれどももし彼がいま幸せだったら、僕を覚えていたはずがない。外界から自分を閉ざしたまま、囲いこまれ庇護されて過ごす現在に甘んじていられるのなら、見ず知らずの人間からいきなり自分のものでもない名前で呼ばれて、それを受け入れることなんか絶対にないと思います。違いますか？」

「——わかったよ」

もはや神代には、それ以外に答えようがない。

「おまえのやりたいように、やるがいいさ」

香澄が助けを求め、京介がそれを聞いた。京介が少年を新しい名で呼び、少年がそれを受け入れた。すでにそのようにしてふたりは、出会ってしまったのだ。少なくとも京介にとって他の真実はない。いまさら神代が止めたところで、止められるものではなかった。

「こうなったらいっちまうが門野の爺いもな、担ぎ出したかったのはもともと俺じゃなくおまえだったんだ。人を青山まで呼びつけてさんざ話を聞かせたあげく、隠し球を出せとよ。輝額荘《きがくそう》の一件におまえが嚙んでたことも、ちゃっかり摑んでいやがるらしい。まったく喰えない爺いさ」

「けれど門野さんは僕に、なにを期待しているんです？」

「薬師寺香澄にかけられた疑いを晴らしてやってくれ、だと。気軽くいってくれるぜ、まったく」

「つまりそれは困難だ、と？」

「そりゃあどう考えたって、やさしいことじゃないだろう」

「おや。神代さんが宗旨《しゅうし》変《が》えしたのは、例の女から押しつけられたファイルを読んだからですか」

腹の中をずばりといい当てられた気分で、神代は思わず苦い顔になる。

「例の女、か。またひでえいい草だな。女性蔑視《べっし》だとかいわれるぜ」

「かまいませんよ、なんといわれようと。僕は女性差別論者ではないが、フェミニストでもありません。問題は常に性別などよりも能力と人間性だ。ノンフィクション・ライターを自称するくせに結論先行で、自分が立てた仮説に無批判に固執《こしつ》して、事実をそれに強引にあてはめることしか考えてないような人間、男だろうと女だろうと例の、でたくさんです」

京介のそのことばにも一理あることは認めないわけにいかないが、神代が見るところ彼女が香澄犯人説を取るだけの根拠はあるというのも事実なのだ。香澄にかけられた罪を雪《そそ》ぐのが、それほど簡単なこととはとても思えない。

「まあ、ファイルは回すからおまえも読んでみるんだな」

「そうしますよ。叩き台くらいには使えるでしょう。そうだ。取り敢えずはその中のレポートの、粗捜しをするところから始めましょうか」

「おまえな——」

どうしてこいつはこう極端なんだ、と神代は呆れた。ついさっきまで自己卑下《ひげ》と自己嫌悪のどん底のようなせりふを吐いていたかと思えば、次に口を開けばいきなりこれだ。それも嘘や芝居でやっているならともかく、たまさか口に出す本音がそれだから始末が悪いのだ。いつもの澄まし顔の仮面の方が、なんぼか扱いやすい。栗山もさぞかしことあるごとに戸惑わされ、頭を抱えた口ではないか。

おまけにその気になれば物言いは無闇と達者で、言い負かすのも楽ではない。下手をすればこちらが論破される。それにしてもなにかひとこと釘を刺しておかねばとことばを探しているところを、玄関の方で電話が鳴った。

「ああ、神代君。無理に頼みを聞いてもらったのに、連絡も入れずにすまなかった」

受話器を上げた途端こちらを確かめもせずに、門野の大声が響いてくる。

「首尾を聞きたいところなんだが、それはちょっと後にしよう。そのせいではないと思うんだが、実はこの夕方になって、かおるさんが急に具合を悪くしてしまってね。救急車を呼んで入院ということになってしまったんだ。私も一時間ばかり前に病院から連絡をもらって、驚いて駆けつけたわけなんだが」

　受話器から聞こえてくる声は、あせっているらしくいつにないほど口早だ。

「取り敢えず病院の方へ顔を出して、それからマンションに様子を見にいったところがこれが裳《も》抜《ぬ》けの殻《から》なんだ。香澄がいなくなってしまったんだよ。玄関の鍵も開けっ放しで、しかし部屋の中が荒された様子はないから強盗が入ったわけでもないと思うんだがね。といってあの子がひとりでどこへ行くわけもないし、君に聞いてもまさかわかりはしないだろうが、とにかくそんなわけだから——」

「薬師寺香澄はうちにいますよ」

「なんだってえ？」

　このときほど相手の顔の見えないことが、残念に思えたことはない。門野が心底仰天《ぎょうてん》した声を出すのを初めて聞いた。

「君が連れてきたのか？」

「とんでもない。ほんの二時間ばかり前に、玄関の前でしゃがんでいるのを見つけたんです。靴下裸足で」

「――冗談じゃあるまいね」

「そんな場合でないことくらいは、わかっているつもりですが」

門野はしばらく絶句していた。少しして、深いため息が聞こえる。

「すまん。私もずいぶんと動揺しているらしい。とにかくそういうことなら、詳細を聞かせてもらいたいな、良かったら明日にでも。かおるさんがいるのは南麻布《みなみあざぶ》のA病院だが、私は午前中にまた顔を出すつもりだ」

「では私もそちらへ伺います。美杜さんがしばらく入院されるようなら、あの子は私の方でお預りしましょうか?」

「それは助かるが、いいのかね。君のところは女手もないんだろうに」

「実はどういうわけか、香澄が京介になついてしまったようなので」

まったく予測しなかったことばらしい。門野はふたたび絶句した。

いつもの寝場所を明け渡してしまったために、神代はしかたなく茶の間に蒲団を敷いた。翌朝座敷のふすまに手をかけると、京介が中から顔を出す。

「様子はどうだ」

「まだ寝ています」

「おまえは夜明かしか?」

「少し寝ましたから」

「これからどうするんだ」

「僕が決めることじゃないです」

それはそうだろうが。

「どっちにしろ彼を、ひとりで置いておくわけにもいきません」

「大学はどうする」

「しばらく休みます。この先いろいろ忙しくなりそうだし」

「まさか子供連れで探偵の真似でもないだろう」

「まあ、そのことはおいおい考えますよ」

答える口調はあくまでのんびりしているが、なにをたくらんでいるやら知れたものではない。

「飯のことはみつさんに頼んどく。どっちにしろ今日くらいは、家ン中でおとなしくしてるんだな」

いいおいて玄関へ出ようとした神代の背中を、京介の声が追ってくる。

「門野さんによろしく。近い内にご相談に上がりますと伝えておいて下さい」

当たり前のようにいわれて、

（このヤロー、俺はてめえのメッセンジャーか？）

腹の中で罵りながらもわかったようとうなずいてしまう、我ながらとんだお人好しだった。

病院のロビーで門野とは顔を合わせたが、かおると面会はできないという。

「かなり悪いんですか?」

「そのようだ、ここのところがな」

手振りでみぞおちのあたりを指してみせる。日頃は精気に満ちて少しも年齢など感じさせない彼だが、さすがに今朝は疲労の色が隠せない。目は赤く、たるんだ頰には無精髭《ぶしょうひげ》も浮いている。

「手術とか、そういう話になるのですか」

「いや、昨夜の今日だからな。まだその結論は出ておらんのさ。——君、朝食は?」

「済ませてきましたが」

「まあいいだろう、つきあってくれ。病人に会えるわけでもないのに、こんな薬臭いところにいる理由もないしな」

なんのために病院まで足を運んだかわからないことをいわれ、結局車で青山方面に連れていかれた。会う度に肩書きの変わる門野だが、使っている車は常にジャガーの大型車。それも車体の曲線が特徴的なダーク・グリーンのクラシック・タイプだ。明らかにボディ・ガードを兼ねている胸板の厚い運転手が、白手袋をはめてハンドルを握っている。

裏通りに建つ個人の家のように見えた古めかしい洋館は、トスカナ式の円柱の間を通って中に入れば飴色《あめいろ》にくすんだシャンデリアの下に革張りのソファがひかる豪奢《ごうしゃ》な内装で、しかしホテルやレストランではなく、厳格な審査を経て承認された会員から成る英国風のクラブというやつらしい。

以前門野から君も入りたいなら推薦するといわれた覚えがあるが、一昔前の英国紳士を気取る趣味はないので、有難く遠慮させてもらったのだ。中には会員と会員に伴われたゲストだけが利用できる図書室、ティールーム、ダイニング・ルーム、集会に使う大小の会議室などがあって、寝泊まりも可能らしい。

二十世紀末の日本でどんな種類の人間が、酔狂《すいきょう》にジェントルマンの真似事をやっているのかは知らないが、朝のこの時間では人気もないロビーを抜け、案内された二階の個室に腰を落ち着けた。ここでもインテリアは重厚なイギリス風で、彼《か》の国の伝統そのままの女人《にょにん》禁制といわれても驚きはしない。いくつの歳からその仕事をしているのか、白い上着が似合いすぎる白髪の給仕が、やけにたっぷりした朝食をワゴンで運び入れる。門野は疲労を食事で取り戻そうというように、たちまち猛然たる食欲を発揮し出したが、

「美杜かおるさんは以前胃潰瘍《いかいよう》で入院していたと聞きました。昨日、渡部さんから」

神代が口を切ると、さすがにベーコンを切っていたナイフを止めて、感心したとも馬鹿にしているともつかぬ表情で答える。

「ふん。あのルポライター、かおるさんのことまで調べているわけか」

「門野さんは、彼女とお会いになったことは？」

「いや、電話だけだ」

「なかなか切れる女性のようでしたよ」

「第一印象は合格、かね」

「合格の意味によりますね。頭はよく有能で、人柄も誠実と見えました。物書きとしては信頼できる、といっていいでしょう。ただし彼女は一年以上前から薬師寺家事件の調査を進めていて、すでに確固たる結論を用意しているようです」

「その結論とは？」

神代は自分の口からそれをいうことに、いささかためらいを覚えながら答えた。

「犯人は薬師寺香澄である。物的証拠以上に、香澄の現在の状態がそれを証明している。つまり彼はその罪の意識ゆえにこそことばを失い、自らを沈黙の檻の中に閉じこめているのだ、と」

「動機は？」

「両親からの虐待《ぎゃくたい》」

「なるほど」

それだけいって門野はよそを向き、口の中のベーコンをくちゃくちゃと嚙む。

「香澄が学校へも行かずに、ずっとあの家の中で育ったというのはほんとうですか？」

「そうらしいな」

今度はずずっと音立てて紅茶をすすりこんだ。

「いまどきの日本で未就学児童が、そう簡単に見過ごされているとは思いませんでしたよ」

門野は返事の代わりに肩をすくめてみせる。

「家の中に監禁されて、日常的に虐待されていた、とでもいうんでしょうか」

「さて、そこまではな」

空になった茶碗を受け皿に戻すと、

「といってもわしはその当時向うとは縁が切れた状態だったから、美杜の死んだ年からしばらくは白金の家に足を踏み入れてもいないし、事件以前にあの子と会ったこともない。薬師寺静という男は、私が美杜家の財産を勝手に動かした、いや、横領《おうりょう》したとまでいってな。なに、無論まったくの根も葉もない中傷さ。だがあまりしつこくそんなことをいい立てておるようなので、裁判でも起こしてやろうかと思った矢先にあんなことになってしまったのだ」

それも神代には初耳な話だった。

「なんのためにそんなことをいったんでしょう。その薬師寺というのもよくわからない男ですね」

「わからないかね？」

口の回りをナプキンでぐいと一拭きして、門野はふふんと鼻を鳴らした。

「昔君にいった比喩《ひゆ》を繰り返して、美杜晃が内にガラクタのつまった、しかし見た目は麗《うるわ》しい褐色のアポロだとすればだな、薬師寺はそのへたくそな戯画《ぎが》さ。泥でこさえて色を塗りたくった紛《まが》いものさ。ただし頭の方は美杜より何十倍もいい。それと外面《そとづら》の良さだけを武器にして、這い上がってきた悪党だ。年上の後家を色でたぶらかして深堂病院の婿《むこ》に収まり、あげくは病院をしっかり我がものにしておいて次の獲物に飛びかかった。

狼の目にさぞや美杜家は美味《うま》そうな餌に見えたのだろうが、豈図《あにはか》らんや美術品を処分して相続税を払った後は、税金ばかり喰う白金の邸宅の他にそう大した財産があるわけでもない。だがどれほど落胆したとしても、諦めないのが悪党の悪党たる所以《ゆえん》だ。先を思えば私が目障《めざわ》りで、見えすいた嘘を女房たちの耳に吹きこんで遠ざけたというところだろう。少なくとも彼に関しては、ああいう殺され方をして気の毒でならんとはいいたくともいえんね。私はそこまで偽善者じゃない」

「前の舅《しゅうと》と妻の死に、疑惑があるというのは？」

「それもルポライターがいったわけか？」

「資料ファイルを借り受けましてね、その中に」

「よく調べてある、といっておくか」

皮肉な笑い方をして、

「だが証拠はない。残念ながら、というべきかな。あいつならやったかもしれん。しかしやった以上は、人に嗅ぎつけられるようなへまは絶対にしなかったろうさ。とにかく頭だけは切れる悪党だった」

「敵は多かったんですか？」

「そうさな。ここにもひとりおるよ」

門野は自分の胸を指してみせた。

「薬師寺は美杜の主治医というかたちで、少し前から家にも出入りしていたからな。その頃から布石《ふせき》は打っていたんだろう。彼が死んだ後私がもう少し気をつけていれば、あんな男と結婚させはしなかったんだが、相続税のからみで奔走《ほんそう》させられているうちに、式の日取りまで決まっておったよ」

「恋愛結婚だったわけですね」

「ああ、みちるさんの方が完全にのぼせあがってな。再婚なことも歳が離れていることも、まったく気にならないというんだから、もう手がつけられない。みすず夫人もすっかり丸めこまれ、かおるさんもなにやら気落ちしたようで反対もせず、さ。突然主人を失った女ばかりの王国に、さっそうと身ひとつで乗りこんできて、たちまち我がものとしてしまった男ひとりというわけだ。とんだ英雄譚《えいゆうたん》もあったものじゃないかね」

「それもこれも亡き王の面影を宿していたばかりに、というわけですか」

「左様。子宣《のたま》わく。女子と小人は養い難し、さ」

ここにも謎の迷宮の、分かれ道がひとつあると神代は思う。薬師寺静がそれだけの悪党だったなら、彼を殺したいほど怨んでいた人間は何人もいるのではないか。葬儀の前にマスコミに流された誹謗《ひぼう》記事の種も、そういうところから発している可能性が高い。妻のみちるか愛人の深堂華乃か、あるいは両方をだまして避暑に出るはずの静を足留めして、殺害する。犯人を知っている女たちも、そうなれば殺すしかないし、静への強い憎しみが彼女らに対しても容赦を忘れさせたかもしれない。

ひとつの可能性に立ってみようとすれば、たちまちそれなりの犯人像が浮かんでくる。たとえば腹を裂かれて内臓が引き出されていたというのは、薬師寺の職業である医師と、なにか関わりがあるのではないか。しかし具体的な名前が出るわけでもなく、実際に起こったことと犯人像が逐一照応するわけでもない。遺体を天井から吊り下げ、切り刻み、血をまき散らす。いくら彼を憎悪していた犯人だとはいえ、そんなことまでする必要はあったのか。事件の様相は常にそれよりも過剰だ。

「まったくどこが頭やらしっぽやら。ヤマタノオロチのような事件ですね」

ため息とともにひとりごちた神代を、

「始めたばかりでもう弱音かね」

テーブルの葉巻を取り上げながら、他人事のように門野がからかう。

「義を見てせざるは勇なきなり。君の義俠心《ぎきょうしん》には期待しておったんだがな」

「私はもういいんじゃありませんか。いよいよ真打ちが御神輿《おみこし》を上げたようですし、彼は絶対に香澄を助けると断言していますしね」

「おう、そうだ。彼のことだった」

門野は急に真顔に返った。

「聞かせてくれ、神代君。桜井京介のことを」

3

それからの一時間ばかりは、京介に対する門野の関心を満たすために費やされた。偶然薬師寺夫妻らの葬式に行き合わせてという話に、興味深げに耳を傾けていた門野も、さすがに香澄を猫の名前で呼んだというところまでくると苦笑を禁じ得ない。となると頼まれもしないのに、弁護を買ってでてしまうのが神代の人の良さだった。

「悪気はないと思いますよ。常識もないかもしれませんが」

「まあいいだろう。それで彼がやる気になってくれた、というのなら、私がどうこういうこともないな」

「近々ご相談に伺いたい、といっていました」

「それは無論かまわんが、そのルポライターの方も放ってはおけんな。まさか警察内に情報提供者まで持っているとは思わなかった。そんな女をかおるさんに近づけたのは、いささかうかつだったかも知らん。どこから話がもれているのかだけは、早いうちに一度確かめておかんと」

「ですが門野さん、いまから彼女の動きを止めるのは難しいでしょう。一年以上も調査してきたというのも、依頼を受けての仕事というわけでもなさそうですし」

「アメリカで教育を受けてキャリアを積んだとかいったか。へたに圧力をかけると、かえって言論弾圧だとか騒ぎ出すタイプの女だな」

「むしろ敵に回すようなことは避けるべきだと思いますね。子供の心理や虐待の問題といったことについては、あちらでいろいろ経験を積んできているようですし」

なんとはなし神代は、今度は渡部を弁護する口調になっている。

「我々は当の薬師寺香澄のことを、未だにほとんど知りません。私にしても、門野さんにしても、無論京介にしてもです。そして子供といえばどうしたって、無垢のとか無邪気なとか考えてしまう。しかし彼女はいっていました。確立した自己を持っていないぶん、染まりやすいのが子供だ、決して天使ではないんだとね」

「ずいぶんその女の肩を持つじゃないか、神代君」

「そういうわけではありません。事実をいっているだけですよ」

　だが門野は不興《ふきよう》げに肩をすくめると、横を向いてタバコの煙を吐いている。いまになってそれほど渡部を警戒するのなら、最初からもっと身辺を調べておけばいいものを、女だということで軽く見たのかもしれない。結局彼も頭の中は、古い男のひとりなのだ。

　美杜かおるのようなおっとりとした美女には、好意的な庇護欲を掻き立てられる。同情も協力も惜しまない。だが男に伍して仕事をする女はわけもなく舐《な》めてかかり、その予想をくつがえされて出し抜かれたりすれば、侮《あなど》りが一気に敵意に転化してしまう。門野ほどの眼力の持ち主でも、ことが女性となればそれかと、いささかおかしくなった。

「そういえばかおるさんが、香澄のことをなんと呼んでいるかご存知ですか？　アンジュ、フランス語で天使ですよ」

　渡部のことばからの連想で、相手の気を変えようと持ち出しただけの話題だったのだが、門野はいきなり振り向いた。金壺眼がなおさら大きく引き剝かれて神代を見つめた。

「アンジュ――、とかおるさんはいったのか。君の前で？」

「ええ。そして私が不思議に思って聞き返すと、香澄の愛称だ、自分だけの呼び名だとおっしゃいましたが」

「違う」

　大きな頭が左右に振られた。眉根《まゆね》が深く寄せられて、目は細められている。読み取りにくい表情だったが、どこか悲しげだった。

「それは違うのだ、神代君。アンジュというのは杏《あんず》の樹と書く。死んだ子供の名前だ、かおるさんの」

「彼女に子供がいたんですか？」

これもまた初耳の話だった。

「ああ。だが死んだのだ、たった四歳で」


美杜かおるは未婚の身で、薬師寺静と結婚した妹みちると同じ七八年に出産したが、父親が誰かは門野も知らないのだという。当時は先程いったような事情で、門野はすでに美杜家ともまったく没交渉《ぼっこうしょう》になっていた。

かおるはそのとき二十一歳。短大を出て、N学院でフランス語を学んでいた。初めから結婚する意志もなかったのか、相手に結婚できない事情でもあったのか、母親や妹にも男の名をもらすことはなかったらしい。かおるはそのまま白金の家で、乳母《うば》のように自分の子杏樹と、同居している妹の子香澄をともに育てていたという。

「その杏樹を失ってかおるさんは日本を離れ、単身パリに住むようになった。私が数年ぶりに便りをもらったのもパリからで、ただならぬ文面に驚いて飛んでいったものだよ。ずいぶん痩《や》せてやつれて、半ばノイローゼのような有様だった。子供のことを聞いたのも、そのときでな。

　自分には息子がいた、この世に自分が生み出したたったひとつかけがえのない愛するものを、しかし自分の過失で永遠に失ってしまった、すべて自分が悪いのだ、そういいながらすすり泣くのだ。とてものことに信じられなかったよ」

　いつにない瞑想的な表情になって、門野はいっときその折の情景に思いを馳《は》せるかのようだった。

「病気でも事故でも子供を死なせた母親というのは、自分が悪かったという思いに取《と》り憑《つ》かれるものかもしれんがね。これは私の勝手な想像だが、杏樹が死んだ原因はなにかもう少しはっきりと、あの人の過失だったのじゃなかろうか」

「過失、つまり事故ですか？」

「事故といってもそう大げさなものを考える必要はない。子供というのはもろいものだよ、神代君。自分の足で活発に動きはじめた幼児にとって、この世界は回避し難い危険に満ちている。家具の端やすべらかな床、そんななんでもないものが死の罠だ。些細《ささい》な過失に不幸な偶然が重なれば、死は実にたやすく幼い生命を奪っていく。

　ほんの一瞬目を離した隙に死が襲ってきても、それを避けきれなくとも、誰の罪でもない。強いていえば運命の悪戯《いたずら》だ。だがそんな不条理さに耐えられぬ人間は、いっそそれを自分の罪だとでも考えずにはおれないのさ」

　なにか思い当たることでもあるのか、いやに実感のこもったことばだった。

「そうでなくてはあの頃の彼女の、激しい身を削《けず》るような自責は理解できない。中世の修道女が苦行《くぎょう》に打ちこむさまもかくや、というような有様でね。私がかおるさんとパリで再会したのは、確か八二年の夏前のことだったが、夏が過ぎ秋が行っても彼女の嘆《なげ》きは終わらなかった。冬のさ中裸足で教会の祭壇にぬかずいて、何日も飲まず喰わず眠らずに祈り続けるようなことばかりしていた。自殺はしないと、それだけは約束してくれたのだが」

「思ったより激しいところのある人なんですね。いまの彼女からは想像もつきませんよ」

おっとりと時代離れした女学生のような、その風貌を思い出しながら神代が答える。

「ああ。しかしあんな事件が起こらなければ、彼女がまた日本に戻ることもなかっただろう。どうしてあれほど必死で妹の子を守ろうとするのか不思議な気もしたのだが、つまりあれは死んだ我が子杏樹の代わりなんだな」

神代は、薬師寺香澄という少年の身に起こっている不思議な巡り合わせを思った。京介は彼を愛していた猫の名で呼ぼうとし、かおるは死んだ息子の名で呼ぶ。まさか京介が香澄を本気で猫の生まれ変わり扱いする気遣いはないが、かおるにとって香澄が亡き我が子の身代わりなのは間違いない。

「だが香澄は香澄だ、杏樹じゃない。死んだ子供の代用品じゃあない。違いますか、門野さん。もしもかおるさんがそういうつもりであの子を抱えこんでいるとしたら、やっぱり望ましいことじゃありませんよ」

しかし門野はかぶりを振る。

「どうしてだね、神代君。子供にはなにより母親が必要なんだ。まして香澄のように傷ついた子供にはなおさらのことだろう。かおるさんが彼を自分の子の代わりに、心から愛せるなら結構なことだと思うが」


いくら考えてもいい合っても、すぐに結論の出せる問題ではなかった。かおるの病状、香澄の身の振り方、今後の方針、渡部の処遇《しょぐう》。すべてを合わせてまた近い内に、できるなら京介もふくめて話し合おうとだけ決めて、車で送らせるという申し出を断り、神代は依然として人気のないクラブの建物を出た。時刻はすでに昼近い。


昨日の昼から立て続けにいろんなことを聞かされて、頭と肩がずっしり重かった。今日は講義がなくてせめてもの幸いだ。地下鉄に揺られて我が家まで戻ってみれば、家政婦のみつさんが呑気な顔で玄関先を掃いていて、

「あら先生、ちょうどよかった。お断りするの忘れてたんですが、あたし今日はPTAで、娘の学校に行かなきゃならなくて、早めに帰らせていただきたいんですよ。お夕飯の下ごしらえの方は全部済んでますから。野菜の煮物は召し上がる前に火を入れてくださいね。それとおみおつけの出しは鍋の中ですけど、具は」

「ああ、わかったわかった」

神代はあわてて手を振った。ほっておくとこのまま人通りもなくはない家の前で、夕飯のメニューから調理の方法まで大声でまくしたてられかねない。

「それはかまわないが、京介は？」

「さっきお出かけになりましたよ。あの坊やを背中におんぶして、根津《ねづ》まで買物に行ってくるって。しばらくお預りになるんですって？　顔は可愛いけどひとっことも口をきかなくて、いまどき珍しいくらい内気でおとなしい坊やですねえ。

でもそれを桜井さんったら、ほんのいっときも目を離さないで、それは熱心に面倒見ているんですから、まるで若いお父さんみたい。あんな無口で無愛想な人が、子供の面倒を見られるなんて思いませんでしたけど」

それは無論神代も考えていなかった。おぶっていったのは香澄の靴がなかったからだろうが。

「ねえ、先生？」

ホウキの柄越しにぐいとばかり肉づきのよい顔を突き出されて、なんとなく嫌な予感がする。

「あのおとなしい坊や、先生のお子さんですか？　これまではもしかしたら桜井さんがって、思ってたんですけどね。あら、ご心配なく。仲町《なかちょう》のご実家の方には、内緒ってことなら黙っていますよ。いろいろご事情もおありでしょうしね、これでも口は固いんですから」

「――……」

「ひょっとして、おふたりとも？　それともまさか、坊やはお孫さんかしら」

バッキャロー、俺はまだ四十四になったばかりだ。子供もいないのに孫がいてたまるかと、神代が声に出してわめいたかどうかはともかくとして――

みつさんの帰っていったのと入れ違うように、カラカラと玄関の引き戸が開く。出てみると洋品店の紙袋を手にした京介だ。その脇に香澄の小さな姿がある。彼の左腕を両手で抱え、顔を背中にぴったり押しつけている。だから神代から見えるのは、あのふわふわした茶色い髪だけだ。

「さあ、もうだいじょうぶ。うるさい小母《おば》さんはいま帰っていったし、そこにいるのは君も昨日見たはずのここのうちの人、神代先生だ。ほかには家の中に、君が知らない人はいないよ」

京介は肩越しに、神代からは見えない香澄の顔へ向かって話しかけている。返事は聞こえない。

「だけど外だってなにも恐くなかったろう？　なにか食べる、それとも部屋に戻る？」

香澄はなにもいわない。顔さえ上げない。ただ京介の腕を摑んだ手に、ぎゅっと力をこめたのが返事のつもりだったようで、

「わかった。じゃ、先に戻っておいで。これは君の着替えだから、自分でちゃんと持っていって。部屋の場所はわかるね？」

香澄は顔を背中に押しつけたまま、それでもこくりとうなずいた。しかしまだ離れる決心ができないというように、片手は京介の腕にからめたまま、頭も背中に押しつけたまま、もじもじと不器用《ぶきよう》に真新しいスニーカーを脱ぐ。

京介は急き立てもしないが、助けてやるわけでもない。黙ってじっとその場に立っている。靴を脱いでしまっても、まだ香澄はためらっていた。だが京介は玄関から動かない。神代も、いまからひっこむのはかえって変なようで、廊下に立ったまま見ていた。

京介の背中に隠れるようにして、香澄はやっと廊下へ上がる。水にもぐろうとするように深く息を吸いこみ、離した両手で服の紙袋をぎゅっと抱きしめると、うつむいたまま神代の横を駆け抜ける。いまにも転ぶのじゃないかと気懸かりだったが、幸いそういうこともなく、小さな後ろ姿が奥に消えるのを見送って、やれやれと神代はつぶやいた。

「コミュニケーションが成立してるじゃねえか」

三和土《たたき》に立ったまま京介は肩をすくめる。

「まだまだですよ。あれくらいならクロとの方が、まだ話が通じた」

「なんだい、クロってのは。それも猫か？」

「いいえ。昔同居していたジャーマン・シェパードです」

　冗談のつもりでもないらしい。神代はあんぐり大きく開けた口を、またそのまま閉じた。別に怒鳴りつけるようなことでも、いまさら変人ぶりに呆《あき》れるほどのことでもないわけだが、

「そいつとも話はちゃんと通じてたのかい」

「ええ。その頃彼は僕の、保護者みたいなものでしたから」

「保護者あ？──」

　狼少年でもあるまいし。どこまでが本当か本当でないのか、こうなると尋ねるだけ無駄だという気がしてきてしまう。

「神代さんと会うよりも、ずっと前の話ですよ。それに親なんていなくとも子供は育ちます。ろくでもない親ならば、なおのことね」

「…………」

　それからいきなり京介は体を巡らした。曇りガラスに人影が浮かんでいると神代がようやく気づいたときには、閉じてあった玄関の引き戸はさっとばかり開け放たれている。戸のすぐ外に立っていたのは、渡部だった。

　黒縁の眼鏡に後ろで結んだだけの髪。明るいクリーム色のニットにジーンズというラフな服装で、昨日よりはずっと若々しく、学生のように見えたが、顔は予期せぬ不意打ちに強ばっていた。

それでも真正面に神代を見出して、表情を繕《つくろ》いながら口を開きかけた、そこを狙ったように京介の冷やかな声が飛ぶ。

「立ち聞きなんて不作法な真似は、お止しになったらいかがです」

「そんな、違います」

無理もない。表情がふたたび硬直した。

「声をかけるタイミングを、逃がしてしまっただけです。本当に」

「では、ご用件は？」

重ねて尋ねたのは京介だが、渡部は太枠の眼鏡をぐいと押し上げると、京介からははっきりと顔をそむけ、神代に向かって改めて一礼した。

「お騒がせして申し訳ありません。薬師寺香澄がこちらに預けられていると聞きました。ぜひ会わせていただきたいのですが」

ふたたび神代より早く、京介が言下に答えた。

「お断りします」

渡部の眉間にぴりっと引《ひ》き攣《つ》れが走る。ショルダーバッグの紐を左手で握り直すと、一度は無視しようとした京介の方へ体ごと向き直った。顎を引き、彼を正面から睨み付ける。

「確か桜井さん、とおっしゃいましたね。失礼ですけれど、あなたにそんなことをいう権利があるんですか？」

口調は静かだが、視線にこめた気迫はかなりのものだ。こんな彼女と向い合えば、あの門野でも瞠目《どうもく》するに違いない。だが、それくらいでたじろぐ京介ではなかった。

「権利というならあなたにどんな権利があるのか、まずそれを伺いたいですね」

「権利とはいいません。けれど私はなによりも、あの子の幸せを考えています。自分の孤独を埋めるために、彼にしがみついている美杜かおるなどよりもずっと。そのためにこそ働きたいのだと、昨日から何度も申し上げているはずです。それをどんな権利があって、あなたは邪魔するのかとお尋ねしているんです」

「あの子の幸せを？」

鸚鵡《おうむ》返《がえ》しにつぶやいた、前髪の裾《すそ》から覗く京介の唇がうっすらと笑みにゆがむ。神代は思わず目を剝いた。傍《はた》で見ているだけでぞっとするほど冷酷な、酷薄《こくはく》とさえいえる微笑だった。

「嘘をおっしゃい」

穏やかな、響きだけを聞けばやさしいとさえいえる口調でひとことそういい放つと、棒立ちになったままの渡部を後に、三和土を上がって廊下を歩み去ろうとする。

「待ちなさい！」

ようやく渡部は声を上げた。眼鏡の中の目は大きく見開かれ、一度青ざめた顔が、いまは真っ赤に上気していた。

「なんて失礼な人なの、あなたは。嘘だなんてなぜいえるのよ、そんなことが！」

しかし京介は足を止めさえしなかった。

溺愛の檻

1

「——お入りになりますか」

気まずいままにふたり玄関に取り残され、半ば同情も手伝って神代は声をかけた。今朝方の門野の言を思い出すまでもなく、男と同等に働こうとする女性に対する偏見は未だに極めて強い。

京介のせりふはそんな女性蔑視から出たものではないと、いくら当人が主張しようと、どこの誰とも知れない青二才にいきなり正面から嘘つき呼ばわりされて、傷つかないわけはないと思ったのだ。

だが、

「よろしいんですか？」

振り返ってこちらを見た渡部の顔は、頬に赤みは残っているものの、すでに余裕の笑みさえ取り戻している。げに女とは逞《たくま》しきものかなと神代はひそかに嘆息したが、一度いい出した誘いを引っこめるわけにもいかない。

「しかしご招待は書斎までということで、少なくとも今日のところは、香澄と会うのはあきらめてもらえませんか。少しは落ち着きかけているところを、へたに刺激するようなことはしたくないのでね」

「わかりました。先生のご意見は尊重させていただきます。でも、お弟子さんを刺激することは避けられそうもありませんけれど」

「聞き流しておいて下さい、不作法な男で」

「どうぞお気遣いなく。私自身あまり人に好かれる方だとは思っていませんから」

さらりとそんなことをいわれて驚いた。昨日はむしろ渡部の方が、京介を忌避《きひ》しているようにも見えたのだが。

「あいつを人間の基準になさるのはまずいですよ。短いつきあいでもありませんが、この数日改めて思い知りました。どちらかといえば妖怪変化《ようかいへんげ》の親戚です。顔よりなにより頭の中身がね」

「そんなことおっしゃって」

歯を見せて軽く笑った。

「いいんです。私はイワナガヒメですもの」

胸にかけた水晶のペンダントに、指をからめながら渡部はつぶやく。何気なく聞き流したその独り言めいたことばは、かえってしばし神代の意識にとどまっていた。

「昨日の今日ですけれど、私のファイル、少しはお目通しいただけましたか？」

書斎の椅子に腰を落ち着けるや否や、渡部は話題をそちらに向ける。

「読むことができたのはまだほんの一部です。被害者のデータと、事件にいたるまでの彼らの動きと、発見現場の状況と」

「どうお感じになられたか、ご感想をお伺いしてもよろしいでしょうか」

「香澄の置かれた状況が、意外にきびしいものだということはわかりましたよ」

敢えて曖昧な返事のしかたをしたが、渡部はそれくらいでは満足しない。

「きびしいというのはむしろ、香澄を無実だとする主張があり得るかどうか、その見通しが極めて困難だということですね。違いますか？」

重ねて聞かれてうなずくよりなかった。

「でも先生。昨日も申しましたように、私はあの子を有罪だというつもりはまったくないんです」

「両親を殺したのは事実でも、その罪を問うことはできないと」

「そうです。無論法律的にだけでなく、倫理的にもです。その点はどうかお間違えなく」

渡部はにっこりと笑ってみせる。

「しかし渡部さん。香澄が犯人だとしたら、温室の扉に外からかけられていた鍵の問題は、依然として残っているでしょう。あなたは裏の通用口から出入りした可能性を口にしていたが、レポートの中ではそちらの扉は施錠されたままで使われていなかったと書かれてありましたよ」

「それは警察のひとつの見方です。ですが、埃《ほこり》と錆が鍵穴に詰まっていたのと、鍵が温室内から発見されなかったのと、事実というのはこれだけで、後は状況判断でしかありません。鍵は、昨日申し上げたようにドームの風抜き窓から外に投げれば隠すことは可能ですし、埃くらい後で詰めることもできます。

それに鍵の問題というただひとつの細部で、事件全体を判断するなんてあまりにも推理小説的です。むしろすべての要素を総合的に見て、起こったことにもっとも矛盾なく当てはまる構図を探るべきだと思います」

「香澄犯人説が、一番矛盾が少ないというわけですか」

「ええ、私はそう思います」

だが渡部の確信に満ちた、しかも明朗な表情と、その主張するところの陰惨な事件との落差が、神代をいつまでも混乱させるのだ。

いくら万人を納得させるだけの理由があったにせよ、七歳の子供が本当に両親を殺したというなら、その衝撃的な事実が消えるわけではない。そう思えば神代の気持ちは、ふたたび香澄の潔白を信じたいという希望の方へ揺り戻されてしまう。

「それで、動機は両親からの虐待ですか」

「はい」

「しかしいったい香澄は、どんな目に遭わされていたというんです？　昨日伺ったアメリカの少年の話では、彼を傷つけたのは母親の愛人とポルノ業者、つまり他人だった。実の親による子供の虐待というやつは、育児ノイローゼに陥った母親が発作的に暴力をふるうとか、貧困家庭のアル中の親が子供を殴るとか、そういったものでしょう？」

「統計的にいえば、いま先生がいわれたような例が多いかもしれません。でもそれほど単純なものばかりではないんです。親子の愛情は自然に湧いてくるとか、母性愛は神聖なものだとか、まだ信じている日本人は多いかもしれませんが、親と子だって別々の人間です。家庭という密室の中で歯車が食い違えば、どんなことだって起こり得ます」

「まあ確かに一般論としては、そうかもしれませんがね」

「それに先生、虐待というのはなにも殴ったり蹴ったりというような、肉体的な暴力だけをさすのではありません。ネグレクト、つまり養育の放棄や怠慢による消極的な虐待や、情緒的な虐待はより広く存在します」

「情緒的な虐待、というと──」

「主としてことばによる暴力、精神的な虐待です。たとえば姉妹を比較して、片方を器量が悪いとか、可愛げがないとか口癖のようにいう母親、とか」

渡部は口元にいかにも不快げな皺《しわ》を刻む。

「そういうのもやっぱり虐待ってわけですか」

「わかりにくいことかもしれませんね。自分が子供を虐待しているなんて夢にも思わないまま、そうした行為を日常的に繰り返している親は決して珍しくありません。加害者が悪いことをしているとはまったく思わないのが、親による虐待の大きな問題点なのですが、特にことばの暴力は傷が目に見えない分エスカレートしがちです」

なんということもなくため息が出る。自分ではついに経験しないまま終わりそうだが、人の親であるとはどこまで困難なものだろう。

「しかし自分の子を、面と向かってボロクソにいう親なんて珍しくもないでしょう。私だってがきの頃特に親父にはずいぶん怒鳴られたし、げんこつを喰らうのもしょっちゅうでしたよ。まさかそれくらいのことで、子が親に殺意を抱くわけはないでしょうに」

「さあ、どうでしょう。同じ罵《ののし》りことばや体罰でも、その親子に日頃どんな関係が成り立っているかで意味はまったく変わってきますし。先生はそうして親御さんに叱られた思い出と同時に、可愛がられた記憶も持っておられますでしょう？」

この歳になって子供時代の、それも叱られたことでなく可愛がられたことなぞを思い出すのはいささかきまりが悪い。とはいえ否定するわけにもいかず、面映《おもは》ゆくうなずいた神代に、

「薬師寺家の親子関係を、あまり一般的にとらえるのは間違いだと思うんです。そもそも香澄がまったく学校へ行かされていなかった、それだけで充分異常な状態だとは考えられませんか」

尋ねるというよりはきっぱりといいきられ、思わずうなずいてしまっていた。

「ああ、確かに」

「香澄は幼児のときに健診で自閉症と疑われた、ということです。そうした場合通常は保健婦が定期的に家庭を訪問して、子供の状態や環境をチェックすることになっているのですが、薬師寺静は自分の病院で香澄を見られるからといって、保健所の介入を拒否したようなんです。最終的には重度の精神遅滞《ちたい》、情緒障害が見られ、普通学校での教育には耐えられない、特殊学級や養護学校にもなじまないということで、就学免除、主治医と家庭で監督するとのかたちに書類上はなっていたようです」

「精神遅滞、情緒障害……」

神代は首をひねっていた。昨日から見ていた香澄の様子は確かに普通の子とはいえなかったが、少なくともさっき京介とは一応意志も通じていたようだった。あの年齢の子供を知っているわけではないから、確かなことはいえないが。

「学校に行けないような状態の子とは思えない、そうではありませんか?」

うなずいた神代を見据《みす》えて、渡部は静かにことばを継ぐ。

「保健所や教育委員会に提出された書類に、添えられた診断書を書いた医師は、すべて薬師寺病院の勤務医かその関係者でした」

「なん、だって——」

神代は息を呑んだ。

「それはつまり、薬師寺静がそういうインチキな診断書を自分の息のかかった医師に書かせて、本来なら学校へ通うことが可能な香澄を、家から出すまいとした、閉じこめていた、そういう意味ですか?」

「飽《あ》くまで仮説ですけれど、極めて蓋然性《がいぜんせい》の高い仮説だと思います」

到底信じられぬ思いで聞き返した神代に、渡部は生真面目な顔でうなずいて見せる。

「しかしなぜ、そんなことを」

「それは推測するしかないことですけれど、最初の二歳児健診の記録からして、なんらかの手段で捏造《ねつぞう》されたのではないでしょうか。自閉症といわれる症状がどのような原因から起こるのか、いまも明確にわかっているとはいえないのですが、その多くは脳波の異常を伴う先天的な疾患《しっかん》で、教育や訓練でカバーできる面はあっても、跡形もなく治癒《ちゆ》することはないといわれています。けれど少なくとも現在の薬師寺香澄は、自閉症とは思われない」

「しかしあなたは香澄とは、まだ一度も会ったことはないんでしょう？」

「関係者にインタビューした感触からの推定ですけれど、アメリカで何人か会った自閉症児とは明らかに違うと感じられました」

渡部は軽く小首をかしげ、

「先生は、香澄に話しかけたりされました？」

「いや。声をかけるどころか、顔もろくに見せてもらえない状態ですよ。ことばも確かにひとこともいわないようだし。自閉的といわれれば、そのとおりかもしれないと」

「あ、いいえ。そうではないんです、先生」

渡部は小さくかぶりを振った。

「よく思い違いをされている方がいるんですが、精神障害のひとつとしての自閉症と、登校拒否や引きこもりをしている子などを指して比喩《ひゆ》的に使われる『自閉状態』とはまったく別のものなんです。人前で口をきかない、きけない、他人と目が合わせられない、関係が持てない。でもそういう子供は、関係の持てない周囲の他人を無視しているわけではありません。逆に痛いほど意識して、意識しすぎて、なにか失敗をして笑われるのではないか、拒まれるのではないかと恐れてしまう。そうして自分の恐怖に自分で縛られて、人交わりができなくなる。そばに来るすべてを拒まれる前に拒んでしまう。とてもおおざっぱにいえば、そんな感じでしょうか。

でも自閉症児の場合は、自分と関係を持ち得る者としての他者を認識できないようなんです。知的な能力とは関わりなく、視線が合わない、ことばが通じない、心が通わせられない。自閉症児にとって人間というものは、理解できない曖昧で不気味なものに思われるようで、彼らがカレンダーの数字とか乗り物のような機械とかに強い興味を示すのは、人間のような不規則性がない、はるかに理解しやすい存在だからではないかといわれています」

「人間よりコンピュータの方がつきあいやすい、なんてことをいい出す最近の若者を思い出しますね」

「ええ。ですから自閉症とは病気ではなく、現代文明が必然的に生み出した一種の変化、精神の進化なんだという説も聞いたことはありますが、いまはそこまで先走ることもありませんね。少なくとも現在の所見では自閉症は病気であり、未だに病因は確定されていませんが、欲望や感情の発生源である大脳辺縁系《へんえんけい》や視床下部《ししょうかぶ》の機能障害から生まれる疾患だといっていいと思います」

「親の育て方に問題があって起こる、というわけではないんですね？」

「初めて自閉症の存在を発見したアメリカの医師は、原因が育児環境にあるとする説を唱《とな》えましたが、現在それはほとんど否定されています。乳児のときに母親のことばかけやスキンシップが足りなければ、子供の心になんらかの影響の出ることはあるでしょうが、幸い、というべきでしょうね、それと自閉症を結びつけることはできません。

自閉状態の子供と自閉症の子供。前者の対人関係がマイナスなら、後者の場合はゼロです。そして数学とは異なってこの場合、ゼロはマイナスよりプラスから遠いんです。香澄のケースは自閉的とはいっても、明らかに前者だと私には感じられましたけれど、先生はどうお感じになりました？」

その答えは保留すると神代はいった。責任をもってものがいえるほど、自分はまだ香澄という少年を見てはいない。だが自然治癒が期待できぬ以上、いまの香澄が自閉症でないというなら、二歳児健診の結果は捏造されていたことになる。さもなければ、医者の診断ミスという可能性も考えられるのではないか。

それに渡部は考え深げな表情で、

「それはもちろんあり得ますけれど、香澄を七年間自宅に閉じこめ続けたことの不自然な作為は否定できません」

「嫌な話だが、障害を持った子を自分の子として人目に晒すのを恥じて、というようなケースもあるのだろうな」

「けれど先生、静は専門は違っても医師です。そして自閉症児でも精神遅滞児でも、残された可能性を引き出し伸ばす道はあります。幼時の香澄になんらかの異常が認められたならなおのこと、専門家の指導もなしに放置するなんて考えられません」

「では、なぜ彼はそんなことをしたんだろう」

頭脳的な悪党としての薬師寺静については、門野が惜しげもない毒舌《どくぜつ》を尽くして説明してくれた。彼の行動原理は、端的にいってしまえば自己の利益の追求だろう。そのためにはなんでもする、ただし法律に触れる危険がない限り、という人間だ。

だがそういう人間であればこそ、自分の利益にならぬことで不要な危険を冒そうとはしないだろう。そんな男と、わけもなく我が子を幽閉《ゆうへい》する残酷な父親とはおよそ重ならない。まさか将来美杜家の遺産を独占するために、香澄が邪魔だったなどというわけでもあるまい。

「——それを望んだのは母親の、みちるの方だったかもしれません」

渡部がぽつりとつぶやいた。その指がまた、胸の水晶に触れている。

「恋が冷めて夫に絶望した未熟すぎる母親が、愛をそそぐ対象としてひとり息子に固執する。自分以外のものを見せないために、大きくなってもどこへもやらないために、熱帯の植物を温室に封ずるように手の届くところに閉じこめる。

人類の思想史に遍在《へんざい》する楽園回帰の願望は、母子一体の幼年時代に対する退行願望だという説もあります。美杜みすずはあまり母性的な母親ではなかったようですし、みちるはそうして息子を囲いこみ独占し溺愛《できあい》することで、現在の夫婦関係の空虚を紛らすだけでなく、自分の満たされなかった子供時代を救済したかったのかもしれません。——なんて、かわいそうなひと……」

最後のことばはため息とともに、ひっそりと唇からこぼれた。

2

「ずいぶんと、同情的ないい方をするんですね」

「母親になったことはなくとも、彼女の気持ちはなんとなくわかりますから」

幾分かは抗議の気持ちをこめた神代のことばに、渡部は目だけで微笑んでみせた。

「だが、そんな愛し方をされたら子供はそれこそ溺れちまう。いくつになっても赤んぼのまま、自分の足で立つこともできなくなる。違いますか」

今度は渡部も笑みを消してうなずく。

「ええ。独善的で支配的な自立を許さない愛情も、子供の立場に立てば一種の虐待だといわなくてはなりません。いまの日本ではそうしたあやまちを犯す親が、少なくないような気がします。小さいときはおとなしくて親のいうことを聞いた良い子が、思春期になって突然荒れ出し暴力をふるうといったことがありますね。でも良い子というのはしばしば、親にとって都合の良い子のことであったりします。私には思春期の反抗も、間違った愛情に窒息《ちっそく》しかけた子供の精一杯の反逆に思えますけれど」

「自分を閉じこめた檻を破るために、香澄は両親を殺さなければならなかったと？」

「香澄に他の手段がなかったとしたら、かなり有力な動機といえるのではないでしょうか」

「ひでえ話だ――」

渡部は黙ってうなずいたきり、答えない。もしもそれこそが真実なのだとしたら、香澄は我が親の手によって親殺しへと追い詰められていったことになる。だから彼女は繰り返すのか。香澄に罪はない、倫理的にも、と。

ふたりが口を閉ざすと、早い午後の書斎にいっとき沈黙が下りた。歳月にくすんだ壁紙と寄木《よせぎ》の床に、南側の窓から射した陽の光がほの明るい。庭先で雀のさえずりが聞こえる以外、耳を澄ましても家の中には人の気配もなくしんと静まり返っている。奥の部屋に入った京介とあの子は、なにをしているのだろう。

「だが渡部さん、それでも矛盾は残るな」

神代がふたたび口を開くと彼女は顔を上げて、なにがですか？　と目で尋ねた。

「深堂華乃はなぜ殺されねばならなかったか、だ。彼女がみちるの留守に美杜邸に出入りしていたとしても、よもや香澄の虐待に関与していたとは思えない」

「それはおっしゃる通りです。私もあの事件のすべてが、香澄による計画的な殺人だったとは思っていません。むしろあの混乱錯綜《さくそう》した状況は、多くの偶然と作為《さくい》が重なった結果だと思います。大人たちには大人たちの計画があり、思惑《おもわく》があり、けれど誰も小さな子供のことを思い出しはしなかった。だからこそ香澄はその隙をついて、自分の犯行を遂行することができたのだ、と」

「どうせならもう少し具体的に、いってもらいたいもんだな」

「ええ。でも飽くまで推測ですから。あんまり話が飛躍すると、また先生に叱られそうです」

渡部は肩をすくめて微笑する。

「おいおい、人聞きの悪いことをいわねえでくれ」

思わず大声を出して、それからまたいつの間にか自分の口調がラフになっていたことに気づいた。

「や、これは失礼……」

頭に手をやった神代に、

「いいんです、どうぞお気になさらず」

渡部の笑みが大きくなった。

「どうもあなたのお相手をしていると、うちの学生と話してるような気分になって、地が出てしまう」

「神代先生の教え子にしていただけるんでしたら、むしろ光栄ですわ。私の方こそ賢《さか》しらな口ばかり叩いて、さぞお聞き苦しいでしょうに」

「はは」

賢しらな口というのならその最《さい》たる者が、同じ屋根の下にいる。おかげでこちらのプライドもすっかり飼い慣らされて、少々のことでは腹を立てたくとも立たない始末だ。

しかし切りつけるようなことばを並べてこちらを追い詰めるかと思えば、一足すいと下がってやわらかな女口調に笑みを添える芸の細かさ。ネコのかぶり方はこの女の方がはるかに上手なようだと、神代は思わざるを得なかった。

「お聞き苦しいついでに、先生、ひとつお願いがあるんですが——」

そら来た。愛嬌《あいきょう》を見せるのも、次の一歩のための下準備というわけだ。

「私の車が近くに停めてあるんですが、いまこれからもう一度美杜邸に、ご一緒していただくのは無理でしょうか？」

なにかいい訳を考えて断ろうと思ったが、それも面倒で、といってしまっては正直でない。昨日はあまり時間がなかったのと、聞かされた事件の凄《すさ》まじさに心惑わされて、せっかく訪れた場所を充分に観察できたとはいい難かった。それが昨夜渡部のレポートを読むうちにも、しきりと気になりはじめていたところでもあったので、改めて現場を見ながら彼女の説明を聞くのも、頭の中を整理するには悪くあるまいと思うことにした。

鍵は幸いというか預ったままではあるし、面会もできない病院のかおるに改めて断りを入れるまでのこともあるまい。一応声をかけておくかと奥の部屋の戸を叩くと中は空で、歓迎できない客を避けたつもりか、いつの間にやらまたふたりして出かけてしまったらしい。だがそうでなくとも、香澄を美杜邸へ連れていくわけにはいかなかったろう。

塀に寄せて停められていた渡部の車はいわゆるカブトムシ、フォルクスワーゲンで、いつから乗っているのか傷ひとつないネイビー・ブルーの車体に、金属部分はきらきらと陽をはじく金色だ。いささか車内の狭苦しいのが難点だが、彼女ひとりで忙しく都内を走り回るには、これくらい嵩《かさ》ばらない車がいいのかもしれない。

「実をいいますとさっきここに車を停めたとき、向うから歩いてくる桜井さんたちを見かけてしまったんです。偶然に」

エンジンをかけながら渡部がいった。

「それであの子が自閉症じゃない、と思った？」

「そう、ですね——」

渡部はことばを探すように顔を傾けたが、

「それより最初は、あれが香澄だとは思いませんでした。顔も見えなかったし。桜井さんの腕に両手でつかまって、彼の背中に顔を押しつけたままで歩いているんですもの。どうしてあんなにためらいもなく自分を預けられるんだろうって、そのことで驚いたくらいです」

車を発進させながら、彼女は肩をすくめてくすっと笑いをもらしたが、その表情は複雑だった。

「確かに自閉症児はあんなふうにはふるまわないと思いますけれど、そうでなくても不思議です。桜井さん、香澄とは昨日が初対面のはずですよね？」

神代はそのままうなずいておいた。三年前の偶然から始まる話を、渡部にまでする必要はあるまい。好奇心も旺盛《おうせい》そうな彼女のことだ、こちらの身辺に興味を持たれでもしてはかなわない。

「それがもうあんなふうに打ち解けているなんて、あの方ってふだんから、子供になつかれやすい人なんですか？」

まさかそんなことはないだろう、といわんばかりの口調だ。それは当然の疑問なのだが、とぼけてみせる程度の芸は神代にもできる。

「ガキはガキ同士、気が合ったんじゃないかな」

渡部は疑わしそうな表情で横目遣いに神代を見たが、無視することにした。

文京区《ぶんきょうく》の本郷《ほんごう》から港区《みなとく》の白金《しろがね》まで、夕刻の渋滞が始まる前ではあったが、やはり三十分はかかった。閉じたままの美杜邸の門扉《もんぴ》に車を寄せて停め、昨日と同じく脇門をくぐる。

「今日は一応主屋《おもや》の方にも入ってみましょうか」

鍵を持っているのは神代だが、先に立つのは渡部だ。彼女のいうままに車寄の下の玄関を開き、ほの暗い屋内に足を踏み入れる。荒廃もあらわな温室とは異なって家具はすべて壁際に寄せられ、カバーがかかり、床にも埃《ほこり》よけのシートが敷かれて一応の維持管理はされているらしい。

だが主人を持たぬ家の空虚さはかえってまさり、ありし日を偲ばせる空気は乏しい。玄関ホールから庭に面した広間に出れば、優雅な襞《ひだ》を描いていたカーテンも、異国の花園めいて見えたペルシア絨毯もなく、汚れたガラス窓から寄木の床に落ちる光には埃が踊るばかり。神代が昔訪れた日の記憶を重ねてみても、すべては夢のようでさえあった。

渡部のレポートに登場した食堂とその奥の厨房《ちゅうぼう》を一瞥《いちべつ》し、階段を上がってみすずが死んでいたという寝室を見る。ベッドはそのままといってもマットレスや寝具は取りのけられてただ枠組が残っているだけだし、介護のためにゆったり作られたトイレや風呂を見せられても、なにがわかるというのでもない。あの美しかった夫人が四十代の若さでアルツハイマーを発症し、この部屋で最後の数年をなにもわからないまま暮したという、ただそのことばかりが無残で哀れに思われてならなかった。

広間の上に位置するのが、事件当時は静が使っていたという書斎で、館全体の中でも一番広く内装も豪奢《ごうしゃ》な部屋だ。それ以前は当然代々、美杜家の当主が使ったに違いない。渡部のレポートには机上のインク瓶《びん》が転落していたり、飾り棚の中のものが倒れていたりといった異常があったと書かれていたはずだが、家が建てられた昭和初めからあるのではないかと思われる大型机も、彫刻のある古風な飾り棚も、いまはすべて壁際に動かされていて当時の様子を窺うべくもない。ただ彫刻をほどこした胡桃《くるみ》材の腰板や、伊豆石《いずいし》をレリーフで飾ったマントルピースが、往時の重厚なゴシック調のインテリアを偲ばせている。

書斎をまっすぐに歩き抜けた渡部は、ガラス扉を押し開いてベランダに出た。神代も続く。素焼きのタイルを張った、ゆったりと広いベランダは、それだけで四畳半くらいの面積があるだろうか。ここから見ると緑の芝生越しに、温室は意外なほど近く見えた。

「この手すり、ずいぶん低いとお思いになりませんか？」

渡部は足を止めて神代を振り返る。確かにベランダの縁を取り巻く石の手すりは、神代の足のつけねほどの高さしかない。人の体の重心より、はるかに低いのだ。身を乗り出せばすぐ下は芝生を巡る石張りの園路で、一階の天井が高いのだろう、下まで優《ゆう》に五メートルはありそうだった。

「私、深堂華乃はここから落ちて死んだのではないかと思うんです」

低い手すりに恐れげもなく体を預け、渡部は平然とそんなことをいう。

「覚えておられます？　彼女の死因は頸骨骨折。高い場所から落ちたと考えるのが一番理屈に合っているんです。そしてほら、ここから温室の前扉まではほぼ一直線。長いロープでも使って鉢吊りと繋げば、モーターがそのまま死体を引きずって移動させて、吊り上げることまでやってくれます。敷石や芝生の上の痕跡は、一週間の間の何度かの夕立ちで消されてしまったでしょうし」

それからごく軽い調子で、つけ加えた。

「これだけ手すりが低ければ、子供の力でも落とせます」

試されているようだと神代は思う。いや、渡部が試そうとしているのは彼ではなく、彼女自身の仮説の方なのかもしれない。神代という、ほとんど事件に対する先入観も予備知識も持っていなかった人間を、香澄犯人説で納得させることができるかどうか。

「──そう推測することはできる、飽くまでも。そうだったな、渡部さん」

「ええ、そのとおりです。先生」

「だが動機は？」

「後ろ姿を母親と間違えて」

「母親と……」

「ええ。香澄はきっとみちるが、ソバージュ・ヘアの鬘《かつら》で変装したところを以前に見ていたんです」

「そうか。静の愛人としてみちるの留守に現われた女が、実はみちる自身だったというのがあんたの説だった」

渡部はうなずく。

「複数の中のひとりが、みちるだったのかもしれませんが」

「突飛な話だ」

「でも、その程度のトリックなら現実世界でも充分にあり得ると思います」

それは、そうかもしれないが。

「もちろん彼女が美杜邸にやってきたのは、香澄が与《あず》り知らない事情でしょう。やはりみちるがなにかの口実で、呼び寄せたのかもしれません」

「なんのために？」

「彼女には彼女の心積もりがあって」

だがそれは事件には、直接かかわりはないということのようだった。

「しかし香澄はそれを知らなかったから、女の後ろ姿を母親だと思って疑わなかった」

「ええ、そうです」

「突き落としてから人違いだとわかったから、改めてみちるを探して殺し直したってわけか？」

神代の口調が次第に険悪《けんあく》なものに変わっていくのを、渡部はなんと聞いているのか。黙ってうなずいたその表情はあまりにも平静だ。

「だがみちるは絞殺されたらしいとあんたのファイルにはあった。七歳の子供の力で、女とはいえ大人を締め殺すことができるか？」

「本人ひとりの力では無理かもしれません。でも、道具があれば話は違います」

「道具？」

「温室の鉢吊りは、格好のハンギング・マシンでもあると思われませんか。死体を吊り上げることができた以上、生きた人間であってもそれは可能なはずですから」

「しかし、黙ってそんなことをされる者はいないだろう」

「方法はあります。香澄が睡眠薬を手に入れていたことを思い出して下さい」

「渡部さん――」

ついにたまりかねて神代は声を上げた。

「あんたの話を聞いていると、まるであの子は血に飢えた、そのくせやたらと悪智恵の回る殺人鬼だ。恐怖や怒りに駆《か》られて衝動的に両親を殺したのじゃなく、前もって計画を立てて冷徹にそれを決行したということになる」

「殺人鬼、だなんて――」

渡部はちょっと困ったような顔をする。

「そんなことをいっているつもりは、ないんですけれど」

「そうか？　俺の耳にはそうとしか聞こえないぜ。しかもその計画が途中で狂って、間違えて他人を殺してしまっても、それで断念することもなかった」

「ええ、そうです」

「あんたは間違っている。あの子はそんな子じゃない」

神代はかぶりを振った。

「確かに普通の子供ではないかもしれない。おかしな親におかしな育てられ方をして、人間らしさの規範《きはん》からはこぼれ落ちてしまっているかもしれない」

「先生――」

「だが学校へも行かせてもらえず、虐待にも等しい遣り方ではあったかもしれないが、とにかく母親に溺愛されて育った子供が、どこであんたのいうような、そんな悪魔的な狡猾《こうかつ》さまで身につけたというんだ。本気でそんなことを信じているとしたら、失礼だが渡部さん、正気を疑うよ」

しかし渡部は少しもひるまず、神代の視線を正面から受け止める。唇には淡い笑みさえ浮かべて。

「失礼だなんて思いません。ひどいことをいっているとは、私自身わかっていますから。でも先生、何度でも申しますけれど、正気を疑われなければならないのは私でも香澄でもなく薬師寺夫妻です。自分の子にそんな仕打をすることができた、彼らの方なんです」

神代は答えなかった。そして渡部は続けた。

「先生はまだわかっておいでにならない。おかしな育て方なんて、そんな生やさしいものではありませんでした。溺愛といったのは飽くまでみちるの主観に立ったからで、香澄にとってはその日々は間違いなく虐待だったはずです。

どうぞ、先生。ついていらして下さい。昨日はわざとご案内しなかった、香澄の部屋をお見せいたしますから」

3

足早に書斎を後にする渡部の後を追って廊下に出た。しかし彼女は二階では、どこにも寄ろうとしなかった。それどころか階段を下り、玄関を出、庭を横切って足はふたたび温室に向かっている。

「どこへ行くんだ、渡部さん」

「ですから、香澄の部屋へです」

「しかし、庭に？」

この庭に、温室以外の離れなどあったろうか。

「もしもお疑いになられるのでしたら、お渡ししてあるファイルの中に、各室の使われ方を書いた主屋の図面がありますから、後でご覧になって下さい。そのどこにも子供部屋はありませんでした。警察はその事実からも、香澄が尋常な生活を送っていなかったことを推定しています」

足は止めないままわずかに顔を振り向けて、渡部は口早にいう。

「それと、当時この家で使われていた家事手伝いの女性たちと庭師の証言も、ぜひ忘れずにお読みになって下さい。——先生、鍵をお願いします」

昨日と同じ手順を踏んでチェーン・ロックを開ける前に、神代は少し下がってガラスの割れたドアを眺めた。縦二メートル強、幅八十センチほどの扉が二枚、両開きになるかたちだ。白塗りの鉄枠に長方形のガラス板が各々四枚はめこまれているはずが、片側の上二枚が割れ落ちて、干からびたパテが反り返っている。

大股に中に入った渡部は、今日はあたりに目をやることもなくドームの下を横切る。真っ直ぐに向かったのは、昨日は背にした機械室の鉄扉。白く塗られたペンキも剝落《はくらく》しかけたドアに鍵穴は開いていたが、彼女はためらいもなくノブを摑んで回した。力をこめて押すと、油の切れた蝶番の出す不快なきしみを上げてドアが開く。そして敷居《しきい》のところに立ち、目顔で神代をうながした。

元の機械室だから当然なのかもしれないが、窓ひとつない暗い箱のような部屋だった。壁も床もコンクリートの打ち放しで、塗られたペンキも剝落し、歳月に黒ずみ汚れている。見上げれば雨漏りの染みができた天井から、裸電球をひとつつけたコードが下がる。そこと較べれば荒廃した温室さえ、明るい天国のように思われるほどだ。

広さは畳に直せば四畳ほどはあるだろうか。暗さに目が慣れてくるにつれて見えてきたのは、昔の病院で使われていたような鉄製のシングルベッド。電気スタンドの載った学習机と、高さの調節できる学習椅子。そして空っぽの本棚。それだけだ。獄舎《ごくしゃ》の独房以外のものを想起できない部屋に、置かれた子供用の机と椅子が違和感をそそる。

「かなりのものが警察に押収されています。詳しいことはレポートを読んでいただくとして、いま私がそれを書いたときの記憶でつけ加えますと、本棚の中には古い児童書の全集本や大衆小説類。戦前のものも混じっていて、主屋の書庫から運ばれたようです。それから幼児向けの学習ソフトをインストールしたデスクトップのパソコンが一台。電気ストーブ一台。それと、空の寿司桶がひとつ」

　神代がなにも答えられずにいる間に、次々と渡部はことばを投げつけてくる。

「そちらにある小さなドアは洗面所とトイレとシャワーです。以前は湯も出たようです。奥のドアが鍵の見つかっていない裏口です。庭師の話では久しく紛失しているそうです。この床の上げ蓋は、地下に通っている熱水パイプを点検するためのものだそうですが、やはり施錠されていて鍵は見つからないとのことでした。美杜晃が死亡して以降、温室としての機能は放棄されていたようです」

「渡部さん――」

「はい？」

「つまりあんたは香澄が、ここで暮していたというのか？　この小さな部屋に、ひとりで寝起きしていた？」

「状況を見れば、そうとしか考えられないんです、先生。そして、これをご覧になって下さい」

渡部が指したのは温室との間の鉄扉、ノブの下にある鍵穴の位置だった。温室側には確かに鍵穴が見えたのに、部屋側ではそれがなにか小さな板状のものでふさがれている。

「温室の外扉も同様に内側の鍵穴はふさがれて、外からのみ施錠することができるようになっています。先生、この意味はもうおわかりですね？」

「ああ──」

鈍い声音で答えながら、神代は額の髪を掻き上げる。暑いわけでもないのにいつか、肌にじっとりと汗が浮いていた。

「香澄は文字どおりこの温室に、閉じこめられていたのか……」

「食事や着替えの衣類は一日に一度か二度、主屋の方からみちるが運んでいたようで、彼女が不在のときに限っては、静がそれをすることもあったといいます」

「だが、誰も気がつかなかったのか？　家族以外にも人はいただろうに」

「使用人たちは温室に立ち入ることも、そばに寄ることも固く禁じられていたということでした。家政婦は皆勤めても半年くらいで、事情がわかるほど長くは使われなかったし、庭師はある程度は承知の上で口止めされていたようです。静になにか弱味でも摑まれていたらしくて」

「それにしても台所をしていた人間なら、なんで毎日温室に食べ物を運んでいるのか、それくらい変に思って当然だろうに」

「以前に半年ばかり通いできていた女性は、私にいいました。なにか大きな動物でも、世間には隠して飼っているんだろうと思っていたって」

「事実、なのか――」

「ええ」

渡部は無表情にうなずき、神代の視線から目をそらす。ぞっと冷たいものが身内を駆け抜けた。キッズ・ポルノというものの存在を、初めて知らされたときとよく似た耐え難いおぞましさだ。

子供を犠牲にして犯される罪とは、あらゆる価値観がゆがんで相対化していく現代にあっても、決して許されも容赦《ようしゃ》されもしない絶対の悪だろう。しかしキッズ・ポルノが所詮《しょせん》は金儲けのためのビジネスに結びつき、どこかドライで現代的な悪の匂いを発散しているのと較べて、ここにあるのはもっとウェットな、原初的な悪だと感じられた。

どんな罪があるはずもない幼児を、飼い犬よりも酷い状態の中に進んで放置する。しかも血を分けた我が子を。それは生物としての本能の放棄であり、一種の自殺行為でさえある。親の生命すら危ぶまれる飢饉《ききん》のときの子捨て子殺しは、遺伝子の存続という観点に立てば罪とはいえないが、この場合は違う。両親が我が子を世間から隔離《かくり》し、あたかも動物のように飼うことに、どんな意味、どんな必然性があったとも信じ難い。なんの意味もないのだ、おそらくは。

しかし本能の壊れた生き物である人間は、平然と多くの反自然的行動を繰り返してきた。現代文明の機械化や人間疎外《そがい》に、その責めを負わせるわけにはいくまい。洞窟《どうくつ》を住居として狩猟採集で食を満たしていたような前史時代は知らず、文明と呼び得るものを持ちはじめたとき人間は、すでに現代とさして変わらぬほどの頽廃《たいはい》と倒錯《とうさく》を抱えこんでいたように思う。個体保存と種族保存という生物の二大本能に反することこそが快楽だとでもいうように、嬉々として我が肉、我が血を蹂躙《じゅうりん》する者たちの豊富な例証を、古代史の中に見出すことはなんとたやすいだろう。

人間という極めて特殊な種が、他の生き物たちが遂に獲得することのなかった過剰な知的能力の代償のように、持たざるを得なかった罪。原罪。

「行きませんか、先生」

そっと声をかけられて、神代はいつか自分がひとりの考えに沈んでいたことに気づいた。しかし渡部もまた、しばしは沈黙の中で思いに耽《ふけ》っていたようだった。

先に立って歩き出した彼女は、だが機械室の敷居のところで足を止めた。ふさがれた鍵穴に指を伸ばして触れた。

「この扉、ほとんどのときは開けたままになっていたらしいんです。外のドアは鍵がかけられていても。でも、どんな理由があったのかなかったのか、あまり考えたくはないですけれど、みちるが香澄を奥へ入らせてここに鍵をかけてしまうことがあったらしくて」

「…………」

それだけでもう、自分の顔がゆがんでくるのがわかった。体に太い釘をねじこまれているような、鈍い痛みがある。

「大宮という庭師が、そんなときの香澄の声を聞いたというんです。トイレの換気孔《かんきこう》からでも、もれてきたのでしょうけれど」

渡部はいいながら、首を巡らせて神代を見つめる。怒ったような目をしていたが、それは泣き出しそうに潤《うる》んでもいた。

「なんて聞こえたんだ」

「恐いよって……」

かすれた声で渡部がささやく。

「ここから出して……、恐いよ……、暗いよ……、寒いよ……、ぼくいい子になるから……、お願いだから出して、おかあさま、おかあさまって、何度も、何度も――」

渡部は口をへの字に曲げ、深く息を吸いこんだ。吐いた。髪が散るほどにきつく頭を振った。

「鍵をかけただけじゃたらずに、ブレーカーまで下ろしたんだな」

「ええ……」

「耐えられんな、そういう話は」

　神代は吐き捨てたが、渡部はすぐには答えない。見ると歩きながら眼鏡を額に押し上げて、少年のように乱暴に目を袖《そで》でこすっている。こみ上げてくる感情が激しすぎて、声が出せないようだった。それでも何度か深呼吸を繰り返し、温室の外に出たところでやっと人心地ついたといいたげに神代を振り返る。目の縁がまだ少し赤い。

「すみません、お見苦しいところを」

「いや、いいさ」

　見苦しくなどなかった。香澄のために心から憤り涙ぐむ渡部に、神代はむしろこれまで以上に好感を覚えていた。しかし——

「それはもう溺愛なんてものじゃないな、渡部さん。確かに俺はわかっていなかった。そんなことまでして、まだ自分が子供を愛しているつもりだったとしたら、みちるの精神状態は到底正常だとはいえない」

「ええ」

　渡部はうなずいて、

「でも先生、やはり彼女には虐待の自覚なんてなかったと思います。子供のすべては自分が生んだ自分のもの。正しくないことをしたとき、罰を与えるのも愛あればこそ。だってそれは子供のためなのだから。なにが子供のためになるか、自分はちゃんとわかっている。そんなふうに思いこんでいる親はいくらでもいます。

そして悲しいことに、そんな親であろうと子供は必死に慕《した》い、愛そうとするんです。外部の援助を拒んで、親の行為を隠して、親を庇《かば》おうとする子供を何人も見ました。殴られて腫れた顔をして、違う、パパがしたんじゃないって。

知能も発達した年長の子供ほどそうなんです。親にやられたことを認めても、それは自分が悪いからだ、自分がちゃんとすれば親は愛してくれるんだっていい続けて、かえって自分を責めて。無理に引き離そうとすれば、こちらが敵視されることも」

「それは、辛いな」

「ええ。でもいまは香澄のことです」

彼女は手を上げてうなじのゴムを取る。髪の乱れを荒っぽく手櫛《てぐし》で整えると、目尻《めじり》が吊れるほどきつく結わえなおした。

「私最初の頃は、なぜみちるが自分の息子にそんな仕打をしたのかって、そればかり考えていました。夫婦の関係や母親との問題、自分とは正反対の姉に対する競争心、その姉の子がもろくも死んでしまったことから来る恐怖——

でもいまさらそんなこと、考えても仕方ないように思えます。だってもうそれは起こってしまったことで、香澄はともかくもそれをくぐり抜けて、いま生きているんですから。死んだ人のことより生きている彼のことを、この先の彼の身を考えてあげなくては。そうじゃありませんか？」

確かにそれは否定しようのないことばではある。同時に、我が子をそんな目に遭わせた人間が、誰にどう殺されようとかまわないではないかという気分さえしてくる。さすがにそこまで口に出すわけにはいかないが。

だが問題はどうすることが、香澄のためになるのかということだ。かおるはひたすら彼を外界から遠ざけて、守ることに専念してきた。仕方のないことではあったろうが、いつまでもそれでいいとは思えない。

渡部は彼のしたことを見極め、裁くのではなく受け入れるべきだと主張する。京介がどういうつもりでいるのかはわからない。しかし渡部に向かってあれほど明確に否定のことばを投げつけたからには、彼にもすでになんらかの存念はあるのだろう。そして神代は依然として迷路の入り口に立ったまま、歩き出す道を決められないでいる——

ふと気がつくと渡部は、いまはどす黒くしか映らない温室の弧《こ》を描く屋根を見つめて、ふたたび語り出していた。

「私、とても長いことこの事件のことを考えていました。資料を集めながら、関係者にインタビューしながら。でもいまようやくこの目で現場を見られて、香澄の気持ちもずいぶんわかるような気がするんです。物心ついて以来こんなところしか知らないできたら、自分を閉じこめていた親がもうなにもできないとわかっても、だからといって外へ逃げ出して助けを求めようなんて、とても思えないのじゃないでしょうか。

だって、家政婦の女性たちがまったく香澄に気づかなかったなんて嘘に決まっています。温室のそばには寄らなくとも、動いている影でも見えればそれが人間なことくらい、どうしてわからないわけがあるでしょう。ガラスの壁の中に封じられた子供の姿を見ていながら、みんな見えないふりをしてきた。香澄にしてみれば見殺しにされてきた。そんな子供になにが信じられます？

彼にできたのは、ふたたび自分の意志で閉じこもること。そして世界が魔術的に変貌するのを待ち続けること。この温室の床一面に振りまかれた血の色は、香澄がもう一度生まれ直すために自分を封じた、新しい子宮だったのかもしれません――」

亡き子に捧げる薔薇

1

ここからあまり遠くない青山墓地《あおやまぼち》に美杜家の墓がある、同じ墓域内に薬師寺静とみちるも埋葬《まいそう》されているから、ちょっと寄ってみないかと言い出したのは渡部だった。車でならすぐですから、と。かおるさんの子供もそこに葬られているのか、と尋ねると、

「あ、そのへんももうお読みになりました？」

ハンドルを握った顔が、ちらりとこちらを振り向いた。あのファイルには美杜かおるのデータも収められているらしい。

「いや。門野氏から聞いた」

「あの方は、かおるさんが香澄の母親代わりになっている現状を肯定しておられるようですね」

今朝方の彼との会話を思い出しながら、神代は相槌《あいづち》を打った。

「ああ。子供には母親が必要だって、ごく常識的な理屈でね」

そしてそのことばを聞いてでもいたように、京介はいったのだった。親などなくとも子は育つと。

「けれど、昨日の様子を見ておられればおわかりになったと思いますけれど、私は彼女が香澄のためになっているかどうか疑問なんです。彼を傷つけまいと必死になっているのはわかりますが、外の風にも当てまいとひたすら囲いこんで、あれでは結局みちるが彼にしてきたこととあまり変わりません」

荒廃した温室の奥の暗い部屋と、光溢れる明るいサンルームと。目に映るかたちは真反対でも、中にいる者を封じて出さぬ檻という意味では変わらない、か。

「不幸にして我が子を亡くした母親が、新しく得た子供を二度と失うまいとしていると思えば、同情はできるだろうがな」

「死んだ子供は歳を取りませんもの。でも香澄は生きています」

今朝門野に対して神代が口にしたことを、なぞるかのようにきっぱりと渡部は答えた。

「それに私、彼女の気持ちが真に母性的といえるかどうかも、少し疑問に思っています」

「とは？」

渡部は少しためらうのか、前を見つめて運転に専念していたが、

「これはまったくの思いつきなので、ここだけのこととして聞き流していただきたいのですけれど、美杜晃の家庭では父と娘たちはいても母は常に輪の外に置かれていて、かおるとみちるの姉妹は父の愛情を争うライバルだったのではないでしょうか」

みちるのデータに付されていた古い写真を思い出す。美しく装った父と娘たち。しかしそこに母親の姿はなかった。

「父親が死んでもふたりの競争心は解消されなかった。彼女が結婚もせずに子供を生んだのも妹に負けまいとしたから。そしていま香澄に執着《しゅうちゃく》するのも、子供を死なせた、つまり母として一度は妹に負けた自分が、その息子に自分を母親と認めさせることができれば、妹に勝つことができるから。そんなふうに考えてみたのですけれど」

「そらあまたずいぶんと――」

持って回った考え方だと神代はあきれた。だが渡部は彼のそんな返事にも気を悪くするふうはなく、

「私がそんなことを考えたのも、青山墓地の管理記録を見たからです。あの人は息子の杏樹を亡くした直後に渡仏して、納骨《のうこつ》を済ませたのはまだアルツハイマーを発症していなかったみすずでした。墓誌《ぼし》に名を刻ませたのも。母親の彼女はまるで我が子の死から、ひたすら目を背《そむ》けていたようです」

「あんまり辛くて、そうせずにはいられなかったのじゃないかい」

「でも先生。ようやく日本に帰ってきた彼女は、杏樹の墓には詣《もう》でようともせずに、香澄を死んだその子の名前で呼んでいるんです。なんて身勝手なんだろうと、私には思えてしまいます。あの人にとって大切なのは結局自分だけで、子供は彼女が母親であるための道具でしかない、といってしまってはいいすぎでしょうか」

「あんたのいいたいことも、わからないじゃないが――」

香澄を守ろうとするかおるの行動が、門野の目から見れば無私の母性愛と映り、渡部から見ればエゴイスティックな自己愛としか映らない。門野にはやはり母なるものへの強い憧憬《どうけい》があるのだろうし、渡部の非難には逆にそうした男性からの押しつけめいた思いこみに対する、女性側の反発も手伝っているのだろう。

だが真実は黒白正邪《せいじゃ》に峻別《しゅんべつ》できるものではなく、その曖昧な中間に漂っているのではないかと神代は思う。どんな母親の子にそそぐ愛にも身勝手さはひそんでいようし、香澄を思いやるかおるの心に亡き妹に対する競争心が混じっていたとしても、格別非難されねばならないことではない。

幼い我が子を失った悲しみに加えて、同い歳の子供の成長を間近に見ているのにも耐えられず、かおるは逃げるようにフランスへ渡ったのだ。それが知らぬ間に、どんな理由によってか理不尽《りふじん》な虐待を受けていたと知らされれば、自分が見捨てたばかりにという罪の意識も手伝って、香澄をひたすら抱えこんでしまったとしても無理はない。

もともとそれまでは、我が子とともに育てた甥《おい》だ。母親に成りかわることには、なんの困難もなかったことだろう。結局問題は今後、ということだろうが。

「——やっぱりいいすぎだろうな」

「先生は、いつも公平でいらっしゃいますわ」

昏からふっと低く笑いをもらして、渡部はワーゲンを減速させた。いつか一方通行の先上がりの道路を走っている。左右から木立が低く枝を広げ、その奥に続いているのはどうやら墓地だ。十字路の左肩に寄せて車を停めた彼女は、

「この先は一方通行の出口なので車は進入禁止ですが、歩いてもすぐです。まっすぐ二百メートルほどいった左側、外人墓地のすぐ北ですから」

指さしてそう教えながら、自分は車から降りようとしない。

「申し訳ありませんが、先生。私、なんだか急に疲れてしまって、ここでお別れしてもよろしいでしょうか」

驚いたが、改めて見れば顔色が悪かった。表情は平静というよりは平板で、緊張の糸が切れたとでもいうふうにも見える。ここからなら地下鉄の駅もさして遠くはないはずで、車で送られねば帰れない場所でもない。神代に否やはなかった。

車を降りて右に回った彼を、渡部は窓から首を伸ばして見送る。

「あの、先生？　またご連絡させていただいても、かまいませんでしょうか」

やけにしおらしげな口調だった。笑ってうなずいてやる。

「昼間なら大学に電話して下さい。家には留守電もつけてありませんのでね。私が研究室にいなくとも、受付で伝言を頼めますから」

そういったのは半分は好意、だがもう半分はあまり勝手に家には来るなという意思表示のつもりだ。京介にあれだけのことばを投げつけられても、十秒後には立ち直っていた渡部のこと。なんとか香澄と会おうなどと、家の周りをうろつかれたりしてはやはり困る。

それでも彼女が握っているらしい豊富な情報や、子供の心理に関する知識は魅力だ。渡部を切ろうと考え出したらしい門野からすればあるいは、裏切りめいて思われるかもしれないし、利用できるものは利用するといってしまえばほとんどマキャベリストだが、力で排除するのは愚策《ぐさく》以外のなにものでもない。

見送る渡部に軽く手を振って、墓地の中を南北に走る道を歩き出す。通り抜ける車はめったになく、人影も見えず、都心の昼とは思えない静けさだ。両側に立ち並ぶ木々は桜。いまは青く茂る葉桜《はざくら》にそろそろ夕暮れのかげりが忍び寄っているが、場所は場所でも花の季節にはそれなりの、はなやいだ春景色になることだろう。

しかし桜というのは花見の賑《にぎ》わいを連想させるのと同時に、どこか不吉な、死のかおりとでもいったものを心に漂わせる。いつから桜と死の観念連合が生まれたのか神代は知らないが、それもまた墓地の並木にはふさわしい。

西欧の墓ならベックリンの『死の島』を思い起こすまでもなく、常緑の糸杉がつきものだ。それが日本では一年のほんの数日を咲いて満たして、たちまち散り消えていく桜。東西の死生観の差が、そんなところにも現われているのかもしれない。

益体《やくたい》もない物思いにふけりながらしばらく歩くと、外人墓地の標識があった。南北に長い丘陵《きゅうりょう》全体を埋めた青山墓地の一角が、日本で客死した外国人の埋葬に当てられているのだ。案内板に目を走らせると、明治天皇の肖像画を描いたことで知られる画家キヨソーネなど、神代の記憶にある人名も見える。念入りに手入れされているのもあれば、十字架が欠け落ち、また土台が陥没《かんぼつ》しているものもある古い墓地を歩き抜けて、ここの北側といわれたが、あの程度の案内で行き着けると思ったのは、少しうかつだったかもしれない。

最近の公園墓地のような見通しの良さはなく、それぞれがかなり広い墓所を石で囲んでいて、墓の意匠《いしょう》もさまざまなら木立も茂って視線をさえぎる。墓石の銘《めい》をひとつひとつ読んでいったのでは、それこそ日が暮れてしまう。自分の呑気さにあきれて、だが別にどうでも美杜家の墓に詣でなければならない理由もなかったのだと思い返す。

一応北の端まで歩いて、わからなければ帰ろうと決めた。だからその墓に目が行ったのは、墓前に供《そな》えられた白い花束のせいだった。盆や彼岸時ならさぞかし新しい献花《けんか》がどこもかしこも見られるのだろうが、いまは石と苔《こけ》の緑くらいしか目に映らぬ墓地のただなかに、ついいましがた置かれたとしか思えない、みずみずしい白薔薇の花束。

思わず足を止めた。二坪ばかりの敷地の周囲は緑青色の鉄柵で囲まれているが、正面の開き戸に鍵はない。見上げるほどの黒御影の墓石に刻まれていた文字は『美杜家之墓』だった。明治の元勲《げんくん》に連なる政治家だったという祖先が築いたものか。内部に墓石として立っているのはそれひとつで、死者の名と没年月日を刻んだ平石の墓誌が三つばかり左右に並んでいる。それ以外は飛び石の残りの地にも白い玉砂利《たまじゃり》を敷き詰め、植木ひとつない。ただ端の方に梅かなにかの小さな樹が、一本だけ植えられているのが妙に場違いな感じだった。

（誰が花なんか供えたんだろう――）

ふいと不審の思いが兆《きざ》す。いまや美杜家の血縁といえば、少なくとも東京にはかおると香澄しか残ってはいないはずで、どちらも墓に花を手向《たむ》ける状況にはない。無論花だけなら花屋か人を頼むかして届けられぬものでもないだろうが、面会謝絶状態のかおるがわざわざそれを注文するのも解《げ》せない話だ。誰かの命日なのだろうか。

青銅《せいどう》の扉を押して中に入った。花束は墓石の前の台に、無雑作《むぞうさ》に横たえられている。花入れには到底収まらない、大人の腕で一抱えもあるほど大きな束なのだ。花の種類にもまったくうとい神代だが、水滴を含んだ五分咲きの白薔薇、それも大輪のが数十本となれば、かなり高価だろうとだけは推測できる。気紛《きまぐ》れで持込めるようなものではあるまい。身をかがめて顔を近づけると重なり合った花弁の奥から、清楚な見た目を裏切る濃厚な甘い芳香《ほうこう》が立ち上ってきた。

しかし次の瞬間、神代は目を剝いて体を引いていた。花の中に虫を見つけた、というわけではない。だが気分はややそれに近かった。花束の根本に長く幅広のリボンが結ばれ、蛇がとぐろを巻くように石の上にわだかまっている。

鈍くひかる黒繻子《くろしゅす》のリボンだった。いくら墓に供える花だからといって、通常黒のリボンはつけまい。

黒と白がただちに葬儀の色を意味するのは近代の日本、それも関東の風習に限られると頭でわかってはいても、詣でる者を失ってあきらかに荒廃した墓に置かれた白い花のなまなましさと、それを結ぶ黒いリボンの不調和は感覚的な忌まわしさをそそる。まるで遠からぬ内に、この墓に新しい死者が葬られるとでもいっているようではないか。

(嫌がらせかよ……)

そう思えば、ねばりつくほど強く甘い香りさえ不快に思える。だが立ち上がった拍子に、膝頭が花束に触れた。揺れて落ちかかるのを、反射的に手を伸ばして押さえると、セロハンで包まれた花の間から小さな封筒が落ちる。

拾い上げれば白無地《しろむじ》の洋封筒の、裏表とも文字はない。少しためらったが中を開いた。入っていたのは名刺ほどのカードが一枚。活字を敷き写したような几帳面《きちょうめん》な字体で、並んでいる文字を読んだ。

『この花は死せる罪亡き子のために
罪ある死者たちは罪あるまま伏せ
間もなく残された血の末裔《まつえい》たちも
ともに美しき杜《もり》は腐れ絶えよう。
園梨々都　』

その奇妙な名を記憶から引き出すのに、ほんの少し時間がかかる。そうだ、薬師寺静の謎めいた愛人の名だ。事件当時美杜邸にいた可能性が、なくもないという自称占い師。しかし警察も彼女を発見することはできず、渡部は妻の変装、あるいは複数の女の一役説をとなえていた。

だが、いまこうして死を暗示するような花束が美杜の墓所に出現し、添えられたカードに並ぶ文字は明らかに、嫌がらせというよりは呪詛。いや、殺人の予告かもしれない。美杜の血を引く最後のふたり、美杜かおると薬師寺香澄に対する——

2

突然背後で物音がたった。

もつれるような足音と手足のぶつかる音。振り向いた神代の目に飛びこんできたのは、

「京介――」

柵越しにこちらを向いた桜井京介の顔だ。その腰のあたりには香澄が、むこう向きにしがみついてもがいている。いや、どこかへ駆け出そうとする子供の肩と頭を、京介が摑んで体で止めているのだ。なにに怯えているのか。香澄の喘《あえ》ぐような激しい息づかいが、ここまで聞こえてくる。

「そんなとこでなにやってんだ、おまえら」

わけがわからず、右手で花束を持ったまま二、三歩前に出かけた神代に、

「それを置いて下さい！」

京介は叱りつけるような口調で命ずる。

「早く。見えないところへやって！」

仮にも教授に向かってきく口か、などといってみたところで京介には通用しない。花束は石の上に戻し、カードの封筒だけはちょっと迷ったがポケットに入れる。また考えねばならないことが増えてしまった。

柵を開いて出てくると京介は少し離れたところで、さっきよりいくらかは落ち着いてきたかもしれないが、まだ腰にしがみついたままの香澄の頭を、背をかがめてそっとなで続けている。

唇が動いてなんといっているのか、それが聞こえるところまで近づく前に京介は顔を上げた。

「匂いますね」

前髪の中から不快げにしかめた眉。まるで汚いものを見るような表情だ。近寄っただけで薔薇の香りがするというのだろう。ずいぶん強い芳香だったから、移り香はあるかもしれないが。

「手だけでも洗ってきてもらえませんか」

「その子、薔薇アレルギーなのか？」

「とにかく柵越しにあの花を見た途端、パニックを起こしたんです。視覚か嗅覚か両方なのか刺激の元がわかりませんから、手を洗ってきて下さい」

さもないとこれ以上そばには寄せない、とでもいいたげな口調だった。匂いならポケットに入れた封筒にこそ染みついているだろうが、こんなところで大声でしゃべる話でもない。

(まあ、どうせ俺は香澄の顔もろくに見せてもらえねえんだしな――)

外人墓地の中に水道があったと歩き出しかけて、ふと思いついて立ち止まった。

「なあ、京介。その花束ちょいとわけありのようなんだ。そこに置いておかん方がいいかとも思うんだが」

「ご心配なく。拾いたがる人間は他にいます」

どういう意味だと聞き返したがあっさり無視され、だいたいなんでおまえらがこんなところにと、いったところで答えが返ってくるとも思えない。仕方なく水場に向かった。ハンカチで手をぬぐいながら体を起こすと、そこに見覚えのない男がひとり立っている。水道が空くのを待っていたわけではなさそうだ。

「W大学の神代宗教授でいらっしゃいますか？」

ダークスーツを着て口調はていねいでもセールスマンには見えない。かたぎとはいえないがやくざでもない。薄い眉にとがった鼻。髪はきれいになでつけて、どこか悪いのかというほど痩《や》せた色黒の顔に、細い目ばかりが妙に鋭いところは死神の親戚とでも呼んでやりたいほどだ。歳は三十以上五十未満、その範囲ならいくつにでも見える。

「そうだが、あなたは？」

「三田《みた》署の荒木《あらき》、といいます。ちょっとお話をうかがえたらと思いまして」

（刑事か——）

三田署というなら白金の美杜邸の管轄だろう。西片から京介たちを尾行してきたのではないか、と神代は思い当たる。しかしひとりのようだ。

「公式の捜査というわけではなさそうですな」

いってやると相手は、片頬に苦笑めいたものを浮かべた。公務のときの刑事は必ずふたり一組で行動するとか、つまらぬ知識が広まってやりにくいとでも考えているのだろう。

「一応は非公式の、しかし決して私個人がどうこうというわけではないとお考え下さい」

わけのわからねえ日本語だと思ったが、口には出さない。なぜか警察関係者の中には、しばしば知識人と目される相手に対して妙な劣等感を抱えている手合いがいて、へたに怒らせるのは得策ではないからだ。

「すまねえが取り込み続きでちぃとばッかり疲れててな、今日のところは勘弁してもらえねえか。別段探られて痛い腹があるじゃなし、俺ァ逃げも隠れもしねえからよ」

がらりと調子を変えた巻き舌ことばを聞かされてどんな顔になるかと思ったら、見つめる刑事の目がふっとなごんだ。笑顔というほどでもなかったが、意外にも不快な表情ではない。そうして見ると、存外若いのかもしれない。

「一日二日のうちにでも、お時間を頂戴《ちょうだい》できるのでしたら」

「かまわねえよ。ただ一応前もって連絡くらいくんな」

「先生も、なにかお気づきのことがありましたら」

出された名刺をろくに見もせずにポケットに放りこみ、歩き出しかけてそうか、と思いつく。京介のやつがさっきあんなことをいったのは、刑事の尾行に気づいていたからだ。

「刑事さん、ひとッつだけ」

「なんでしょう」

「あの花束の出所を確かめてもらえませんかね」

「花束……」

戸惑っているような表情だ。

「あれは先生が、お持ちになったのではないんですか？」

そうか。京介と顔を合わせたところを遠目に見ていれば、そんなふうに誤解しても無理はない。

「違いますよ。私はあんなに悪趣味じゃない」

どう悪趣味かは見ればわかる。相手も不要な説明を求めようとはしなかった。届けた花屋かなにかが特定されればカードのこともばれるだろうが、それはそのときのことだ。

「わかりました。では、後ほど」

両手は体の脇につけたまま、腰から上を軽く前へ折って礼する。慇懃《いんぎん》で礼儀正しい態度は警察というより軍人めいていて、なおさら不気味だという気もするが、やくざまがいの無礼よりはよほどましだ。神代はわざと手をひらひらさせて、

「あばよ。またな」

といってやったが相手は表情も変えなかった。

その晩。家政婦が用意していった和風の惣菜《そうざい》に火を入れ米を炊いて、家族のように三人で夕食の膳《ぜん》を囲んだ。

普段は休みの日でも、別に京介とふたりで食事するわけではない。起きるも寝るも時間はばらばらで、自分の都合で勝手に食べて勝手に片付けるのがほとんどなのだが、子供がいればそうもいかない。急に家庭的な空気のたちこめてしまうのが、奇妙というよりどうにもくすぐったかった。

香澄は畳にきちんと正座して、うつむいて行儀よく箸《はし》を使っている。箸の使い方は京介よりよほどまともだ。一度も目を上げようとはしなかったし、ものもいわないが、そうしているとあたりまえの子供と少しも変わらない。まあ普通の十歳の子ならば、これほど静かなことは絶対にないだろうが。

先に食べ終えた京介が箸を揃えて、

「ごちそうさま」

一礼すると驚いたように目を見張っている。だが京介が目を上げると、あわててまた視線を下に落としてしまう。それは神代が見ていると、何度でも繰り返された。京介の動きを絶えず追っているのに、見返されると急いで目をそらせてしまうのだ。

「さあ、片付けを手伝ってくれるかな」

それが自分に向かっていわれたことは、すぐにわかるらしい。ぴくんと体を震わせて立ち上がると、かちゃかちゃ音立てて膳の上の空いた食器を集めはじめる。

「あわてなくていい。こわすといけないからゆっくりね」

なにかいわれるたびに体がぴくんとすくんだように震えるのが、ものに怯えているようで妙に痛々しい。だがことばの意味はちゃんと理解しているようだ。盆に積み上げた食器を、ふたりして台所へ運んでいくと、

「洗うのはいいんだ。君の背では流しが高すぎるからね。それより風呂に入るかい。ん、もう寝たい？　それなら行っていいよ。蒲団はちゃんと敷ける？　ああ、でもその前に歯を磨くのを忘れずにね」

廊下をはさんだ台所から、京介の声が聞こえている。なるほどまったく父親だ。別に歯の浮くような甘い声を出しているわけではないが、子供でも聞き違えることのないよう、行き届いたことばはていねいでやさしく、無精《ぶしょう》無礼《ぶれい》無愛想《ぶあいそ》な普段とは落差がありすぎて呆れるよりない。

香澄が戻ってきた。今日の昼間からそちらを使うことにしたらしい、京介の部屋は茶の間の奥にある。湯飲みを片手に新聞を読んでいる神代の前を、突っ切ろうとしてためらっている。新聞を上げてこちらの顔を隠してやると、やっとそろそろ歩き出した。息を詰めている。まるで恐い犬の繋がれたところを、通らねばならないとでもいったふうだ。京介にはそこそこなついているのに、神代は怖がられるだけとはいささか情けない。

(なあにも、取って喰いやしねェのによ——)

戸を開けて、電気のスイッチを入れている背中に声をかけてみた。

京介の声。

「お休み、香澄君」

返事をしてくれるとは思わなかったが、少年の背中は感電でもしたように震えて反《そ》り上がった。激しい息づかいが聞こえたと思うと、ばたばたっと音を立てて駆けこんでいってしまう。あっけに取られた神代の耳に、香澄に話しかけていたときとは別人のような、冷やかな京介の声。

「刺激しないでほしいといったのは、さっきだけのことではなかったんですが」

「俺はなにもしちゃあいねえよ。ただ名前を呼んで、お休みっていっただけだぜ」

むっとしていい返した。嚇《おど》したわけでも大声を上げたでもなし、あの程度でも悪い刺激だといわれるのでは、とてものこと同じ家で暮すわけにはいかない。だが見上げた京介の顔は、ことばの続きを喉で止めてしまうくらい沈鬱《ちんうつ》だった。

「今日の話を、聞かせてもらえますか」

「ああ、そうだな」

確かにやたらと取り込んだ一日だった。そして最後があの不吉な花束だ。あんなものが出現した以上本名ではないにしても、薬師寺静の元愛人である『園梨々都』なる女が実在している可能性は高い。

渡部がこれを知ったら、どんな反応を見せるだろう。花に添えられていたカードの文面を見る限り、三年前の殺人もまた彼女の仕業だったように思えてくるのだが。

香澄の様子を見にいった京介が戻ってきたのを期に、書斎に席を移した。この家の廊下は二本。一本は西側の玄関から建物の中央を東西に貫《つらぬ》いて、北側に書庫、三畳間、洗面所と風呂、台所が並び、南側に書斎、客間、居間、茶の間がある。茶の間の右手に張り出した四畳半が昔の子供部屋、いまは京介の棲《す》み処《か》だ。もう一本の廊下はガラス戸で庭に面した広縁で、書斎から客間と居間の外を通って子供部屋に達する。

京介はそこのドアを半開きにした。覗くと子供部屋の戸も半ば開いて、光が廊下に射している。

「寝たんじゃないのか」

「暗いと寝られないようです。それと、戸が閉まっていると」

「そうか……」

無理もない。神代の耳に渡部の口を通して聞いた、香澄の声がよみがえってくる。

——暗いよ——恐いよ——出して——おかあさま……

「だが、開けておいたらこっちの話し声が聞こえちまうだろう。意味がわからないということはなさそうだし、やはりまずいんじゃないか？」

「それは大丈夫です。ヘッドホンをつけて音楽を聞いたまま寝ていますから。今朝も明け方に目が覚めてしまって、落ち着かなくなったんで試したらうまくいきました」

「なにを聞いてるんだ」

「ポール・ウィンターの『コーリング』。ジャンルでいったらなにに入るのかは知りませんが、アザラシや鯨《くじら》の鳴き声に音楽をあわせたもの、というか曲です」

そういわれてもどんなものか神代には想像もつかなかったが、自然の音なら心を鎮《しず》める作用があるのかもしれない。

「まあいいや。それじゃ取り敢えず俺の方から報告してやる」

「お願いします」

こんなときだけは礼儀正しい。門野から聞かされた薬師寺静の人間像、かおるの死んだ子供の話から、渡部とふたたび訪れた美杜邸、そして香澄がどんな生活をしていたかまで、口をはさむこともなく京介はじっと耳を傾けていた。

「——まあ、あの子が暗闇や閉ざされた場所を怖がったとしても、なんの不思議もないやな」

青山墓地へ行く前のところでいったん話を切って、そう感想を加えた神代に、

「そうですね」

京介もうなずく。

「お断りするのが後になりましたが、今日神代さんが出かけられた午前中に、あのファイルに目を通させてもらいました。美杜邸の使用人のインタビューも読み終えていたので、いまの話を聞いても驚かずに済みましたが」

「おまえが驚くことなんて、あるのかよ」

一度見てみたいもんだぜとからかってやったが、軽く肩をすくめてみせたのみだ。

「神代さんはどう思われます。彼が両親の仕打ちに耐えかねて、殺人を実行したのだと考えますか」

そう正面きって聞かれても答えようがない。香澄の様子を見ていれば、こんな子供がまさかとしか思えないが、非人間的な拘禁《こうきん》のさまを見せられれば、こんな目にあっていたらなにをしても不思議はないとも思える。それに温室の床に残されていた、血と足跡の問題がある。第三者が工作して香澄に罪を着せようとしたのなら、どんなトリックが使われたのかを解明しなくてはなるまい。

「おまえはどう思うんだ」

出せない答えの代わりの反問だったが、京介はかたちのいい唇をきゅっとつぼめて、

「まだいえません、なにも」

「人には聞いておいて、てめえはそれかよ」

「今度こそあやふやな推理を、途中で垂れ流すわけにはいきません。そんなことをしていたら、彼を助けるために動いているのか、傷つけるためなのかわからなくなってしまう。そうでなくとも神代さんは、あちこちにパイプが繋がっているようだし」

おい——、と神代は肩を怒らせた。

「俺がおまえから聞いたことを、そこいら中にいいふらすってえのか？」

「だって、門野さんに聞かれれば答えないわけにはいかないだろうし、例のルポライターのことばに同意しても反発しても、なにもいわない保証はないでしょう？」

そういわれて詰まってしまうのも情けない話だが、情にからむ類のことほど、自制心に絶対の自信があるとはいえない。例えばいま京介が香澄は潔白だと断言したら、今度渡部と顔を合わせてとぼけていられるかどうか――

「ほんとうをいえば彼の口から、なにが起こったのか聞くことができれば一番いいんです。へたな推理なんか積み上げるよりもね。だからいましばらくは、コミュニケーションを成立させるのが先決だと思うんですが。幸いこの事件はすでに終わったことで、解決が一日遅ればさらに死人が増えるというわけでもないですし」

「いや、京介。それがそうともいってられなくなったんだ」

神代は上着のポケットから出しておいた、花束に添えられた封筒を彼に見せる。まだほのかに感じられる薔薇の移り香で、出所はすぐにわかったらしい。あきれたように首をかしげて、

「警察から苦情をいわれますよ」

「まあな。今度あの刑事と会ったら渡してやるさ」

「指紋の方はもう気にしても、しかたなさそうですね」

そういいながら自分は爪の先だけで封筒をつまみ、中のカードをテーブル上に落とす。

「どうだ。白薔薇を黒いリボンで結んだ上に、その文面はどう読んだって、美杜家の血筋に対する殺人予告だろう」

「まあ確かに、そういう書き方をしていますね」

例によって断定を避けた答えを返しながら、もう一度文面を読み返している。

「ソノ・リリト、か——」

「おかしな名だな。本当に占い師だっていうなら、結構それらしいかもしれないが」

いつだったか教室に女子学生が忘れていった占いの雑誌があって、なんの気なしに開いたらそこに現われる占星術師やらジプシー占い師やら、誰も彼もがカタカナ混じりの、日本人とも思えない怪しげな名前を名乗っていてあきれたものだった。それと較べればむしろおとなしい名かもしれないが、もともと素性を隠した愛人が隠れ蓑《かくみの》に使った偽名なら、大した意味はないのだろう。

しかし京介は顔を上げて、おや、というように神代を見返した。

「ご存じありませんでしたか」

「なにがだよ」

「神代さんは、オカルティズムの方面にあまり興味はなかったんですね」

「ああ。俺ァ理性と情の人間だからな、怪力乱神《かいりょくらんしん》は語らねえのさ。で、オカルトがどうしたい」

「この名のいわれですよ」

カードを戻した封筒を指先でぴんとはじいて、

「リリトとはたぶんユダヤ教の伝承に現われる、アダムの最初の妻リリスのことだと思います。アダムとともに塵《ちり》から作られたが、夫に服従することを拒んで飛び去った。イヴが創造されたのはその後だったということですね。

最近はウーマンリヴ運動の中で、男に従属しない自立した女のシンボルとして再評価されたりもしているようですが、長らく彼女は最初の魔女であり、子供をさらう吸血鬼であり、夢を冒す淫乱《いんらん》な夢魔《むま》だと考えられてきました。赤子を奪う恐ろしい母、仏陀《ぶつだ》に帰依《きえ》する以前の鬼子母神《きしぼじん》ともイメージが重なります」

「そういやあどっかで聞いた名か、リリスってえのは――」

だがそれがどんな関わりがあるのだと聞き返そうとするのを、京介は片手で止めて、

「そしてもうひとつ、イヴを誘惑した蛇《へび》をリリスと同一視する見方があります。その結果人類の祖アダムとイヴは神に禁じられた智恵《ちえ》の木の実を食べて、永遠にエデンの園を追われた。園梨々都、原初の罪の導き手、美杜家の楽園を侵す蛇。ただ愛人の隠れ蓑に使うにしては、ずいぶんうがった名前じゃありませんか？」

そのとき京介に向かって、なんと返事するつもりだったのか忘れてしまった。突然静まり返っていた家の中に、かん高い悲鳴が響き渡ったのだ。

もちろん誰のものかと、問い直す必要もない。半開きのままのドアをひるがえして、京介が庭沿いの廊下に飛び出す。続いて神代が駆けつける間にも、香澄の叫び声は止まない。飛びこむと明かりのつけ放した畳の部屋の真ん中で、掛け蒲団を撥《は》ね除《の》けて飛び起きたらしい子供の体を、ひざまずいた京介が抱きしめている。

しかし宙に向かって突き出された手足は硬直しながらも絶えず痙攣《けいれん》し、また力まかせにあがき、水から上げられた魚のように、のたうって捕えた腕を逃れようとする。京介の肩越しに香澄の顔を正面から見たとき、神代は昨夜玄関の前に座りこんでいた少年と視線を合わせたときの、背筋の冷えてくるような感覚をふたたび覚えていた。

ぎくんぎくんと左右に振れながら、大きく開いた口から高い悲鳴を放ち続けているその顔。だがそこに表情らしいものはなく、白く強ばった仮面のような顔から、目ばかりが裂けるほどに見開かれている。壊れかけた自動人形にも似た奇怪な動き。そして止まない化鳥《けちょう》めいた悲鳴。時折歯が音立てて噛み合わされ、叫び声を中断させる。

ひとつの危惧《きぐ》が、ふいと神代の心に浮上した。そのままにしておくと、自分の歯で舌を嚙んでしまうかもしれない。

「――京介、口、どうにかしろ！」

はっとしたように彼の顔が動いた。背中に回していた腕をゆるめると、小さな体を膝の上に抱き直す。そして大きくのけぞらせた顎を捕え、なお激しく振れ続ける顔の口の中に、ためらうことなく右手の指を突っ込んだ。

「このばか。そういうときは服の端でも嚙ませるんだ！」

そんなことをいっても遅い。香澄は顔をゆがめて、口に入れられた指を力一杯嚙みしめる。押さえる力の減った分跳ね回る足を、神代があわてて腕を伸ばし蒲団に押さえこむ。口をふさがれて悲鳴はくぐもった喉声に変わったが、まだ全身の痙攣は止まない。わななく手は京介の腕を掻きむしり、頰をかすめた爪が赤い掻き傷をつける。前歯の食い込んだ指からは早くも血が滲《にじ》み出している。しかしそんなことには気づいてもいないように、京介は空いた左の手で少年の頭を抱え、耳元に唇を押しつけて繰り返しささやいている。

「恐くない――。もうなにも、恐くないから――。大丈夫だ、蒼、大丈夫だ――」

どれほどの間それが続いたろう。突然神代の手の中で、香澄の足がもがくのを止めた。力の抜けた両の腕が、ぱたりと音立てて蒲団の上に落ちる。それがあまりに唐突だったので、かえってぎょっとしたほどだ。

「おい――」

「終わったようです」

京介は膝に抱えていた頭をそっと蒲団の上に降ろし、口から指を抜き取る。くっきりと歯型が刻まれ、血と唾液《だえき》に濡れた手を無雑作《むぞうさ》にジーンズの脇でぬぐって、香澄の額の汗で張りついた前髪をていねいに掻き上げてやる。

眠っているわけではない。まつげの隙間から薄く開いた目には明かりが映ってひかっているが、見えているのかどうか。弛緩《しかん》した顔にはなんの表情もない。ただ仰向いたパジャマの胸ばかりが大きく波打って、いましがたの狂乱の名残をとどめている。なにが起こったのかと、尋ねても答えが返るはずはなかった。

「水でも持ってくるか」

「すみません、お願いします」

京介は顔を上げようともしない。

台所に立った神代の胸に、ふと兆したのは香澄に対する危惧以上に京介へのそれだった。

(あいつア、あまりにも――)

香澄に肩入れしすぎている。あの子が本当に無実ならいい。しかしもしもそうでなかったらどうなるだろう。

香澄を助けたいという一点に向かって引き絞られている京介の精神は、またぷっつりと切れて世界との接点を失って、今度こそ暗黒の中へ落ちていってしまうかもしれない。

だがいまさら彼を思い止まらせることなど不可能だ。それもわかりすぎるほどわかっている。

(見守っててやるしかねえってことか……)

あの歳で、何度もぎりぎりのところまで行って、踏みとどまってまた戻ってきた。あいつの強さを信ずること。そして、もしもどうしようもない状態になったなら、そのときこそ手を差し伸べること。損な上に大儀な役目だとため息が出る。とはいえそれは誰のせいでもない、自分で選んだことなわけだが。

冷たすぎない方がいいだろうとポットの湯をまぜた水を、コップに入れて持っていく。

「ほらよ」

「ありがとうございます」

香澄は京介の片腕で支えられて、おとなしく上体を起こした。やはり叫び続けて喉が嗄《か》れていたのだろう。コップを両手で持つと、音立てて飲みはじめた。神代の片手でも握り潰せそうなか細い喉が波打って、そうして見ればやはりただの子供、痩せて華奢な体をした普通の少年に過ぎない。さっきの狂騒は悪夢に怯えただけなのか。だがそれにしては、いかにも激しすぎたのではないだろうか。

暴れている間に飛ばされたのか、窓の下にヘッドホンが落ちている。拾い上げた拍子にカーテンが引かれてずれた。直そうとして神代は、なんの気なしに暗いガラスを眺める。少し風が出ているようだ、天気が悪くなるのだろうかなどと思いながら。

そのとき突然背後から、ふたたび香澄のかん高い悲鳴が響く。はっと振り返った目に見えたのは少年の恐怖に引《ひ》き攣《つ》れた顔、その手からこちらに向かって飛ぶコップ、そしてそれを宙で受け止めようと腕を伸ばした京介。

あわてて身を避けた。伸びた京介の手はわずかに間に合わず、ガラスのコップは窓枠にぶつかって割れた。その破片が狙ったように跳ね返り、差し伸べた手のひらに突き刺さる。

「おい！」

「平気、です」

京介は右手を心臓より上げて、左手で手首を摑んでいる。だが鋭いガラスのかけらは手の中央に突き立ったまま、あざやかな血の色が見る見るふくれ上がっていく。

「すみません。ティッシュを」

「ああわかった。いま取ってやるから動くな」

整理ダンスの上からティッシュの箱を取り降ろして振り向いた神代は、だがまたぎょっと息を呑みこんでいた。香澄が蒲団から起きてきている。赤ん坊のように手と膝で這いながら、その目はじっと京介の手のひらにあふれていく赤い鮮血にそそがれている。

傷を心配しているのかと思った。だが少年が食い入るように見つめているのは、飽くまでその血だ。糸に引かれるように、血に向かって進んでいく。

そろりと手が伸びた。指先が、小さな血の溜まりにひたされる。幾度も幾度も、確かめるように。

「か──」

香澄といいかけた神代を、京介が左手で止めた。目はじっと香澄の顔を凝視したまま。京介の血がついた指先をわずかに持ち上げて、少年は微笑んだ。にっこりと笑ったのだ。

神代が見る限り初めて。それは確かに無邪気な、子供そのものとしかいいようのない笑みではあったが。

(なんで笑ってるんだ、こいつは。なんで──)

笑みのまま香澄はもう一度、自分の指を京介の血にひたした。そして今度はそれを畳の上に伸ばし、ゆっくりとすりつけ始めたのだった。

仮面の悪魔

1

翌朝、神代は京介と口喧嘩《くちげんか》をした。きっかけを作ったのは神代だと、いわれればそのとおりかも知れず、考えてみれば彼が聞き入れるはずもない。おそらくはいらぬせりふだったのだろうが、口にしないではいられなかったのだ。

昨夜はあれからすぐ蒲団に入ったものの、ろくに寝た気はしなかった。朝日の射す台所でコーヒーを入れている京介の姿を、廊下から眺めて驚いた。ヤカンを摑んだ右手の指は明らかに前夜の嚙み傷で、倍ほどにも腫《は》れ上がっていた。

「手当くらいまともにしたらどうだ」

声をかけたが返事もしない、その手からやかんをもぎ取った。手のひらを開かせるとガラスで切ったところに、おざなりに貼った傷テープが剝がれかけている。

「――こっちの方も」

振り返ろうともしない顎を捕えて向き直らせると、いつにも増してぼさぼさの髪の中、頬にはくっきり赤い掻き傷が刻まれていた。だが京介は険悪《けんあく》な視線をじろりとこちらに流したきり、ものもいわず神代の手を邪険に振り払って、やかんを取り返す。何事もなかったように、ふたたびコーヒーの粉に湯を落とし始める。

だからいったのだ。

「――あんまりのめりこまない方が、いいんじゃねえのか？」

「どういう意味です？」

戻ってきたのは前にも増してとげとげしい視線だ。下まぶたには青く隈《くま》が浮かんで、なおさら人相が悪い。

「たとえばの話だがな、香澄は多重人格なのかもしれない」

「虐待されて、人格が乖離《かいり》分裂して、その別人格が両親を殺害したというわけですか？　それはまた、たいそう魅力的な説ですね」

侮蔑《ぶべつ》という感情を擬人化《ぎじんか》したならば、そのときの京介の顔になるに違いない。なまじ目鼻立ちが整っているだけにそんな表情をされると、壮絶というか凄絶というか。こいつと関わりを持ったことを、本気で後悔したくなるのはこういうときだ。

腹立たしさを押さえて神代は続けた。

「昨日の夜の様子を見りゃ、そんなことも考えたくなるじゃねえか。どう考えてもあんときの香澄は、それ以外のときとは別人だったよ」

なにしろ凄い力だった。足を押さえた手が撥ね飛ばされそうだった。あんな痩《や》せて小さな子供に、あれほどの筋力があったとは想像もできない。

だがそれ以上に神代を戦慄させたのは、京介の手からこぼれる血を見たときに初めて見せた笑みだ。表情それ自体は子供が無邪気に、嬉しいものを見つけて喜んでいるとしか思えない顔だから、印象の異様さはなおさらだった。その表情で香澄は、足元の畳に血をなすりつけたのだ。まるで三年前の事件を、なぞってみせるように。

おまえだって俺と同じものを見ているのだろうと神代は京介を見るが、戻ってきたのはさらに冷やかな蔑《さげす》みのことばだけだ。

「小説ではその手のネタはもはやおなじみ、というより古臭い手ですが、精神科医が認めた多重人格障害の症例というのは極めて稀《まれ》なものだそうです。ミステリの意外性を演出するには便利な手段かもしれませんが、現実性という観点に立てば顔のない死体トリックといい勝負だ。利害得失で割り切れない犯罪動機を、狂気の沙汰《さた》で片付けるのと少しも変わらない安《あん》直《ちょく》さですよ。つまらないことを考えるのは、お止《よ》しになるんですね」

いっていることがおかしいわけではないが、本気で心配している人間に向かって、なによりその口調が憎々しい。神代は思わずこぶしを握っている。

「つまらねえ考えで悪かったなあ！」

「いいえ別に。ただ御苦労様だと思っただけです。コーヒー、飲みますか？」

「いらねえよ！」

　手を出さないで済んだのは、四十四年の人生経験の成果だ。もっともぶん殴ろうとして、失敗したらさらに目も当てられない。


　荒木刑事からの反応は、神代が予測していたより早かった。しかも電話連絡を抜きにして当人が来た。若い刑事とふたり連れで。今日は間違いなく公務だというのだろう。だが、こういう連中に理解しろといっても多分無理なのだろうが、研究棟の受付に警察が訪ねてきて迷惑でないはずがない。二限の講義が終わって引き上げてきたところに、

「あの、神代先生？……」

　いつもは愛想のいい中にもてきぱきした受付の女性が、今日はやけにためらいがちな口調で声をかけてくる。

「先程からそちらで、お客様がお待ちでいらっしゃいますけれど——」

　振り返って、そこにあの慇懃《いんぎん》な死神面を見出して、彼女の表情の意味を理解した。名乗らなくとも大学関係者には見えないが、この様子だと黒革の手帳でしっかり職業を主張したのだろう。

いつからそこで待ち構えていたのやら、学部の同僚教員に噂が広まるのはほんの一週間。警察に訪ねてこられるような人間と関わりがあると見られたくはないだろうから、出世に意欲ある同僚教授らはこの先神代を、病気持ち並みに避けることになるかもしれない。そこは理性的な判断というより、ケガレが移るのを忌避する日本的感性というやつだ。

神代にしたところでいまさら出世には興味もないが、警察も好きなわけはない。本当なら嫌な顔で迎えるところだが、向こうもそうした反応は予想しているだろうと思うとかえって、生まれついてのへそ曲りでニヤリと笑ってしまう。

「やあ荒木さん、わざわざのお運びですか」

「昨日の今日で失礼いたします」

折目正しく礼を返した刑事に、

「で、逮捕状はお持ちですか？」

受付の顔が引き攣るのを横目で見ながらいってやったが、

「先生。そんなご冗談をおっしゃっては驚かれてしまいますよ」

逆にやんわりたしなめられた。

「今日はお時間の方、よろしいでしょうか」

「次の講義は夕刻ですからね。研究室においで下さい。からっ茶くらいは出しますよ」

「お手数をおかけいたします」

今日も荒木は飽くまで礼儀正しい。もっともその分の不作法は連れの若いのが一手に引き受けるかたちになっているようで、こちらに見せているつもりかそうでないのか、横っちょを向いて貧乏揺《びんぼうゆ》すりを繰り返しているところは、服装さえ変えれば立派に暴力団の三下《さんした》だった。

「昨日美杜家の墓に供えられていた花束ですが、あそこに届けたのは霊園の北門前にある花屋でした。朝九時頃に原宿の便利屋の人間が、届ける場所のメモと花に添える封筒とリボンを入れた袋を持ってきて、依頼していったそうです」

研究室に入って腰を降ろすなり、前置きも抜きにして荒木は切り出した。お茶汲みをしてくれる助手が待っているわけでもなく、別にどうしても茶をいれてやりたいわけでもないから、神代もそのまま椅子に座りこむ。

「すると本来の依頼人は、その便利屋に頼んだ人間ということになりますね」

「ええ。ですがそこで糸が切れました。便利屋のオフィスに現われたのは女性だったそうですが、早朝にもかかわらずサングラスをかけて頭をすっぽりスカーフで包んでいた。支払いはすべてその場で済ませてあって、残された連絡先は架空。人相特徴はほぼ不明というわけで、なんの手がかりもありません」

「それはそれは」

「花屋は不審には思ったものの、指定の黒いリボンを花束につけて、封筒も中にそえて、三時頃墓前に届けた。時間が遅くなったのは指定された品種の白薔薇をそろえるためでした」

「なるほど」

「で、先生があの墓地に来られたのは」

「はっきり時計は見ていませんが、五時近かったでしょう」

「先生は、花束を手に取られましたね」

「膝がぶつかって下に落ちかけたもので、手で止めたわけです」

荒木は細い目をさらに細めて、神代の顔をじっと見つめる。

「先生。率直にお聞きしますが、そのとき花の中に封筒がありましたか？」

相手の出方によっては空っとぼけるか、あるいは交換条件に情報をもらせとでも、いってやろうかと思わないではなかった。だがそういった駆け引きは元来神代の性には合わないし、警察情報が必要なら門野のコネでも使う方がましだろう。朝方しまっていったそれを、机の引き出しから取り出した。無論カードのコピーだけは取ってある。

「下に落ちたのを拾い上げたので、私の指紋はついたと思います。申し訳ありませんでしたね」

「中は、ご覧になりましたか」

「それはまあ。誰があんな花を贈ったのかと、いささか気にもなりましたし」

「――あんた、いったいなんのつもりで捜査を妨害するんだ！」

いきなり大声を上げたのは、背後に立ったままだった若い刑事だった。体つきの丸くて小柄な、およそ威圧《いあつ》は利かないタイプと自分でもわかっているせいか、声ばかりがやたら大きい。

「昨日そいつを拾っておいて、黙って持ち帰ったんだろう。大学教授だろうがなんだろうが、そんなことをしていいと思うのか。どんな魂胆《こんたん》があってやったことなのか、聞かせてもらおうじゃないか。だいたいなんだってあんたの家に、ホンボシがかくまわれているんだよ。え？」

「ホンボシ？――」

神代が視線を上げて聞き返すと、若い刑事の顔に一瞬狼狽《ろうばい》の色が走った。だが彼がさらになにかいう前に、荒木が機先を制する。

「止めなさい、石橋君。そんな口のきき方をするものじゃあない」

彼の荒っぽい態度をたしなめたようだが、余計なことをいうなと口止めしたとも思える。

荒木は向き直って神代に頭を下げた。

「どうもすみません。ただやはり証拠物件なので、不審な指紋がないかどうか確認しなくてはなりません。花屋や便利屋の人にもお願いすることですが、先生からも指紋を採取《さいしゅ》させていただくことになります。一度署の方へ出向いていていただいて」

「行かないとまずいわけですか」

「専用の道具が必要ですので」

そんなものくらい持ってこられないわけはない。警察署まで足を運べば今度はどうせそのついでに、話を聞かせろとかいい出すに決まっているのだ。しかし同じ話をするにも、どこで話すかで人の気持ちはまったく変わってくる。

「指紋採取には応じましょう。ただ三田まで行っている時間はない。道具でもなんでも持ってきて、ここで済ませて下さい。話を聞きたいということですが、それもこの研究室でなら結構。警察に行くのはお断りします」

「――おい！」

石橋刑事がふたたびうなり声を上げ、神代は肩をすくめてそれに答えた。

「私の刑事訴訟法に対する理解が誤っていないなら、任意《にんい》捜査を拒否するのは個人の権利の内のはずですよ。なにをお尋《たず》ねになりたいのかは知らないが、どうしても署内でなければ承知できないというなら、先に裁判所から召喚状《しょうかんじょう》をお取りになることだ。違いますか、荒木さん？」

石橋は鎖に繋がれた猟犬のように歯噛《はが》みしてこちらを睨《ね》めつけていたが、神代は荒木の顔だけを注目している。そして荒木もまた細めたまぶたの間から、じっとこちらを見つめていた。その視線を外さぬまま、ゆっくりと口を開く。

「先生のお宅にいま、薬師寺香澄がいますね？」

「いる」

　それだけ答えて神代はふたたび口を引き結ぶ。荒木は無表情に続けた。顔つきに反して口調はますます、不気味なまでにやわらかい。

「確かに署までお出でになるのも面倒でしょうが、かといって我々のようなものが何度も大学にお邪魔するのもさぞご不快でしょう。先生のお立場にも障《さわ》るはずだ。いかがです。内々に、薬師寺香澄と面接させてもらえませんか」

　荒木の背後で石橋がはっと身構える。神代の表情が変わったためだろう。血が昇るよりむしろ退《ひ》いた。自分の顔が怒りに冷たく強ばるのが、神代自身にもはっきりと感じられた。だが荒木は平然と、いいかけたことばを続けている。

「もしもその点便宜《べんぎ》をはかって下さるなら、先生の方のご都合はいかようにも」

　一息吸って神代は立ち上がった。学生時代剣道で鍛えた声を、びんと張った。

「あんたを見損なったよ、荒木さん。俺があんな子供を、我が身可愛さに取り引きの材料にするとでも思ったのかい？　立場に障るが聞いてあきれるぜ。もともとそのつもりで、電話もよこさずに乗りこんできやがったくせによ」

「お気に障りましたか」

　荒木の表情は動かない。そのことが神代の怒りに火をそそぐ。

「馬鹿にしちゃあいけねえぜ。こちとら吹けば飛ぶような大学教授でも、それッぱかしの嚇《おど》し文句で飛び上がるほど、ちッちェえキンタマあしてねえよ。とっとと帰ってくんな。え、聞こえねえのか。出ていけっていうんだよ、犬っころめ。てめえらなんぞたァなあ、ひとつ部屋の空気を吸うのも金輪際《こんりんざい》御免こうむらァ！」

「こ、のォ――」

こぶしを固めて前に出た石橋を、荒木が腕を伸ばして制する。その姿勢のままポケットから出したぴんとアイロンのきいたハンカチで封筒をつまみ上げると、

「これを持って先に戻っていてくれ。俺もすぐ帰るから」

「アラさん。また、そんな」

「なにも心配はいらん。早く行ってくれ」

「だって課長には」

「当然だ。気づかれるなよ」

最後はほとんど両手で押し出すようにして、石橋を部屋から出ていかせてしまう。戻ってきて軽く、神代に頭を下げた。

「大変失礼なことを申し上げました」

神代は腕組みしたまま、最初の印象とは違ってあるいはまだ二十代かもしれない、相手の顔を睨めつけた。

「あんた——いま俺を、試したな？」

わざと怒らせようとした。あるいは怒るかどうか試みた。考えてみればそうでなくて、あれほど無神経なせりふはいうまい。この男はそれほど馬鹿ではない。

「否定はいたしません。先生がどういうお心持ちであの子供を預っておられるのか。そのところがもうひとつ、わからなかったものですから」

「わかったらどうだっていうんだ？　事件の捜査なら、外《ほか》でいくらでもやるがいいさ。あの子がなにをしていようと、警察が手を出せることじゃあないはずだろう」

「なにかをしていると、先生も考えておられるのですね？」

（ちッ——）

内心臍《ほぞ》を嚙んだが、それは一瞬。

「俺ァなんにも考えてやしない。子供なんてもなァもともと専門外だ。だがな、神触れ合うも他生の縁ってんだ。口もきけねえあの子を面接だなんていって、あんたらがいじめるのに手を貸す気はねえよ」

「やはり香澄は現在も口がきけない——」

半ば独り言のように荒木はつぶやいた。

「しかし発見直後の検査では、香澄の脳波にもまた喉や口の機能にもなんら障害はなかったのですが」

「少しは警察も、精神医学の勉強くらいしたらどうだ？　脳や声帯がこわれていなくても、人間口をきけなくなることはいくらでもあるそうだぜ」

「ＰＴＳＤ、ですね」

意外にも相手はそのことばを承知していた。

「恐ろしい事件を目撃させられて、その衝撃から物がいえなくなった犠牲者」

いつか荒木の視線は、神代から自分の手のあたりに落ちている。椅子の上で足を組み替えた。膝に乗せた手指を曲げ伸ばししながら、ぽつりという。

「それがすべて巧妙な仮面だとは、考えられませんか」

「なに？——」

「心の傷は検査機器の数値に現われることはありません。我々は表面に現われた状態から、彼の内部を推測できるに過ぎない。薬師寺香澄が事件に傷ついた無力な子供という仮面をかぶった、狡猾な殺人者である可能性は本当に皆無《かいむ》でしょうか」

2

「——馬鹿なことをいわねえでくれ！」

一瞬のためらいを振りきって、神代はかぶりを振っていた。

「さっきの若いのも、香澄がホンボシだなんていってたな。じゃあ、それが警察の結論だってのかい」

「違います」

荒木も軽く頭を振った。

「今年の八月十七日、つまり事件発覚の三年目に捜査本部は解散する予定です。私は上司を説得することはできなかった。だがそれは私の説がはっきりと誤りだからというのではなく、物的証拠がいささか乏しくて裁判所を納得させる見込みが薄いこと。さらに薬師寺香澄が事件の真犯人であることは、迷宮入りである以上に望ましくないと、上の者が判断しているからです」

「あんたの日本語はわかりにくいな。もっとはっきりいってくれねえか」

「もともとがわかりにくい話なのですよ。人権と世論の感情をおもんぱかって、慎重な上にも慎重であらねばとか、そういういい方をされましてね」

「七歳の子供が親を切り刻むような凶悪犯罪をやらかして、しかも野放しだというのはいかにもまずいってわけか」

「家庭裁判所が審判を下せば、なんらかの処分なり措置《そち》なりが講じられるはずですが、証拠不充分で不処分ということにでもなれば、なおさら世間的な影響が強いことは否定できません。当時はあれだけ世の注目を集めた事件ですから」

「だったらなんで俺に、そんな話を聞かせる？　上に知れたりしたら、それこそあんたの立場ってやつがまずいことになるだろう」

神代に向かって目を上げて、なぜか荒木は唇に薄い笑みを浮かべる。自嘲しているようでもあった。

「聞いていただきたかったからです。先生はいまのところ、香澄のもっとも身近におられる。彼に対しては偏見も、かといって過度の哀れみや同情といったものも持ってはおられないらしい。そういう方が私の説を聞いて、どう思われるか。具体的な反論がおありなら、それも聞かせていただければと思います」

香澄にもっとも身近というなら、それは神代ではないのだが、さすがの荒木も京介のことまでを完璧に把握しているわけではないらしい。思い違いは敢えて訂正しないことにしよう。そんな神代の表情を荒木はなんと見たのか、

「先生。誤解しないでいただきたいのですが、私は別に薬師寺香澄が憎いわけではありません。子供の殺人鬼なんてものを、なにも面白ずくで考えついたわけでもない。ただ三年前あの事件の現場に出向いたひとりの捜査官として、真実を知りたいと思うばかりです。

薬師寺静は背徳漢《はいとくかん》の悪党で、みちるは我が子を愛しているつもりで虐待してしまう、箍《たが》の外れた母親だったかもしれないが、このままでは夫妻のついでみたいに殺されて吊るされた、若い娘が哀れすぎるじゃありませんか」

一息置いて、彼が誰のことをいっているのかを理解した。

「荒木さん。あんた、深堂華乃と面識でもあったのか？」

「いや、面識なんてはどのものではありません」

彼は口早に否定した。

「ただ交番勤務の頃にちょっとばかり縁がありまして、変わった名前だったものですから記憶に留まっていただけです」

頬を赤らめたわけでもないが、その口調に微かな含羞《がんしゅう》を感じて神代は内心一驚《いっきょう》する。この男、確かに若い。

「ご不快かもしれませんが、先生、ひとつ最後まで聞いてもらえませんか」

「だが俺が聞いてなるほどと思ったからって、あんたらに香澄を渡すわけにはいかねえぜ。それだけははっきりいっておく。あの子に必要なのは警察でも裁判所でもねえ。いい医者と、きっちり面倒を見てくれる親がわりの人間だ。大人の悪党だって、証拠不充分なら手を出せないのが民主警察ってもんだろう。口のきけない子供ならなおのこと、いいようにさせるわけにゃあいかない」

「わかっています。とにかく聞いていただければ、満足します」

その後に『するつもりです、いまのところは』ということばが隠れているような気がしたが、神代はうなずいてやることにした。

「三年前に私は、美杜邸からの通報を受けて駆けつけた警察官のひとりでした」

淡々と、そんなふうに荒木は語り出した。

「交番勤務三年半、三田署の刑事課に上がってようやく半年。といっても捜査一係ではなくて、そちらが他の事件で手一杯だったために駆り出された三係の人間です。窃盗《せっとう》事件ならともかく死体などろくに見た経験もありませんでしたから、戸惑う以上に現場ではとんだお荷物でした。

温室の鍵が開けられた途端あわてて飛びこんで足をすべらせて、肘をぶつけてドアのガラスを割ってしまった。それからやっと立ち上がったと思えば、目の前の光景に耐えられずに外の芝生で吐く始末です。そのときの醜態《しゅうたい》は未だに、署内で話題になるほどで」

いまはとてもそうは見えないでしょう、とでもいうのか、ふっと笑うように息をもらしたが、神代はそれに応ずる気にもなれず、無言で先を促す。

「しかし確かに凄じいとしか、いいようのない状況だったのです。あの温室の床は二重になっていて、暖房用の熱水パイプがそこを走っていました。熱を上に送る穴がタイルの床のいたるところに開けられていて、そこに鉄製の格子がかぶせられていた。血はその間からパイプ部分へ、さらに隙間をとおってその下に空いている点検用の地下室にまで流れ落ちていました。

特にドアを入ってすぐのところがひどかった。私が真っ先に飛びこんで足をすべらせたのは、そこに切り刻まれた内臓が山ほど置かれていたからです。死体から引き出された、ね。それをまともに踏んでしまったものですから」

荒木刑事の淡々とした口調でも、その凄惨な現場の様子を聞かされるのは閉口だった。こちらこそ、胸がむかついて吐き気がこみ上げてくる。

「あんたが香澄を犯人だという、その根拠を聞かせてもらえないか」

相手のことばをさえぎって、神代が尋ねたのに、

「温室の床一面に塗りたくられた血痕に、香澄以外の者の足跡がなかったことはご存知でいらっしゃいますか」

「ああ。そしてガラス壁にも、香澄の血の手の痕がついていたというんだろう？　だが三年前なら香澄の体重はせいぜい二十キロってとこだ。並みの体格の男なら眠らせた子の体を抱いて、手でも足でも痕を残すくらい造作もあるまい。

他の足跡がないといっても、まっさらな雪の上とかいうんじゃない。血のかかってない場所だけ歩いて、少しの痕跡なら濡らして誤魔化すとか、それくらいのことはできなかったとはいえまいに」

「いや、先生。それはお考え違いです」

荒木は無表情に首を振る。

「吊るされた被害者の血はただ流れて床に落ちたのではなく、文字どおり手でもって床に塗りたくられていたのです。温室の床中ほとんど余すところなく。だから床に印されていたのは、香澄の足跡だけではありません。手指の痕も、膝で歩いたその痕も、すべてはっきりと確認できました。いくら身長一メートル前後、体重二十キロ足らずの子供だといっても、それをマリオネットのように動かして手足の痕をつけさせて、しかも自分は足跡ひとつ残さないというのは、不可能といっていいのじゃありませんか」

神代は引き結んだ唇に力をこめずにはおれない。左手で体を支え、膝で進みながら、右手で床に血をなすっていく香澄。想像するまでもない。そんな姿をこの目で見たのは、つい昨夜のことだ――

「さらに付け加えておけば、事件当時温室と庭の外水道の元栓《もとせん》はバルブが閉じられていました。薬師寺にいわれて、八月十日の朝に家政婦がそのようにしていったのです」

初耳だった。渡部のファイルにもそれは確かしるされていなかった。

「外部犯が温室でそのような工作を行ったとしたなら、当然相当量の血液が付着したはずの手を洗うために、主屋内の水道を利用せざるを得なかったはずでしょう。しかし温室以外の庭にも、そして主屋の内部にも血痕は発見されなかった。庭なら雨で流された可能性はあるが、血まみれの手足で室内を歩き回って、その跡を完全に消すのは不可能に近い。これだけでも香澄の容疑は固いといえませんか」

神代は唇を嚙んだ。

「壁際に置かれていた古い箱の中に、香澄を見つけたときはそれは驚きました。死体ならいっそ当然に思えたかもしれない。だが蓋を開けてみたら、体中に血の汚れをつけた裸の子供が、すやすや眠っていたんですから」

「薬瓶を、持っていたって」

「ええ。大切そうに両手でしっかり握っていましたよ。そのときはまさかそれが、美杜の未亡人を殺した薬だなんてことまではわかりませんが」

「………」

「私がその子を箱から抱き上げて出した。でも温室の中はそういうありさまだ、子供には見せたくないと思うじゃありませんか。だから私の体でさえぎるようにして、外まで連れていこうと思ったんです。そうしたら香澄は自分から首を伸ばして、見たんです。まだ梁から下がったままの死体と、血だらけの床と、あたりの様子をね。そして、笑った」

「笑った――」

「ええ、笑ったんです。なんだか妙に嬉しそうに、あるいは満足げに、とでもいうんでしょうか。そんな香澄の顔を見ていたのは私だけだ。だがそれだけでなんというか、奇妙な気持ちになったのは理解していただけるでしょう?」

神代は答えなかった。

（――笑った、か……）

奇妙な気持ち。確かにそのとおりだ。昨夜、京介の手に流れ出た血を見つめて微笑んだ香澄の顔を、見たときに自分が覚えたのは。唇を噛んで大きくかぶりを振った、神代の表情をなんと見たのだろう。少し間を置いて、荒木はふたたび口を開く。

「あのときは香澄がなにを見て笑ったかわからなかった。しかし後になって、何度もそのときの体の位置やなにかを思い返している内に確信しました。香澄はガラスの割れ落ちたドアを見て、笑ったんです。あれは、先生。自分のやり遂げたことに対する満足の笑いですよ」

「ずいぶんと、主観的な判断を下すようだな。最近の警察というのは」

神代の精一杯の皮肉に、

「さっきも申し上げたように、これは警察の見解ではなく私個人の考えです。しかし私は確信を持っています。私がすべってガラスを割ったのも、香澄の計画したとおりだったのだと」

「さっぱり話が見えてこないぜ。あんたが確信を持つのは自由だが、ひとつ忘れないでもらいたいね。温室の鍵は外からかけられていたんだ。内側の鍵穴はつぶされていて、道具を使っても中から鍵を動かすことはできない。香澄が犯人ならどうやってかけたんだ？」

「それもわかっていますよ、先生」

荒木はふたたびうっすらと笑った。

「そのために温室は、血まみれにされなければならなかったんです」

3

「そのことに気づいたのは事件の後一年以上も経ってからですが、幸い記録の写真をめくれば、肝心のことは確認できました。ドアにはまっていたガラス、私がすべって、肘で外の芝生へ突き落としてしまったガラスの割れ口に、血がついていたのです」

不審な表情のままの神代に、荒木はことばを重ねる。

「おわかりになりませんか？　つまりガラスは初めから割れていた。夏の暑さでやわらかになっていたパテを爪で剝がして、それでも一枚のガラス板を動かすのは難しいから、なにかをぶつけて割ったガラスの、一部分を外してそこから手を出して、鍵をかけたのでしょう。普通ならそんな細工の跡はすぐわかる。古いパテをまた詰めておいても、元のとおりにはなりませんから。

だがあたりは血だらけだった。ドアもガラスもパテもすべて血にまみれていて、剝がした痕跡など見極められる状態ではありませんでした。そして中に入ってきたものが足をすべらせるように、その前にはぬらぬらと腐敗した内臓が積まれていたというわけです。私は見事にその狙いどおり、ガラスをぶち破って工作の痕跡を消滅させた。こんなトリックを弄《ろう》せる人間が、正気でないといえますか？」

「――馬鹿な！」

神代は叫んでいた。

「それじゃあんたは香澄が、自分を閉じこめるために死体を切り刻んで、その血を温室中に塗りたくったというのか？　外から鍵がかけられていれば、真犯人が自分と死体をここに閉じこめて逃げ出したように見えるから？　たったそれだけのためにそんなことを？」

「ただそれだけといわれますが、温室が外部から施錠されていた事実は、香澄犯人説に対する有力な反論の根拠ではありましたよ」

いわれて神代はことばに詰まる。それは確かだ。確かだが――

「だが香澄が七歳でそんなことまで考えられる悪の天才だというのなら、闇雲に逃げ出すより死体といっしょに一週間でも救出を待つ方が確実だとまで計算できたってなら、それこそ馬鹿げているじゃないか。七歳の子供はなにをしようと、逮捕されることはないんだ。おまけに精神科医も見破れないほど巧妙に病気を装うこともできるというんなら、そんな手間《て ま》暇《ひま》をかける必要がどこにある。違うか？」

しかし荒木は落ち着き払っていた。

「それは先生、香澄が教科書に使った情報に偏《かたよ》りがあったからです」

「教科書？」

「先生はご存知なかったかもしれませんね」

「なにがッ」

「香澄が住まわされていた温室の奥の小部屋の本棚には世界名作のような子供向きの本だけでなく、戦前から美杜家にあった古い本のようですが、江戸川乱歩《えどがわらんぽ》などのおどろおどろしい探偵小説がずいぶんたくさんありました。そして昔の本というのは、漢字にすべてふりがなが振ってあるのですね。だからかなさえ読めれば、子供でも読むことだけはできた。ページからは香澄の指紋も発見されています。

　あの部屋にはまた、個人が持つにはかなり高価な、デスクトップのパーソナル・コンピュータが置かれていました。中に入っていたソフトウェアは、幼児の英才教育を売り物にする学習塾で使用されているものだそうで、ことばの意味を絵とやさしい説明で示す、幼児向けの辞書もふくまれていました。いったい薬師寺家の両親がなにを考えていたのか私にはわかりませんが、あそこに閉じこめた息子にとにかくそういうものを与えていた。

　そしてフロッピーに保存されていたテストの解答を解析すると、香澄には当時すでに小学生高学年並みの国語力、読解能力があったと推定されます。つまり香澄は部屋に置かれていたそういう探偵小説を読んで、ある程度正確に内容を理解していたと考えられるのです」

「それが『教科書』だって？」

「はい」

「探偵小説の真似をした、っていうのか？」

「ええ。私もそういうものはあまり読まないので、正確にどこはどれと指摘することはできないのですが、乱歩は非常な読書家で、英米のミステリを原著で読んで、トリックの研究をしたそうですね。当然彼の書いた小説にも、その影響はいろいろとあるはずだ。死体を切り刻んで人相をわからなくすることで捜査を混乱させるとか、密室を利用して自分を容疑の圏外に置くとか、いかにも昔風の探偵小説に出てきそうな話ではありませんか。

でも先生、子供が殺人犯である小説はあっても、子供だから罪を免れ逮捕されないで済んだ、なんて話は書かれていないでしょう。十四歳未満の子供は、たとえ法に触れる行為を犯しても刑法で処罰されることはないという、日本の現行の少年法の規定を香澄が、知らなくたって無理はない。

なにが待っているかもわからない外の世界へ逃げ出す勇気もなかった香澄は、それでも自分が助かるために必死で智恵を絞ったんでしょうよ。その結果があの血みどろの密室だったと考えるのは、そんなにとんでもない結論でしょうか。なにか反論がおありなら、ぜひ伺いたいと思います」

意識してそうしたわけではないが、神代が荒木の問いかけに答えるまで、やや時間がかかったかもしれない。昨日までならそんな馬鹿な話があるかと、一言のもとに撥ねつけたに決まっているが。

(昨日のあれが、な――)

「話はそこまでかい」

うなずいた荒木は、

「具体的な反論はおありになりますか。私の立てた推理が、まったく成り立たない、香澄は犯行を犯し得ないというような」

神代は相手から目をそらせている。

「もしも香澄がほんとうにそんなことをしたのなら、やっぱりあの子に必要なのはなによりも医者だ。警察じゃない。あんたらの出る幕はないさ。それだけは間違いない」

「重々承知しています。犯罪捜査中、対象者が十四歳未満の少年と判明した場合には、ただちに捜査は中止されねばならないのが規定ですから。しかしそれが不明の場合には、捜査は継続されます。少なくとも、八月の捜査本部解散までは」

「だがあんたは確信しているわけだ、香澄がそれをやったと。自分を閉じこめていた親たちに復讐するために彼らを殺し、ぼけていてなにもできなかったはずの祖母や偶然居合《いあわ》せた娘まで殺し、罪から逃れるためにその死体を切り刻み、いまは哀れな犠牲者の仮面をかぶっている。口をきけないのもただの仮病だと。そうだな?」

見返した荒木の顔には明らかに、それまで以上の落ち着きが感じられる。神代が反論を用意できないことを、承知しているゆえの落ち着きに違いなかった。

「私は心理学者ではありませんのでね、正気でつく意識的な嘘と、身を守るための嘘がいつか当人にも本当に思われてしまうのと、どれだけの違いがあるのかはよくわからない。無罪を主張し続けて、嘘発見器にも反応しない人間がやはり真犯人だったなんてケースは後者になるのでしょう。

人間は、口をきけないことが自分の身を守るために役に立つと無意識の内に思えば、本当に口がきけなくなることもあるそうですね。それなら自分は犯人ではない、犠牲者だと思いこんで、やったことをきれいさっぱり忘れてしまうのだって不可能ではないでしょう。それを仮病と呼んだら、また違うのかもしれません。

だが少なくとも香澄があの事件を起こし、温室内で発見されたときには、間違いなく正気だったといいたいですね。そうでなくては私が目にした、笑顔の意味が解けなくなる。そしてそこまで残虐な行為のできる人間を、正気だといいきれるのかとまで問いはじめたら、殺人事件の犯人逮捕なぞできなくなってしまいます。

私はまだあきらめませんよ、先生。捜査本部の解散までは三月あります。決定的な物証さえ発見できれば、黒白をはっきりさせられます。香澄の親代わりをしてきた美杜かおるは入院中だというじゃありませんか。彼女に万一のことでもあれば、すぐにもその後の香澄の身の振り方を決めなくてはならない。治療の道を講じるためにも、真実が無益だとはいえないはずです」

神代は答えない。荒木は椅子からうっそりと立ち上がった。

「どうも大変長いことお時間をお借りしてしまいました。聞いて下さってありがとうございます。日を改めて指紋だけはいただきにまいりますが、私見のことで先生にご迷惑のかかるようなことは絶対にありませんので」

一礼して踵《きびす》を巡らそうとした荒木に、神代はようやく口を開いた。

「――荒木さん」

「はい？」

「お戻りになれば例の白薔薇の花束についていた、カードの文面を読むことになるだろう。あんたの確信とそれがどういうかたちで決着をつけるのか、できたら聞かせてもらいたいもんだ」

「わかりました」

なにを考えたかはわからない、ポーカーフェイスで彼は顔をうなずかせる。

「それともうひとつ、教えてもらいたいことがあるんだが」

「どうぞ」

「物証ということをあんたは繰り返しいった。それが足りない、それさえ見つかれば。つまり香澄が犯人であることに結びつく物の、具体的な目当てがあるわけだろう。それはなんだい？」

今度沈黙したのは荒木だ。答えるべきか否か、かなり迷っているらしい。当然だろう、明らかに捜査上の秘密に属することだ。しかし本当にそんな目当てが警察にあるのなら、門野を動かしてもそれを探り出したいと神代は思う。

「先生は、美杜邸をよくご存知でいらっしゃるのですね？」

よく、といってはいささか誇張《こちょう》が入るかもしれないが、一応うなずいておく。

「事件当初からほぼ一年の間に、我々はあの邸宅の建物と敷地のすべてを、舐めるようにということばが比喩ではないほどに調べつくしました。無論温室の中は特に念入りに、鍵の見つからなかった地下への上げ蓋もこじ開けて、熱水パイプの配管された床の隙間にいたるまで。そして主屋はもちろんのこと、庭の排水路の中、敷石《しきいし》の下、庭土を掘り返すことまでしました。

正直をいえばこれ以上、新しく探す場所など見当たらない。だがそれが見つからないと、少なくとも香澄が単独の犯人である可能性は極めて薄くなります。そして他人との接触を許されなかった彼に共犯者のいる可能性はさらに薄く、私の仮説はすべて蜃気楼《しんきろう》のように消えてしまうわけです。

もちろん私はあきらめるつもりはないし、一度探した場所をすべてもう一度ひっくり返すことだって、喜んでやってみせますが、先生、もしやこの程度の大きさのものが隠せる、盲点のような場所をご存知じゃないでしょうか」

釣師が魚の寸法でも示すように、荒木が二本の指を立てて見せた長さは三十センチ弱。

「それがなんなのか、教えてもらうわけにゃいかないのかい」

ふーっ、と彼はため息を吐いた。

「骨董品《こっとうひん》の刃物です。書斎の飾り棚の中にあったという、十五世紀だかの短剣が紛失していた。鉄の刃一面に唐草が彫りこまれた美術品だったそうで、それがどうやら薬師寺静を殺した凶器だったらしい。というのは彼の体内から発見された刃物の破片に、唐草の彫り物の端が認められたからです」

「だがその短剣は温室内からも、美杜邸のどこからも発見されなかったというわけだ」

香澄がこともなく家の外へ凶器を隠しにいけるとは考えにくく、それならば確かに彼は犯人ではあり得ない。やはり外部からやってきて殺人を犯し、香澄を死体とともに温室に封じて、自らの指紋がついたろう短剣は手に逃げ去った、何者かがいたとするしかあるまい。

しかし荒木は頑強《がんきょう》に、首を左右に振って神代のことばを訂正する。

「まだ発見されていない、です。あの家は嫌になるほど広い。我々がその隠し場所を、見落している可能性はあります。香澄が自分を閉じこめたトリックに自信を持っているなら、当然それは温室以外の、しかしあの家のどこかにあるはずだ」

「それもまた自分が犯人とは思われないための、探偵小説から思いついた手だというわけかい」

「短剣の柄には香澄の指紋が、はっきりとしるされているはずですからね」

「だが、香澄が指紋を気にするなら、温室の中についた手足の痕にはどうして平気だったんだ？　床一面に自分の手足で血を塗りたくって、その場には他の人間がいなかったという証拠を残すなんて、かえって自分で自分を追い詰めるようなものじゃないか。違うかい、荒木さん」


彼は黙していた。陰気な表情は少しも変わらぬまま、神代がいったことばの意味を、頭の中であわただしく吟味《ぎんみ》しているように見えた。

「――香澄の知性がそれだけゆがんでいたから、血みどろの現場を演出して、ドアに残した痕跡を消すことにのみ気を取られてしまったから、というのでは納得していただけないのでしょうね」

「あんた自身がそれで納得するというなら、理詰めでものを考えているように思えたあんたの印象も、訂正しなけりゃあならなくなる」

「わかりました――」

ふうっとため息が薄い唇をもれる。

「いま先生からいただいたご指摘に、充分対応できるだけの回答を用意できないことは認めます。また、お会いいたしましょう」

「これからも俺の家の周りを、うろうろするつもりかい？」

「おまわり、っていうくらいですからね」

自嘲めいたつぶやきにはおよそ不似合いな深々とした礼をして、荒木はようやく神代の研究室を去っていった。

警告

1

神代が門野によって薬師寺香澄という少年の名を聞かされてから、荒木刑事の苛烈《かれつ》な告発に直面させられるまでが、ふと我に返って数えてみれば十日足らず。そのあわただしさに較べるなら、嘘のように静かな日々が後に続いた。

あれほど事件に固執しているように思えた渡部が、その後まったく顔を見せず、連絡もよこさなくなってしまったのは不思議ではあったが、敢《あ》えてこちらから電話することはしなかった。大学の前期試験や学会の用事が重なって、神代自身かなり多忙な毎日を送っていたせいもある。

荒木もあれからは姿を見せず、指紋だけは新顔の気の弱そうな刑事が、今度は電話連絡の上で研究室に現われ、やけに恐縮しながら採取していった。

美杜かおるも退院の話は聞こえず、香澄はいまも神代の家にいる。依然としてひとことも物をいわず、視線をあわせようともしない。だがそんな程度の異常には、人間一月も経てば慣れてしまうものらしい。夜書斎にいて、廊下をほとほとと歩いていく小さな足音を聞いても、それをことさらに意識することはなくなった。

少しもなつこうとしない子供を、心から可愛いと思うのは正直な話難しいとはいっても、朝晩の食事のときはいわれないでもちゃぶ台に三人分の茶碗や箸を並べ、食べ終わればまたていねいに食器を集めて台所まで運んでいく。こんな子供なりに、他人の家で世話になっていることに気を使っているのかと思えばひどくいじらしい。

だが大学から帰ったとき、長い廊下を小さな尻を突き出すようにしてせっせと雑巾がけしている香澄を見たときは、仮にも預り者の子供をこうも働かせていいのだろうかと、神代はいささか考えこんでしまった。山寺の小坊主でもあるまいに、家政婦だっていまは棒雑巾《ぼうぞうきん》を使っている。

「おい、なにもあんなことまでやらせなくたって、いいんじゃないか？」

京介はあきれたような視線を返す。

「なんでです？　別に無理やりさせているわけじゃないですよ」

「しかしなあ――」

「できるだけ体を使わせた方がいいんです。そうすれば夜もよく眠りますしね。本当はもっと外に連れ出して運動させたいんですが、無理強《むりじ》いするわけにもいかなくて」

そういえば、神代を驚かせた香澄の奇妙な発作もあれからは起きない。京介がトラウマを受けた子供についての本を読んで、『夜驚症《やきょうしょう》』ということばを見つけ出した。睡眠中の半覚醒《はんかくせい》状態で起こるパニック症状で、目が開いていても呼びかけに反応せず、一時間くらい叫んだり暴れたりが続いて、始まったときと同様唐突に終わる。翌朝になれば、子供はそのことを覚えていない。小さな子にはトラウマとは関係なく、そんな症状が起こることもあって、つまりそのことに関しては、香澄の行動はとんでもなく異常だったというわけではないらしかった。

「外に出るのは嫌がるか？」

「ええ。人の多いところは特に苦手ですね。僕がいっしょでも緊張してしまって、運動どころではありません。それと地下鉄は絶対駄目です。車なら、窓を開けていればどうにか我慢できるようですが」

「うちに来たときもタクシーを使ったんだろうか」

「だと思います。ポケットに神代さんの名刺と、釣り銭らしい小銭がありましたから」

「名刺と金を見せれば、口はきかないでもタクシーくらい乗れる、か」

「そうです。そのことはちっとも不思議ではありません」

だが不思議なことがないわけではない、と神代は思う。香澄がこの家に来て以来大学はサボリを決めこんでいた京介だが、レポート以外の前期試験は何科目か受けざるを得ず、その間は神代が研究室で彼を見ていた。

そろそろ少しはこちらにも慣れたのではないかと期待していたわけでもないが、そばに京介がいないときの香澄は、どれほど正確なことばではないといわれても自閉状態としかいいようのない有様で、ウォークマンのイアホンを耳に入れたまま、部屋の隅の椅子の上で膝を抱えて体を固くしている。なんの意味があるのか、手首に巻いた赤い毛糸の輪をじっと見つめて。

逆に京介が部屋に入ってくると、自分からそばに寄っていくことはしなくとも、どれほど香澄の緊張がゆるむか、傍で見ていればわかりすぎるほどわかる。顔の強ばりが解け、明らかに呼吸が楽になり、視線はあわせないようにしながらも、絶えず京介の動きを注意している。ふたりの間には確かに、一種のきずなが生まれていると認めぬわけにはいかなかった。三年前、葬儀の雑踏《ざっとう》のさ中での数十秒の出会いは、香澄にとってもそれほど大きな意味を持っていたのだろうか。

「最近は昼間なにをやってるんだ？」

「小学生の学習ドリルは、国語は六年生をやってます。他は二年から三年ですが」

「国語だけそんなに進んでいるのか」

「ええ。本は好きで漢字もよく知っています。本当に真剣に、のめりこむようにして読んでいますよ。止めなければそれこそ一日中」

「はあー」

「でもそれも別に、異常なわけではありませんよ」

神代の機先を制するように京介はいう。

「本を読まない子供は増えたかもしれませんが、好きな子はそれくらい読むものです」

中学に入るまで教科書以外の本など開いた覚えがない、一日中外で駆けずり回って、泥だらけで遊んでいた神代にはおよそ考えられない話だ。

「なにを読んでるんだ？」

「いまのところ、僕が区立図書館から借りてくる児童文学が主ですけれど。『ナルニア』とか『ゲド』とか」

荒木のことばがふいと耳をかすめ、推理小説なんかどうなんだと聞きかけたが、止めておいた。どちらにしろ血腥《ちなまぐさ》い描写のある小説など、特に香澄のような子供には読ませるべきではあるまい。

「興味深いのは彼が、特に映像に関してすばらしく鋭敏な記憶力を持っているらしいことです」

「映像に——」

「ええ。なにしろ口をきいてもらえないので、あまり細かい実験はできないんですが、ジグソウ・パズルがありますね。あれは箱の蓋にある完成した図柄と、バラバラのピースを見比べて組み合わせていくわけです。あの完成図を、何分でもいいんですが気の済むまで見つめておいて、隠してしまってジグソウがやれると思いますか？」

「よっぽど単純な図柄だったら、できるかもしれねえけどな……」

実は以前に友人から千ピースの『モナ・リザ』を押しつけられて、面白半分挑戦して一晩でギブ・アップした覚えがある。気短な神代には、到底我慢できないしろものだ。これでも一応美術史科の教授なのだから、『モナ・リザ』の図柄くらいかなり鮮明に頭には浮かんでくるが、一辺が三センチほどのピースに分割されてしまえば大まかな絵は消えてしまう。あとは印刷のむらにしか見えない微妙な陰影と、線の切れ端を手がかりに位置を探していくしかないのだから。

「実は神代さんが放り出したあれをいただいて、彼にやらせてみたんです。見本はしばらく見せただけで、しまってしまいました」

「それで、できたのか？」

「十五分でした」

「たった？」

「翌日に崩してもう一度やらせてみたら、八分でできました」

神代はあんぐり口を開けた。千ピースなら周囲だけで、長辺が五十個、短辺が二十個。形で探し出した縁の部分を正しい順に並べるだけでも、まず十五分では終わらない。しかも絵を見ながらではないとしたら。

「そのときは元絵を記憶していたのか、完成したピースの並びを覚えていたのかはわかりませんが」

「ピースの並び方なんて覚えられるものか?」

「ひとつひとつ形は微妙に違うわけですから、不可能だとはいえませんね。元絵を記憶するよりも情報量は少なくて済むでしょうし、二度目には能率が上がったのも無理ないかもしれません」

「図像記憶の天才か――」

「彼はいわゆる『直観像記憶』を持っているのではないかと思います。過去に見た事物や情景を、そっくりそのまま写真のように記憶し、また想起することができるという能力」

「ああ、聞いたことがある。ゲーテや宮澤賢治《みやざわけんじ》は、そいつを持ってたらしいなんてどっかに書いてあったか」

「ただそれはカメラで写したような客観的な映像というわけではなく、興味のないことはぼけているし、思いこみによって変化させられていたりもするらしいですが」

「人の脳を通過する以上、当然そういうこともあるだろうよ」

何気なく相槌を打って、ふっと神代は黙る。すると香澄はその天才的な記憶力の映写幕に、聞かされるだけで胸が悪くなるような酸鼻《さんび》な温室の情景を焼きつけられて、それをいまも忘れることもならずに生きているのだろうか。だとしたらそんな能力は、香澄にとっては祝福などではなく、まさしく——

「呪いだな……」

神代のつぶやきに不審な様子もなく顔をうなずかせたのは、あるいは京介も同様のことを考えていたからだろうか。

「彼が、青山墓地で供えられた花束を見て怯えたのは、やはりそのためだとは思いませんか？」

「あの白薔薇か。つまり香澄は、同じような花になにか嫌な思い出がまつわっていたというんだな」

「ええ。子供に限らずトラウマを受けた人間は、わずかなきっかけでそのときの情景を思い出してしまう。そして事件に直面させられたときに自分が味わった恐怖や苦痛を、同様の生々しさで再体験させられるんです。止めようとしても止められない。それをフラッシュバックというそうですが」

「直観像記憶を持つ香澄には、フラッシュバックの生々しさも一際激しく訪れたかもしれない」

「そうです」

「その晩の夜驚症も、そのフラッシュバックの影響だったってわけか」

「でもこれまで事件の話の中では、白い薔薇などというものは一度も出てきませんでした。なにか覚えはおありですか？」

神代はかぶりを振った。だが、

「そういやあ、俺が昔一度だけ行った美杜家のパーティのときには、家のあちこちに見事な薔薇が飾られていて、あそこの庭で栽培したものだとかいってた気がするな。うん、確かにあんな白薔薇もあった」

「香りはどうでした？　墓に供えられていた薔薇は、とても強い芳香を放っていましたが」

そうはいわれてもさすがに二十年前の花の香りまでは思い出せない。他にもいろいろと目を引くものが、多すぎるほどあったことでもある。

「美杜家の墓に届けられた花は『ネェジュ・パルファン』という品種だったそうです。ただの白い薔薇ではなく、それでという指定があって、仕入先を探すのが大変だったということでした」

「おまえ、よくそんなことまで知ってるな」

「花屋に電話して聞いたんですよ、警察のふりをして。いろいろ親切に教えてくれました」

けろりとした顔で京介はいう。

「この花の特徴はなによりも、すばらしく強い香り立ちだそうです。確かに柵の外にいても、はっきりわかるほどでした」

「ああ、そうだったな」

「実をいうと図書館で薔薇の図鑑を借りてきて、彼に見せてみました。でも図鑑のネェジュ・パルファンを見せたからといって、彼が怯えるようなことはなかった」

「香り、か」

「だと思います。彼の白薔薇の映像とともにある記憶を、花の香りが引き出しよみがえらせたのでしょう。つまり彼がもっている記憶は、絵や写真や造花のそれではない、ほんもののネェジュ・パルファンにともなわれた記憶だということです。

　けれど花屋から聞いた話によると、これが切り花で入荷することはあまりないらしいのですね。素人が栽培するにも難しいところがあって、種苗店でも苗木はめったに扱っていないらしい。どちらにしろ彼が美杜邸の外に行くことはほとんどなかった以上、あの家の中で問題の白薔薇が栽培されていたと考えるしかないわけですが」

　記憶に残っているのは広間の前の庭に作られた装飾花壇で、しかし咲いていたのは赤系統の薔薇だけだったように思う。その名残は先日の訪問でもわずかに見ることができた。だが、あれだけの敷地を持った美杜家のことだ。神代が見なかった庭の一角に、パーティの席を飾るに充分なほどの花を供給できる薔薇園があったとしても、少しも不思議ではない。

「もうひとついえることは、あの花を届けさせた園梨々都にとっても、ネェジュ・パルファンには大きな意味があったってことだな。美杜家を呪うためにわざわざそれを選んだんだから。つまり彼女は薬師寺静の単なる愛人という以上に、美杜家の内情に通じていた可能性がある。香澄ともなんらかの接触があったのかもしれない……」

そうだ、これは依然として影すら摑めない園梨々都の正体への大きなヒントではないか、と神代は思う。彼女が薬師寺家事件の真犯人であり、目的は美杜の家系に連なる者を抹殺し尽くすことなのだとしたら、美杜晃以前に遡《さかのぼ》ってその血筋を探る必要もあるかもしれない。

「ああ、ただ神代さん、少しだけ引っかかることがあるんです。その点について」

「なんだ」

「花屋を訪れた便利屋は、依頼人のことばを書き取らされてきていて、それをそのまま読み上げたそうです。花の種類はネェジュ・パルファンを指定する、しかし手に入らなければ、同じような大輪《たいりん》系の白薔薇でそろえてくれ、と」

「そりゃあ、また」

神代は首をひねった。楽園を侵す魔女の名を帯びた脅迫者にしては、ずいぶんとアバウトな指定のしかたではあるまいか。ネェジュ・パルファンという品種に意味をこめたのなら、いささか理屈に合わないような気がする。

「僕のような素人の目には、たぶん色やかたちは、そして以前に知らなければ香りだって、区別はつかないでしょうが」

「とすると、どうしてもあの日でなくてはならない理由があったとか——」

「それも考えましたが、関係者の忌日にも誕生日といったものにも、該当する日付はないようです。もちろん美杜さんにでも確認してみなくては、確かなことはわかりませんが」

「香澄があの日墓地に行くことを、わかっていたからだ、とか」

「まさか」

　京介は肩をすくめた。

「だとしたら相手は本物の魔女ですよ。僕はただ神代さんが例の女性を家に入れたのが気になって、散歩に行くつもりで彼をつれて家を出たんです。そうしたら警察らしい尾行がついてきたものだから、からかってやろうとタクシーを止めた」

「おいおい」

「でも財布を見たらあまり資金がなくて、例の渡部ファイルで見た青山墓地に行ってみようと思いついた。これが事前に予知できたとしたら、僕はただちに合理主義を放棄することにします」

2

渡部晶江から電話があったのは、京介とそんな会話をした数日後、八月一日火曜日の夕刻のことだった。

台風が近づいているせいか空は昼から厚い雲に覆われ、時折勢いの強い雨が落ちてくる。家政婦は家が心配だと早々に帰宅し、台所では京介が香澄に手伝わせて夕飯の仕上げをやっているらしい。

最近京介はよく台所に立つ。子供の面倒を見るためには彼自身、夜中起きていて昼間寝て、口にするのはブラック・コーヒーばかり、食事は気が向かなければしない、などという不健康な生活はしておられない。買い物や下ごしらえはみつさんにしてもらっても、魚を焼いたり汁を温めたりは京介がすることになる。気がついてみれば神代があきれるほど健全な毎日になっていて、これは思わぬ効果だったわいと首をひねる始末だった。

もっとも同じ家に住んでいるのだから、必ずしも他人事とはいえない。夏休みに入って以来朝夕の食事は、三人顔をそろえてが日課になってしまった。神代自身この歳まで独身を通してきて、家庭の雰囲気など欲しいと望んだ覚えもなかったが、茶の間で膳を囲めば、変則的ながらままごとめいた家族の構図になっている。

当初のくすぐったさも、戸惑いも、慣れるにつれて溶けて消えた。ただいつまでも神代の心に、とげのようにささって消えない、いくつかのことばを除いては。

(彼は自分を赦していないと思います。罪を犯したことを逃れ難く自覚している。それが彼の心に刻まれた傷なんです……)

(薬師寺香澄が事件に傷ついた無力な子供という仮面をかぶった、狡猾な殺人者である可能性は本当に皆無でしょうか……)

「御無沙汰《ごぶさた》申し上げました。渡部です」

玄関のガラス戸越しに響く風混じりの雨音にも負けず、声ははがらかに受話器からこぼれ出てきた。

「やあ、渡部さん。近頃はどうしておられるのかと思っていましたよ」

「申し訳ありません、ご連絡もしなくて。実は急用が出来まして、この一月半ばかりアメリカに戻ってたのですが、いま成田《なりた》です。たったいま着いたところです」

「そうでしたか。活動の舞台をすべて日本に戻されたわけではなかったんですね」

「ええ。それにアメリカには夫がおりますから。彼が事故で足を折ってしまって、その看病に帰っていたんです」

かなり予想しない返事だった。思わず答えるまでに間が空いてしまい、

「これは失礼。結婚しておられたとは思いませんでした」

「そんな、詫《わ》びていただくようなことじゃありませんのに」

くすぐったげな声で渡部は笑った。

「あの、また近々ご連絡させていただきますけれど、彼の様子はいかがですか？」

「ずいぶん落ち着いてきたようです。昼は本を読んだり、小学生のドリルをやったり、掃除や食事の手伝いもしてくれますよ」

「まあ、そんなに？……」

ため息のように渡部はつぶやいた。

「口をきかないのは変わりませんがね」

「そうですか――」

次にいうべきことばを考えるように、渡部は短く口をつぐんだが、

「では先生、どうぞこれからもよろしく」

屈託《くったく》を振り払う明るい声の挨拶を残して、電話は切れた。


同じ夜。十時過ぎに鳴った電話の主は、これもしばらく声を聞かなかった門野だった。だが久しぶりに聞く声は、いつになくしわがれていた。

「ああ神代君、実はちょっと困ったことが起きた」

「かおるさんの身に、なにか？」

入院したまま見舞も許されない彼女の、容体が急変したのかと思ったのだ。

「ああ、いや。そうじゃない。起こったのは例のルポライターの方だ。彼女が襲われたんだ、それも私がすぐ近くにいるときに」

「渡部さんが？——」

元気な声を聞かされて、まだ数時間しか経っていない。質問しようとする神代を事前に押さえて、

「そうだ。驚いたことにおかげで私は容疑者扱いだ。済まないがここまで来てもらえないだろうか。そう遠い場所ではないんだ。私は動けないので、車を君の家に向かわせたからおっつけ着くだろう」

「いったい、どこにおられるんです？」

「不忍池《しのばずのいけ》の近くの安マンションさ。ルポライターの住居だ。それじゃ頼む」

電話は一方的に切れてしまう。いつもながらの好き放題な遣り方に腹は立ったが、拒むわけにもいかない。せめて上着くらいは着てと居間の方に戻ると、京介が顔を出している。神代の声はすべて聞いていたようで、二言三言で事態は通じた。

「待って下さい、僕も行きます」

「しかし、香澄をひとりで置いていくわけにはいかないだろうが」

「話して納得させますから、五分下さい」

こちらの返事も待たずに奥の部屋へ戻っていってしまう。そして門前で車の止まる音が聞こえたときには、モス・グリーンのウィンドブレーカーに袖を通しながら小走りに出てきていた。

「大丈夫だろうな？」

「ええ。お守りを確かめてきましたから」

なんのことだとまで、聞いている時間はなかった。いつも門野の車をころがしている、そしてボディ・ガードも兼ねているのではないかと思われる、やたらと体格のいい運転手が、ガラス戸の外で足踏みするようにして待ち構えていた。

視界のききにくいほどの雨の中を、走った時間はおそらく十分かそこらだ。車道を入った暗い奥に、大型のジャガーは音もなく滑りこんで止まる。それまでなんとか口を開かせようと、いろいろ質問してみても、

「私の口からは――」

としかいわなかった運転手が、傘をさしかけて玄関まで送ってくれる。

「四階です」

ぼそりといわれて一瞬なんのことかと思ったが、京介はさっさとエレベーターのドアを開いて乗りこんでいた。運転手はそのまま下に残っている。

話をするほどの間もなく四階に着き、ドアが開いた。見回すと薄暗くがらんとした殺風景な通路に、所在なげに立っているふたつの人影があった。ずんぐりと背の低いのは門野。そしてもうひとりの、棒のように痩せた男は。

「荒木さん――」

「御無沙汰しておりました、先生」

なにより葬儀屋に向いていそうな、陰気な顔が頭を下げる。こんなところで会うとは予想もしていなかった、三田署の荒木刑事だった。

その夜門野の口から語られた事の次第と、入院した渡部が翌日になって話したことを、煩《はん》雑《ざつ》さを避けて整理の上で並べれば以下のようになる。

門野は一月以上前から、渡部と連絡を取ろうとしていた。用事は無論薬師寺家事件のことで、美杜かおるが体調を崩して入院したため、当面取材に協力することはできないというかたちで、婉曲《えんきょく》に彼女との関係を断とう意図があった。

渡部が夫の看病のためにアメリカへ戻っていたことがわかり、電話の連絡がつくまで結局半月以上かかった。その時点で再来日する日付を決めていた彼女と門野は、帰国早々にも面会の約束をする。そして今日成田の渡部から門野のオフィスに電話が入り、夜ならちょうど空いているということで、彼の方が渡部のマンションを訪問することになった。

ニューヨークからの帰国便は悪天候のため、やや遅れて夕刻成田に到着。渡部はスカイライナーの待ち時間を利用して何本か電話をかけたが、そのうちの一番最初が門野あてであり、他に出版社や知人、神代宅へ連絡したのもこのときである。京成上野《けいせいうえの》駅からはタクシーを用い、八時前に不忍池近くのマンションに着いた。

青山《あおやま》から車でそちらへ向かっていた門野は、その直後自動車電話で渡部と話し、道路が雨で渋滞しているが、おそらく九時前後には到着できるだろうと告げている。

荷物の整理や来客に備えての掃除に部屋で忙しく動いていた渡部が、ドア・チャイムを聞いた正確な時刻はわからない。八時半は回っていたが、おそらく九時にはなっていなかった。『門野さんですか？』と聞いても返事はくぐもったような声ではっきりとしなかったが、レンズを覗くと真っ赤な花束が視野いっぱいに見え、門野であれば待たせてはまずいという思いがあったために、深く考えないままドアを開けてしまった。

しかし内開きの戸から顔を出すとそこには誰もおらず、床の上にぽつんと小さな白封筒が落ちている。拾おうと下を向いた途端、上から頭を殴られ意識を失った。

門野が到着したのはその直後であったらしい。エレベーターは一階にはいなかった。四階で降りたときドアのがたんと鳴るのが聞こえて、顔を巡らすと半開きになった扉から上半身を廊下に突き出すようにして、うつぶせに倒れている女が見えた。近寄ると首のあたりに赤いものが見え、一瞬血かと驚いたがそれは一枝の紅薔薇だった。

以上のような経過の内、無論その場で神代たちが聞けたのは門野の立場からの話だけだ。彼がしゃべり続ける間、荒木は一言も口をはさまずに黙って立っている。

「部屋番号を見て、驚いたことにこれが会いにきたルポライター女史らしいとわかったんでな。まずはいささか不作法《ぶさほう》かとは思ったが、勝手に上がらせてもらって電話を借りたよ。自動車電話にかけて、取り敢えずうちの運転手を上がってこさせたんだ。もしもこんな真似《まね》をしでかしたやつがまだ近くにいたとしたら、私のような年寄りひとりではどうしようもないからな。それからすぐに一一九にかけたわけだ」

「そしてその次に一一〇を、というわけですか？」

「いや、そうじゃない。私がまだ救急車を呼んでいるところに、この刑事さんがいきなりご出現あそばしたんだ。それこそ御都合主義《ごつごうしゅぎ》のテレビ・ドラマのようにな」

門野は肩をすくめてみせた。

「その上傷害事件なら、私も犯人である疑いはまぬがれないなどと宣《のたま》われる。エレベーターが開いたときに私が聞いたのは、廊下の端の非常口が閉まる音で、犯人はそこから逃げたのだろうといってもまるで信用してもらえんのさ。

いやはやなんとも馬鹿げた話じゃないか。雨の中この年寄りがわざわざ会いにきた相手を、どうしてぶん殴ったりせにゃあならんのかね。それしきのことで同行なぞ求められても、どうして君、聞けるものじゃない。

台東区《たいとうく》で起こった事件に非番の港区《みなとく》の刑事が口を出せるのか、せいぜい抗議してやったがこちらも強硬でね。薬師寺家の事件との関連が考えられるから自分にも捜査権はあるはずだと。とんだ理屈もあったものさね」

門野が皮肉な口調で立て板に水と述べ立てる間にも、荒木は平然と、他人事のような顔でそれを聞いている。

「で、どうなったんです」

「結局ここは痛み分けというかたちでな、第一発見者は私ではなく彼ということで、事件の届けは彼の方から出してもらう。そうそう、渡部女史は幸い命に別状ないそうだ。ただし私は彼の捜査には協力し、弁護士を呼ぶことはしないが、彼も顔を知っている神代君、君には証人として立ち合ってもらう、とまあこういうことだな」

また人を勝手に手駒に使う気だな、と神代は露骨に顔をしかめた。

「それにしても荒木さん、あなたもまた無茶なことをしますね」

この人をただの年寄りだと舐めてかかると痛い目にあいますよ、と言外の意味を匂わせたつもりだったが、

「時間がありませんからね」

荒木は今夜も陰気な、なにを考えているやら見えない顔で答える。捜査本部が解散されるまでの、という意味なのだろう。

だがそれにしても、いくら捜査のためでも、事件関係者と勝手にそんな取り引きのようなことまでして、気が知れないと神代は思う。上にばれたりすれば、ただちに懲戒《ちょうかい》免職《めんしょく》は免れないところではないか。

「渡部さんの怪我は本当に大丈夫なのですか？」

「搬送先の病院に電話で確認しました。脳波検査はまだですが、傷は軽い脳震盪《のうしんとう》と後頭部の小さな裂傷だけで、まず問題はないだろうということです」

「しかし、なんだって彼女が襲われたりしたんだろう」

神代のつぶやきに、荒木は答えの代わりに開かれたままの部屋のドアに腕をつっこみ、下《げ》駄箱《たばこ》の上に置かれていた白い封筒を取り上げて示した。

「それが？」

「私が渡部女史を床から抱いて起こしたとき、彼女の体の下にその封筒が落ちておったのさ。それを拾おうとしてかがんだところを、上から殴りつけられたわけだろうな。刑事さん、よかったら彼らにも中味を見せてやってくれないかね」

門野が脇からいったが、見るまでもなく神代は相手の正体がわかるように思った。名刺がちょうど入るほどの、小さな封筒に見覚えがあったのだ。一枚のカードが荒木の手の、広げたハンカチの上に落ちる。並んでいるのはワープロ文字の列。

『愚かにも功名に取り憑かれた女
我は汝を知るせめては身を守れ
閉ざされた庭より立ち去れかし
しかして消え失せよ、永遠に。
園梨々都　』

神代と、そしてまだ一言もものをいっていない京介のふたりが、文面を読んだのを目で確かめて荒木はカードを封筒に戻し、下駄箱の上に戻した。脇には門野が一瞬血と間違えたという、一枝の紅薔薇が横たえられている。花の種類はわからないが、造花ではない。ていねいにとげを落とした五分咲きの真紅の薔薇だ。犯人は、なんのためかは知らず花を抱えて渡部のもとを訪れたのか。

「園梨々都、か——」

妙に芝居がかった口調で門野がつぶやいた。

「幻の女はやはり実在したというわけだ。こいつをどなたかさんがもっと早く、事件の直後にでも押さえておいてくれれば、かわいそうな孤児の周辺をいつまでも嗅《か》ぎ回るような真似も、しないで済んだろうにな」

明らかに自分に向かって吐かれた嫌味を黙殺して、荒木は、

「これから渡部さんの病院に向かいますが、この件については私が責任をもって、発見者として所轄署《しょかつしょ》に届けることにします。もちろん門野さんには、またお目にかからなくてはなりませんが」

「しかし荒木さん、あなたはなんだって今日ここにいらっしゃったんです？」

それが最初から不審でならなかったのだ。神代の問いに彼はうっそりと答えた。

「もちろん捜査のためです。薬師寺家事件を調べているルポライターがいると聞いて、ずっと連絡を取ろうとしていたのですが、アメリカに戻っていたなら見つからないのも道理です。約束もなしにこんな時間に訪問するわけには行きませんが、ちょうど今夜近くに来るついでがあったので、試しに寄ってみようかと思ったわけです。——では、ここは閉めて鍵は病院へ持って行きますが」

ドアを閉じようとした彼の手を、いきなり腕を伸ばしてさえぎったのは京介だった。

「君？……」

「部屋の中を見せて欲しいんです、少しだけ」

「それはまずいでしょう」

荒木はむずかしい顔で首を振ったが、京介はあきらめない。

「じゃあ刑事さんもいっしょに来て下さい。見るだけです。どこにも手は触れませんから」

3

半分は京介に引っ張られるようにして、荒木だけでなく門野も神代も渡部の住居に足を踏み入れた。六畳の洋間にダイニングキッチンのついた、ごくありふれた間取りのマンションだ。仮の住居ということもあるのだろう。家具はシングルベッドと小型のワープロを載せた書き物机、ダイニングの椅子とテーブルという最低限のものだけで、かなりの数の本さえ床の上にそのまま積み上げられている。

京介は机の下やベランダを覗きながら壁にそって部屋を一巡し、台所のゴミ入れと下駄箱だけは荒木に断って中を見ると、後はドアのレンズに目を当ててから頭を下げた。

「どうも」

「もういいのですか」

「はい、お手数をおかけしました」

荒木は目を細くして、まぶたの隙を透かすように京介の顔を凝視する。以前香澄とふたりのところを尾行したのは彼なのだから、忘れてはおるまい。

「聞いていなかったが、君はどういう？」

「W大文学部二年生です。いまは神代教授のお宅に居候《いそうろう》させてもらっています」

荒木の目がわずかに大きくなった。

「すると君は薬師寺香澄といっしょに暮しているのですか。それはなかなか興味深い」

「どういたしまして。僕には刑事さんの方がずっと興味深いですよ」

「どういう意味です」

もともと陰鬱《いんうつ》な荒木の顔が、一段と険悪さを増したように思えて神代はぎくりとしたが、

「文字どおり」

京介は日頃の彼を知っている人間には、取ってつけたとしか思えない明るく無邪気な口調で答える。似合いもせぬカマトトぶりまでいつの間にか芸の内に加えたらしく、それでも甘い人間ならころりと騙《だま》されてしまうかもしれない。

「強力な組織内で、組織の論理に組みこまれることなく、しかしその持つ権能は役立てながら、いかに自らの自由と独立を維持していけるかというのは、人間普遍の課題ですよね。刑事さんはその勇敢な実践者だと思います。見習えるものなら僕もぜひ見習いたい。尊敬します、心から」

神代は危うく吹き出しそうになる。あんたは警察という組織に属して、公権力は行使しながら好き勝手な捜査をしている。大した面の皮だ、とても真似できない。京介がいっているのはそういうことだ。しかしうっかり聞き流していれば、誉めことばのようにしか聞こえないだろう。

案の定、荒木はなんと答えればいいのかわからないようだった。馬鹿にされているのか、そうではないのか。口元が逡巡《しゅんじゅん》に伸び縮みを繰り返していたが、いつまでもそんなことはしていられないと気持ちを切り換えたらしい。

「では、今日のところはこれで失礼します。また、近いうちに」

折目正しく頭を下げると、エレヴェーターではなくその脇の階段を小走りに降りていく。足音が消えるのを待って、

「——喰えん男だ。幸いあまり利口ではないようだがな」

門野が吐き捨てた。

「神代君。賭けてもいいがルポライターに、警察情報を流しているのはあいつだよ。ついでがあったが聞いてあきれる。こんな時間にしかもこの雨の中を、約束もせずにやってくる者がいるかね。おまけに相手は独り住まいの女だ、一応」

「今度初めて会うようないい方でしたが」

「無論嘘だよ、そんなのは」

門野は断言する。

「そしてあの刑事に入れ智恵しているのがルポライターなのだ。ふたりとも香澄が犯人だといい続けている。神代君に自分の考えを聞かせて、説き伏せようとしている。やっていることがそっくり同じだろうが」

「私を説得したがっているのは、香澄をうちで預っているためでしょうがね」

「なにを履き違えているのか、どっちにしろとんでもない話だよ。神代君、もしもあいつが香澄に近づこうとしたりしたらすぐにいってくれ。その場合は私も考えがある。平《ひら》刑事の首のひとつやふたつ、どうにでもなるんだからな。

　今日のことだって別に私が、発見者として警察に届けてかまわなかったんだ。夜中まで足留めさせられるのは剣呑《けんのん》だから、取り引きに応じてやっただけさ。どちらかといえばこっちが、恩を売ってやったようなものなのだからな」

「——彼を傷つけるようなことは、絶対にさせませんから」

　京介のことばに門野は、顔を振り向けて相好《そうごう》を崩す。

「ああ、桜井君。君が来てくれるとは思わなかった。久しぶりだが元気そうでなによりだ」

「こちらこそ、ご無沙汰していました」

「まずひとつ教えてくれないか。いま君はそこの部屋の中で、確かになにか探していた。それはなんだね？」

「それは、渡部さんの話を聞いてからお答えすることにします。僕のとんだ勘違いかもしれませんから」

「ふん、慎重なのは結構。——だが」

　彼はニヤリと人の悪い笑みを浮かべ、

「君も相変わらずだな。刑事のやつすっかり丸めこまれて、なにをいうつもりだったかも忘れてしまったじゃないか。大学なんぞさっさと終えて、私の下で働いてもらいたいもんだ。君なら上場企業のひとつやふたつ、いますぐにでもまかせられる」

「とんでもない。自分が実業に向く人間だとは思えません。門野さんは僕を買いかぶり過ぎですよ」

京介は軽く頭を傾けて、口だけでくすっと笑ってみせた。神代の見るところまだ少し、カマトト振りが口調や表情に残っているようだ。

「春秋《しゅんじゅう》に富む若者なら、いくらでも買いかぶってみせるさ。私のように老い先短い、後は知れている人間と違ってな」

「でもなんだか今日はおしゃれですね。サングラスまで用意なさって。ちょっと、かけてみて下さいませんか」

京介にそんなことをいわれるまでは、気がつかなかった。門野は焦茶色《こげちゃいろ》のスーツの胸ポケットにサングラスを挿している。色の濃い、レンズが円型の、ジョン・レノンがかけていたようなグラスだ。

しかし門野はさすがに照れ臭いのか、

「おっと。これは妙なものを見つけられてしまったな」

手を振りながら、さっさと歩き出してしまう。

「さて神代君、君らにはとんだ手間をかけさせてしまったが、今日のところはこれで引き上げようじゃないか。ルポライター女史には気の毒なことだったが、幸い大事には至らなかったらしいし、礼の方はまた改めて近い内にさせてもらうよ」

結局なんのためにここまで連れ出されてきたのか、いまひとつ神代には納得がいかなかった。

4

荒木刑事のいったとおり渡部の怪我《けが》は大事には至らなかったようで、二日後の夕、彼女自身から神代宅へ電話が入った。検査の結果が出るまで、あと一日二日は病院にいるとしても、その後はマンションに戻れるという。

「しかし、あんな事件が起こったところに、またお独りで住むのは心配でしょうに」

「大丈夫です。これからはちゃんと、ニューヨーク並みに用心いたしますから」

渡部の声は今夜も明るい。

「はっきり声も確認せずにドアを開けるなんて、向うでは絶対にやらないことなのに、お恥かしいほどです。夫に聞かれたらなんといわれるか」

「戸を開ける前に、相手の顔は見られなかったのですか」

「花が見えたんです。というか、真っ赤な薔薇の花らしいものだけが、視野いっぱいに」

「花が――」

「ええ。後で思えば顔を隠すために、レンズに花束を押しつけていたんですね。落ち着いて考えてみればひどく不自然な話ですけれど、そのときは門野さんをお待たせしてはいけないと思っていたので、あわててドアを開けてしまったんです。我ながらうかつだったとしか、いいようがありません」

これで二度出現した『園梨々都』からのカードについて、香澄犯人説を取っているはずの彼女がどう考えているのか。さらに門野が考えるように、彼女と荒木刑事は親しいのか。さすがにそこまでを、電話口で問いただすことはできなかった。

あれが自分に対する警告であったことを、知らされていないわけでもあるまいに、渡部は薬師寺家事件から手を退くことなど考えてもいないらしい。ご心配おかけして申し訳ありませんが、またご連絡させていただきますと、怪我人とも思えない元気な声を残して電話は切れた。

その夜、夕食後。

香澄を奥の部屋に残して京介とふたり書斎に座った神代は、電話の内容を彼に伝えていった。

「――おまえが渡部さんのマンションでなにを探していたか、わかった気がするよ」

う。

「そうなんです。彼女が後頭部を打たれて倒れていたのは、床に落としてあった封筒に目を引かれて下を向いたためだとしても、ドアを開ける前にレンズから外を見ないはずはない。門野さんを待っていたのだから、まったく別人らしい人ではそう簡単に開けはしなかったろう。

「花束だろう」

「ええ」

　とするとなにかそこに目隠しのようなものがあったはずで、でも一目見て歴然と目隠しをしているとは、思われないようなものでないとまずい。そばに薔薇が落ちていたなら、花束であった可能性は高いと思いました」

「しかし残されていたのは、紅薔薇一輪。ほかにはなかった」

「そうです。門野さんが非常ドアの閉まる音を聞いたほどのタイミングなら、犯人はかなりあわただしくその場を逃げ出したことになります。あの雨の中を、下に車を置いてあったとしても、真っ暗ですべりやすい外階段を降りるのに、なんだってもう不要なはずの花束を抱えていったんでしょう。彼女に対する警告と嫌がらせなら、いっそ気絶した上に赤い薔薇でも撒《ま》いていく方がよほど効果的じゃありませんか」

「そうだな。遺留品から足がつくったって、自分で用意していったものなんだ、そういう心配のないものの準備くらい考えられるだろう」

「門野さんは結局僕たちに、そのことを確認させるために呼びつけたのでしょうね」

「そのことって――」

「おわかりにならないんですか？」

しょうがないなという顔で、

「わざわざ不要なはずの花束をかついで逃げた犯人の行動は不審だけれど、現場附近でそれが発見されない以上、門野さんが彼女の頭をヒットした犯人である可能性もまた否定される。なぜなら彼が四階に着いてからほとんど間を置かず、荒木刑事が現われたはずだから。マンションの廊下にはゴミ入れも、目をさえぎる物影さえもなかった。つまり花束を捨てたり隠したりする時間は、門野さんにはない。

後は開いていた室内のゴミバケツかベランダか、あるいは空の花瓶に入れて元々あったもののように見せるか。部屋の主が戻れば簡単にばれることだけれど、刑事の出現は予想外のハプニングだったのだから、とっさにそんな方法を取った可能性も皆無とはいえない。あの刑事が後々そんなことを考えついて、門野さんに本格的に疑いの目を向けたときのために、僕は彼の期待に沿って行動してあげたというわけです」

「そうか。それで爺い、刑事がいなくなった後で妙に機嫌が良かったんだな」

「もちろん運転手が共犯で、マンションへの到着時刻を誤魔化した上に、彼に車のトランクへでも花を隠させた可能性は皆無じゃない」

「だが荒木刑事があそこにああいうタイミングで現われることを、門野の爺いが事前に予測できたはずはない。それにふたりのどちらかが、かさばるものを持ち歩いているところを、誰かに見られでもしたら、嘘は簡単にばれてしまう」

「そうです。いくら雨の晩でもマンションの前に止まっていたのが門野さんのジャガーなら、目撃者が出てくる可能性も少なくない。彼があのルポライターを邪魔に思っていたからといって、冒すリスクと期待される効果のバランスが、取れているとは到底いえませんね」

「すると、どうなるんだ」

「可能性はいくつか考えられます。ひとつはいくら奇妙であっても、彼女に警告を与えるために現われた『園梨々都』を名乗る者が、その頭を殴って脅迫状と薔薇一輪を残し、現在あるデータのみでは推定不能の理由で、余りの花束を持ったまま非常ドアから逃亡した。

　またひとつは、やはり彼女に警告を与えたのは発見者を装った門野さん自身であり、その後なんらかの方法ないしはトリックを用いて花束を消した。僕たちはその証人として呼び出された」

「おい――」

「まあ、飽くまで可能性ですから。そしてもうひとつはあの女の自作自演。つまり出現して消滅した花束なんてものは、もともと存在しなかったというわけです。荒木刑事は共犯かもしれないし、ただ利用されただけかもしれない」

神代はいよいよ呆れた。

「いったい自分の頭をぶん殴って、渡部さんにどんなメリットがあるんだよ」

「知りません」

「知りませんって、おまえ」

「『いかに』の問題を考えているときは、『なぜ』はひとまず棚上げにしておいた方が混乱せずに済みますよ」

涼しい顔をしてそんなことをいっているが、要するにこいつは香澄を犯人扱いする渡部が気に入らぬだけなのではないか。

「そういえば園梨々都のカードが最初に現われた青山墓地のときだって、彼女の行動は疑おうと思えば疑えると思いませんか？」

「なんでだよ」

「神代さんをわざわざあそこまで連れていって、間際になって自分は姿を消した。あれは花束を発見させるためだったとは考えられませんか。そして直後実にタイミングよく、荒木刑事が出現される。それも今度と同じだ。果たして偶然でしょうか」

いわれてみればあのときの、渡部の消え方はいささか唐突だった。そんな気のなかった神代を車で連れてきて、急に具合が悪いといい出して。そして直後、声をかけてきた荒木。

「むむ、確かに……」

思わず腕を組んで考えこんだ神代は、しかしまたすぐに、ん？　と顔を上げた。

「待てよ、京介。あの刑事はおまえたちを尾行して墓地まで来たんだろうが。事前に予測できたはずがないといったのはおまえ自身だ。渡部さんと示し合せられたわけがないぞ！」

「あ、やっぱり気がつきました？」

悪びれる様子もなく、唇から白い歯を覗かせた。

「でもあの女の行動がいまひとつ不審なのは、嘘のない事実ですよ。どんな理由でああも事件にこだわり続けるのか。自分の住居で襲われたというのに、少しも不安がらないのもいささか不自然だ。荒木刑事と繋がっているという門野さんの説も、あながち邪推《じゃすい》とはいえません」

「人を虚仮《こけ》にするのもいい加減にせんか、こら！」

「してません、してませんから」

「黙れ、よくも大人をからかいおって。取っ捕まえて尻ぶっ叩いてやる！」

「しーッ、神代さん。向うに聞こえます」

目顔《めがお》で薄く開けたドアの方、香澄が寝ている部屋の方向を示されて、あわてて口を閉じたが神代の腹立ちがそんなことで収まるわけもない。

「ガキを出しに使いやがって、卑怯者め。いつまでもその手が通ると思うなよ」

せいぜい目に険《けん》をこめて睨んでやったのに、

「ええ、いまだけ」

皮膚の下から淡い光の射すような、ほんのりやわらかな微笑を返されて、神代はことばを失った。たったいま人を小馬鹿にしたその口で、こいつはなんだってそんな表情ができるのか。

「──これ、おわかりになりますか？」

神代の思いなど気づかなげに、京介が左手を上げて示したのは手首に巻かれた赤い輪だ。

三つ編みに編まれた赤い毛糸がブレスレットのように結ばれている。

「香澄が、それと同じような糸を巻いてたじゃないか」

「ええ。これは彼のお守りなんです。最初は買ってきた毛糸を全部ほぐして、端と端でほんとうに手首を繋ぎました。そうでないと彼が家の中でも、僕と離れていられなくなることがあって。でもいまはもう慣れてきて、こうして同じ糸が結んであるのを確かめれば、離れてもいられるようになりました」

昨夜京介が口にしたお守りというのも、それのことだったのか。

「だから、いまだけです。もうじき彼はひとりで歩けるようになる。僕なんか必要でなくなる。成長期の子供ってそんなものなのでしょうね。いくら不自然な環境に閉じこめられてゆがめられているように見えても、その軛《くびき》が消えればたちまち空に向かってはばたくことができるようになるんだ」

「しかし、香澄はまだ口をきくこともできない。あの子が普通に暮せるようになるのは、そう簡単なことじゃあるまい」

　それには直接答えず、京介は視線を下へ逃した。赤い糸の輪を袖口に押しこんで隠した。そしてその手首を右手で握ったまま、つぶやくようにまた語り出す。

「——ねえ神代さん。僕はときどき思うんですよ。もしも僕に魔法が使えたら、彼の頭からこの数年の記憶を、きれいさっぱり拭《ぬぐ》い去《さ》ってしまうだろうって。

　そうしてあの子をまっさらな赤ん坊に返して、甘やかして甘やかしてわがままもおねだりも欲しいだけいわせて、なにひとつ拒んだり、辛い思いをさせたりしないで、一から幸せな記憶だけ積み重ねて、世界一幸福な子供にしてやれるならどんなにいいでしょうね。

　でも、僕にはそんな力はないから、逆に彼の中から隠されたものを掴み出して、白日の下に晒《さら》して、目をそらさずにこれを見ろ、そしてすべて背負ったまま生きろというしかないんです。

　あんな小さな子供にそこまでの苦行を命ずるなんて、人殺し以上に残酷だとは、わかりすぎるくらいわかっている。

　でも、僕は他の方法を知らない。彼を縛って封じ込めている最後の檻を打ち砕くために、それ以外どうすればいいか」

「京介——」

「その上おっしゃるとおり、僕は卑怯者です。慣れない猫を手懐《てなず》けるみたいに、彼が少しずつ僕に馴染んでくるのが嬉しくて、いまの状態がもう少しでいいから続いてくれたらなんて思ってしまうこともある。

だってもしも僕が彼にそんな荒療治《あらりょうじ》を施したとしたら、それが最高にうまくいったとしても、二度と彼は戻っては来ないでしょうから。

もちろんそうでなくてはいけない、それが彼のためなのだとは、わかっていますが」

京介は膝上に体を預けて、深くうつむいている。そんなふうにしているとぼさぼさの髪が垂れかかって、顔はまったく見えない。聞こえてくる声は淡々としてなんの高ぶりも示してはいなかったが、いったい彼はいまどんな表情をしているのだろうと神代は思った。

「そんなことはわからないさ。どっちにしろ香澄が自分で決めることだ。どんなに辛い記憶だって、捨てて逃げることが本当の救いになるとは思えねえ。人間、最初に引いたのがどんな貧乏籤《びんぼうくじ》でも、ハナからやり直すってわけにゃいかねえんだからな」

「ええ」

うつむいたままの京介の肩が、やけに細く薄かった。なにかいたたまれぬ思いが胸を突き上げて、神代はさらに続けた。

「だがよ、京介。もしおまえならどうなんだ。全部忘れてやり直せるとしたら、その方がいいか？　そうなりたいか？」

伏せられていた顔がわずかに上がる。開かれた色の薄い瞳が神代ではないなにかを見つめ、やがて、いいえと首を振った。

「それができたら幸せかもしれないと、思ったことはあります。でも、僕は忘れない。なにひとつ忘れることはできない。それが僕の選択であり、僕が所有しているいわば唯一のものであり、それこそ籤引きはすでに終わっているんですから」

予想できた答えだった。だからこそ、神代の知っている桜井京介がそこにいる。

「だったら香澄がおまえと、同じ選択をする可能性だってあるじゃないか。おまえに名前を呼ばれて応えたあの子ならきっと、一時は辛くとも、おまえがしてくれたことに感謝するときが来るはずだ。おまえだけが特別だってわけじゃない。おまえのいってることは、むしろ当然過ぎるくらい当然だよ」

しかし京介は視線を上げて、もう一度静かに首を左右に振った。

「僕は、自分と同じものを他人に要求したことはありません」

「それはおまえ、傲慢《ごうまん》ってもんだ」

「そうでしょうか。でも、身勝手に一方的に思いこんで他人に期待して、相手がそれから外れたといって裏切られたと騒ぐような、甘ったれた真似だけはしたくないんです。そんな醜《しゅう》態《たい》を晒すくらいなら、傲慢だと非難される方がはるかにましです」

京介の声は最後にいたって、にわかに鋼《はがね》の硬度を帯びた。

顔がまっすぐにもたげられたとき、神代に向けられたのは見慣れた彼の無表情。あらゆる思いを氷質の仮面の奥に隠蔽《いんぺい》して、どんな同情も共感もあらかじめ拒むかのような傲然たる美貌には、さっきのやわらかな笑みの名残すらない。

「今夜はつまらないぐちを聞いていただいてありがとうございました。お先に失礼します」

椅子から立ち上がり、軽く頭を傾けて会釈《えしゃく》するとそのまま庭側のドアを出ていく後ろ姿を、神代は無言のまま見送る。そしてつぶやいた。

「無理しやがって。どうしようもねえ、強情っぱりめ——」

香り高き雪

1

その翌日、八月四日。

神代は予想もしなかった客を自宅に迎えていた。夜に門野が訪れるとは予告されていたのだが、車の音に玄関を開けて出てみると、門野と例の体格のいい運転手につきそわれて立っていたのは、美杜かおるだった。

先程A病院を退院して、その足でやってきたのだという。

「お体の方はよろしいのですか？」

「ええ、もうすっかり……」

見覚えあるおっとりと上品な笑みを浮かべて、しかし彼女の顔はあきらかに痩せてやつれて、二回りほども縮んでいる。

せめてものことにと念入りに、身支度は整えてきたのだろう。以前より化粧はやや濃く、身につけているのも華やいだピンク色のワンピースだが、病み上がりという以上にまだ病人としか見えぬ有様は、見ているだけで痛々しい。玄関から廊下をほんの数歩歩く間にも、足がもつれかけて神代が支えなくてはならなかった。

八畳の客間にめったに使わない肘掛けつきの座椅子を置いて、ともかくもそこに座ってもらう。ほうと一息吐いた顔には汗が浮いて、化粧でも隠しきれぬほどに青ざめていた。

「なにか冷たいものでも」

「あ、いや。冷たいと胃にしみるだろう。むしろ湯ざましかなにかの方がいい。それと顔を拭くのに熱いお絞りをもらえんかな。後は、ええと――」

座布団から腰を浮かしたまま、ああだこうだと世話を焼こうとする門野を、

「少し落ち着いて下さいな、門野さん」

かおるが笑みをふくんで止めた。

「わたくし大丈夫ですから。こうして静かに座っていれば、すぐに気分も治ります。お騒がせしてすみません、神代先生。久しぶりに車に乗って、ほんの少し酔っただけですの」

そういわれても額面《がくめん》どおり受け取ることはとてもできなかった。前に会ったときも見るからに華奢《きゃしゃ》な、実際の歳よりはるかに若いとしか思えない彼女だったが、肉が落ちて小さくなった顔はいっそ童女《どうじょ》のようなと呼びたいほどだ。

ゆったりした長袖ワンピースの袖口から覗く手首が、小枝のように細い。その様子で敢えて退院とは、かえって不吉な想像が働いてしまう。

「これからご自宅へお戻りになるのですか」

「ええ。門野さんが住みこみのヘルパーさんをお世話して下さいますし、お医者様も往診して下さるということで、元々慢性の病気ですし、自宅の方が安心してゆっくり養生《ようじょう》できるだろうということになりましたの」

「ああ、なるほど」

神代は危惧《きぐ》の思いを顔に出さぬよう、極力注意を払いながらうなずいた。

「それで、今日お見苦しい身もかえりみずにお邪魔いたしましたのは、甥の香澄のことなのです。わたくしが倒れたりしましたために、たいそうご迷惑をおかけしてしまったようで、なんとお礼とお詫びを申し上げればいいのか」

いまにも座椅子を外して、畳に三つ指つきそうなかおるを、神代と、かたわらの門野もあわてて止める。

「とんでもありません。充分なお世話ができたとはとてもいえませんが、最近は香澄君もだいぶうちに慣れてきてくれたようで、廊下の雑巾がけや、食事の支度の手伝いまでしてくれるんですよ。ちゃぶ台の上に箸や茶碗を並べたり、食べた後の食器を下げたり、朝は新聞も取ってきてくれます」

「まあ……」

　痩せて小さくなってしまった顔から、美杜かおるは目を大きく見開いた。

「あの子が？──」

「ああもちろん、それだけでなく小学生の学習ドリルなんかも、少しずつやってもらっています。特に国語力が優れているようですね。同年代の子供より、むしろ上といっていいらしい。他の教科もそう大きく遅れてはいないようです」

「先生が、勉強を見て下さっていますの？」

　ちょっと答えに迷ったが、嘘をついてもいずればれる。それにかおるは京介の膝に、香澄が頭を乗せたのを見ているのだ。

「いや。美杜さんもご存知の桜井が、もっぱら香澄君の面倒を見ています。彼は高校のときに小学生の家庭教師をしていたこともありまして、勉強の指導はできますし、なにより香澄君が彼にはある程度心を許しているようですので」

「そう、ですか……」

　かおるの面を複雑なかげりめいたものが、よぎって通ったようだった。しかしそれも無理はなかろうと神代は思う。彼女はこの三年近く、ひたすら香澄を人目に晒さず、腕の中で守り続けてきたのだ。渡部が見るようにそこにあったのが純粋な愛情だけではなかったとしても、すべて香澄のために良かれと信じて、してきたことには違いない。

だが唯一の保護者であった自分が病に倒れたとき、人慣れぬはずの香澄はやすやすと新しい守り手を見つけ出してしまった。しかもその新しい保護者が、彼女が与えられた以上に良いものを香澄にもたらせるとしたら。彼の未来を奪っていると渡部から非難された以上の痛烈なものを、いま彼女は覚えているに違いなかった。

「あー、それでだな」

なんとなく生まれた気まずい沈黙を、わざとらしい咳ばらいとともに門野が破る。

「かおるさんの方はそんなわけで広尾のマンションに戻るとして、香澄をどうするかというのが問題なわけだ。ヘルパーの他にもうひとり、彼を世話する人間を通わせてもいいかと私は思っているんだが」

「あ、やはりお連れになるわけですね……」

考えてみれば当然のことかもしれない。香澄がこの家にいるのは客観的に見れば、かおるが倒れて彼がひとりで置かれることとなったという、アクシデントの結果でしかないのだから。しかしそういわれるまで神代は、かおるの顔を見てからも、彼を返すことなどまったく考えもしなかった。それだけ家の中にいる香澄という存在に、神代自身が馴染んでしまったからだろう。

「それは君にしたところで、小さな子供の世話などというものは、やはりいろいろ厄介《やっかい》なものだろう？　ましてや、な」

普通の子ではないし、と言外にほのめかす門野の口調が妙に不快だ。かおるが病院に運ばれてひとりきりで取り残されたとき、香澄は自分の意志で京介を選びここまでやってきたのではなかったか。子供だからといって当人の意志を無視して、大人の都合だけで引き回されていいものではない。

「別に厄介だとは思いませんね。むしろ世話のかからない子ですよ。前のように美杜さんが見ることがおできにならないというのでしたら、お体が治るまでもうしばらくお預りしていても、私の方は一向にかまいませんが」

そんな反応は予測もしていなかったのか。神代の憮然《ぶぜん》とした口調にかおるはまじまじと目を見開き、門野は逆にことば以外のこちらの真意を見抜こうとでもいうように、細めた目でもってじっと凝視する。

「どうなさいました、門野さん。もともとこの件に私を引き入れたのはあなたですよ。それほどおかしなことをいいましたかね」

「いや、いや、そういうわけじゃない。ちょっと驚いただけさ」

てらてらと脂ひかる頭を左右に振って、笑ってみせたがどこか底意ありげな表情は変わらない。

「つまりそのう、君がそれほど香澄のことを心配してくれているとは思わなかったものでな。嬉しかったんだよ、非常にな」

なにをしらじらしいと神代はあきれた。どんなことを考えているのかは知らないが、そうも露骨《ろこつ》に探るような目つきをして嬉しいもないものだ。この男の香澄に対する思いは、どれが本音なのかどうにも摑みきれない。

「なあ、かおるさん。あなたもそう思ったろう？」

しかし彼女はそれには答えず、

「先生。それでは桜井さんとお話しさせていただけますか？」

まるでそれが聞こえたように、というか事実聞いていたのだろうが、間髪入れず廊下から声がした。

「失礼します」

湯飲み茶碗と急須を載せた盆を脇に、立て膝をついた京介が静かにふすまを開いた。

2

今夜の京介はいつもうっとうしく垂れかかっている前髪を、無雑作に上に掻き上げている。なくてもあまり不自由ではないはずの、近眼眼鏡もかけてはいない。彼がこんなふうに自分の顔に対するこだわりを忘れるのは、直面している事態によほど神経を奪われているときだけだ。

だがほとんどの人間なら正面から向き合わされれば、そちらに注意が行ってしまわざるを得ない彼の容貌も、いまのかおるには気に止める余裕すらないのかもしれない。

「香澄がいろいろとお世話になりまして」

深々と下げてまた上がった彼女の顔は、さっき神代が感じたアンビバレンツな思いの複雑さを、いっそう色濃く表わしているようだった。

一方の京介は、例によってなにを考えているともしれない無表情。凍った水面のような顔とでもいうか。

「勉強も見て下さっているとか。とても、驚いております」

「彼と、お会いになりますか」

それがかおるに向けられた京介の第一声だった。

「え——」

「いまならまだ起きています。部屋へいらっしゃいますか。それともこちらへ?」

かおるは逡巡していた。いきなりの申し出に戸惑い、動揺しているようだった。

「どうしましょう……」

独り言のようにつぶやく。

「わたくしいま、薬臭いんです。あの子は病院の匂いを嗅《か》ぐと、きっと嫌がりますわ。前に嫌な思いばかりさせられたから。でも——」

「会いたいのだろう？　だったら会えばいい。あなたもその方が安心できる。な、かおるさん」

「かまわないでしょうか……」

「大丈夫。なにも心配はいらないさ」

いささか無責任に受け合う門野のことばに小さくうなずいたのを見定めて、

「では、連れてきます」

京介は大股に座敷を横切り、庭側の廊下に出る。残された三人は黙って待っていた。それにしてもかおるは、ひどく緊張しているように見える。それが神代の目には奇妙でならない。もっとも入院前の彼女が香澄とどのように相対していたか、こちらはなにひとつ知らないわけだが。

今度は庭側のふすまが開いて、振り返った目に映ったのは京介のみ。パジャマ姿の香澄はまた彼の左手に両手でしがみついて、背中に顔を押しつけている。そんな格好のまま、半分引きずられるようにして座敷に入ってくるのだ。声は聞こえていただろうに、香澄はかおると会いたくないのだろうか。

かおるが座椅子を斜めにずらして、そこから腰を浮かした。彼女の前に立った京介が右腕を伸ばして、伏せたままの香澄の頭をぽんぽんと叩く。

「――ほら」

「アンジュ」

ささやくように小さく、かおるが呼んだ。そうか、と神代は思う。彼女は神代たちの前で、死んだ息子の名前で香澄を呼ぶことをはばかっていたのだ。おそらくふたりだけのときは、いつもそう呼んでいたのだろう。

その声に、香澄の顔が上がった。かおるを見つめた。茶褐色の大きな瞳だった。ほとんど常に、一番なついているはずの京介に対してさえ視線をあわせようとはしない香澄が、かおるだけは正面から見つめて目をそらそうとはしない。やはり彼女は香澄にとって、特別の存在なのだと神代は思いかけた。

だがよく見ていると、それもかえってわからなくなってくる。

「良かった、元気そうね……」

彼女がそういっても香澄はなんの反応も示さず、ただ大きな目を見張ってじっと見つめているだけなのだ。京介といるときは目こそあわせなくとも、しぐさや態度がはるかに雄弁《ゆうべん》にそのときの気持ちを表わしているのに、いまはかえって中に閉じこもってしまっている。極限まで見開かれた目の中には、それとわかるような思いはなにひとつ浮かんでいない。感情の欠落した白く硬く強ばった顔から、ひたすら大きく見張られた目。きつく引き結ばれた口。そんな香澄はひどく異様だった。生きた人間というより、壊れた自動人形のようにさえ見えた。

　京介が後ろから軽く抱えるようにして、香澄を畳に座らせた。彼はされるままに膝を折って座ったが、その左手は後ろに回して、京介の膝をしっかりと摑んで放さない。体の線が固く強ばっているのが、神代の目からはっきりわかる。

　かおるが手を伸ばして、そっと香澄の肩に触れようとした。香澄がいっそう緊張する。表情は少しも変わらないのだが、京介の膝にかかった手に力がこもり、関節が白くなっている。それがかおるにもわかったらしい。

「元気ならいいの。いいのよ、それで……」

　あきらめめいた悲しげな笑みが口元に浮かぶと、手を引いた。それからもう一度、気を取り直したように、

「いきなりいなくなってしまって、ごめんなさいね。驚いたでしょう。恐かったかしら。でも、もう大丈夫。ママン、帰ってきたわ。だから前と同じように、ふたりで暮せるわ。——これからいっしょに、おうちに戻る？」

　香澄は答えない。見つめる目もかおるの顔からはそらさない。しかし微《かす》かに体が、無意識の動作だったかもしれないが、後ろに向かって退かれた。後ろに座っている、京介の方に。

　目を伏せたのはかおるだった。

「そうね。もう少し元気になって、あなたのこと、いろいろしてあげられるようになってからの方がいいわね、きっと」

自分にいい聞かせる口調でつぶやいた彼女は、京介に深く頭を垂れた。

「すみません、寝かせてやって下さいますか」

「わかりました」

後ろから香澄の体を抱え上げて立たせた。

「さあ、寝よう。もういいんだ」

それでも香澄の目はかおるから離れない。神代はそんな少年の意志が、どこにあるのかよくわからなくなる。彼はほんとうにここにとどまることを、心から望んでいるのだろうか。それならなんで彼の目はあれほど飢えた者がむさぼるようにかおるの顔を見つめ、しかし彼女の手がさし伸ばされたときは、それを恐れるように体を固くしたのだろう。目と体とふたつの心が、それぞれ別の意志を持っているかのようだ。

(二重人格――)

いや、それは馬鹿げた妄想だと京介に嘲笑されたのだが。


少しして戻ってきた京介の手には、最近香澄にやらせている学習ドリルの束がある。たったいまの出来事などなにひとつ存在しなかったような顔で、彼はてきぱきと香澄の学習状況を説明し始めた。京介のあまりの平静さに押されてか、かおるもいつか顔の強ばりを解き、子供っぽい文字の書かれた解答用紙を一枚一枚めくっていた。

「あら。ほんとうに、国語だけは良くできるんですのね……」

そのことさえ香澄の犯した罪の根拠として、刑事に見られているなどとは夢にも思わないのだろう。そっと微笑んだ彼女に、

「美杜さんは、これまで彼に教材を与えるようなことは、まったくしておられなかったのですか？」

京介の問いはごくさりげない口調だったが、それだけでなにか非難されたように、かおるの頬はぴくりと震えた。

「いいえ。いろいろと、試してみなかったわけではないんです。わたくしも昔学生時代には、中学生の家庭教師ならしたことがありますし。でも、なにを見せても少しも興味を示してくれなくて」

「読書はどうでした？　いま彼はルイスの『ナルニア国物語』くらいなら、充分理解しているように見えるのですが」

「いいえ。思いつく限りはいろいろと買いそろえて、そばに置いてみたのですが、木にも絵本にもほとんど手を触れようとしませんでした」

「音楽やテレビはいかがです」

「いいえ――」

かおるの声はいよいよ小さい。

「テレビはわたくし自身が見ませんので、もともと住まいには置いてありません。音楽は、クラシックの静かな曲でしたら聞いているようでしたけれど、喜んでいるのかどうかはよくわからなくて……」

かおるは自分が責められているように感じているのかもしれない。やわらかなシルクのワンピースの中で、細くなった肩をなおさら小さく縮める。だが京介の表情からは、彼がそのことに気づいているかどうかも窺えない。

「外へお連れになったことはありますか？」

京介の質問は、彼がしているように家の近くへの外出に伴うことはあったか、という意味だったようなのだが、

「――一年ほど前に車で、軽井沢に出かけたことがあります。門野さんが予約から、すべてを用意して下さって」

少し考えてかおるがそう答えたのは、それ以外に香澄をマンションの外へ連れていったことがなかったからなのだろう。

「でもそのときはホテルのコテージに泊まったものですから、いつの間にか名前が他の客に洩《も》れてしまって、とうとう記者だという人間まで現われて、追い回されて、あわてて逃げ出すしかありませんでした。とても恐ろしくて不愉快な体験だったものですから、それからは一度も……」

「どこから洩れたもんかまったく、ろくでもないことに気の回るやつはいるものさ」

門野が口をへの字に曲げた。

「しかし美杜さんは、軽井沢に別荘をお持ちではなかったですか？」

依然として感情の現われぬ声で、京介は質問を続行する。

「薬師寺家事件の直前に、確かみちるさんは息子を連れてそこへ避暑に行く予定でいたはずですね」

神代は瞠目《どうもく》した。妹の名を聞いた途端に、かおるの表情が一変している。かがみがちだった上体はまっすぐに起き、見開かれた目には力がこもって、化粧で隠していた頬に、いまはほんものの血の色が昇ってきていた。

「桜井さん、妹はあの子を虐待していたんです」

濃い紅を塗った唇から吐き出される声も、切りつけるような断定口調はこれまでとは別人のようだ。おっとりとやわらかな響きは服を脱ぐように捨て去られ、押さえたことばの端々にいまも消えやらぬ憤《いきどお》りが滲《にじ》んでいる。

「あなたはもうご存知ですわね、彼女があの子をどんな目にあわせてきたか。学校へもやらないで、あんな、あんなところにひとりで閉じこめて。大切な自分の息子、これからは誰の手も借りずに立派に育ててみせるといったくせに。それを知らされたときわたくし、どんなに後悔したことでしょう。でもそれだけでは、ないんです——」

かおるは卓の上で、ふたつの手を固く握り締めた。人形のような小さな拳が、ぶるぶると震え出していた。

「確かにおっしゃるとおり、美杜家の別荘は軽井沢にありました。わたくしが子供のときは、よく父と妹と三人で出かけたものでした。香澄が小さいとき、わたくしの息子とやはり三人で泊まりにいったこともありました。でもそれは売ってしまいましたの。なぜだかおわかりになります？」

かおるの目が危うい熱をはらんで京介を見つめる。しかし彼は冷やかに、

「いいえ。なぜですか？」

「結婚後も妹はもっぱらそこを使っていました。薬師寺静は北海道の別荘を使いました。夫婦別々になにをしていたかって、それぞれ別の相手と遊んでいただけです。そのことをお互いに隠しさえしませんでした。あれだけ大騒ぎをして結ばれて、息子まで生まれたというのに、ふたりの仲がそんなふうになるまで二年とかからなかったのですわ。

そしてしばらくして浮気ごっこにも飽きた妹は、今度はあの子をおもちゃにし始めました。それを彼女は育児だと信じていたのかもしれませんが、とんでもない、なにが育児なものですか。わたくし、知っています。妹がなにをしていたか。小さな子供が動物をもてあそぶように、べたべた可愛がるかと思えば気紛れで突き放したり、殴ったり、ふざけて首を締めてみたり。

でも白金の家では使用人の目もあって、あまり好き勝手なことをするわけにはいきません。だから別荘に行くときだけは、普段外に出さないあの子を連れていったのです。そしてそこで思う存分自分のおもちゃにしていたのです。虐待していたのです。彼女の言《い》い種《ぐさ》なら、息子をしつけていたのです。

わたくしにしてみれば懐かしい記憶がないでもない別荘でしたけれど、そんな忌《い》まわしいことの起こった場所、あの子は二度と足を踏み入れる気もしないことでしょう。あの子が望まない別荘なら、わたくしにも用はありません。ですから売ってしまいましたの。おわかりいただけました？」

神代は返すべきことばも知らず、憑かれたようにしゃべり続けるかおるの声に耳を傾けていた。おっとりと物静かでおとなしやかで、自分の思ったことをはっきりと口に出すこともできない。かおるのそんな印象が半面の事実でしかないらしいことは、門野から聞いた杏樹の死後のエピソードからも想像がついてはいたが、病の衰えも忘れたように頬を赤らめて、すでに亡い妹の仕業をいい募る顔は、鬼気《きき》迫《せま》るとさえいえた。

そのとき、また京介が問いのことばを投げかけた。

「美杜さんはそのことを、いつ誰からお聞きになったのですか？」

かおるの顔が一瞬強ばったのは、怒りのためであったらしい。

「わたくしの申し上げたことを、疑っていらっしゃるんですの？」

「そうではありません。あなたのおっしゃることには、充分な信憑性《しんぴょうせい》があると思います。特に、首を締めたということについて。彼が入眠時や目覚め際にうなされたことが幾度かあって、撥ねた蒲団をかけなおそうとした途端にひどく怯えた顔で飛び起きたことがありました。なぜか理由がわからなくて困惑させられたのですが、いま思えば蒲団の襟が喉に当たっていました。あれはきっとそのときのことを、思い出したからなのでしょう」

「ああ……」

ため息のような声をもらして、かおるは熱した頬を手で覆う。

「きっと、そうです。あの子は喉に触られるのが、なにより嫌いです——」

「美杜さんは八二年に日本を離れてパリに行かれてから、一度も日本に戻って来られなかったのですか？」

頬を押さえたかおるの指が、ぴくっと震えた。

「戻ったことは幾度かありますけれど、家には一度も行きませんでした……」

「息子さんを亡くされて以来ずっと、ということですね」

「ええ、そうです。妹は、仲の冷えた夫との子供に縛られるのなど御免だといって、ですから香澄はわたくしにとっても実の子のようなものでした。それが、わたくしの不注意で息子を死なせてしまうと、妹はそんなわたくしには子供を育てる権利なぞないといい出して、わたくしも責められればそのとおりかもしれないと思ってしまいました。

それで、日本にいてはどうしても杏樹のことが忘れられそうにありませんし、妹が子供を育てるところを見ているのも辛すぎます。だからいっそ遠いところで、なにもかもやりなおしたいと思ったのです。ですからわたくし、ほんとうに少しも知らなかったのですわ。妹が息子にあんな、仕打をしていたなんて。知ってさえいたら絶対にそんなこと、許しはしませんでした。あの子を置いて日本を離れることなど、どういわれても絶対に承知しませんでしたわ……」

「美杜さんの息子さんは、どうして亡くなられたのですか？」

神代も聞きながらずっと疑問に思い、しかし質問することなどできまいと考えていたことを、京介は正面からさらりと尋ねた。門野もぎょっとしたように脇で大きな目を剝《む》いている。かおるも目を伏せ息を詰めて、体を固くしていた。

「美杜さん？」

重ねてうながされて、ようやく彼女は口を開いた。視線は伏せたまま、震える声が唇をもれる。

「いえません、そんなこと。いいたくありません。だってそんなの、いまのこととはなにも関わりないじゃありませんの。わたくしも忘れました、もう。いま心を砕くのは、あの子のことだけです——」

「関わりがあると思うからこそ、お尋ねしたのですが」

「桜井君、もういいだろう。かおるさんは疲れている。彼女をいたずらに悲しませるような質問は、止めてもらいたい」

門野にさえぎられて京介は口を結んだが、逆にかおるが顔を上げた。

「関わりが、あるんですの？」

「ええ」

なぜか確信ありげに京介はうなずいた。

「決して美杜さんを、ご不快にさせるつもりはありません。では質問を変えます。ネェジュ・パルファンという薔薇の品種名をご存知ですか？」

ふたたび門野が大きく目を剝いたのは、それが先日美杜家の墓前に出現した花の名であると知っていたためか。かおるもまた目を見張って京介を見ていたが、そこには激しい驚きの色はなく、むしろ彼女は懐かしげに微笑んだ。

「ええ、もちろん知っております。わたくしの父も愛した白薔薇。それは古い美杜家をご存知の方にとっては、あの家のひとつの象徴ともいえる花なのですわ。門野さんもご存知でいらっしゃいますわね？」

「――あ、ああ。昔晃から聞かされた覚えがあるようだな」

いきなり話を振られて戸惑ったのか、目をぱちぱちさせながら、それでも門野はうん、とひとつ大きく顔をうなずかせた。

「神代君はあのとき見なかったのか。それは惜しいことをしたな。庭の一角になかなか立派な薔薇園があったのだ」

早速に大声でそんなことをしゃべり出したのも、これでかおるを動揺させる過去の話題から、話をそらせられると考えたからかもしれない。

「人寄せがあるときに家内に飾る花は、みんなそこから切ってきたのさ。それ自体を観賞するための薔薇園というよりは、切り花を栽培するための花園だったわけだが、花の季節にはそれは見事な、目のくらむような眺めだった。花の名前の方は、なんたらいわれても私にはからきしだがな」

「美杜の家は戦前からよく薔薇を作っていて、あの家を建てた曾祖父の美杜雪雄が欧州から持ち帰った苗木の子株が、わたくしの知っている頃はまだ元気に花をつけていました。ネージュ・パルファンは特に曾祖父のお気に入りで、書を書くときの号も『香雪』とつけていたそうです。フランス語の品種名を直訳すれば、『香り高き雪』となりますから」

「そうそう。あの薔薇園の一番奥にあった、大きな株がそれだったな。たった一本の株が大きく伸びて広がって、生け垣のようにまでなっていた。花が開くとそれこそ雪が降ったようで、風が吹くと香りがあたりに振りまかれて、まるで香水壺をぶちまけたようになったものだった。なあ、かおるさん？」

門野のことばにかおるの顔が、一瞬曇ったように見えたのはなぜだったか。

「その薔薇園はまだ残っているのですか？」

神代が問うと、彼女はさびしげに微笑みながら首を振る。

「父が亡くなっても母が元気でいた頃はまだ手入れされていたようですけれど、妹たちは園芸などなんの興味もなかったようで、ろくな庭師もいませんでしたし、きっと荒れたままなのでしょうね。わたくしも見るのが辛くて、家の敷地に入ったことは幾度もありますが、薔薇園の跡は一度も訪れてもおりませんの」

でも、それがなにか？　と尋ねるかおるの顔からして、園梨々都の脅迫状をつけた花束のことは、彼女には知らされていないと推測できた。

だがあの白薔薇がある程度は知られた古い美杜家のシンボルならば、いよいよ文面の意図は明らかだ。そして梨々都を名乗る人物が、当代以前の美杜家と関わるのではないかという、神代の推測も可能性が高くなる。京介が、不用意なことをいわねばいいのだが。病に弱った彼女に、殺人予告めいた不吉な献花などあまりに刺激が強すぎる。

「――あなたの息子さんに不幸が起こったとき」

「桜井君、もうそのことは」

門野が大声で割って入ったが、今度は京介は最後まで質問をいい終えていた。

「そのときそばにネェジュ・パルファンがあったのではありませんか？」

「え……」

かおるの顔から表情が消えた。なぜか彼女はほとんど、茫然《ぼうぜん》としているように見えた。

「どうして、そんなふうに思われたのか、お尋ねしてよろしいですか……」

唇から聞こえてきたことばは、それでもいつもの彼女のていねいすぎるほどていねいな言い回しだったが、

「彼があの白薔薇を見て、香りを嗅ぐとひどく怯えます」

「あの子が、ネェジュ・パルファンを——」

「ええ」

「どこ、で……」

京介がその問いに答えようとしたかどうかは、わからない。うっという低い音がかおるの唇をもれた。門野があわててその肩に手をかける。かおるは体をふたつに折り曲げ、がっくりと首を前に垂れていた。

「かおるさん、かおるさん、どうしたんだ。具合が悪いのか？」

乱れた髪の中で、ゆらゆらと顔が揺れたのはしかし門野に対する答えではないらしい。

「わたくしそんなこと、信じません……」

老婆のようなかすれ声で、かおるはささやいた。なおもかぶりを振り続けながら。

「四歳になるやならずやの子供が、どうしていままでそんなこと、覚えているものですか。あなたは、桜井さん、嘘をいっておられるんです——」

「なぜそう思われるのですか?」

いかなる場面を目の前にしても、感情は表わすまいと決めているような今夜の京介だ。そしてかおるは門野に肩をつかまれたまま、のろのろと顔をもたげた。乱れた髪の間から、充血した目が京介を睨み据えていた。

「あの子はわたくしを、覚えていません。四歳のその日まではこの手で育ててきたわたくしのことを、すっかり忘れ去っているんです。妹の虐待のせいで。なのにどうしてあのときのことだけを覚えているはずがあるんです。そんなことわたくしには信じられません。絶対に、絶対に!」

「あなたの息子杏樹は、ネェジュ・パルファンの咲く季節に、その花のそばで亡くなった。そして香澄もその場にいた。突然の死の光景を彼は目撃していた。そうですか?」

「違う!——」

かおるは叫んだ。

「違う、違う、違います! わたくしの息子は死んではいません。生きています。戻ってきたんです。あの子は、わたくしの杏樹です。わたくしは息子を取り戻したんです!」

「かおるさん、かおるさん!」

門野が肩を摑んで名を呼ぶのも耳に届いてはいないのか、彼女は頰を濡らしながら叫んでいた。

「妹はなにもしなかった。お乳さえやろうとはしませんでした。ふたりとも、乳飲《ちの》み子《ご》のときからわたくしが育てたんです。わたくしのこの手で、この胸で、少しも分《わ》け隔《へだ》て無く。ふたりともわたくしの息子でした。

わかるものですか、あなたになど。わたくしが日本を離れねばならなくなってパリで暮した四年間、どれほど失ってしまった杏樹のことを思っていたことか。置いてこねばならなかったあの子のことを思って、泣き続けたか。

その間妹に人間ともいえないような扱いをされて、それであの子はすっかり変えられてしまいました。そんなみちるが、どうして母親などであるものですか。あの子は人間的な感情を失ってしまって、ただ世界に対する恐怖と憎悪だけが残っているんです。だからあんなこともしてしまったのだと、それでもわたくしならあの子を愛せる、そしていつかはきっと、わたくしのことも思い出してくれる、そう思ってきました……」

「あんなこと？――」

かおるの高ぶり上ずった声の中で、そのことばは一個の異物のように神代の耳には感じられた。

「あんなことというのは、美杜さん」

しかし神代の声など、少しも彼女の耳には届いていないのだろう。かおるはただ京介だけを見つめ、彼に向かってのみことばを叩きつけている。

「——なのに桜井さん、なぜですの。なぜあなたは初めて会った日から、あの子を膝に眠らせるようなことができましたの？　わたくしだってあの子の体にはろくに触れさせてさえもらえないのに、なにを話しかけても答えてもらったことなどないのに、どうしてあなたはあんなふうに、あの子のそばで平気で振る舞うことが許されているんですの？　わたくし、わたくし、あなたが憎い——」

3

顔を覆って子供のように泣きじゃくるかおるに、さすがの門野もなだめようを知らない。運転手が呼ばれ、彼女を毛布にくるんで抱き上げる。玄関から無表情に見送る京介を、門野はいつにない渋面で振り返った。

「頭が切れるのは結構だが桜井君、君にはもう少し人情というやつを学んでもらわんといかんな。君はどうやら女嫌いらしいが——」

「そんなことはありませんよ、門野さん。僕は女性の力というものに、常々大きな敬意を払っています。彼女らが特定の対象にそそぐ、無償《むしょう》の愛情の豊かさ、不屈の粘り強さ。ひとつことを信ずる力や、そこから生まれる行動力。僕には逆立ちしてもかないません」

しかし門野はいよいよ疑わしげな顔になって、

「だったらもう少し、か弱い女性をいたわることも考えてくれんか。君は口とは逆のことをやっているようだぞ」

「ああ、きっとそのあたりが見解の相違なんです。僕は女性が必ずしも、無前提的に男性よりか弱いとは思わないので。レディ・ファーストを金科玉条《きんかぎょくじょう》にした女性観というのは、すでに当の女性たちからも忌避《きひ》されているのではありませんか？」

「一般論をいってるわけじゃあない」

とうとう彼もため息をつかされた。

「要するに体の具合の悪いかおるさんに、もう少しやさしくして欲しかったということさ。どっちにせよ香澄はもうしばらく、君たちに預けるしかないようだ。しかし桜井君、おかしなルポライターや警察の連中がうろつき回っても、香澄を傷つけるような真似はさせないと信じていいのだろうな？」

それだけは当然きっぱりとうなずくだろうと神代は思ったが、京介はまたしても期待をはずしてみせた。子供が小遣《こづか》いをねだるように、門野の前に手を出したのだ。

「少し資金援助をいただけませんか。彼を連れて歩くのに、タクシーを使わざるを得ないのですが、銀行へ寄っている暇がなくて」

門野は呆れ顔で、しかし嫌とはいわずに札入れを取り出す。

「どこか出かけるのかね」

「ええ。明日あたり、ちょっと温室の資料を探しに図書館へでも行こうと思って。国会図書館だと子供が入れないから、都立中央にします。夏休みで混むでしょうし、朝一番で」

「——京介」

「はい？」

門野の車が去って玄関を閉めながら神代は、彼の背に呼びかけていた。先程激情に駆られたかおるが口走ったことば、自分の耳が聞き留めたそれが、気のせいや聞き違いではなかったかどうか、どうしても確かめずにはおれなかったのだ。

「さっきかおるさんがいったことば、覚えてるか」

「どのことばです」

「香澄は母親にひどい扱いを受けて、人間的な感情を失くしてしまった。だから『あんなこと』をしてしまった。そういわなかったか？」

「ああ」

京介はこともなげにうなずいて、

「いいましたね」

「いいましたねって——」

神代は絶句した。

香澄に残されている唯一の身内であり、この世の誰よりも彼を守ろうと必死になっているはずの美杜かおるさえもが、あの子が『あんなこと』を、つまり殺人を犯したと信じているのか。それは神代にとっては、相当に衝撃的なことだった。白と黒と、ふたつの可能性の間で揺れ続ける自分の心を、決定的に傾けてしまいかねぬほどに。──だが、そうして驚きすら見せぬ京介も、また？

神代の表情を読み取って、垂れかかった長い前髪の下から、紅を刷《は》いたように赤い唇が薄い笑みをもらした。

「殺人って、そんなに特別の罪ですか？」

問いはつまり反語。いまさらなにを騒ぐと笑うのか、彼は。

「だっておまえ、親殺しだぞ──」

「尊属《そんぞく》殺人に対する刑罰を一般の殺人より重くした、刑法二百条は違憲の判断が下されたはずですが？」

「馬鹿。法律の話してるんじゃねえよ！」

神代は声を荒らげていた。無論、実の親といえどもひとりの人間であることには変わらないという言い方もできる。だが殺人という行為がその人間に対する究極の否定なら、自らを存在させるための根本的な必要条件たる親を否定する、殺すとはつまるところ己れ自身の否定に他ならない。

『親殺し』という行為が他の殺人に増して、禍々《まがまが》しい色合いを帯びるのは、なによりもそのためだ。自らの生命を守るために他者を殺すことは、法律によってさえ罪とはされない、つまりあらかじめ免罪された行為だ。倫理的にもそれならばぎりぎりのところで、受け入れることは不可能ではない。

しかしそうして殺さねばならなかった相手が親であったなら、人は一方で己れを守ろうとしながら、また一方では自分の根源を否定していることになる。そこに必然的に孕《はら》まれた矛盾の大きさが、『親殺し』という罪の大きさであり、衝撃の深さなのだ。そうしなければ自分が守れなかったといって、『親殺し』を免罪することは可能なのか。

いままでは香澄は無実だと、迷いながらも信ずる気持ちの方が強かった。それはむしろ信じたいという、願望であったかもしれない。絶対にそんなはずはないと思おうとしていたからこそ、同じ家に暮すことにもためらいなどなかった。しかし……

「親だろうと誰だろうと」

いいながら京介はゆっくりと体を巡らせる。

「彼を傷つける人間がいれば殺せますよ、僕は」

キシ……とふすまが音をたてた。わずかに開いた隙間に、座敷から廊下へ小さな影が落ちている。いつからか、香澄がそこに立っていたのだ。京介は音もなくその隙間に歩み入り、そしてふすまを神代の前で閉めた。

翌日。

神代は蒲団の中で二日酔いの頭痛とともに、猛烈な自己嫌悪を噛みしめている。

昨夜はあれから書斎でひとり、飲み続けてしまった。酒の肴《さかな》は渡部のファイルなのだから、悪酔いしない方がどうかしている。

明け方になってとうとうボトルが空いて、這いこむように蒲団に入ったが、寝たともいえないような悪夢の連続で、温室いっぱいのジャングルの中で人喰い花にかじられたり、血みどろの池に沈められたり、最後は巨大な蛇の舌に足を絡《から》まれてずるずる引きずられ、床から天井へ逆さに吊り上げられる始末。疲れ果ててようやく泥のような眠りに落ちて、目が覚めれば座敷の中は陽射しでむっとするほど暑い。すでに昼近くらしい。

「どうなすったんですか、先生？」

廊下から顔を差し入れてきたみつさんの大声が、痛む頭に響く。

「あらまあ嫌だ、お座敷中が酒臭いったら。お昼はなにか上がられます？　召し上がった方がいいですよ」

「京介は？……」

「桜井さんは朝からお出かけです。坊やも連れて図書館ですって。この暑いのにどなたかさんと違って、えらいもんですわ。ねえ、先生。なにかお腹に入れられた方がいいですってば」

「焙《ほう》じ茶《ちゃ》に梅干――」

「はいはい、いつものやつですね。まったくもう、イタリアで二日酔いしたときはどうしてたんでしょうねえ」

足音が板張りの廊下に響く。せめてもう少し小さな声でしゃべってくれ、静かに歩いてくれといいたいが、その気力も出ない。だが京介たちが出かけたと聞いて、どこかほっとしている自分がまた情けなかった。

(あの子に聞かれちまった……)

よりにもよって『親殺し』、そんなことばを口にしたところをだ。聞いたところでなんのことかわかるまいと、自分を慰めるのはたやすいが、そんなのはいつわりだとわかりすぎるほどわかっている。

いつか京介もいっていたとおり、ことばなどなくとも気持ちが伝わるときは伝わるのだ。特に相手に対する好き嫌いや恐れの思いは、口調の響きや筋肉の強ばりによっても現われる。あのとき神代の中にはかつてないほどはっきりと、香澄に対する恐怖と嫌悪のないまぜになった思いが生まれていた。

だが驚いたことに京介は、そんなところはとっくに通り過ぎているらしいのだ。彼にとって香澄を救うとは無実を証明することではない、つまり香澄が両親を殺して切り刻んだ殺人者であっても、受け入れることにためらいなどないのだと、昨夜のことばはそういう意味だったのだろう。

（俺はどうだろう……）

荒木刑事が告発したような狡猾な犯罪者ではなく、渡部が聞かせたとおりの、ゆがんだ両親の仕打のために止むに止まれず追いこまれた殺人であったとしても。

できるだろうか。心から香澄のためだけを思い、どのような種類の圧力からも彼という人間の自由と権利を、尊厳を守り抜くことが。

犯行時わずか七歳という年齢のために罪に問うことはできず、といって病院で治療できるような精神の疾患《しっかん》でもないとすれば、やはり香澄は愛情ある親代わりの保護者によって、これからも注意深く見守られ育てられねばならない。たとえば大人の殺人者のように罪名というレッテルを貼り、刑罰という処置を与えて社会と隔離する、視界から消し去ることはできないのだ。

客観的に判断する限り、美杜かおるの病状は決して軽くない。以前にも入院していたという話だった。もしも彼女が亡くなるようなことにでもなれば、誰が香澄の保護者になるか、問題はすぐにも起こってくる。引き取り手がいなければなんらかの施設に送られることになるだろうが、それが香澄のようないわば特殊な子供に、よい影響を及ぼすとはとても思えない。

かおるに対して親友の娘という以上の思いを抱いているらしい門野は、無論捨ててはおかないだろう。

だが企業家として多忙な毎日を送る彼自身、子供に手をかけられるような生活ではない。結局は誰か人を雇って、ということにしかなるまい。施設に送られるよりはましだとしても、やはり疑問は残る。京介は自分がなんとかするといい張るかもしれないが、彼とてまだ二十歳の学生の身だ。無論法律的にも問題はある。

（結局、俺か——）

他に道がないなら、それもいいかもしれない。しかし理想論のみを優先させて、自分の気持ちに妙なしこりを残すようなことだけはしたくない。三年前の八月、白金の美杜邸で本当に起こった事件はなんだったのか。せめてその全体像が明らかにされて、やはり香澄が犯人だったというなら仕方ない、理解するように努めよう。たやすいことではないだろうが、事実は受け入れるしかない。

だがいまのままでは駄目だ。こんな鵺《ぬえ》のような、どこが頭でどこが尾だかもわからない、ただグロテスクな現場の状況ばかりが、見せ物の絵看板みたいに目先にちらつかされているままでは。

おそらく京介にしても、事件のもつれをほどくことを断念したわけではないはずだ。今日も温室の資料を探しに行くとか、そんなことをいっていたではないか。

だが、と神代は思う。あいつなんだってわざわざ、普段は行かない中央図書館へ行くなどといったのだろう。建築の関係ならW大の方が、よほど揃っているはずなのに。

それに、待てよ、確かに国会図書館は未成年者を連れては入れないが、中央図書館だって十六歳未満は入館できないのじゃなかったか？――

「先生、お電話です」

家政婦がまたぬうと、ふすまの隙から顔を覗かせた。

「警察ですって。なんでしょう。あたし嫌ですよ、先生。裏口入学でもお引き受けになったんじゃないでしょうねえ」

警察といわれて驚いたり、警戒したりするほどにも意識は覚めていない。泥の詰まったような頭を抱えて廊下に出、まだ半分ぼけたまま摑んだ受話器の中から、聞き覚えのある声が聞こえてきた。

「三田署の荒木です」

「なんだ、あんたか――」

御挨拶な神代のせりふを無視して、相手は続けた。

「桜井さんが事故に遭われました」

「京介が、事故に？……」

ことばは確かに聞こえたが、意味が理解できない。なにをいっているんだ、こいつは。

「事故……　事故ってなんだよ」

「坂道に止まっていたワゴン車がすべり落ちてきて、いっしょにいた薬師寺香澄をかばって撥ね飛ばされたようです。幸い命に別状はないそうですが」

エデンの蛇

1

「ほんとうに事故なのか、それはッ！」

　神代は受話器を摑んでわめいている。

「どうなんだ、荒木さん！　車の持ち主は見つかっているのかッ？」

「ええ。詳細はこちらでお話ししたいのですが、いまから来ていただけますか？」

「行くさ、もちろん。場所教えてくれ！」

　病院の名前と所在地を聞き、入院するなら下着やタオルを持っていけという家政婦のことばを上の空で聞き流し、顔も洗わず髪も梳かさず、着替えだけは済ませて家を飛び出した。病院の名前に聞き覚えがある、つい最近行ったことがあると気がついたのは地下鉄に乗ってからだ。

都立中央図書館に隣接するその病院は、昨日まで美杜かおるが入院していたはずのところだった。つまり広尾の彼女のマンションからも、つい目と鼻の先なのだ。

車内でも走り出したいような焦燥をどうにか常識で押さえこんで、千代田線から日比谷線に乗り継ぎようやく広尾駅に着く。真夏の晴天にたちまち全身から汗が吹き出すが、ポケットからハンカチを出す暇さえ惜しい。かおるのマンションとは逆方向、公園の前の坂道を駆け上がって、息を切らせながらA病院の玄関に飛びこんだ。受付に顔を突き出して声を張り上げる。

「すいません。こちらに桜井京介というのが、ええと、怪我をして運ばれてきている——」

「はい？　患者さんのお名前は桜井さん、ですか。ちょっとお待ち下さいませ」

受付の女性のていねいな口調が、やたらのろくさと感じられてたまらない。紙挟《かみばさ》みの書類をめくる手元を、ひたすらイライラと見つめている背中に、

「——神代先生」

聞き覚えのある声がして振り返ると、真夏だというのに例によって葬儀屋のような黒服の荒木が、片手を上げて近づいてくる。この男の常にまとっている陰鬱な雰囲気が、病院のロビーには似合わなくもない。といって、あまりいてもらいたいタイプの人間でもないだろうが。

「こちらです。部屋をひとつ借りましたから、そちらでお話を」

話なんざ二の次だと、口にこそ出さなかったが、

「京介は」

「いまレントゲンを撮っているようです。どうやら肋骨《ろっこつ》の何本かにひびが入ったらしくて。しかし大きな怪我はそれだけで、後は打撲《だぼく》程度で済んだらしい。とっさに受け身でも取れたのか。あんなに痩せた体で、彼は柔道でもやっているのですか？」

神代は肩をすくめて返事に代えた。不要なおしゃべりにエネルギィを使いたい気分ではない。

「そんなことよりなにが起こったのか、最初っから話してもらいてえな」

険悪な目つきを返した神代の気持ちを理解したからか、荒木は異議は唱えずに説明を始めた。

「そこの公園の、こちらの病院に来るのとは反対側の坂道に、小荷物配達のワゴン車が一台キーをつけたまま駐車してあったわけです。運転手は公園のトイレを使うんで、いささかあわてて車を離れて、ほんの数分の間のことだったという。

サイドブレーキは引いてあったはずのその車が、なぜかずるずると前へすべり出した。ご存知かもしれませんが、あちらの坂は相当な傾斜です。たちまち勢いがついた。この暑さで人通りはそれほど多くはなかったが、気がついた人間は大声を上げたものの、止めることはできない。

その進路にちょうど公園から出てきた薬師寺香澄と、桜井さんがいた。正確にいえば香澄は進路の真正面ですべり落ちてくる車に気づいたまま硬直していて、一歩前にいた桜井さんが気づいて駆け戻り、抱きかかえて体でかばいながらころがった。そのとき脇がバンパーに接触して、倒れた拍子にあちこちを打撲したというところのようです」

「つまりその馬鹿なションベン野郎が、まっとうにブレーキをかけもしないで車を置き去りにしたための、偶然の事故だっていうんだな」

「それについては現在捜査中、と申し上げておきます」

含みを残す返答だった。

「とにかくまともにぶつかったわけではないので、桜井さんもその程度の負傷で済んだのですね。私が駆けつけたときはふたりとも道路に倒れたままで、その後ろでは車が花屋につっこんで、ガラスの破片が散乱している状態ですから、大変なことになったと思いましたが、桜井さんの機敏な動きのおかげで、香澄は膝《ひざ》を軽くすりむいた程度でした」

「駆けつけたって、三田からここまで何分で着いたんだ？　ずいぶん手回しがいいじゃないか」

露骨に不信を示した神代の視線を、荒木は無表情に受け止めて、

「私はすぐ近くにいたのです。偶然ではありません。今朝、桜井さんから電話をもらっていたので」

「京介が、あんたに電話を？」

馬鹿のように鸚鵡《おうむ》返《がえ》しをしてしまったのは、それほど相手のことばが意外だったからだ。

「いったいなんの用があってだい」

「いくつか調べ事を頼まれたのです。別に手間のかかるほどのことではなかったので、引き受けてその結果を知らせるためでした」

「ご親切なこった」

「無論、見返りは約束してもらいました」

思わせ振りないい方だったが、神代は敢えて聞き返さなかった。京介がいったことなら彼自身に尋ねればいい。それ以上に気になることは他にある。

「香澄はいま、どこにいるんだ？」

あの子は病院が嫌いだと、昨夜美杜かおるがいっていた。京介とも引き離されて、こんな消毒薬の匂いの中にひとり置かれていたらどれほど不安なことだろう。

「それは大丈夫です。幸いお住まいが近かったので先生に電話する前に連絡して、美杜さんに来ていただきましたから」

「彼女が——」

昨夜の様子では、とても外出できる状態とは見えなかったが。

「ええ。門野氏といっしょに先程。そしてもうひとり、先生がご存知の人も」

「ん？」

「結果的に、三年前の美杜邸の事件に現在関わりのある人間がすべて、ここで顔を合わせることになりました。奇妙な話ではありますね」

　奇妙な、などといって済まされることとは、神代には到底思えなかった。荒木に連れて行かれたA病院の二階の一室、ブラインドを降ろして夏の陽射しをさえぎった、殺風景な会議室のような部屋のドアを開けると、真っ先に振り返ったのは渡部だった。パンツとコットン・シャツのカジュアルな服装に黒縁眼鏡は記憶にあるままの彼女だが、後頭部にはまだ白いガーゼを当ててネットで止めている。

「ああ、神代先生。なんですか、大変なことに」

「渡部さん。どうしてあなたがここに？」

　神代の声に難ずるような響きを感じたのか、彼女は頰を赤らめて弁解の口調になる。

「門野さんとお会いする約束だったんです。今日の午後に。少し時間潰しのつもりで図書館に来て、偶然でした。とても驚きましたわ」

「その人のいうことは本当だ、神代君。私もまさかこんなかたちで、顔を合わせることになろうとは想像もしなかったがな」

　門野が壁際の椅子から声をかけてくる。

「ついでのことに聞かれぬ前にいっておくが、私はかおるさんのところに来ていたのさ。紹介したヘルパーを引き合せにゃあならんかったのでな。その後に、この前雨に流れたかのルポライター女史とご面談、という手筈《てはず》だったんだが、これでまた予定が流れたかと思えば病院で待ち構えておられたというわけだ。なかなかに運の強いご婦人らしい」

門野の隣には美杜かおるがいる。今日のかおるはウェーブの落ちた髪をリボンでひとつに結んで、化粧も唇に濃い紅を引いただけ。いかにもあわてて飛び出してきたというふうだ。それでも昨夜と較べればはるかに血色もよく見えたが、神代が部屋に入っていっても、門野が隣で小さからぬ声を張り上げていても、なんの反応も示さない。彼女の注意はただひたすら、ひとつ置いた隣の椅子の上に向けられている。

そこに香澄がいた。荒木のことばどおり、擦り剝いた膝頭《ひざがしら》が傷薬で黄色く染まっている他は、どこも怪我はしていないらしい。しかし椅子の上で脚を両手で抱え、そこに顎を乗せて小さく体を縮めている。前を向いた表情は固く、引き結ばれた唇に血の気もない。すぐそばにいるかおるの方を、振り返ろうともしない。香澄はそうして、周囲のすべてを拒んでいるように見えた。

「かおるさん」

門野が、神代に向かって張り上げていたのとはまったく違う、気遣《きづか》わしげな声で語りかけながらそっと彼女の肩を押さえる。

「あせりすぎちゃあいかんよ。少しずつ、少しずつだ。だいじょうぶ。そんなに心配しなくたって、あんたの気持ちはいまにちゃあんと通ずるさ。実の親子ほど血は濃くなくたって、赤ん坊のときから育てたわけじゃないか。この子は間違いなくあんたの息子だよ」

しかし門野のことばには答えず、かおるが視線を向けたのは神代の方だった。

「先生、お願いがございます」

その思い詰めたような表情だけで、次に続くことばはわかったが、

「この子を、香澄を、わたくしの元に戻していただけないでしょうか。体の方はもう大丈夫です。この子が戻ってきてくれれば、もっと元気になれます。いろいろご迷惑をおかけした上の勝手なお願いですけれど、この子がそばにいてくれないと、わたくし毎日を生きている気持ちになれないんですの。どうか、ご承知下さいまし」

もともとかおるは香澄の唯一の血縁なのだし、赤の他人でしかない神代に反対する権利などありはしない。そして香澄の面倒を見てきた京介が少なくとも何日かはベッドを離れられないとしたら、神代ひとりではすぐにも困ることになる。それはどちらも否定しようのない事実だ。

しかし香澄自身の意志は、昨夜はっきりと示された。いっしょに帰るかと尋ねたかおるのことばに、彼は体を退いたのだ、京介の方へと。いまも香澄はかおるのすぐそばにいながら、彼女の方を見ようともしない。

彼がかおるのもとに戻るのは嫌だというのなら、それを黙殺するのは許されまいと神代は思う。彼女が香澄を愛しているのは事実であっても、自分の生き甲斐だからそばにいてくれというのは、子供のためというよりむしろ自分のためではないのか。

背後から支えてくれる京介のいないここで、香澄に自分の意志をそれとわかるように表わせと迫るのは酷かもしれない。だがいまここでそれを、公平な立場で尋ねることができるのは自分だけだ。神代は彼を驚かせぬように、ゆっくりと歩いてその座った椅子の前で片膝をついた。

「——香澄君」

目は向けなかったが、少年の肩先がぴくっと震える。

「京介はたぶんあと何日かは病院にいなくてはならないだろう。かおるさんは君に戻ってきて欲しいといっておられる。私は、君の一番望むようにしてあげたい。かおるさんのところへ戻るのでもいいし、京介はいなくても私のところで彼が戻るのを待っているというなら、それでもいい。不自由ないようにはしてあげられるつもりだ。——君は、どうしたい？」

香澄は、すぐには動かなかった。だがやがて、すうっと、深く息を吸いこむ音がする。強ばった筋肉を無理やり動かすようにして足を床に降ろし、首を巡らせる。ひとつ置いて隣の椅子にかけたかおるの方へ。そしてひどくためらいがちな動作ではあったが、手を伸ばしてかおるの膝に触れた。目は伏せたまま。

かおるの目が信じられぬというように見開かれ、ついで頰にあざやかな赤みが昇る。

「あ——香澄、戻ってくれるの？　ほんとうに？　ママンといっしょにおうちへ戻りたいのね？　そうなのね？　ああ、良かった！」

体に触れるのも許してくれなかったという昨夜のことばを聞いていなかったら、かおるの喜びようは大げさに過ぎると思われたかもしれない。しかしいまは香澄が自ら、進んでかおるに近づき触れたのだ。おそらくはこの三年間で、初めて。椅子にかけたまま両腕で香澄を抱きしめて、彼女はほとんど涙ぐんでさえいる。

「急にこんなことが起きるなんて、ほんとうに奇蹟のよう。ああ、嬉しいわ。さびしい思いをさせてごめんなさい。もう大丈夫よ。すぐおうちに帰りましょうね。あなたのお部屋に帰りましょうね——」

やわらかな髪の頭を頰ずりしながら、熱に浮かされたようにしゃべり続ける。香澄は答えない。だがかおるの腕の中で、じっと抱擁《ほうよう》されるにまかせている。その背に不自然な強ばりが感じられるとはいえ、意志を示せといった神代に答えて彼は動いたのだから、いまさら異議の唱えようはなかった。

「それでは神代君、私たちはこれで一応失礼するよ。こうしている間にも、頼んでおいたヘルパーが来てしまうかもしれないんでね。桜井君の様子については、また今夜にでも君の家に電話するから」

常日頃京介を高く買っているはずの門野が、今日ばかりはいやに冷淡に感じられる。先に立って導くかたちの彼に従い、かおるは香澄を抱えるようにして歩き出す。一瞬でも手を放したら、またどこかに消えてしまうと恐れてでもいるようだ。

門野が足を止めてドアを引いた、そのとき香澄がかおるの腕から振り返った。神代を見た。大きな瞳が、なにか訴えるようにこちらを見つめたと思った。だが、その視線の意味するものを読み取るほどの時間はなく、三人の姿はその向うに消えて、室内には荒木と渡部とそして神代が残された。

2

「あれが薬師寺香澄、なんですね……」

渡部がほっと息を吐くように、つぶやいた。彼女はあれほど会いたいと望んでいた子供を、ようやく間近に眺めるだけはできたというわけだが。

「でも、なんだか少し意外でした。あんなに桜井さんになついていたのに、危ないところを助けてくれた彼の怪我の様子を確かめもしないで、美杜さんのところへ戻っていってしまうなんて」

それは内心神代も感じていたことだったが、同意のことばは口にしなかった。

「あの子、なにかにひどく怯えていたようです。そう思われませんか？」

「まあ、今日みたいな体験をさせられたら、怯えない方がおかしいだろうがな——」

「あの……」

渡部はなにかいおうとして、止める。口に出すか出さないか、心の葛藤《かっとう》がそのまま表情に現われている。そんな弱々しい逡巡の様子は、神代がいままで見てきた彼女という人間にはあまり似つかわしくは思えない。

「なにか考えでも？」

「ええ——」

「これはここだけの話ですが、先生」

渡部を救うように、荒木が口を挟んだ。

「この事故は、事故でない可能性があるのです」

そう聞かされても驚きはなかった。むしろ当然の結論のように神代はそれを受け止めた。

「さっきは捜査中だといっていたようだが？」

「無論そうです。だからここだけの話と申し上げました」

「放置車のサイドブレーキを外して、京介たちめがけて車を落としたやつがいるというんだな」

「狙われたのは桜井さんではなく、薬師寺香澄ではないかと思われますが」

「――園梨々都、か」

「実は、それらしい人影の目撃者がいます。この渡部さんも」

神代はようやく彼女の逡巡を理解した。これまで彼女を動かしてきた香澄犯人説が、自らの証言で決定的に揺らごうとしているのだ。しかし渡部は荒木のことばに、

「確信はありません。というより、本当に一瞬のことでしたから」

口早にいって首を左右に振る。

「中央図書館はご存知のとおり公園の端の高台に建っています。そのとき私は図書館を出て、公園の中の階段状になった園路を広尾駅の方へ下っているところでした。

なにかが視界の端をなぐように走って、悲鳴のような声がいくつも聞こえて、はっとしてその方を見たんです。低くなった塀のすぐ外があの急な坂道で、ワゴン車はもうそこを走り下っていった後だったようです。

ただそこに棒を呑んだように立ち尽くしていた人がいて、下の方でガラス窓の割れるようなすごい音がしたと思ったときには、もう身をひるがえして横道に駆けこんでいってしまいました。

ですから私が覚えているのは、鍔《つば》の広い白い帽子の下からひらひらしていた長い赤っぽい髪と、派手な赤色の丈の長いワンピースだけです。同じような服装をした人を、いま見せられて見分けてみろといわれても、絶対にわかりません」

「サングラスは？」

「覚えていません、そんなの。本当に一瞬のことでしたもの。なんの関係もない人だったかもしれません。ええ、そうかもしれません」

渡部は向きになっている、と神代は思う。だから思ったままを口にした。

「渡部さん。あなたがそうやって自分が見たもののことを否定したがるのも、頭にそれだけの怪我をさせられたことさえ、敢えてなんでもないように振る舞いたがるのも、園梨々都という女が真犯人であったなら、あなたが長らく固執してきた結論と矛盾してしまうからじゃないのかい」

渡部の頰にさっと朱の色が走った。彼女は椅子から立ち上がっていた。

「先生は私が香澄犯人説にこだわって、他の可能性に目をつぶっているとおっしゃるのですか？」

「結果的にはそういうことだろう」

「違います」

渡部は即座に首を振る。

「もちろん今日の事故までを織り込んで考えていたわけではありませんが、薬師寺静の愛人でその名前を名乗っていた女の正体については、私も以前から考察してきました。そのことは先生にお渡ししたレポートの中にも、はっきりと書いておいたはずですけれど」

「妻のみちるを含む複数の愛人が、ひとつの名前と見かけを使っていたというのだろう？　だがいま現われているのが、その女のはずはない。みちるも深堂華乃も死んだことに、間違いはないんだからな。それとも薬師寺の無名の愛人のひとりが、いまになって生き残りの人間に復讐を仕掛けてきたとでもいうのか？」

「でも先生、その女が薬師寺家事件の真犯人で、美杜家の滅亡をはかる悪魔のような殺人者だったとしても、なぜいまになって、という矛盾に違いはないのじゃありませんか？」

薄く紅を塗った唇に微笑みを浮かべて反論する。渡部はすでに日頃の落ち着きを、回復しているようだった。

「するとあなたには、彼女の正体についてなにかそれ以外の考えがあるというわけか」

「あります。といってもこれは本当に専門外の当て推量で、専門家の方に聞いていただくようなことでもないんですが」

「いや、結構ですよ。よろしかったらどうぞ、お聞かせ下さい」

荒木が脇からまたフォローを入れる。いやに呼吸があっているようではないかと、神代は思う。数日前に出会ったばかりとは思えない。門野が、渡部に警察情報をもらしていたのはあの刑事に違いないと断定していたのを思い出した。

「ではその前にいくつか、確認させていただきたいのですけれど」

渡部は軽く腕組みして立ち、椅子にかけた荒木と神代を等分に眺めて口を切った。

「薬師寺家事件の捜査で警察が発見できた、その女性の存在する証拠というのは、いくつかの断片的な目撃証言だけで、物証と呼び得るようなものはなかった。そう考えてよかったのですね？」

「薬師寺静の書斎の机から『占星術　園梨々都』という名刺が一枚発見されました。住所は新宿駅前の雑居ビルのそれだったが、そういう名前の占い師がいたことはなく、電話番号も偽物でした」

虚《むな》しく終わった捜査のことを考えているのか、荒木がむっつりと答える。

「長いソバージュ・ヘアに化粧の濃い、サングラスをかけている女ということなら、静の周辺での目撃証言は非常に多いのです。もっとも早いのは夫妻の新婚当時、七六年までさかのぼる。だがそこまで古い話だと、目撃証言もどこまで信用できるかは疑わしい、というのはご理解いただけるでしょう。

後は白金《しろがね》の自邸で働いていたお手伝いや北海道の別荘番、静がよく利用したいくつかのホテルのフロントといった人間が、彼と連れ立って歩いたり部屋に出入りしていた、そうした姿かたちの女を見ている。

しかし顔立ちや身長のこととなると、話は正確には一致しません。太めだった、痩せて顔色が悪かった、背は男より低かった、ずっと高かった。調書を読み返しても、蜃気楼《しんきろう》を追いかけさせられているような気分になってきましたね」

「つまり渡部さんの考える、複数の一役説には充分な説得力がある、と」

「いかにも突飛《とっぴ》な考えではありますが、探して探して影すら捕まえられなかった女が、実は存在しなかったといわれれば、探した方では虚しい一方で安堵《あんど》もします。殺されたふたりの他に園の姿をしていた愛人がいたとしても、後難《こうなん》を恐れて名乗り出ないことはあるでしょうし」

「つまりあなたがた警察にとっては、都合の良い仮説だということですか」

神代が露骨な皮肉をいうと、さすがに荒木は顔をしかめた。

「そういうことはこんな場所だといっても、あまりおっしゃっていただきたくありませんね。我々警察が誠心誠意、捜査に取り組んできたことを否定してもらっては困ります」

「これは失礼。別にあなたがたを侮辱するつもりはなかった」

神代は軽く肩をすくめる。

「とにかくそうして捜査陣に影も踏ませなかった、実在を疑いたくもなった女が、ここへきてふたたび存在を誇示し始めた、というわけですね」

「そういうことです。まず最初は先生はよくご存知だが、青山墓地の美杜家の墓へ花束とともに置かれたカード」

「そして渡部さんの事件」

「実は、その他にも」

「ほうっ、それは初耳だ」

「はい。外部には一切公表していませんから。この三日ばかり前になりますが、三田署の捜査本部当てに、園の名のあるカードを添えた物が郵送されてきたのです」

「なにが送られてきたんです？」

刑事は内ポケットに手を入れて一枚の写真を取り出し、神代に手渡す。渡部が黙って彼の手元を覗きこんだ。

写っていたのは銀製のように見える腕輪らしいものと、封筒から出して置かれた名刺大のカードが一枚。文面までは読み取れないが、神代がこれまでに二度目にしたものと、ほぼ同じように見える。そして腕輪の精巧《せいこう》な彫金細工が表わしているのは、尾が三角の頭に絡んで三重の輪になっている蛇のデザインだった。

「カードにはなんと書いてあったんです？」

「正確な文章は覚えていませんが、またあの妙な詩のようなもので、かつて呪いのしるしに残した私の蛇の、対のもうひとつをここに送る、自分はふたたび閉ざされたエデンを襲い、美しい杜を葬送の薪《まき》とするだろう。そんなことでしたよ」

「蛇、か――」

「確かに目撃証言のいくつかでは、薬師寺の連れている女がこうした蛇の腕輪を両腕にはめていたという話がありました。本物の蛇のように見えてぎょっとしたとか」

　梨々都という名前についての京介の考察は、どうやら的を射ていたらしい。復讐者は自らを美杜を侵《おか》す蛇の化身にたとえていたのだ。みちるを含む複数の女による一役が実行されたことはあったとしても、やはり自らの意志でそう名乗った女は実在していたのだ。薬師寺静の愛人となったのは美杜家に接近するための手段でしかなく、彼はなにも知らないまま彼女に利用されたのではないか。

「ただひとつ、奇妙なことがあります」

「なんだ」

「添えられていたカードにはいま申しましたように、以前これと対の腕輪を残してきたというような書き方がされていました。以前といえば当然それは、三年前の殺人現場に、という意味でしょう。ところがあの現場で、そんな腕輪はどこからも見つかってはいないのです。無論温室だけでなく、土屋の方からも」

　勘違い——のわけは、さすがにあるまい。しかし確かに現場に残されていたのと、同じ腕輪を見せつけてこそ犯行宣言は意味を持つだろうに。ということは、薬師寺を刺した短剣の他にも現場から消えたものはあったわけだ。

　突然渡部がきっぱりとした声を上げた。

「これでいっそう私の考えが明確になりました。少なくとも三年前の事件の真犯人としての彼女は、実在の人物ではないと思います」

「どうしてそんなことがいえるんだ？」

目を丸くして聞き返した神代に、渡部は自信に満ちた笑みを返す。

「私が現実の殺人犯だったら、まさか警察にそんな挑戦状みたいなもの、絶対に送ったりしません。あと少しの間息をひそめていれば捜査本部も解散されて、追及される恐れもはるかに減るはずなんですよ。恐怖を与えるのが目的の手紙なら、宛先は警察などではなく、誰よりも美杜さんのところへ送りつけるはずです。そうはお考えになりませんか？」

「だが、自分の犯罪を広く世間に誇示《こじ》したがる犯罪者というのも、近頃じゃあそう珍しいことでもないだろう」

そのとき神代の頭に浮かんでいたのは、昨年来新聞紙上を騒がせている幼女連続殺害事件のことだった。幼い四、五歳の少女が次々と行方不明になるだけでなく、その遺骨と称するものに犯人が長文の手紙をそえて親元に送りつけてきたり、バラバラにした遺体をこれみよがしに屋外に放置するという、かつてない異様な犯罪に社会は戦慄していた。この反撃に渡部もちょっと目をしばたいたが、

「あの犯人は切り裂きジャック同様の快楽殺人者で、犠牲にした被害者と加害者の間にはなんの関係もないと、私は考えています。相手がなんという名の誰であろうと、ただそのゆがんだ美意識にかないさえすればかまわない。そういうタイプです。でもこの『園梨々都』は違うはずです。

カードに繰り返し表わされているのは、美杜家に対する怨恨《えんこん》の意志。もしもそれが一種の偽装であったとしても、犯人には美杜みすずや薬師寺静を殺さなくてはならない動機があったことに変わりはありません。

そんな犯人が敢えていま、警察に挑戦する合理的な理由があるでしょうか。脅迫の意志を表わすにしても、よりにもよって美杜さんが入院しているときに墓前に花を届けたり、大して深い関わりがあるわけでもない私をことさら襲ってみたり。『園梨々都』はまるでひたすら事件を大きくして、警察や世間の目を集めたいと思っているようです。

もしも美杜家の血筋を絶やすことが彼女の最終目的だったなら、そしていままで三年も待つことができたというなら、あと何年かして事件が完全に忘れ去られたときになって、誰にも気づかれぬようにこっそりとあのふたりを消してしまう方が、ずっと理にかなっているはずではありませんか？」

とっさの反論が思いつかない。

「だとしたら、どういうことになるんだ」

「ですから逆に考えてみればいいのではないでしょうか。『園梨々都』は警察や世間に、薬師寺家事件が忘れられないことを望んでいる。そのためにいかにも人目を引くような真似を繰り返している。けれどたとえば、今日の車のスリップが彼女のしたことだったとしても、あれで香澄の生命を奪おうというのは杜撰《ずさん》すぎると思われませんか。

つまり『園梨々都』は殺人犯ではない。ただ事件が世の耳目を集めることを望んでいる。彼らがいまのようにひっそりと忘れられてしまうのではなく、もう一度醜聞にまみれるようにしてやりたい。事件の起こった年にも、マスコミ各社に暴露記事の資料が送りつけられたことがありましたね。十一月の葬儀すらひどい騒ぎになりましたね。あれも結局は同じ意図にもとづいた、つまり『園梨々都』のしたことだったと考えられませんか？」

（確かにそれで、理屈は通る——）

神代もそこは認めないわけにはいかない。

「だが渡部さん、いったい誰がいまさらそんなことを企てるんだ。悪党だった薬師寺静に対する怨みか？　当人が死んで三年経ってもまだ、その怨みは収まらないというわけか？」

「それは——」

渡部はふっと口元の笑みを消し、考えこむ表情になった。事件の関係者でいまも生きているる、つまり過去の残虐な事件が世間の耳目を集めるようになって、直接的な被害をこうむるのは美杜かおると薬師寺香澄のふたりだけだ。しかしいまさらあのふたりを、そうまでして苦しめたいという人間がいるだろうか。

「あるいは復讐ではなく、純粋に事件の捜査を継続して真犯人を捕えて欲しいという、警察に対する訴えということも考えられますね。殺された四人に、捜査線上に上がっていない関係者がいた可能性だってあるでしょうし——」

胸前に腕を組んで視線を落とし、独り言のように口を動かした渡部に、

「いや、渡部さん。それはあり得ない」

今度は荒木がきっぱりと首を振る。

「我々がその種の見落としをやったとは、とても思われません」

「だったら……」

荒木の方を振り返ろうとはせず、彼女はつぶやいた。

「さらに考えねばならないのは、動機の方かもしれませんね——」

3

ドアがノックされた。看護婦が顔を出す。

「患者さん、病室へお移ししましたから。それと先生が状態の方をご説明したいということですので、お身内の方は？」

「私です」

「では、こちらへどうぞ」

ふたりに軽く会釈《えしゃく》だけして、看護婦の後に続こうとした神代を荒木が呼び止めた。

「先生——」

え、というように看護婦まで振り返る。病院なぞにいると、右も左も先生だらけでなんとも紛らわしい。荒木は畳んだメモ用紙を手渡す。

「桜井さんから尋ねられたことの回答です。また近い内にお目にかかるつもりですが」

「あ、どうも」

「――お大事に」

渡部が礼儀正しく頭を下げていた。


全身のレントゲンと頭部のCTスキャンは済ませて、一応怪我は肋骨二本に右脇で亀裂《きれつ》が入ったのと、後は打撲程度ということらしい。

「ほら、ここ。ここにひびが入ってる。わかりますか？　まあ大した怪我じゃありませんよ。息をするときしばらく痛むだろうし、ちゃんとつくまで運動はできないけどね」

毛むくじゃらのいかつい指でレントゲン写真を指しながら、外科の医師はやたら大きな声で話す。顔も大きいし口も大きい、ダルマ面の四十男だ。

「しかしいまどきの若いのにしちゃあ、反射神経については見事の一語に尽きますなあ。車の進路にいて動けない子供を突き飛ばすんじゃなしに、抱えて体でかばって跳ぼうとしたらしい。へたな突き方をするとかえってそれで怪我することだってあるから、これは確かに賢明ですよ。

あと少し筋力がありゃあ接触もしないで済んだかもしれないが、ちょっと間に合わなかったばっかりに脇を車の鼻先でどつかれた。だけど子供の体はそのまま放さず足も止めず、斜め前に前転してくるっと背中から落ちたわけだ。それも落ち方が悪けりゃあ頭を打つか、首をどうかしていまごろは集中治療室です。やあお見事お見事」

　そんないい方をされてもどういう顔をすればいいのかわからないが、とにかく大事にはいたらなかったことを喜ぶべきらしい。殺しの意志があったにしては杜撰すぎると渡部は断定したが、そう生易《なまやさ》しい事態でもなかったようだ。ひとつ間違えば香澄か京介が重傷を負うか、それ以上のことにならなかったとはいえない。

「すると、入院の必要はないんですね？」

　神代がそういうと相手は大きな目玉を剝いて、驚きを表現してみせた。濃い顎鬚の中から口があんぐりして、よけいにダルマそっくりに見える。

「そう急ぐことはないでしょうよ。せめて検査の結果が出るまで、二、三日ゆっくりさせておやんなさい。ああいう事故ってのは、そのときなんでもなくても後でショック症状が出てくることもあるんだ。人間の体ってのはなかなか繊細《せんさい》なもんでね、全部が全部繋がってる。心からは血は流れないが、やっぱり傷つきはしますよ。いくら怪我が軽かったからって、油断しちゃあいけません」

門野が口をきいてくれたそうで、京介の病室は三階の豪華な個室だった。

「鎮痛剤と解熱剤《げねつざい》を処方いたしましたので、いまはお休みになっておられます。間もなくお目覚めになると思いますが」

そこまで案内をしてくれた、淡いピンクの制服の看護婦が声をひそめて神代に告げた。

「こちら、しばらくいらっしゃいます？」

「そう、さしつかえなかったら、目が覚めるまではそばにいさせてもらいますか」

「どうぞ。点滴の切れる頃にまいりますので」

廊下から開いたドアの中へ、軽く視線をやって振り向いた看護婦の、少女のように若々しい顔がなぜか少し赤い。だが軽い足音を立てて行ってしまうその後ろ姿を見送って、病室に入って眠る京介の顔を見たとき、神代も頰を赤らめた彼女の気分がなんとなくわかる気がした。

京介は真っ白なシーツに包まれて、ベッドの上に横たわっている。腕に繋げられているのだろう点滴のチューブも毛布の中に隠れて、見えるのは目を閉じた仰向けの顔だけだ。眼鏡はたぶん落としてしまったのだろうし、いつもその前に乱れて目鼻立ちを覆い隠している髪は、きれいになでつけて頭の後ろへやられてしまっている。剝き出しにされた白い寝顔は、生身の人間のそれと考えることをためらわれるほどに端正で、しかし同時に見る者を不安にさせずにはおかない痛々しさを孕《はら》んでいた。

京介はいつも前髪や、殊更《ことさら》に無愛想な態度や、とげとげしい目つきやで自分を覆っている。その外殻《がいかく》を無視して踏みこんでくる不作法な輩《やから》には、文字どおりの毒舌で報いることになる。それはすでに長年の習性とでもいうべきもので、ある程度は気を許しているはずの神代に対してさえ、逆鱗《げきりん》に触れれば容赦ないお返しが来る。これまで何度彼の舌鋒《ぜっぽう》にずぶりとやられて、歯嚙みさせられたか知れない。たかが自分の半分ほどの歳の若僧がいうことと、笑って聞き流すにはトゲは鋭すぎるのだ。

だがいつもの武器を奪われてしまい、薬剤の力で昏睡《こんすい》する京介は、二十になったばかりの身を守る術もない若者でしかなかった。その頭蓋の中にどれほど優れた知性をひそめていても、いまこの瞬間は濡れ紙一枚で命を奪うことも可能な、無力で孤立無援《こりつむえん》なひとりの人間だった。

そんなあまりにも当然なはずのことが、いま神代を戸惑わせ、目を離せない気持ちに落としこんでいる。確かにあのダルマのような医者がいったとおり、人間の体とはもろく繊細なものなのだ。

神代はふと思い出す。以前、学生時代に同じ専攻にいた女性と、十年ぶりに顔を合わせたときのことだ。在学時代からその才能を知られ、剃刀《かみそり》を思わせる鋭い頭脳にしばしば圧倒されることもあった彼女は、つい最近出産して長く勤めていた美術館学芸員の職を辞したばかりだという。

——仕事をあきらめるつもりはないわ。

神代の問いかけに対して、晴ればれとした表情で彼女は答えた。

——でもいまは子供という存在がもたらしてくれる経験を、できる限り吸収するつもり。ねえ神代君、想像できる？　子供を育てるのって物凄く新鮮な体験、かつエキサイティングなことなのよ！

そこに赤ん坊がいるわけではなかったが、彼女は腕を上げ、胸元に子供を抱くかたちをしてみせた。

——だって考えてみて。私がこうして息子を抱いているでしょう。その瞬間私は彼の命を握っているの。ちょっと手を動かしさえすれば、とても簡単に奪うことのできる命をね。でも、もちろんそんなことはしない。それどころか私は愚かにやさしい母親として、まるで奴隷のように彼の要求に奉仕し続ける。私は絶対的な強者として彼を支配し、同時に彼はその弱さゆえに私を支配するの。これほど濃密で蠱惑《こわく》的でエロティックな関係が、他にあるかしら！

もちろんそのときの神代には、到底理解も同意もできない話だった。彼女のいうことを、本気で不気味だ、と思いさえした。母性というものの暗い支配的な側面を、いとも平然と見せつけられたように感じたのだ。男である自分には、所詮窺《うかが》い知《し》れない世界なのかもしれない、と。

しかしいまはいくらか、彼女のいおうとしていたことがわかる。母性などということばで、小さく押しこめられる話ではない。つまり事は女性男性を問わない。あまりにも無力なもの、無垢《むく》のもの、無防備な存在は、それ自体で人を引きつけ誘惑するのだ。自分のすべてをなげうっても守ってやりたいという思いと、同時に奪いたい、傷つけたい、蹂躙《じゅうりん》したいという暗い欲望で。

無論それは外から来るものではない。その人間が内にひそめている悪の衝動だ。しかし対象となし得る存在と出会って初めて、人は己れの中の悪に気づかされ、戦慄し、魅了される。キッズ・ポルノに性欲を覚える感性とも、児童虐待にはまりこんでいく心とも、どこか共通した根ではないだろうか。

人間という不完全な存在にとって、それはひとつの必然であり宿命なのかもしれない。楽園に忍び入る蛇のように、無私の愛の陰に支配と暴力の衝動がひそむのは。蛇のささやきに抗し得ずに智恵の木の実を口にしたイヴが、目を開いて知ったのは己れの中にある悪であったのか。だからこそ人は神の前に、恥じて面《おもて》を伏せねばならなかったのか。

みちるが姉の手から取り戻した我が子に対して、結局あのようにしか振る舞えなかったのもたぶん、彼女が悪い母だったなどといって済まされる話ではないのだ。母と子の、閉ざされた楽園という名の密室の中では、保護と支配、愛と虐待はたやすく入れ替わり得る符号でしかないのだ——

ふうっという息遣いの音が聞こえた。

上を向いたまつげが震える。

かすかな身じろぎ。

そして京介のまぶたがうっすらと開く。

「よお、気分はどうだ？」

覗きこんだ神代にかすかに眉を寄せて、

「いま、何時です……」

腕を動かそうとして、左手に繋がれた点滴のチューブに気づき、今度ははっきりと眉をしかめる。

「——気分？　決まってるじゃありませんか。最低の最悪ですよ」

吐き捨てるような口調にもさすがに力がない。

「だが、よくやったな。大した反射神経だって医者が感心してたぜ」

「止して下さい。それでこの始末じゃあ自慢にもならない」

自由な方の右手を出して、こめかみをきつく押さえる。苛立たしげに頭を振る。

「痛み止めなんかいらないっていったのに、あの医者の野郎。おかげで頭がぼやけて、なにも考えられない。おまけになんで点滴なんか——」

「この馬鹿。少なくとも今日っくれえ、おとなしく寝てろってんだ」

「もう、どこも痛みませんから」

「だからそれは薬が効いてるんだろ。暴れてこの上体痛めてみろ。ひとりで便所にも行けなくなって、看護婦の皿話で溲瓶《しびん》使う破目《はめ》になりてえのかよ」

本気でぎょっとしたらしい京介の顔を見て、神代はようやく溜飲《りゅういん》を下げる。少しおどかしておかないとこの調子では、勝手に点滴の針を抜いて帰るとでもいい出しかねない。

「――彼は、どうしました？」

少しして京介が聞いてきた。

「香澄なら無事だよ。片膝を少しすりむいてたが」

「それはわかっています」

ちょっと迷ったが、いつまでも隠しておけることでもない。

「美杜さんのところに戻ったよ。荒木刑事が彼女のとこにも知らせたらしくてな、居合せた門野の爺いとふたりで飛んできたんだ」

「彼が、自分で戻ることを選んだんですね？」

「よくわかるな。そのとおりだよ」

「神代さんがいたなら、無理に連れ帰らせるようなことはしないはずですし」

「まあな」

うなずきながらも神代は、内心納得できてはいない。しっくりこないのだ。昨日の今日で香澄が突然考えを変えたことも、それなのに後ろ姿にどこか緊張が感じられたことも。どちらも今日の事件のショック、で片付けてしまえるのだろうか。

しかし京介は、どう思ったにしてもそれは少しも表情には出さず、

「荒木刑事から、なにか伝言でもありませんでしたか？」

すっかり忘れていた。別れ際に手渡されたメモ用紙を、ワイシャツの胸ポケットから引き出す。

「珍しいな、おまえが警察に頼るなんて」

「利用できるものは、利用することにしているんです」

「なにか見返りを、約束されたようなことをいってたぞ」

「ええ。彼と会わせてやるといいました」

「な――」

神代はぽかんと口を開けた。

「おまえ、あの刑事は香澄が事件の犯人だ、それもすべてを計画的にやってのけたんだと思ってるんだぞ！」

俺は断固として断ったのに、おまえはそんなやつと香澄を会わせるつもりだったのかと、声を荒げる神代に、京介は平然たるもので、

「会わせるといっただけです。話をさせるとはいっていない。今日すぐそばで顔は見られたんだから、それで約束は果たしたことになります」

「おいおい」

「嘘はいっていないでしょう？」

平気でこういうことをいえる京介と渡り合わねばならない荒木が、逆に気の毒になってくる。

「この、悪党め――」

「誰がです。捜査の原則を片端から踏みにじって、勝手に暴走している破滅趣味の刑事がですか？」

「それを利用してるやつがだよ」

「やけに道徳的なんですね、今回の神代さんは」

くすっと笑って、右手だけで不器用にたたんだメモ用紙を広げる。少し時間をかけて読み終えて、

「ご覧になりますか？」

差し出した。これが荒木の書いた文字だとすれば、顔にも似合わぬといいたいほどに繊細なこまこまとした字だった。

『薬師寺香澄　一九七八年　十一月九日誕生
美杜杏樹　一九七八年　五月十日誕生
一九八二年　五月十一日死亡
死因　脳挫傷《のうざしょう》

美杜かおるは一九八六年八月十二日より十月末日まで、胃潰瘍のために北海道富良野市立中央病院で入院加療していた。

渡部晶江は東京出身。一九七五年十五歳で三歳下の妹とともに父方の伯母を頼って渡米、コロンビア大学で児童心理学を学び、卒業後カメラマンと結婚、問題行動児の福祉現場にスタッフとして関わり、ルポをまとめて雑誌等で発表。八八年薬師寺家事件に興味を覚えて帰国。

東京白金美杜邸を舞台にして起こった、美杜みすず、薬師寺静、薬師寺みちる、深堂華乃四名の殺人および死体損壊事件の発生期日を、死体現象から特定することは極めて難しい。捜査本部としては一応状況証拠をもかんがみて、一九八六年八月十一日いっぱいを考え得る範囲としている。

温室内で遺体が発見された者の血液型は以下の通り。
薬師寺静　O型
　みちるA型
深堂華乃　AB型
薬師寺香澄　O型
床と壁面に付着した血液からは、A、O、ABが確認された。』

「読み終りましたか？」

枕の上から京介が神代を見上げる。

「どう思われます？」

「いや、どうといわれても……」

また露骨に馬鹿にされるかと思えば情けないが、香澄を餌にしてまでわざわざ荒木に頼んで手に入れた情報がこれだといわれても、まるでピンとは来ない。しかし京介にとっては、まったくそうではないらしい。

「これでピースがそろいました」

「え……」

むしろひっそりとした声でそう告げられて、神代はかえって呆然とする。

「真相が、わかったっていうのか？」

「ええ、全部」

そういいながら、なぜか京介の表情は暗い。

「でも、難しいのはこれからです——」

緋衣の女

1

京介がいまにも病院を脱走してくるのではないかという、神代の危惧は幸いにも外れた。とはいっても別に例の脅しが利いたわけではなく、医師の予言を証明するかのように、その晩から彼はショック性の高熱に襲われて動けなくなってしまったのだ。原因はなんだと尋ねると外科のダルマ医師とは対照的に、白髪の鶴のように痩せた内科の担当医が、過労と栄養失調だと冷やかに断言した。

「保護者はあなたですか。監督不行き届きですね」

冗談じゃねえやと神代は思う。二十過ぎた野郎の日常生活まで、責任が負えるものか。

「何歳だろうと、自己管理のできない人間は子供と変わりませんよ。息子さんのしつけを誤られたのではありませんか」

脱力して、「あんなでかい息子、持った覚えはないんですが」と反論する気もしなくなった。しかし考えてみれば無理もない。この二ヵ月余りは香澄の面倒を見るためにすっかりまともな生活を送っていたとはいえ、冬からのろくに食べず眠らずのつけがようやく回ってきたのだろう。

それでも完全におとなしく寝ていたのは最初の日だけで、翌日からはまた神代の顔を見ればベッドに横になったまま、この五月からの門野や渡部の言動を根掘り葉掘り尋ねてくる。しばらくそんなことを考えるのは止したらどうだといっても、もともと強情な京介が聞き入れるものではない。

「ひとりで寝ていると退屈で退屈で死にそうなんです。それなのに本もノートも御法度《ごはっと》なのだそうで」

「ンなこたあ、あたりまえだろう。体温四十度越えて本が読めるかよ」

神代は呆れた。

「ラジオでも聴くか。小型テレビでも買ってやろうか？」

「勘弁して下さい。熱はもう下がりました」

「薬で下げてるだけだ。病人は体を治すことだけ、考えてるべきだろうが」

「だからご覧のとおり体は安静にしていますよ。せめて頭の体操ぐらいはさせて下さい。さもないとかえって落ち着かなくって」

熱に潤《うる》んだ目でそんなことをいわれると無下《むげ》に振り払うわけにもいかず、結局は足を運ぶたびに二時間三時間と相手をさせられている。事件の真相がすべてわかったという、あのことばはどこまで本当なのか、問い質したい気持ちはあったが、当面質問はさし控えることにした。幸いかおるのもとに戻った香澄の身にも、いまのところ異常は起こっていないようで、園梨々都からの新たなカードも出現しないまま日が過ぎていた。

その日も、夕方の検温が来たのを潮《しお》に立ち上がった神代を、京介が呼び止めた。

「——明日は、来られますか？」

「来てほしいのか？」

「ええ」

神代はにやりとする。この始末に負えないほど憎たらしい野郎に、一時なりとしおらしい口をきかせられるなら怪我も病気も悪くはない。

「なにか土産《みやげ》でもいるか？　そろそろ本くらい読んでいいかどうか、医者に確かめておいてやるよ」

しかしそれに対する京介の返事は、神代の予想をあっさりと覆していた。

「本は要りません。三時過ぎにいらして下さい。ちょっと面白いものをご覧に入れられると思います」

「なんだ？」

看護婦の方へちらりと目をやって、そちらへは聞こえぬように、声をひそめてささやいた思わせ振りな一言。

「それは明日のお楽しみ」

後はそ知らぬ顔でまぶたを閉じてしまう。どうやら京介の完全復活は近いらしい。

（ちぇっ。どうせならもうしばらく可愛らしく、くたばってりゃあいいのによ——）

いい時というのは長くは続かない。神代は嘆息した。

その翌日。改めてカレンダーを見ると八月の十日だ。後一週間で、薬師寺家事件の捜査本部は解散することになる。神代はふと馬鹿なことを考えた。いまになって『園梨々都』が、奇妙な示威《じい》行動を始めた理由。捜査を断念したくない荒木になら、それをする動機もあるのではないか。

（まさかな——）

いくらなんでもひどすぎる妄想だ。第一少しも成功していない。警察内部にいる荒木が手段を選ばずに捜査本部の存続を謀《はか》るなら、いま少し効果的な方法が考えられるはずだ。

だがそれを計画し決行しているのが、荒木ではないとしたらどうだろう。結果的には彼と希望を等しくする、いわば一方的な共犯者として、警察に捜査を継続させるために不合理な行動を繰り返す人物。

先日渡部が口にした推理に対して、捜査線上に浮かんでいない美杜と薬師寺の関係者はあり得ないと、荒木はいやにはっきりと断言したが、それは果たして真実か。彼は逆に心当たりを覚えて、その存在を隠蔽《いんぺい》したのではあるまいか。

それもひとつの可能性だ。『園梨々都』が三年前の殺人犯とは別人だと考えるならば。だが渡部のように、その点を断定するのは危険だと思う。警察に挑戦状を送りつけるのが殺人者としては奇矯《ききょう》過ぎるといって、そもそもあの殺人の様相自体奇怪で過剰なのではないか。

（もしかして――）

地下鉄の駅に向かって歩く神代の頭に、またひとつおかしな想念が浮上する。

（本当に、死体の入れ替えということはありえねえのかな――）

『園梨々都』というひとつの名を共有した、複数の女たち。それも無論仮説でしかないわけだが、そのひとりが深堂華乃だったとここでは一応考えておこう。彼女は切り刻まれた遺体で発見された。だがそれが別の『園梨々都』であったとしたら。現代の法医学からして、死体の入れ替えなどあり得ないと断定したのは渡部であり、神代も当然そう考えてきたが、例えばこれが一卵性の双子ででもあれば、問題はまったく違ってくる。

ひょっこりとお化けのように現われたこんなアイディアに、神代自身が驚いている。無論華乃が双子だったなどとはいままでどこからも聞いていない話で、もしもミステリでこれが真相だなどといったら、それこそアンフェアの謗《そし》りは免れないわけだが、

（そう、か——）

昨日またパラパラとめくっていた渡部レポートの中で、読むともなく目が止まった一行があったのだ。一番最初に読んだ被害者たちのプロフィール。その中の深堂華乃の項に、確かこうあったのではなかったか。——深堂花江と入り婿である純友との次女。次女である以上は長女もいたはずだ。

そして双子ではなくとも、歳の近いよく似た姉妹なら、入れ替わりは可能ではないだろうか。いかに科学的検屍法が進んでいるとはいえ、遺体を確認するための資料は遺族から提供されざるを得ないわけで、しかも深堂家はすでに両親とも没している。華乃が姉を名乗って対応し、不都合なカルテ等の存在は隠蔽し、体の特徴や血液型は姉のものを華乃のものとして申告すればよいわけだ。

無論彼女が妹華乃の死によって直接利益を得るような立場なら、身元の確認はより慎重に行われただろうが、この事件はどう見ても美杜と薬師寺が主たる被害者で、華乃は巻き添えになったようにしか思えない。

だが仮に深堂姉妹を主犯とし、動機を祖父と母を殺した（らしい）薬師寺静に対する復讐と考えれば、みすずとみちるの母娘こそ巻き添えだったという図式になるだろう。姉が死んだのは事故だった。静を殺そうとして逆に、書斎のベランダから突き落とされたのかもしれない。

華乃は敢えて姉の死体を利用し、ここを生き延びて美杜かおるにまで刃を届かせる機会を待つことにした。静に対する殺意とは別にかおるに対して怨恨があったのか、狂気のおもむくところ殺すべき相手が拡大したのかはわからないが。

この説の長所はやはりなんといっても、現場の奇怪な死体冒瀆《ぼうとく》に合理性を与えられることだ。薬師寺家事件のもっとも著《いちじる》しい特性はそれなのだから、そこが満たされない仮説はあまり意味がない。

香澄犯人説はあの子がいま陥っている緘黙状態に対する説明にはなっていても、殺害と死体冒瀆の動機を充分に満たしているとはいい難いだろう。いくら彼が実の両親によって非人間的な状態に置かれてきたからといって、それが殺人という極めて暴力的な反動になって現われるためには、それ相当のきっかけがあったはずだ。それがわからない。

そしてなにより現在の香澄には、そんな外界に対する怒りや暴力の気配がまったく感じられない。むしろ逆に彼は極めて防衛的、自閉的な反応を示している。

（ただ――）

忘れられないのは京介の手から滴る血を見たとき、香澄が浮かべた笑みだ。荒木刑事が目撃したのも、おそらくあんな無心な微笑だったのだろう。いかにも子供らしい、楽しげな、一番欲しかったものを見つけた、とでもいいたげな。しかしその目が見ているのは傷口から滴《したた》る鮮血の赤であり、血に塗りたくられた腐臭漂う温室なのだ。

あの表情がいつまでも神代の心を呪縛し続ける。あれがなにを意味しているのかがわからなければ、愛らしい子供の顔を目にしながら、神代はいつまでも揺れ続けねばならないだろう。果たして香澄は白か黒か。天使か、仮面をつけた悪魔なのか。魔女の名を帯びた影がどれほどあたりを明滅しようとも、あの子が依然として事件の中心に存在していることは変えようがない——

2

三時に五分ばかり遅れて病室のドアを開けたとき、神代は思わず目を剝いていた。それほど広くない個室に来訪者が詰まっている。渡部、荒木、そして門野もいた。そしてベッドの上には、当然のことながら半身を起こした京介。全員の視線が一斉にこちらを見る。呆れたことに京介が思わせ振りに口にした『面白いもの』は、これだけの客を集めて上演されるらしい。

「どうも、遅れまして」

誰へともなく会釈《えしやく》して部屋に入った神代は、まっすぐにベッドの脇へ行き、

「なにをおっぱじめるんだよ、病人」

尋ねたが彼は軽く首をかしげる。

「それは今日の立て役者に聞いていただけませんか？」

「おまえじゃねえのか」

「ええ。彼女です」

顔で示した先には渡部がスツールに腰を乗せている。いつになく表情の固いのが日についた。しかし神代が彼女へ問いかけるより早く、口を開いたのは門野だった。

「なにをするのかは知らないが、渡部女史、ひとつさっさとやってもらえんかね。私はそれほど暇で暇で困っているというわけではないんだ」

日頃の彼女には似合わぬがさついた口調で急き立てるのに、椅子からすっと立ち上がった渡部は、

「わかりました。本当は美杜さんもいらっしゃるところで話したかったのですが、それは無理だということであきらめることにいたします。警察の関係者も一般のオブザーバーもこうして揃ったことですし、門野さんほどの社会的地位をお持ちの方が、いまさら見苦しいことはなさらないでしょうから」

その切りつけるようなことば運びに神代は驚いたが、門野は不快げに眉をしかめて彼女を見る。

「なにをいいたいのかわからんね。つまらん思わせぶりは沢山だ。もっと明快に話してもらいたい。あんたは頭のいい人じゃなかったのかね」

露骨な嘲弄《ちょうろう》にも渡部の表情はゆるがない。視線を門野から神代へ、京介へ、荒木へと巡らせていく。そしてゆっくりと、考えつくしたことを語る口調で始めた。

「私は、一九八六年の美杜邸での殺人から今年になっての園梨々都を名乗る一連の出来事の、全体像をほぼ解明できたと考えています。もちろん素人のことですから、完璧な物的証拠を揃えているとは到底いえませんが、ともかくこの錯綜《さくそう》した事件の構図は間違いなく把握しました」

一巡した視線がふたたび門野の上に戻る。金壺眼がきろりとひかった。だが、彼が内心なにを考えているのかは例によって読み取れない。

「門野さん、あなたですね。『園梨々都』は」

えっという声を上げたのは神代と荒木のふたりだけで、京介と門野はなにもいわない。表情すら動かさない。

「もちろんあなたがすべてを、自分の意志で行ったとはいわない。むしろあなたは共犯者、というよりは実行役に過ぎなかったのでしょう。そして実際に行動した赤いドレスの女性は、またあなたの使った傀儡《かいらい》であったのでしょうけれど。いかがですか。続きはご自分でお話しになりますか？」

「――まっぴらだな」

門野は短くそれだけ答える。

「わかりました。ならば続けさせていただきます」

渡部は視線を神代たちに転じた。

「今年の五月二十二日、青山墓地《あおやまぼち》にある美杜家の墓前に『園梨々都』のカードをつけた白薔薇の花束が供えられました。カードの文面は三年前の犯行声明と、残された美杜の血筋に対する殺人予告を暗示しているようでした。さらに、花束に使用されたのはネェジュ・パルファン、古い美杜家を知っている人間にとっては、そのシンボルとも考えられる品種の薔薇でした。

それを額面通り受け取るなら、美杜晃以前の美杜家に対してなんらかの執拗な怨恨を抱く人間が、その血筋を根絶やしにしようとつけ狙っているとでもいった、大時代なゴシック・ロマンめいた構図が浮かび上がってきます。けれどひとつ奇妙なことは花屋に対して出された注文が、『できればネェジュ・パルファンで』というかなりいい加減なことばでなされていたことでした。

素人目に見ればおそらく見分けはつかないだろう大輪《たいりん》系の白薔薇でも、それが殺人者のこだわりであったなら、これほど適当に済まされるでしょうか。なにも墓園の花屋など通さなくとも、自分でそれを探してきて、自ら呪われた献花《けんか》として運んでくるべきではないでしょうか。神代先生でしたら、これをどのように解釈なさいますか？」

「一番単純な考えは、大時代な殺人者というのが見せかけでしかなかった、ということだろうな」

俺に漫才のボケをやらせるつもりだなと内心臍《ほぞ》を噛みながらも、ついつきあってしまう神代だ。

「それは私も考えました。けれど見せかけにしても、ずいぶん杜撰《ずさん》だとは思われませんか。真犯人が自分の正体を偽装するためにあの花束を贈ったなら、こうも簡単に馬脚《ばきゃく》を現わすような注文を花屋に残したでしょうか」

「確かに——」

「ですから私はこう考えたんです。園梨々都のカードを用意して花を贈ることを考えた人間と、それを実行に移した人間は別なのではないか。そして少なくともその時点で、実行役はその意図するところを完全には把握していなかったのではないか。

ネェジュ・パルファンの花束にこのリボンとカードを添えて、美杜家の墓前に供えてくれと頼まれる。黒いリボンの奇妙さに戸惑っても、親しい相手からの依頼を嫌だとはいわないでしょう。しかし、とその実行役は考える。ネェジュ・パルファンというのは、あまり花屋では見かけない種類の薔薇だ。自分も表立つわけにいかない以上、もしもそれでと指定して花が見つからなければ、依頼にも答えられないことになる。それくらいならなにか他の白薔薇でも、とにかく頼まれた相手の意志を通すことの方が先決ではないか。

最初の一件について私が考えたのはこういうことですが、門野さん、いかがですか。あなたが花束を注文した実行役だったと、お認めになる気はありませんか？」

彼は黙ってゆっくりと、肩をすくめてみせた。なんで私がそんなことを、認めねばならないんだね、とでもいうように。口を開かずともその気になれば、この老人は極めて雄弁かつ一方的に自分の意志を表明してみせる。

だが渡部もそんなことでひるみはしない。むしろ口元に余裕の笑みを漂わせると、

「では次に『園梨々都』が現われた事件です。被害者は私自身、そして倒れていた私を見つけて下さったのは門野さん、あなた。でもそれは偽装でした。私の頭を殴ったのは、あなた自身でした」

門野の眉が大きく上がった。口が開いた。

「気の毒だがそれは違う。とんだ的外れだな。私の潔白はそこの刑事さんと、桜井君、神代君が証明してくれておるよ」

「なにを根拠にしてでしょう」

「刑事さんに聞き給え」

渡部は荒木を見返った。

「説明して下さいますか？」

荒木は陰気な表情を崩さないまま、内ポケットから取り出した手帖を開く。

「八月一日火曜日の夜、門野氏を乗せたジャガーが台東区《たいとうく》池之端《いけのはた》一丁目のコーポ不忍《しのばず》前に到着したのが九時に数分前でした。一階の住人の子供が、窓の外に停車した特徴的な大型車を見て騒いだので、一家全員がこれを確認しています。テレビをつけていたので、時刻は正確であろうと思われます。

私が同場に着いたのは、九時をわずかに回った時刻でした。ジャガーから出た運転手が、ひどくあわててエレヴェーターに飛びこむ背を目撃しています。階段を駆け上がるとちょうど扉が開いて彼が降りてくるところで、渡部さんはまだ廊下に半身を見せて横になっていた。門野氏は渡部さんの住まいの玄関に立って、電話を握っていた。経過としてはそういうことです」

「わかります」

渡部がうなずいて先をうながす。

「ここで確認しなければならないのは、渡部さん自身がなさった証言です。チャイムを聞いてドアを開く直前、声ははっきりしなかったが、魚眼レンズを覗くと真っ赤な薔薇らしい花束が視野いっぱいに見えた、それに隠れて相手の姿は見えなかった、と。そのことを訂正なさるのですか？」

「いいえ、しません。私は確かにそれを見ました。赤い花束のように見えました。犯人はそれに顔を隠していたんです」

「すると、門野氏があなたの頭を殴って昏倒《こんとう》させた犯人だとする説は、かなり困難になります。あなたのそばに落ちていた赤い薔薇は一輪だけで、現場附近には花束といえるほどのものはいっさい残されてはいませんでした。そして門野氏には、それを処分する暇はなかったはずです」

渡部が振り返ると門野は、薄く唇をゆがめて笑いのかたちにしている。だが渡部はそれに押しかぶせるように、低く声を立てて笑った。

「つまらないトリックです、ねえ門野さん。でもうるさい羽虫のようにつきまとうルポライターを、おどかして追い払うには、そんな程度の小細工が相応だとお考えになったのかもしれませんね。けれどあなたには残念なことに、この羽虫には少しばかり考える力がありました。

退院して住まいに戻ってから、自分でも実験してみたんです。あんな簡単なことだったのですね。魚眼レンズの上に花を写したリバーサル・フィルムを押しあてて、ライターで光を当ててやる。よく考えてみれば薄暗い廊下の電気にしては、花の赤さがあまりにあざやかに見えすぎました。

大きな花束は隠せなくとも、小さなフィルム一枚ならポケットの隅にでもどこでもしまえます。もちろん一輪だけの薔薇は、胸のボタン・ホールにでも挿してこられたのでしょう。いかがです、門野さん。私の考えたことは違っていますか？」

「くだらん！——」

彼は大きく口を開いて吐き捨てた。

「花を写したフィルムだと？　そんないいがかりをつけるなら、まずその証拠を見せてもらおうか。どこにそんなものがあるね。えッ？」

しかし神代は思い出していた。あの夜、荒木が立ち去った後のことだ。世間話を交わしていた京介が、いきなり手を伸ばして門野がスーツの胸に挿していたサングラスに触れようとした。彼はさりげなく京介の手を避けて、歩き出してしまった。彼らの見ているところでは一度も、それを顔にかけてはいない。そして門野がそんなものを身につけていたのは、後にも先にもあのときだけだ。あのレンズが渡部のいったトリックの種だとしたら——京介はそのときすでに、門野のしたことを見破っていたのだろうか。

「証拠は、ありません」

「だったらあんたのいっているのは、ただの侮辱だよ。ご婦人には寛大なつもりの私だが、あまり忍耐力を試すようなことはしないでもらいたいな」

門野の口調が荒い。意識してのことではないのだろうが、日頃の平静さを失いつつあるような彼の態度が、かえって渡部のことばが正鵠《せいこく》を射ている証のように神代の目には映る。

「もうひとつ、傍証《ぼうしょう》があります。私があの日あの時間にひとりで在室していることを、確実に把握しておられたのは門野さん、あなただけです」

「馬鹿な！」

ついに門野は大声を上げた。

「あんたは成田から私のところにしか電話しなかったというのか？　違うだろう。神代君のところへもかけたということだったし、他にも連絡はつけたのだろうが。そのとき自分がなにをいったか、すべて覚えているというのか？」

「覚えています。確かに五本ほど電話はしましたが、そのどこでもその晩の自分の予定は話していません。だからこそチャイムが鳴ったとき、他の人が来たとは少しも思わなかったのです」

確かに渡部は神代に対しても、門野と会うということは一言もいわなかった。だが告発を受けた老人は少しもひるまない。それどころか口を開けて、せせら笑うような調子で言い返す。

「さあ、それはどうかな。渡部さん、だったらそちらの荒木刑事はどうなんだ。まさかあの雨の晩に、ひょっこりあんたのところへ現われたのも、折良い偶然だったというつもりかね？」

「ええ、――偶然です」

彼女は決然と答えたが表情はやや固い。神代は荒木の顔へ目を走らせる。だが刑事はまぶたを伏せていた。

「そんな偶然が認められるなら、私が着く直前にあんたが襲われたのもやはり偶然だろうよ。それしきの理屈で告発されてはたまったものではないな」

「まだ、私の話は終わったわけではありません」

「いいや、ここらで少しお返しをさせてもらいたい。あんたのまだるっこしい上にあやふやな話に、最後までつき合えるかどうかもわからんのでね。だいたいあんたは——」

「門野さん」

彼の大声をさえぎったのは、それまで沈黙を守ってきた京介だった。背中を枕に支えてベッドに座ったまま、軽く上体を前に傾けている。肋骨が痛むからかその声は小さかったが、どうやら熱はひいているらしく、片手で掻き上げた髪の下の顔は、日頃の造りものめいた白さに戻っていた。

「発言時間を、しばらく僕に譲っていただけませんか」

「ほう？」

面白い、といいたげに彼は目をしばたいた。

「桜井君が私の告発役に回るというわけかな？」

「いいえ。取り敢えずは渡部さんにお尋ねしたい、というか確認させていただきたいことが」

「——私に？」

いいながら渡部は体ごと向き直る。

「なにを聞きたいとおっしゃるのかしら」

　さっきまでの余裕の笑みを保とうとしながら、それはあまり成功してはいなかった。肩を張り顎を引いた姿勢にも、明らかな緊張が感じられる。右手が握り締めているのはいつかもしていた、水晶のペンダントだ。

「あなたが薬師寺家事件に興味を持つきっかけとなったのはどんなことで、それはいつでしたか？」

　いったいどんな質問がその口から出てくるのかと思えば。拍子《ひょうし》抜けしたのは、京介以外のその場にいた全員だったに違いない。なんだ、いまさらそんな、と門野は顔をしかめながら椅子の上で足を組み直し、渡部の表情も心なしかほっとゆるんだようだった。

「それこそまったくの偶然でした。ニューヨークの医療機関に研修にきた日本人医師と知り合って、彼から新聞に載った程度の事件のあらましを聞かされて、それが確か昨年の初めだったと思います。間もなく日本に戻る用事があったので、新聞の縮刷版《しゅくさつばん》に当たるようなことから始めて、次第に関心が深まっていったわけです。昨年はこの調査のために、一年の半分以上は日本にいたと思います」

「渡部さんは、十代からアメリカに住んでおられたわけですね」

「ええ、そうです。ハイスクールから上はアメリカでした」

「その間日本に戻られることは？」

「それはもちろん、何度かありましたけれど」

「八六年の夏から秋はいかがです」

「八六年――」

京介が口にしているのは、当然薬師寺家事件の起こった年起こった時期だ。すると彼は渡部に、なんらかの疑いをかけているのか？

「いいえ。その年は六月から年末まで、メキシコとグアテマラへ行っていましたから。休暇を兼ねて、写真家の夫の取材に同行したんです」

「その年には一度も、日本へは来られなかったのですね？」

「ええ」

「あなたは、嘘をついておられますね」

ふわりと穏やかな口調でいわれて、渡部の頰に朱が走った。

「嘘なんか、ついていません」

京介はゆるくかぶりを振って、

「少なくとも八六年の十一月、薬師寺夫妻と美杜みすずの葬儀が行われたときには日本におられたのではありませんか。初めてお会いした日、僕たちに向かっていわれたのを覚えています。マスコミが騒いで、テレビにまで葬式の風景が出た、と。

あなたはどこでそんなテレビをごらんになったのですか。まだその存在すら知らなかったはずの、事件のニュースを？」

神代も思わず目を上げて、渡部を見つめている。マスコミに暴露記事の資料が送りつけられて、そのために葬儀がひどい騒ぎになったことは、つい先日も彼女が触れていた。その程度なら後で調べられたかもしれないが、初めて美杜邸を訪れた折の口振りは、自分がテレビを見たとしか思えぬものだったのではないか。

渡部の口元が痙攣《けいれん》するように動いたが、それは反論するためではなく唇を引き結ぶためだった。目は大きく見開かれて、京介を正面から凝視している。そこに去来する激しい感情が、なにを語っているのか神代にはまだわからない。そして依然淡々と語り続ける京介の頭に、なにが用意されているのかということも。

「あなたの書かれた事件のレポート、読ませて頂きました。大変に興味深かった。書かれていたことも、書かれなかったことも」

「書かれなかった、こと？……」

渡部が低くつぶやく。頬を染めていた紅はすでに褪《さ》めようとしていた。

「どうしてこれほど詳しいことがわかったのだろう、あるいはここまで書く必要があったのかと思われることと、なぜ書かずに済ませてしまったのだろうと思わずにはおれないことが入り交じっている、と僕には感じられました。

例えばあなたは被害者の死体入れ替わりの可能性について、それがあり得ないという結論を引き出すために、かなりのことばを費やしている。警察にも情報提供者を持つあなたならば、それがどれほど非現実的かは真っ先にわかるはずだろうに。

また深堂華乃が薬師寺静の愛人であった可能性を、一旦はかなり高いとしながら、その後でまた否定せんばかりの論を展開している。他の部分に較べてそのあたりは、混乱しているとさえいえる。

しかし被害者のプロフィールを書いたレポートで、あなたは彼女についてはあまりにも少しのことしか書かない。彼女の死んだ祖父と母のことには触れていても、存命であるはずのその姉については名前すら書いていない。

にもかかわらずあなたは突然、不思議なほど詳細な記述を始める。いまから二十年以上前に病没した華乃の実父深堂純友について、あなたは確かこう書いていた。『同じ医師とはいえ静とはまったくタイプの違う人間で、鉱物採集を趣味とし、古事記万葉を愛読する物静かな男だった』。簡潔ながらこれほど要を得た描写を、あなたはなにによってすることができたのか。

あなたが彼を直接知っていた？　だが純友が亡くなったとき、あなたはまだ十歳足らずの子供だったはずだ。ならば誰があなたに故人の趣味嗜好《しこう》を伝えたのでしょうか。そしてなぜあなたは、情報提供者の存在を隠したのでしょうか」

「——止《や》めて」

突然押し殺した声が渡部の唇をもれる。頬の紅潮は消えて、いまはひどく白い。彼女の両手は腰の脇で、固く握り締められていた。関節が白くなってそれが細かく揺れているのを、神代は見ることができた。

「もう沢山だわ。これ以上、人の心に土足で踏みこむような真似はしないで！」

京介は答えない。毛布に包まれた立て膝に片腕を乗せ、じっと渡部を見返している。その視線が常の彼よりも、薄紙一枚かけたようにややぼんやりして見えるのは、この数日の発熱による衰弱のためだろうか。

「だったらどうぞあなた自身の口からお隠しになられていることを明かして下さい。いまのあなたのまま門野さんを責めるのは、やはり公正とはいえないのではありませんか」

「——いいわ、いいます。でも間違えないで。それはなにもあなたに命令されたからではないわ。あなたにそんな権利はない」

京介を睨み付けたまま、渡部は一歩出る。ぎりっという歯ぎしりの音が、いやにはっきりとあたりに響いた。

「私はあなたが嫌いよ、桜井さん。あなたのなにもかもが嫌い。いままでこんな感情的なことば、絶対に口に出すまいと思ってきたけれど、これが最後になるかもしれないからいわせていただくわ。

今年の二月にもあなたはご自分の下宿で起こった殺人事件に、好き好んで探偵役をなさったそうね。ミステリもどきの名探偵ってわけ。人の不幸や苦痛を端から観察して、分析して、つつきまわすのはそれほど面白い？

でも生きた子供をそばに置いて、手懐《てなず》ける方がもっと面白いでしょうね。人間ほど興味尽きない玩具はないもの。白紙状態の子供を自分の色に染めていくくらい、楽しいゲームはないでしょうよ。

でもそれ以上に私が嫌いなのは、あなた自身よ。落ち着き払って、なにもかもわかったような口振りで、そのくせなに、そのうざったい髪型。それほど自分のおきれいな顔が大切なの？　普段から人に見せるのはもったいない？　ストリップティーズでもあるまいに、ここぞというときにご開帳というわけね。

人に隠したことを明かせなんていうなら、まずあなたこそ自分をきちんと出してみせればいいんだわ。どうしてそれくらいのことができないの。嫌味ったらしいったらありゃあしない。あるものなら出しておきなさい。それともそれほど人に見られるのが嫌なら、いっそのこと二目と見られないような顔にでも整形してしまえばいいのよ！」

さすがの門野も荒木も唖然《あぜん》として、いうべきことばが見つからないようだった。神代も自分の目が丸くなっているのを感じながら、なにもいえないでいる。京介に正面からこんなことばを叩きつけた人間は、おそらく前代未聞だ。

いってしまった渡部自身も、怒りの頂点で固まってしまっている。一番表情が変わらないのは京介だった。まさかまた熱が出てきて、相手のことばが理解できなかったわけではあるまいが、口元はわずかに微笑んでさえいるのではないか。それも決して冷笑ではなく、

「あなたは醜くなんかありませんよ、渡部さん」

やわらかな声音でそんなことをいうのだ。

渡部の表情が大きくゆがんだ。体のどこかを刃物で刺されたかのように、開いた口から激しい息の音がもれる。いまにも悲鳴となってほとばしりそうなそれを、しかし京介の声がとどめた。

「どうしてあなたのような能力もキャリアもある人が、いつまでもそんなことに囚われているのですか。子供時代、あなたを理解できないお母さんがどんなことばを投げつけたにせよ、妹さんとの間にどんな確執があったにせよ、日本古典を愛読し鉱物採集を趣味にしたお父さんが、あなたにすばらしい名前を残して下さったのじゃありませんか。

コノハナサクヤヒメの美しさに目を奪われて、イワナガヒメの価値に気づけなかった愚かな大王は、逃れられぬ死の定めを負わされることになったのですよ。あなたならご存知のはずでしょう、――旧姓深堂晶江さん」

3

「深堂——」

いきなり立ち上がった門野が大声を上げる。指を相手の胸元に突きつける。

「偽名だったのか！　だからあんたのアメリカでの連絡先を、見つけるのにあれほど時間がかかったのか！」

その声が、京介を見つめたまま立ちすくんでいた渡部の自失を覚ましたようだった。ふたたび目に闘気をみなぎらせて、

「——違います。渡部は夫の姓です！」

振り向いた彼女も叩きつけるように叫び返す。

「ニューヨーク在住の日本人カメラマンです。偽名のＩＤなんか持ちません」

「そんなことはどうでもいい。それよりいったいなんのつもりがあって、かおるさんたちに近づいたんだ。妹の復讐だとでもいうつもりか？　そのために香澄を犯人呼ばわりしたのか、えッ？」

「その人は、妹さんが事件の犯人ではないかと恐れていたのですよ」

京介の静かな声が、門野の激昂の前にやわらかにすべりこむ。

「妹さんは薬師寺静が母親たちを殺したと疑って、彼に接近した。証拠を摑むためだったかもしれないし、いっそ自らの手で裁きをつけようとまで思い詰めていたのかもしれない。あなたがそばにいれば彼女を止めなかったはずはないが、わかったときはもう手遅れだったのでしょう。

妹は被害者かもしれない。だが、加害者かもしれない。妹の死体とされたのは、あなたの知らない愛人のものかもしれない。どれほど馬鹿げた考えだと否定されようと、あなたは頭からその考えを抹消《まつしよう》することができなかった。

だからあなたは自らそれを否定するために、香澄犯人説に固執した。もちろんそこには被害者の姉であるあなたに対して、情報を回してくれた荒木刑事の見解が影響を与えていたかもしれませんが」

渡部の口を、あえぐような吐息がもれる。大きくかぶりを振ろうとして、止めた。しかしまた、その顔を左右に振っていった。

「違います。少なくとも私は、そんなふうに自分を救うために香澄を犯人だと、いったつもりはありません……」

「つもりはなくとも無意識の内ではそうだったんだろう。深堂華乃がどうだったかは知らないが、あんたは立派な加害者だよ！」

「あなたにそんな口を利かれるいわれはありません！」

渡部は頭を上げて門野を睨み返した。

「いまさらご立派な保護者面をしてしゃしゃり出ていらっしゃるなら、どうしてあんな事件が起こる前に香澄を助けることができなかったんです？　あなたが大切なのは香澄ではなく、美杜かおるだけだからだわ。それもあなたはご自分の女に対する理想を彼女に押しかぶせるだけで、あのひとの本当の気持ちなどなにひとつ理解してもこなかった。

いまも忠実なナイトのつもりで、実は傀儡になって彼女のことばに従っているのでしょう。もしかしたらあの人は、唯々諾々《いいだくだく》と従われるのではなくて、真実を見抜いて止めてくれる手を待っているかもしれないのに！」

「なにをいっとるんだ、あんたは。さっぱりわけがわからん——」

思わぬ反撃であったらしい。門野の困惑は本物のようだった。最初の頃の余裕はもはや、その顔からは微塵も感じられない。

だが彼の動揺と反比例して、渡部は落ち着きを回復しつつある。京介に向かって感情を吐き出してしまったこと、そしてもはや自分の立場を秘匿《ひとく》する必要のなくなったことが、幸いしたのだろうか。

「ずいぶん遠回りをしました。桜井さんがいった通り、最初に摑んだ結論に固執して、客観的な判断ができなくなっていたからかもしれない。でも、いまはもうわかっています。私は薬師寺家事件の主犯として、美杜かおるを告発します！」

4

「ば、馬鹿な――」

門野があえぐ。

「そんなことが、あるはずがない――」

「いいえ、他に犯人はあり得ません。つまりあなたを使って『園梨々都』の影を踊らせたのも、万一にも自分にかかる疑惑をそらせるための工作だったと考えるしかありません。そして葬儀の直前にマスコミに流された暴露記事の資料も、彼女による同様の隠蔽工作だったのだと。考えてみればなぜいままで、彼女が疑われなかったのかおかしいくらいです」

「――しかし、美杜かおるにはアリバイが成立しています」

荒木がぼそりと口をはさむ。

「ええ、私も最初の頃にそう伺って、それ以上深く考えないでしまっていました。それに彼女には動機らしいものも見当たらなかったし、なにより他に解明せねばならないことが多すぎました。

荒木さん、彼女のアリバイをおさらいして下さいますか」

彼はうなずいて手帖をめくる。

「彼女は八六年の八月九日にパリから成田《なりた》に到着し、その晩は西新宿《にししんじゅく》のホテルに投宿した。フロントを通じて十日の札幌《さっぽろ》行きの航空便を予約したが、翌早朝ロビーで倒れその便をキャンセル、ホテル医師の応急手当を受けている。医師は早急に専門医の診断治療を受けるよう、彼女に勧めたということです。

しかしかおるは病院には行かず、改めて翌日の便を予約し、十一日朝七時半の便で札幌へ飛び、タクシーで富良野《ふらの》へ向かった。みすずの扶養《ふよう》と財産問題を話し合うための帰国ということで、折り合いの悪い妹みちるのいないところで薬師寺と面談するために、敢えて事前に彼に知らせることなく、別荘番に予定を確認しただけで彼が来るのを待ち受けていた。

富良野の別荘にほど近いホテルで薬師寺の到着を待っていたが、予定の十一日が十二日になっても彼は現われない。思いきって東京へも電話してみたが出ない。そしてその日の午前中に、彼女はホテルのロビーで吐血して緊急入院。十月末日まで富良野市立中央病院に入院していた」

「あの人は、事件までずっとパリにいたんじゃなかったのか——」

つぶやいた神代に、京介が小声でいう。

「神代さんは渡部レポートを読了していないんですね。それにしても美杜さんが北海道で入院していたことは、荒木さんからもらったメモにもちゃんと書いてありましたが」

「先入観が、邪魔していたのさ」

　いくら雰囲気に似合わぬ激しいものを内に秘めているからといって、あのかおるが四人を殺してしかもその死体を切り刻んだなどとは、このいまでも到底信じられない。だが渡部はふたたび語り出していた。

「つまり彼女のアリバイは、到底完全なものとはいえません。仮病ではないにしても、十日の航空便を予約してから倒れてキャンセルしたのは予定の行動だったのです。そして十日は一日ホテルで寝ていたわけで、フロントの目をかすめて外出することは充分に可能だったはずですから」

「いや違う。あの事件は十一日の朝以降に起こったんだ。確か薬師寺病院に朝、みちるから電話が入っていたはずだ」

　門野は反駁《はんばく》したが、

「それをかけたのもかおるでしょう。十日の別荘や病院への連絡電話も、寿司の出前を受け取ったのも。遺体が温室に移されたのは結局死亡推定日時を曖昧にするためだったんです」

「動機の点は、どうなります」

　感情の現われぬ口調で尋ねた荒木に、

「私は荒木さんにはお詫びをいわなくてはなりません。あなたはとても多くの情報を教えて下さっていたのに、私は隠しごとをしていました。ニューヨークの私に華乃からなんの連絡も来ていなかったかと尋ねられて、私はなにもと答えました。

事件の知らせを聞いてメキシコシティから日本へ直行したので、そのときは本当に知らなかったのです。けれどその後日本からニューヨークの自宅に帰って、留守中に彼女から手紙が届いていたのを知りました」

「それは、いったいどんな」

しかし渡部はそれには直接答えず、

「私が華乃を連れてアメリカの親戚の元に渡ったのは七五年、母は薬師寺静と再婚し、祖父はすでに他界していました。妹と違って、私はもともと母とは折り合いの悪い娘でした。祖父を死なせたのは薬師寺ではないかといった私を、母はそれこそ気が狂《ふ》れたように怒って殴りつけました。そのときに残っていた母への愛情も、糸が切れるようにぷっつりとなくなってしまった気がします。

母が死んだという知らせが渡米後半年で届いても、私は涙すら流しませんでした。けれど妹はそんな私をなじってひとりで日本に戻り、身元引受人になってくれる親戚を見つけて、そのまま日本にとどまりました。ろくに手紙を遣り取りすることもないまま、そうして十年が過ぎました。

久しぶりに妹からの手紙を受け取ったのは、八五年の暮れ近くです。彼女は、母の死後一年も置かずに美杜みちると結婚した薬師寺静のその後についてことこまかに書き記し、母の死に彼が責任を負うべきかどうか探り出すつもりだと書いていました。

私は驚き、馬鹿な真似はやめろと急いで返事を書きました。けれどそれ以来また妹からの連絡は途絶え、私は私で自分の仕事に夢中になって、そのことを忘れていました。少なくとも、忘れているつもりでした――」

　ふうっと長く渡部は息を吐いた。

「事件の知らせを聞いたのはメキシコででした。そこからたった一週間日本に戻り、到底華乃とは信じられない、信じたくもない遺体を見せられて、半分夢の中にいるような気分のまま葬儀を済ませて、ひとりでニューヨークの自宅に帰ってあの手紙を見たときの気分、想像していただけますか。よく見れば、事件の起こる直前に書かれて投函《とうかん》されたものだとすぐにわかるのですけれど、ああ、やっぱりあの死体は華乃ではなかった、あの子は生きているんだって、ほんの数時間だけは心からそう思いこんでいました。

　でも、その内容は私にとっては、もっと恐ろしいものでした。華乃は薬師寺静に復讐すると決めていたのです。自分の手で彼を殺す、と。それは祖父と母の死を償わせるだけでなく、彼女自身の誇りのためでした。薬師寺は、証拠を摑もうと接近してきた華乃をレイプしたんです。たぶん彼女の計画も承知の上で、薬で眠らせて。そしてそれが起きたのは、父や祖父が使ってきた院長室でだったそうです」

　さすがの門野も息を呑んでいた。

「あの男、そこまで――」

「その後もお定まりの写真やヴィデオを使った脅迫で、関係を続けることを強要されたそうです。他にも自分のような目にあわされて、愛人にされている女性がいるらしい、とも書いていました。みちるはすべて夫の所業《しょぎょう》を承知でいる、とも」

「華乃さんがひとりであの家に乗りこんで、薬師寺夫妻を処刑するとでも書いてあったのですか」

尋ねたのは荒木だ。

「あなたが助けてくれなくとも、私は助け手を見つけた。華乃はそんなふうに書いていました。けれどその人は表に出るわけにいかないから、罪はすべて私ひとりが引き受ける。目的を達したら自殺するつもりだが、どうか悲しまないで欲しい。もともとはあなたが止めてくれたのを、聞かなかった私が悪いのだろうから。

昔から仲の良くない姉妹ではあったけれど、私は心の中では頭のいい姉さんを尊敬していた。その気持ちを素直に表わせなくてごめんなさい。罪の女の緋色の衣は自分に似合う。どうか私のことなど忘れて生きてくれ、と」

次第に渡部は口早になる。目がうるんでくるのを、必死にこらえている。

「私は急になにもかもを、疑いたくなりました。そんな考えに取りつかれたのも、いまにして思えば私自身の後ろめたさ、結果的に華乃を見殺しにしてしまった、それをなんとか帳消しにしたい思いからのことだったのでしょうが。

妹は本当に死んだのだろうか。この手紙が暗示している名前のわからない助け手が、実は死体の人物だという可能性はないだろうか。私にこんな手紙を送ったのもひとつの偽装で、日本のどこかで華乃は生き延びているかもしれない。

居ても立ってもいられない気持ちで、また日本に来ました。荒木さんとも会いました。つてを頼って事件を調べ回りました。香澄の奇妙な緘黙症状を知りました。そして葬儀であの子を見て、あの凍りついたような顔を眺めて、もしかしたらすべてはこの子がしたことかもしれないと思ってしまいました。それは確かに桜井さんがいわれた通り、華乃に対する相反する疑惑から目をそらすためだったのかもしれません。

でも、いまやっとわかりました。華乃がいっていた助け手というのは、美杜かおるのことだったんです。華乃が死んだのは薬師寺に反撃された結果かもしれませんが、罪をかぶるはずの彼女が死んだからといって、回りはじめた計画を途中で止めることはできなかった。そういうことだったのではないでしょうか」

「しかし——かおるさんには動機がない！」

門野が再度反駁した。

「深堂華乃が薬師寺静を殺したいと思う、それはわかった。夫の所業を放置している妻も同罪だと考える。それもまあいい。だがなぜそこにかおるさんが絡まねばならん。いくら彼女の身に同情したからといって、それだけで肉親を殺す手助けをするか？」

「それは、でも——」

「まったく性懲りもない。アリバイのない人間なら、犯人呼ばわりしていいというのか。あんたが二度とそんな口をきけないように、もう少し強く殴っておくのだったな！」

「なんですって？」

荒木が立ち上がった。

「門野さん、あなたは渡部さんへの傷害の事実を認めるんですか？」

「認めやあしないさ。これは疲労困憊《こんぱい》した年寄りが口走るたわごとだ。私を逮捕立件したかったら、逃れられない物的証拠を持ってくるがいい。だが聞き流すだけのたわごとならしゃべってやる。あれは私が一存でしたことだ。かおるさんにはなんの関係もない」

「花束や車のことはどうなんです」

ふんと鼻を鳴らして門野は顔をそむける。

「それと、蛇の腕輪のことは」

ぽつんとつぶやいたのは京介だ。そして門野は振り向いた。怪訝《けげん》な顔で。

「腕輪？——」

そのときだった。にわかにあわただしい足音が廊下に響いたと思うと、そんなに騒がしくなさっては困りますッという声とともにドアがさっと開いた。

ころげこむように入ってきたのは、淡いピンクのエプロンをかけた二十代の娘で、その後には神代も見覚えのある病院の看護婦が、娘を引き止めようとしたのかエプロンの紐を握って続いている。

「あッあッあのッ、も、門野さん、大変なん――」

息が切れてろくに声が出ない。小太りの顔中に汗が吹き出て、真っ赤になっている。なにか変事が起きたのかとは思っても、つい笑い出してしまいそうな顔だ。

「どなたですの、この方？」

これも少し息を切らせながら呆れたように尋ねる看護婦に、

「いや、美杜さんのところにつけたヘルパーなんですがね」

渋い顔になった門野があらためて彼女に聞く。

「少し落ち着きなさい。なにをいいたいのか、さっぱりわからないじゃないか。第一やたらと家を空けてもらっては困る。なぜ電話で済まないのかね」

「そ、んなあ――」

まだ若い娘はべそをかきそうになっている。

「だって電話の線が、切られてしまったんですもの。それに恐くてあんな部屋で、ひとりでなんかいられません――」

「線が切られた？」

「ひとりでって」

「いったい」

てんでに声を上げ出せば、よけい娘は誰に向かってものをいえばいいのかわからなくなってしまう。荒木がまあまあと手振りで門野や渡部をなだめ、床にへたりこんだままの娘の前にしゃがみこむ。

「さあ、大丈夫だから。私は警察の者だ。美杜さんのマンションで、なにがあったというんだ?」

「あの、美杜さんと、あの男の子が、誘拐されたんです。ナイフを持った、真っ赤なドレスの、サングラスをかけた女に——」

聖母子

1

それから三十分後——

京介の病室を占領していた一行は、今度は門野のジャガーに身を詰めこんで夕闇の漂い出した東京の街を走っている。

かおると香澄が誘拐されたと聞いたとき、当然ながら荒木刑事は警察を呼ぶべきだと主張した。だが門野が人質の安全を盾《たて》にしてこれに断固反対し、京介もまた彼に同調した。

「相手は女性ひとりです、なにも大騒ぎすることはない。制服警官の団体に周囲を取り囲ませて、本当に人命が守れますか？」

「だが、車で逃亡を図《はか》ったなら追跡には絶対に警察の力が必要だ」

「行き場所はわかっています。不要ですよ。そうですね、門野さん」

なぜか門野は京介の声に、ぎくりと顔を強ばらせた。

「桜井君。君はもう、なにもかもわかっているというのか？……」

「ええ、たぶん」

「では私は君に、謝らねばならない——」

「後にしましょう、それは全部」

ふたりは神代にはまるで理解できない会話を続けている。

「事態はすでに、あなたのコントロールを外れかけているんです。急ぎましょう。僕はもう二度と、自分の失敗で人が死を選ぶようなところは見たくない」

呆れたことに毛布を撥ねのけて立ち上がった京介の、下半身はすでにパジャマではなくジーンズをはいていた。上はそのまま、足は裸足にスリッパをつっかけて出ていこうとする彼を、

「あら、どこへ行かれるんですか、桜井さん——」

理解しようもないドタバタ騒ぎにあっけに取られていた病院の看護婦も、ようやく自分の仕事を思い出したらしい。あわてて止めようとする。

「ああ、駄目です。まだ肋骨の亀裂は接いてないんですから。動かれるんだったら、せめてテーピングくらいちゃんとして」

「時間がないんです、すみません。人の命にかかわることですから」

足を止め、彼にしてはやけに礼儀正しく看護婦に向かって一礼する。

「いろいろお世話になりました。戻ってきましたらまたよろしく」

眼鏡抜きの顔に正面から見つめられた看護婦が、思わずぽっと顔を赤らめて、

「あ、あの……」

つぶやいたときには京介はもう、彼女の横をすりぬけていた。


ほとんどパニック状態だったかおるの付き添いヘルパーから、限られた時間でことの次第を聞き出すのはたやすいことではなかった。要するに四時過ぎ頃に気味の悪いしわがれ声の女の電話が入り、かおるに取り次いだそれが終わると、彼女は顔を青ざめさせて来客があるといった。三十分ほどで現われたのは真っ赤なフレアスカートのワンピース、ソバージュ・ヘアに鍔広の帽子とサングラス、濃い口紅の女で、席を外《はず》すようにいわれた彼女はダイニングキッチンで週刊誌を読んで時間を潰していた。

ガラスかなにかが砕けるような、ただならぬ物音を聞いたのはそれから二十分くらいしてからだ。彼女が恐る恐る、そっとドアをすかして客間の方を見ると――

「その女が部屋の真ん中につっ立っていたんです。電気がスタンドひとつしか点いていなくて、とても暗かったんですけど、そりゃわかります、あんな格好していれば。でもその女、片手にぎらぎらひかる刃物みたいなものを持っていて」

彼女は悲鳴を上げながら、その場に棒立ちになってしまった。女の左手が摑んでいるのは、前に立たせた香澄の肩だった。スカーフで目隠しをした子供を片手に捕え、その喉に刃物を擬《ぎ》して静かにしろと命じたという。

「あたしに、しばらくトイレに入っておとなしくしていろっていって、あたしそれでも聞いたんです。美杜さんはって。そうしたらいま車を用意させている、三人でちょっとドライブに出かけるだけだって、気味の悪い声で笑うんです。若いのか年寄りなのかわからない、ほんとに気持ち悪い声でした。

それから何分くらい経ったかわからないけど、外のドアが閉まる音がして、静かになって、恐かったけど急いでトイレの戸を開けようとしました。でも開かなくて、それで時間がかかってしまったんです。外にソファが押しつけてありました。それから電話をかけようと思ったら、電話の線が切られてて、後はもう夢中でここまで走ってきたんです。これ以外にあたし、どうすれば良かったんですか——」

病院の車寄にダーク・グリーンのジャガーが、銀色のエンブレムをひからせながらすべりこんできた。門野はさっさと助手席に乗りこんでいる。後は渡部、荒木、神代、そして京介。いくら車内が広いとはいえ後部座席に大人四人はきつかったが、誰も異議は唱えない。そんな場合でないことはよくわかっている。

渡部は無言のままガラスに頭を預けている。横顔がひどく青い。誘拐の知らせを聞いたときから彼女は自失してしまった。自分の推理はまたしても違っていた。美杜かおるは犯人ではなく、ならばそこに現われてふたりを連れ去った赤いドレスの女はやはり、死んではいなかった妹華乃なのだろうか。彼女の心を捕えているのはそんな思いに違いなかった。

彼女とは逆に荒木は、いらいらと膝を揺すって下唇を嚙んで、ひどく落ち着かない。警察官としての義務感がいまさらのように、腹の底あたりから彼を焙《あぶ》り立てているのかもしれない。

「ご心配はいりませんよ、荒木さん。犯人はもう逃げるつもりはないはずだ」

脇から京介が低く声をかける。荒木は驚いたように細い目を見張った。

「それにあなたは元々この事件に、必ずしも公務中の警察官としてかかわってきたわけじゃない。そう考えることにしたらいかがです。深堂華乃を見知っていたひとりの人間として、事件の結末に立ち合うのだと」

「君は――」

かすれた声で荒木はつぶやいた。

「どうして私のことまでわかるんだ……」

「荒木さん。あんたまさか彼女の、恋人だったのか？」

神代の問いに彼はあわてて首を振る。

「い、いや、とんでもない。自分が勝手にあの人を見ていただけです。交番勤務中に、毎朝。あ、いや、自分はなにも、そんな――」

常に陰気な死神のようにしか見えなかった男は、いま暗い車内でもはっきりとわかるほど顔を赤らめていた。

広尾から白金まで、車が走った時間はほんの十数分。さほどの距離ではないものの、通常であれば渋滞でなかなか進まぬはずの夕刻六時近く、それが思いのほかスムーズに走れたのはやはり旧盆休みの時節だからに違いない。長い煉瓦塀《れんがべい》の前に街灯がポツンと光を投げる門。美杜邸だ。行先がここであろうとは、尋ねなくともわかっていた気がする。

「あの車はッ?」

目ざとく荒木刑事が声を上げる。門扉にサイドをこするようにして止められた白っぽい乗用車。

「かおるさんのボルボだ」

門野が答える。京介を押しのけて飛び出した荒木が車のドアを開く。内部は無人だ。

「キーも差したままですね」

彼は抜き取ったそれを、ハンカチにくるんで内ポケットに納めた。これで逃亡者の退路は遮断できたことになる。

「通用門が開いているようだ」

「鍵を持っているのか――」

「なにをいっているんだ、神代君。かおるさんを脅して開けさせたに決まっとる」

「行きましょう！」

突然渡部が上ずった声を上げる。

「きっと温室にいるんだわ。早く行かなけりゃ、あの子がこれ以上罪を重ねない内に！」

「渡部さん、そんな人声を上げない方がいい」

神代が声をかけると、彼女ははっと口を手で押さえる。

「すみません、私、今日は本当にお見苦しいところばかり……」

「気に病むことはない。誰だって我を失って当然だ。さあ、行きましょう」

運転手に門の見張りをいいつけて、すでに荒木と門野は通用門をくぐり、いま京介がいささかぎこちない仕草で身をかがめたところだ。怪我がまだ痛むのかもしれない。しかし彼は門内に立つと、暗くなった上空に目を上げてぽつりとつぶやく。

「――雨だ」

陽が落ちても闇にはなりきらぬ東京の夜空から、驟雨《しゅうう》の最初のひとしずくが、その白い額に落ちてきていた。

主屋の脇を回って庭に出る間にも、雨足は見る見る強くなっていく。門野は閉口したように頭からハンカチをかぶったが、引き返そうとはいわなかった。建物の角を出て木立越しに温室の姿が見えるところまで来たとき、五人は雨の中で思わず足を止めていた。かつては陽の光を反射してまばゆく輝き、いまは荒廃して見捨てられていた古い温室の内部に、鈍く光が点っている。

雨に揺れる樹々に囲まれて、芝生の向うに浮かび上がるそれ。降り積もったガラスの汚れを、赤黒い影のようにまといつかせて。内に多くの不吉なものを隠した、パンドラの箱のように。

だがそれは堅牢《けんろう》な蔵ではない、と神代は思う。保たれるためよりは消費されるための、崇《あが》められるのではなく享受《きょうじゅ》されるものとしての、つまりは現代と地続きの価値観が生み出した建造物なのだ。

かつて建築というものは、常にひとつの量塊《りょうかい》として、マッスとして存在していた。建築とはそれを取り巻く環境の影響を遮断《しゃだん》し、内部にあるものを守り隠す蔵であり砦《とりで》であった。つまりは周囲から完全に独立したひとつの宇宙であり、それゆえこそ建築家は魔術師にも等しい神秘の会得者《えとくしゃ》と恐れられ、その技は唯一神による世界創造の七日間をなぞり、神への鑽仰《きんぎょう》を表わす秘儀として崇敬されていた。石工のギルドに起源を持つ秘密結社、フリー・メーソンの教義にその微かな木霊が残されている。

また鉄という金属もガラスという素材も、人類の歴史には極めて古くから存在し、利用されていた。鉄は文明を画するほどの優れた武器を生み、工具を生み、ガラスは人が造り出し得る宝石の一種だった。だがこのふたつが建築の材料として使われるようになったとき、人はかつて知らなかった構造物をその世界に持つこととなった。

光を透過《とうか》し、しかし空気を遮断するガラスの板。そのもろさを補って屋内に、広大な開放空間を生み出す鉄の柱と梁。いかに巨大な構造体ではあっても、透明な温室はマッスを感じさせない。石材や煉瓦をもって造られたそれ以前の建築と比較すれば、非現実的なとしか呼びようのない存在だ。

だがここに神は宿らない。権威もなければ神秘もない。空間を支える構造材は隠されることなく白日の下に晒《さら》されて、素人の目にもそれが人間の手になることをあからさまにしてしまう。そしてウィトルウィウス以来西欧の建築を規制し続けてきた古典建築様式も、それに対するアンチとしてのゴシック様式も、ここにあってはほしいままに選択できる装飾意匠《そうしょくいしょう》でしかなかった。

十九世紀。啓蒙と革命の時代を通過して、すでに神と神に守られた王たちの支配は堕《お》ち、ブルジョワの世紀が来ていた。科学は産業と結びつき富を生んで、新しい上流階級を生み出していく。ガラスと鉄の温室は、前世紀には王と貴族の独占物であった魔術的な冬の楽園を、名もなき大衆が享受することになる現代の、いわば象徴だった。

「神のいない時代の建築だな、温室というのは」

独りつぶやいた神代に、京介が振り返ってぼそりと答えた。

「神はいなくとも、人間はいます」

「そうか。——神を見失った、罪深い、欲望だらけの人間がな」

「ええ。でも、僕は神なんかいりません」

「俺もさ」

確かに人間というものは、時代によって変化しながらも、奥底の部分では容易には変われぬものだ、と神代は思う。そうでなくてなぜ古代奴隷制社会に起源を持つひとつの宗教が、二千年後の現在も地球人類の三分の一を信徒に持ち得るだろう。

ローマ帝国支配下のイスラエル、死海《しかい》のほとりに生まれたひとりの男が、創造主たる神の独り子であったなどとは信ずるべくもない神代には、キリスト教が現代まで命脈《めいみゃく》を保っていることも、人の心が良くも悪しくも変わらないこと、変われないことの証《あかし》としか思えないのだ。

そして神の子による罪の贖《あがな》いの教義を信ずることはなくとも、その教えの中にちりばめられた数多くのイメージは、いまなお原型的な力をもって人の心に迫ってくる。ことに旧約聖書の中には、神に対する信仰の物語以上に、なんと多く人間の罪と裏切りの物語が書き記されていることか。

無垢《むく》のままエデンの園に守られているとき、人間は未だ人間ではなかった。神を裏切り、罪を犯して、楽園を追われたときに初めて人間は人間となった。自由意志をもって自らを生んだ絶対者から離反し、その罪とともに生きることを宿命づけられながら、常に還《かえ》ることを許されぬ楽園を懐かしむ。そんな矛盾の中に立ち続けるのが人間という存在なのだ。そこまでを見てしまい、認識してしまった現代人に、もはや神は要らない。信仰という装置は機能しない。それでも。

社会が奴隷制から封建制、絶対王制から民主制へと移行しても、古代にあっては宝石と等しかったガラスが建築と化し、名もなき庶民たちが数百年以前の貴族をしのぐ享楽《きょうらく》を日々のものとしようと、人という存在の根幹になにほどの変化があろう。楽園とは同時に人が自らの成長の過程で、裏切り捨ててきた母の血の色した胎内でもあるのだ——

降りしきる雨の中を黙々と歩き続けていた五人は、ほとんど一斉に足を止めた。口からもれかけた悲鳴を、渡部が自らの手で押しとどめる。いまわずかな木立の影を隔てて目の前に、温室のガラスの壁がゆるやかな弧《こ》を描いている。

明かりといってもあらためて見れば、床の上に置かれた懐中電灯ひとつ。遠目には暗い庭にランプのように浮かび上がっていた温室だが、覗いても灯の周囲がおぼろに照らされているに過ぎない。

真っ先に見えたのは白い、パジャマに包まれた手足。仰向けに横たわった子供のそれ。香澄らしい。はっきりとしないのはその子の顔の上半分が、白いスカーフで目隠しされているからだ。

気を失ってでもいるのか、裸足の爪先をそろえ、手は体の脇に伸ばしてじっと動かない子供の、頭の周囲に真っ赤なものが広がっていた。一瞬血かと思って背中が冷たくなり、だがよく見ればそうではない。

それは布だ。女のスカートだ。床に座りこみ、子供の頭に膝枕した赤いワンピース。ゆったりした袖に包まれた腕が仰《あお》のいた子供の顔の周囲を巻き、白いふたつの手が頰や喉に愛撫《あいぶ》するように触れている。

肩から胸まで長く垂れかかる赤茶色の髪、顔を陰にする大きな帽子。その下から覗く白い顎、濃い紅を塗った唇。

笑っている唇だ。笑いながらなにかをつぶやいている。いや、歌っているのかもしれない。死児を守《も》りする狂った母のように。だがその右手に握られているのは、床の懐中電灯の光を反射する和剃刀《わかみそり》だ。

美杜かおるの姿は見えない。いや、あの隅の暗がりにナイトガウンを着た人らしいものが、横たわっているようだ。女はそちらにはなんの注意も向けていない。まさかかおるはもう、生きていないのだろうか。

突然——
門野が走った。

2

「彼を止めて下さい！」

京介がいつにない大声を放つ。荒木が飛び出して腕を摑もうとしたが、間に合わない。門野は歳に似合わぬ敏捷《びんしょう》さでガラスの割れたドアを撥ね飛ばし、温室の中に走りこむ。荒木がわずかに遅れて後を追う。続いていいものかどうか神代は一瞬迷ったが、

「行きましょう」

渡部が声を上げ、京介も走る。三人が前後して中に入ったとき、前に飛び出そうとする門野を荒木が後ろから引き止め、女は香澄を引きずるようにして抱きかかえたまま立ち上がっていた。

「来ないで！」

ひび割れた声で女は叫ぶ。足元の光の輪がわずかにその姿を照らす。ずれかかった帽子が顔を隠し、ただ赤い唇ばかりが引き裂かれんばかりに開いている。

「来ないで、それ以上近寄らないで、出ていって、あたしを放っておいて！」

ガラス越しに響いてくる激しい雨音にも、消されないその叫びのとぎれたところに、

「もう、止めるんだ」

荒木に腕を摑まれたまま、門野が語りかけた。

「そんなことをしても、なにもならない。あなたはその子を愛していたはずだ。すべてはその子のためだったはずだ。だから私はあなたのいうままに、あなたを助けてきたんだ。そのことはなにひとつ後悔しない。私はこれからも、あなたとその子を守る。だからもう止めてくれ。頼むから。私にできることなら、なんでもするから」

奇怪な門野のことばだった。まるで彼がこの女の共犯で、もはやそれを隠すつもりもないというようだ。見れば老人の顔は苦痛にゆがみ、その目は涙に濡れてさえいる。

「遅いわ——」

女の唇が笑いに醜くゆがんだ。

「なにもかも遅い、もう遅すぎる」

「それは違う」

「いいえ。違うといえばあたしがこの世に生まれてきたこと自体間違いだった。あたしは蛇、美しい楽園で、誰にも愛されることのなかった醜い蛇。父なる神はあたしを愛さなかった。神を継いで楽園の主人となった男アダムも、あたしを選びはしなかった。あたしに残されたのはただこの子だけ——」

女は剃刀を握ったまま香澄の頭を抱き、その髪に顔をすりつける。香澄は女のそばにじっと立って、されるままになっている。自分の脚で体を支えているのだから、失神しているわけではあるまいに、なぜ逃げないのだと神代はもどかしく歯噛《はが》みする。いまなら剃刀は首から離れている。目隠しされているといっても、それくらい気配と感触でわかってもいいのではないか。

叩きつけるような雨音の中から、雷鳴《らいめい》の轟《とどろ》きが聞こえている。頭上にはためいた青白い稲《いな》光《びかり》が、一瞬小暗い温室の内部を照らし出す。その途端女の体が、痙攣《けいれん》するように動いた。光に浮かんだものの中に、なにか彼女を脅かすものが見えたとでもいうようだった。

「この子は、あたしのものよ。もう二度と、奪われるものですか」

突然女は左腕に力をこめ、抱いていた香澄の頭をぐいとのけぞらせた。子供の喉が暗がりの中に、ほの白く浮かび上がる。

「奪われるくらいなら、それくらいなら」

(まずい……)

神代の背が凍《こお》る。彼女は香澄を殺す気だ。ふたたび視野を灼く青い雷光。そして間髪入れずドーンという巨大な音が響く。すぐ近くに雷が落ちたのだ。女は剃刀を振り上げた姿勢のまま、神の刃に打たれた罪人のようにその場に凍りつく。

「ヒッ——」

香澄にかかっていた手がゆるんでいる。荒木がすばやく足を踏み出した。神代の視野の端で京介も動いていた。だがそのとき、女は突然体をふたつに折った。左手が胃のあたりを押さえ、口からは苦しげな呻きがもれる。

あてがった指の間からこぼれ落ちるのは血、どす黒い吐血。胃液の酸の臭気が、たちまちあたりに満ちる。女は剃刀も放り捨ててその場に膝をつき、両手をついていた。身を揉むように全身をのたうたせ、しかし口から溢《あふ》れ落ちる血は未だ止まない。

その隙に渡部が走りよって、その場に立ちすくんでいる香澄の肩を抱いた。

「香澄君、大丈夫？　怪我はない？」

目隠しをはずしながら尋ねたのには目もやらず、少年が顔を向けたのは床の上でのたうちながら血を吐き続けている女だ。帽子は脱げ落ちていた。帽子だけでなく、長い髪のかつらもまた。

「あ……」

渡部は声を呑んでいた。

「そん、な――」

力のゆるんだ彼女の手を後に、香澄は奇妙にぎこちない足取りで、再び女の方へ近づいていく。

床を染める暗色の血。その中につっ伏している女。

香澄は膝をつき、女の方へ手を伸ばす。

のろのろと、その顔が上がった。口元を血で染めた青い顔。美杜かおるの顔。その唇がかすれた声を紡いだ。

「――アンジュ……」

3

赤い服の女は誰でもない、美杜かおるだった。暗がりで彼女のように見えたのは、放り出されていた空っぽのガウンに過ぎなかった。門野は身をかがめて、内ポケットから出した新しいハンカチをかおるの手に握らせると、

「桜井君、すまないが門のところまで行ってうちの運転手を呼んできてもらえないか。彼女を病院に運ばねばならん」

だが京介はゆっくりとかぶりを振った。

「その前に少しだけ、時間をいただかなくてはなりません」

「桜井君、話は後でいくらでも聞く。かおるさんは見ての通り病人なんだ」

「彼のためです。美杜さんも決して嫌だとはおっしゃらないと思います」

「香澄の？――」

少年はいまもかおるのそばに、というか彼女の吐いた血溜《ちだ》まりのそばに座りこんでいる。そして赤いワンピースは着ていても、もはや神代の記憶にある美杜かおるに他ならぬ女は、手渡されたハンカチで唇を汚した血をわずかに拭い取っただけで、ぐったりとガラスの壁に頭をもたれさせている。

その彼女が、目を上げて弱々しく微笑んだ。

「門野さん、わたくしは罪に汚れた女です。もうなにも、拒もうとは思いません……」

どう考えればいいのだろう。神代は我が目を疑わずにはおれない。これがつまり多重人格というものなのだろうか。帽子とかつらをつけただけで、かおるは声も口調も雰囲気さえまったく別人になってしまっていた。

「——もしもお願いしてよろしいのなら、事件の中で残された、不明の部分を明らかにしていただけませんか？」

渡部がためらいがちに、それでもはっきりとした口調でいう。

「今年になって現われた『園梨々都』は、すべて美杜さんと門野さんのなさったことと考えてよいのでしょうか」

「ああ。渡部さん、先程はいろいろときついこともいわせてもらったが、あんたの推理はその点ではおおよそ当たっておったよ」

せかせかと門野はうなずく。いかにも早く、切り上げたいといいたげだ。

「だが、あんたに怪我をさせたのは私の一存だ。謝れというならいくらも謝るし、治療費と慰謝料は支払わせてもらうが、さっきもいった通り裁判に持ちこむのは、止しにした方がいい。私もこの歳で、刑務所暮しは気がすすまないからな」

「それはかまいません。日本の実業家に貸しを作っておくのも、今後のためには悪くないかもしれませんから」

不敵に笑った渡部は、だがすぐその笑みを収め、

「すると花束の依頼に便利屋を訪ねた女も、私が目撃した赤い服の女も、今日美杜さんのマンションを訪ねたのも、門野さんの秘書か誰かなんですね？　でも、わかりません。他のことはともかく、どうして香澄君の命を危うくするようなことを、美杜さんがなさったんです？」

「あなたが公園の近くでごらんになったのは、わたくしですわ。いくら門野さんの秘書でも、車のブレーキを外《はず》すことまでは頼めませんもの……」

か細い声でかおるが答える。

「なぜかって、そう、でもそのことだけをお話ししても、きっとあなたはおわかりにならないわ。桜井さんは、もしかしたら気づいていらっしゃる？」

「ええ」

短く答えた京介に彼女はうっすらと微笑んで、

「わかっておいででも、いまはわたくしに話させて下さいな。この先どれほど自分の意志で、ものがいえるかわかりませんもの。教えてさしあげます、渡部さん。わたくし、いまになっていきなりこの赤い衣裳を纏《まと》ったわけではありませんのよ。

わたくしは十年以上も前から、『園梨々都』でした。それはわたくしがわたくしのために選んだ名前でした。おわかりになります？　わたくしは薬師寺静の愛人で、彼はわたくしの子杏樹の父親だったのです」

ふたたび渡部と荒木と神代は、目を見張って床の上に座るその女性を見つめている。彼女の唇に浮かぶのはかおるらしいおっとりと品の良い笑み、だがその内側からふたたび魔性の女の淫蕩《いんとう》さが、ゆるゆると立ち上ってきてはいないか。

「いまさらそんな色恋のことを、細かに打ち明ける必要もありませんでしょう。別にあの男に騙《だま》されて、もてあそばれたとは思いません。要はわたくしも唯の女、イヴの末裔だったということです。

いつも世間に名の知られた家の娘らしく、立ち居振舞は上品に、人にはやさしく己れにはきびしく、高い誇りを持って、怒ることも欲望をあらわにすることもしないで。常に周囲からそんなふうに生きることを期待されて、いいえ、むしろ強いられて、他に道を知らなかったわたくしでした。

そんな自分とは正反対の女を演じる機会を、あの男はくれました。わたくしは恋以上に、別の女を演ずることを楽しんでおりました。思いきり毒々しい化粧に、肌もあらわな服装と悪趣味な装飾品、わたくしの母であれば一目見ただけで、娼婦のようなとでもいって目を背けるに違いないそんな女に。

魔女リリト。アダムの下に組み敷かれることを拒んで、自ら楽園を捨てた最初の女。その姿をしているときは、わたくしはなんでもできました。妹と薬師寺が結婚式を終えて、成田のホテルに泊まったその夜にさえ、わたくしは同じホテルにいて新妻を置いてきたあの男と寝た。なにも知らぬまま眠っている妹を嘲笑《あざわら》いながら。

容姿の父に似た男に引かれた、そしていつも父に愛されていたみちるに対する競争心が、なかったといえば嘘になりますけれど——」

「美杜さん！」

こらえきれぬように渡部が声を上げた。

「私は深堂華乃の姉です。事件が起こってしまってから、アメリカの私のところに着いた妹の手紙を読みました。薬師寺静が妹にどんな仕打をしたかも書かれていました。そこにあった復讐の助け手というのは、あなたのことなのですか？」

「まあ、あなたがお姉さん？……」

かおるはゆっくりと目をしばたいた。

「失礼ですけれど、妹さんとはあまり似ていらっしゃらないようね。ああ、いいの。怒らないで。それならわたくしの気持ちも、いくらかはわかって下さるだろうと思いましたのよ」

一瞬頰を赤らめた渡部は、固い顔でうなずいた。

「わかります、いまおっしゃったことは。でも、それではほんとうに、あなたがあの事件を起こされたんですか――」

さきほど自らが犯人として告発したかおるの前に立って、だが渡部はいまや彼女に激しい恐れを覚えているようだった。神代は逆にどうしてもそのことを信じかね、ヤジロベエのように揺れ続けている。

血のついた唇で、かおるは微笑んだ。

「もしもそれがご心配なら、華乃さんは誰も殺してはいません。あの方は薬師寺ともみあって、書斎にあった短剣で腕に切りつけただけでベランダから突き落とされました。後はわたくしです。みちるを彼女のスカーフで締め殺し、薬師寺は彼が持ってきた短剣で刺し殺しました。華乃さんからもぎ取った短剣です。母には睡眠薬を与えました。彼女は少しも苦しまなかったと思います」

まるで、あの花を摘んだのは私ですとでもいうような口調で彼女はいう。

「どうして――」

渡部は泣き出しそうな顔で問うた。

「妹が、薬師寺に殺意を持ったのはわかります。でもなぜあなたが、妹さんやお母さんまで殺すんですか——」

「どうしてって、それはあなたが研究して下さったことではありません？　この子を取り戻すためです。妹があんなひどいことをしていたと、もっと早くにわかっていればもっと早くにやっていたでしょう。母もそれを見過ごしていたのだから同罪です。遅すぎたことだけを悔やみます。わたくしは少しも、罪の意識など覚えませんでした」

かおるの決然といい切った口調の中に、別の女の顔がわずかに覗く。そして彼女がその子のためにといった子供、香澄は、ふたたび沈黙の中に逃げこんでしまったように、じっと目を伏せて床の上で身を固くしている。

「でも、殺すなんて。少なくとも子供の見ている前で、実の母親を」

かぶりを振りながらつぶやく渡部を、トーンの高い声がさえぎった。

「違います」

死人めいて青ざめたかおるの顔から、大きく見開かれた目が激しい光をたたえている。

「それではあなたはまだ、わかっていらっしゃらないの？　わたくしは何度もいいました。この子はわたくしの子です、杏樹です。香澄ではありません。妹はわたくしの子を取り上げて、自分の死んだ子を杏樹として埋葬させたんです」

「なん、ですって?……」

渡部は茫然とかおるを見つめ、床にうずくまった子供を見つめた。

神代も同じだった。

テーブルに置かれた二枚のカードが、くるりと反転したかのように、香澄は杏樹、杏樹は香澄。それで意味は通るのか。どこにも矛盾はないのだろうか。

同じ年、一九七八年に同じ男を父として、姉妹であるふたりの女から生まれたふたりの男児だ。彼らは共に白金の美杜邸でかおるによって育てられた。八二年の五月までは。その年その月、ひとりの子供が死んだ。そしてかおるは日本を離れた。死んだ子供はかおるの息子の杏樹で、残されたのはみちるの息子香澄。そのはずだった。

昨日までAという名で呼ばれていた人間と、今日Aと名乗っている人間が、同一人であることを保証してくれるのは第一に社会だ。しかし未だ社会との繋がりを持てない子供には、その保証がない。たとえ不審を覚える者がいても親がこれはAだと断定すれば、異を唱えることは難しい。

大人の死者を他人とすり替えて埋葬するのはほとんど不可能だとしても、幼稚園にも保育園にも通っていない学齢前の子供なら、そして両親が承知の上で、しかもその父親が死亡診断書を書ける医師であったなら、すり替えは不可能でもなんでもないのだ。

ふたりの子供は密室に生まれ、育ち、そして消えた。否、消された。

ひとりは生命を失い、ひとりは名を奪われて。誰がそんなことを望むだろう。だが家庭という閉ざされた場の中で、親とは子にとって生殺与奪《せいさつよだつ》の権能を握る圧政者に他ならない。どうしてこの子が香澄と呼ばれるたびに体を固くしたり、怯えたような反応を示したか、神代はようやく理解している。名前そのものが彼にとっては、幽閉《ゆうへい》と虐待の日々の記憶に繋がっていたのだ。

「桜井さん、あなたは少しも驚かない……」

かおるがゆるりと声を流す。口元には微笑の名残めいたものが漂っていたが、語り続けた疲労がいよいよ身に迫っているのか、頬は青さを通り越してほとんど透き通っているかのようだ。

「いつから気づいていらしたの。いえ、どうして気づくことができましたの？」

「確信が持てたのは荒木さんに、ふたりの誕生日と杏樹の死亡日を確認させてもらってからです」

胸の前に腕を組んで、彼は低く答える。その目はかおるを見ず、少年の背中にだけ向けられている。

「薬師寺香澄の誕生日が十一月、あの葬儀の日だったということは週刊誌の記事に出ていた。美杜杏樹の誕生日はわからなかったが、杏《あんず》の樹という名前を子供につけるなら、生まれたのはやはり杏の花の開花期、五、六月ではないかと思った。

杏樹が死亡したというのは八二年の五月、つまりそのとき彼は四歳で、香澄は三歳半ということになる。けれど美杜さんは僕の前でこういわれた。四歳になるやならずやの子供が、見たもののことを覚えているはずがない。またこうもいわれた。四歳のその日まで育ててきたわたくしを、すっかり忘れ去っている、と」

神代はふと気づいた。床の上にうずくまった子供の、背が小刻みに震えている。前についていた腕を、下向いた胸に縮めている。髪が垂れかかって、顔は見えない。寒いのだろうか。だがそばに寄ろうにも、床の血溜りが邪魔をしている。

「大人にとってとは較べものにならぬほど、幼児の半年には大きな意味があるはずだ。子供の成長を見守り続けてきたあなたが、それをおろそかにするとは思えない。といって生死をわけたふたりの子供を、混同しているとも思えない。

ならば違っているのは前提の方なのだと、いま香澄と呼ばれているのは杏樹であり、八二年に死んだのは香澄、幼児健診のときに自閉症の傾向ありと診断された薬師寺香澄なのだと。そう考えればすべてのことに、説明がつくとわかったのです」

なにかいおうとしたのはかおるもだったが、渡部の方が一息早く声を上げていた。

「どうしてそんなことになったんです。なにが起こって、そんな！」

「不幸な事故、だったのではありませんか」

京介が静かにそれに答え、かおるが目を閉じて後を続けた。

「……ええ、確かに事故でした。思い出しても、まるで悪夢のような。あれは杏樹の誕生日、私はふたりを連れてこの庭の薔薇園にいました。普段はとげが危ないからと、子供は連れていかない場所です。でもあのときは杏樹が薔薇を欲しがって、誕生日なのになにも特別なことがしてやれないから、せめてそれくらいの願いは叶えてやりたかったのです。

生け垣から小さな赤い庚申薔薇《こうしん》を摘んできて、糸で綴って首飾りのようにして、首にかけてやりました。それからもうひとつ、同じように香澄のために作ってやろうとしていたとき、杏樹のひどい泣き声が聞こえました。駆けつけると香澄が杏樹に馬乗りになって、首から薔薇をもぎとっていました。

決していつもはそんな乱暴な子供ではなかったのです。ただ少しことばが遅れていて、その分頑固で、ひとつものに夢中になると他が見えなくなるところがありました。いつもはなんでも先にしてやっていたのに、その日だけは杏樹が先だった。それがきっと面白くなかったのでしょう。

いま思ってもそのときのことは、魔が差したとしかいえません。常日頃香澄がなにをしても、絶対に怒ったりはしなかったのに、急に頭に血が昇ったようになって、わたくしはあの子を杏樹の上から突き飛ばしていた——」

かおるは震える手で顔を覆った。母や妹を殺したことよりも、香澄を死なせたことの方がより多くその心を苦しめているようだった。

「なんて軽い手ごたえだったでしょう。香澄の体はあっけなく宙を飛んで、落ちました。花盛りのネェジュ・パルファンの茂みの中へ。卵の割れるような音が聞こえたかも知れません。わたくしはそのまま座りこんで、杏樹を抱きしめたまま、壊れた人形のようにさかさまに薔薇の中にぶら下がっている、香澄の顔をいつまでも眺めていました……」

(そうだったのか——)

後のことは聞かなくともわかる、と神代は思う。薬師寺夫妻はかおるのしたことを盾に、杏樹を渡せと要求したのだろう。これが表沙汰になればかおるは軽くとも傷害致死罪《しょうがいちしざい》、裁判次第では実刑判決が下るかもしれない。そうなればもはや杏樹とは暮せない。だったらいま子供を手放しても同じこと。杏樹にとっても罪人を母親に持つよりは、薬師寺香澄として生きる方が幸せではないか——

自分の手で甥を死なせたことだけは否定しようのないかおるは、彼らの脅迫に抗することができなかったのだ。杏樹の父親が静であることも、彼女の立場を弱くしたかもしれない。本当にそれが息子のためかもしれないと、自らを無理やり納得させて、フランスに渡ったのだろう。失った子供のことを嘆き続けながら。

「日本には、年に一度か二度帰りました。以前と同じように姿を変えて薬師寺と会い、ほんの一言二言でも杏樹の消息を教えてもらうために、娼婦のような真似をしました。

みちるのいないときに家へ来たこともあります。家政婦は新しい人ばかりでしたので、この程度の変装でもばれることはありませんでした。でも家の中に杏樹の姿が見えないのが、まさかあの子をこんなところに閉じこめていたためだとは、思いもしませんでした」

みちるが杏樹＝香澄を幽閉したのも、心の半ばで姉を恐れていたからか、と神代は考える。いつ彼女が奪われた子供を取り戻しにくるか、それが恐かったからこそ誰にも近づけぬところに監禁して、他の誰にも会わせぬまま、自分を無二の母親だと認めさせようと、かえって虐待するようなことになっていったのかもしれない。神代は、少女の頃にただ一度眺めたきりのひとりの女、薬師寺みちるのことを思った。彼女はなんと愚かな、そしてなんと哀しい母親であったことか。

「でもあなたは、息子さんをもう一度奪い返す決意をされたんですね。それはいつですか。華乃があなたに決心をさせたんですか？」

目を閉じたまま、かおるはかぶりを振る。

「いいえ。妹さんはただわたくしの決意を、早めてくださすっただけです。薬師寺はわたくしをなぶるために、みちるがなにをしているかを少しずつもらしました。けれどそれが事実だとわかっても、わたくしは急ぐことはできませんでした。なぜなら計画は完全でなければならなかった。どんなことがあってもわたくしは、捕まるわけにはいかなかったからです。もう一度杏樹を、この手に抱くために」

しかしかおるの計画は、半ば成功し半ば失敗した。華乃の死という予定外の事件をふくみながらも、かおるが捜査線上に浮かぶことはなかったが、取り戻したはずの子供は心を閉ざして、彼女を母として受け入れることはなかったのだ。

「美杜さん、もしもあなたが本当にそう願われたのなら、妹さんたちの命を奪った後すぐに、彼を連れてここから逃げるべきだったのではありませんか？　いくら逮捕されないためでも、彼の目の前で、あんな……」

さすがにことばをとぎらせる渡部に、しかしふたたびかおるの表情は変わっている。

「——違う……」

喉に力が入りすぎたために、異様にしわがれた声で彼女はつぶやく。

「違う、あれは、わたくしではない……」

「美杜さん？——」

「まさか」

神代も覚えぬまま口走っていた。

まさか、そんなことが。

子供が震えている。杏樹と名付けられ、しかしそれより長い間香澄と呼ばれてきた、子供が。床に小さくうずくまったまま、熱病に憑《つ》かれたように体を震わせている。表情は伏せられていて見えない。

京介は立って、それを見ている。しかし彼は、手を差し伸べようともしない。感情のひとかけらもないような冷やかな横顔を見せて、震える子供の背をただ眺めている。

「わたくしはなにもしなかった。少しでも事件の起こった日時がわからなくなればよいと、三人の死体を陽の当たる芝生の上に並べて、放置しただけです。そして温室の扉には、外から鍵をかけた」

「この子を、中に残して？」

渡部が叫ぶように問う。

「二日か三日で、警察にでも匿名の電話をかけて、発見してもらうつもりでした。わたくしが倒れたりしなければ、そうなるはずでした」

「では、美杜さん。他のことはすべて、彼がしたとおっしゃるんですか——」

「ええ」

「なぜ、そんな」

「存じません」

かおるはかぶりを振った。

「わたくしにはもう、わからないのです。この子の中でなにが起こったのか、この子がほんとうにわたくしの天使なのか、それとも——」

4

ふいに——

子供の顔が上がった。神代ははっとした。その顔。彼が知る限りは常に、かたくななまでに感情を表わすことがなかった小さな顔。だがいまその顔が変わろうとしている。唇がことばをなそうとして動き、しかし声にはならない。目は救いを求めるようにかおるを見、そして京介を見上げる。敵に追い詰められた小動物が、箱の中で逃げ場を求めて狂奔《きょうほん》しているかのように。

だがかおるは疲れ果てたようにぐったりと目を伏せ、京介もなぜか視線を返してやろうとはしない。むしろその目を振りきるように頭を一振りすると、

「美杜さん」

鋼《はがね》の弦をはじき鳴らすにも似た、その声にはっとかおるは目を上げた。

「お尋ねしますが、あなたが薬師寺夫妻を殺害されたのは、この温室の中だったのではありませんか」

彼女はびくんと体を痙攣させたが、

「そう、です」

固いものを呑み下すように、顔をうなずかせる。

「みちるさんが先だった」

「ええ、そうです。合鍵を持って裏門から忍びこんでいたわたくしに気づいた妹と、大声で罵り合って、獣のように摑み合いをして、そのとき主屋の方から重いものの落ちる音が聞こえて、妹がそれに気を取られた隙に、わたくしは……」

「それが華乃さんの落ちた音だったのですね」

「はい。すぐに薬師寺が短剣を片手にやってきました。右の二の腕から血を流して、怒り狂って。どうしてあの男を殺すことができたのか、ほとんど夢中でした」

「それから華乃さんとふたりで行うはずだった偽装工作を、夜までかかってやり遂げた」

「そうです。病院や別荘にみちると名乗って電話をかけ、寿司の出前を取って食堂と厨房《ちゅうぼう》に食べたような跡を作り、それから後はなにをしたでしょう。そう、母に薬を与えました。あの人が何年も前からアルツハイマーを発症させていたと、わかっていたら殺さなかったかもしれません。それを知ったのは事件の後のことです。

いいえ、わかりません。やはり殺したかもしれません。わたくしは母が嫌いでしたから。わたくしがこんな人間になってしまったのも、結局は母のせいだという思いを消すことはできませんでしたから。それにたとえ母であろうと、杏樹を取り戻すために障害となるかもしれない可能性を、ひとつでも残しておこうとは思わなかったことでしょう。

とにかくあのときのわたくしは、事前に立てた計画をその通りになぞることだけで必死でした。後になって考えてみても、細かいことはよく思い出せない始末です。薬師寺を刺した短剣さえ、どこで処分したのかはっきりしないほど。指紋だけは指に透明なマニキュアを塗って、つかないように用心はしていましたけれど。

そうして最後にまたこの温室に来て、杏樹にいい聞かせました。ここで待っていて。じきに助けが来るから、それまでどこにも行かないで、この中で我慢していて、と。杏樹はわたくしを見て、うなずきました」

その子が母を見上げる。かおるもまた彼女を見る。しかし彼女の表情はむしろ固く強ばって、唇から出たことばは子供に向かってのそれではない。

「——いまも、わたくしには、わからないのです。どうしてこの子があんなことをしたのか。どうやってか鍵を開けて温室の外に出て、芝生に置いた死体をここまで運び入れて、それから」

「美杜さん！」

神代は声を上げていた。

「もう止めろ、この子が聞いているところで、そんなことばはいわないでくれ！」

かおるは口を閉ざす。しかし杏樹を見る目の中にあるのは、依然恐怖と絶望の色だ。そして己れの口がふたたび動き出すのを、彼女自身止めることができない。

「――この子がなにを考えているのか、わたくしにはわからない。いくら話しかけても、ことばはおろか微笑むさえしてくれないのだもの。ただわたくしを責めるように、それとも拒むように、大きな目を開けてこちらを見つめるだけ。体に触れようとすれば、まるで怯えているように小さくなって。

あれから三年間わたくしは、来る日も、来る日も、待って、待って、待ち続けていたのに。この子がわたくしに心を開いてくれるのを。でも、もう――」

手が上がって口元を押さえる。

「妹がいいました。わたくしに首を締められながら、笑って、笑い続けて。この子はもう杏樹じゃない、私の香澄だ、どれほどいじめても辛い目を見せても、私を母親と呼んでいる、姉さんのことなんか覚えていない、と。わたくしにわかるのは、それが正しいのだろうということだけです……」

温室の中を沈黙が満たしていた。立ち尽くす者たちの見つめる先にあるのは、床にうずくまった小さな子供の背だ。

事件を包んでいた謎のベールが次々と引き剝がされて、最後に残ったのは結局この子。そして切り刻まれた死体、血まみれの温室という事実。たとえ殺人はそうではなかったとはいえ、死体に対する暴行は間違いなく彼のしたことだという。

それでは荒木のいった通り、やはり彼、杏樹は天使の仮面をつけた悪魔なのだろうか。なんの理由もなく人形をもてあそんで壊す幼児のように、昨日まで親と呼んできた者たちの、目の前に残された死体を温室に引きずりこみ、吊るし上げ、傷つけて戯《たわむ》れ遊んだのだろうか。無邪気に笑いながら。

だが、そのとき——

「どうしてですか」

ふたたび静かに京介の声が問うた。

「どうして美杜さん、あなたはそんな妹さんのことばだけを信じて、ご自分の前にある真実から目をそむけられるのですか。彼を取り戻すためにした殺人を後悔しないといい切れるのなら、なぜそうして取り戻した彼に、ご自分の心を開こうとはしないのですか」

「どういう、意味ですの」

問い返したかおるの目に怒りがある。

「わたくしの努力が足りなかったとでも？　そんなこと、少なくともあなたにはいっていただきたくありません」

しかし京介は床のかおるに向かって、すべるように一歩前に出た。組んでいた腕が解かれ、右手が伸びた。彼女の顔を指がまっすぐにさし示す。裁きの天使が罪人に向かってさしつける、鋭い剣の先端のように。

「彼は四歳のときの香澄の死の恐怖を、ネェジュ・パルファンとともに記憶していた。これはご存知なかったかもしれませんが、彼は一度記憶した映像をふたたび現実に等しい生々しさで想起することのできる、直観像の持ち主です。その記憶は監禁と虐待の四年間をもっても消えることはなかった。

ならばそのときに自分を抱きしめ守ってくれた、暖かな胸の記憶を失くしてしまったと、なぜいえますか。香り高い白薔薇にまつわる思い出の忌まわしさは、従弟の死だけでなく、その直後に強制された別離のせいでもあったかもしれないのに」

かおるは目を見開いて、まじまじと京介の顔を見つめた。表情はほとんど畏怖《いふ》に近い。

「う、そ——」

色のない唇が、わななきながらつぶやいたことばを、

「嘘であるものですか」

京介は一言で跳ね返す。

「彼がなんのためにこの温室を、血まみれにしたかわからないとあなたはいう。すべてはあなたのためでした、美杜さん。疲れきって朦朧《もうろう》として、自分のしたことの後始末もろくにできないまま立ち去ってしまったあなたを守るために、彼はたったひとりでそれをしたのです。あなたという真犯人の存在を消し、捜査を混乱させるため、自分をもっとも疑い濃い容疑者とすることもためらわずに」

突然高い悲鳴が、京介の声をさえぎるように響いた。杏樹だった。紛れもない苦痛にゆがむ、幼い顔。両手で耳を覆い隠し、目を閉じて、激しくかぶりを振る。もう止めて、なにも聞きたくないと。

しかし京介は止めない。少年を見ようともしない。目はひたすらかおるの上に据え、冷徹なことばを続けていく。

「あなたはこの温室の中で薬師寺夫妻と格闘し、辛うじて彼らを倒した。そうする間にここにどれほど多くの、あなた自身の痕跡が残されたか。足跡や手の跡、毛髪や血痕、皮膚片、体液、千切れた衣類の端。彼はそれをすべて、すぐそばで目撃していたのでしょう。

どうせ混乱しきった現場の状態だ。床に足跡は入り乱れ、静の血が飛び散り、しかしあなたはそんなもの、いちいち気を配る余裕などなかったに違いない。だがあなたが立ち去った後も、直観像としてすべては彼の脳裏に刻まれていた。だから彼は記憶をたどりながら、その痕跡を自分の手で消さずにはいられなかった。

ガラスを割って出た温室の鍵を元通り外からかけたのも、そのガラスが割れていないように血糊をもって繕《つくろ》ったのも、自分を守るためなぞじゃない。あなたがどこへも行くな、ここで待っていろといったからだ。そのことばを守るために、そしてあなた以外の誰にも見つけられないようにとすべての作業を終えた彼は小さな箱に自らを封じ、喉の渇きに耐え、闇と腐臭に耐えてあなたが来てくれるのを待っていた。

なんのために彼はあなたに対して、それほどの献身を捧げたといわれるのですか。彼を救うためにあなたが人を殺したから？　違います。それはあなたが彼の、母親だったからだ。ただそのためだった。どうして覚えていないことがあります。それをあなたは、わからないという」

京介の表情はほとんど変わらなかった。視線は冷たく乾いて、頬には一刷きの血の色すら浮かんでいなかった。だが神代にはわかる。彼は怒っていた。全身を包んで青い怒りの炎が、立ち上っているようにさえ感じられた。

京介がそうしてことばにしてかおるを責めれば責めるほど、杏樹はなおさら苦しまねばならない。自分のしたことが母を誤解させ、悩ませる結果にしかならなかったと思い知らされて。

しかしそれこそが京介の語った荒療治なのだ。固くこごった病巣《びょうそう》は切り開かれ、白日の下に晒される。神の手の奇跡が求めても得られぬ以上、非情だ、残酷だと謗《そし》られようと、怨まれようと、彼はことばのメスをもってつき進むしかない。

「——じゃあ、それじゃあ……」

凍りついたかおるの代わりに、声を上げたのは渡部だ。

「美杜さんはそのときにも、ここで吐血して——」

「その後始末をあなたはしましたか」

京介のことばにかおるは肩を縮める。辛うじて聞こえる声で答える。

「拭いた、と思います……」

「だがそんなことで、血の痕跡は拭えない。ましてただの出血ではなく胃からの吐血なら、臭いひとつ取っても違う。腐臭にまぎれても分析すればわかってしまう。どうしてその痕を消します。温室と庭の水道は止められていた。そうでなくとも床の格子をもれて、地下までこぼれていた血を洗い流すことなどできない」

「そうか――」

いままで沈黙を守ってきた荒木が、呻《うめ》いた。その視線の先には、三年前彼が目撃した酸鼻な温室の光景がよみがえっているのか。

「だから血だけでなく、胃も必要だったのか……」

神代も思う。京介の手からあふれた血を見たとき、杏樹の顔に浮かんだ笑み。子供が一番欲しいものを見出した笑顔。彼がなにより欲しかったのは、母を守るための手段だった。水道は止められていた。それしかなかったのだ。

そうして置き去りにされた子供は母のために、渡部が考えたように鉢吊りの鎖を動かすモーターを使ったのだろう。芝生の上にあった三つの死体を温室の中へ引きこみ、喉を切って滴らせたその血液で、母の指紋や足跡が印されている壁と床を塗り潰した。死者の身元を不確かにするために、女ふたりの顔と指を刻みもした。

残酷な遊戯に似て、決してそれは遊戯ではなかった。なぜ子供がそんなことをと、問うのは間違いだった。幼い子供であったからこそ、できたことだったのだ。

「ああ、そんなことが……」

かおるは震えわななく手で、頭を抱える。

「短剣をどこに始末したかも覚えていない？　覚えているわけがない。あなたはたぶんそのあたりに、それを放り出したまま逃げ出したのでしょう。危険な睡眠薬の瓶さえ温室の中に置き忘れていったのだから。彼が致死量の薬を飲み下さなかった幸運に感謝して下さい。そばに喉を潤《うるお》す水があったら、彼はおそらく生きてはいなかった」

「杏樹——」

かおるの苦しげな声が、その名を呼ぶ。目を閉じたままの少年の体が、床の上でびくりと震えた。

「この人のいうことは本当なの？　あなたはわたくしのことを覚えていて、だからわたくしのためにそれをしてくれたの？　でも、それならなぜ、なにもいってくれなかったの。あんなに聞いたのに。何度も、何度も。わたくしがわかる？　って……」

少年の唇が開いたが、聞こえたのはかすれた悲鳴のみだ。

「あまり勝手なことばかりおっしゃらないことだ、美杜さん」

京介の声が鋭さを増す。

「約束しておきながらあなたは、彼を助けにはこられなかった。彼はひとりきりであなたの罪を守って闘うしかなかった。秘密をもらさぬためには、相手の目を見てはいけない、ものをいってはいけない、少しでも心を許してはいけない。彼はそれを掟《おきて》として、自分自身に課したのです。今日まで課し続けてきたのです。

けれどあなたは彼の真意など、理解しようともしなかった。自分がわかるかと問いかけたあなたの目の中に、恐れや惑いがひとかけらもなかったとはいわせない。それがどれほど彼を傷つけ、絶望させたかもわからないのですか。彼を抱こうと差し伸べる手に、あなたの怯えやためらいがそのまま映し出されていることを、彼はそのたびごとに感じさせられてきたはずだ。守ろうとした当の母から疑われ、そんな視線を与えられて、いったいどんなことばで彼が語れるというのです。もしも語ろうとしたとして、あなたはそのことばに耳を傾けることができましたか」

かおるの唇を嗚咽《おえつ》がもれる。それはもはや声にはならない。杏樹はだがなんとかして、かおるの誤解を解こうと思ったのではないだろうか。だから一度は拒んだ彼女の元に、進んで戻っていった。しかしその思いも、彼女には通じなかったのだ。

「桜井君」

荒木がためらいがちに彼の名を呼んだ。

「すると薬師寺静を殺した短剣は、この家のどこかに隠されているんだな？」

「そうです。美杜さんが指先にマニキュアを塗って、指紋を消していたことなど彼にわかりはしない。見つかれば彼女に繋がってしまうだろう凶器を、なによりも彼は隠さねばならなかった。どんな厳密な捜索にも、絶対に発見されない場所に。それを見れば美杜さん、あなたも僕のいうことを信用しないわけにはいかないでしょう」

冷やかに名を口にされても、彼女は目を上げることさえできない。良家の令嬢めいた上品な気配も、その対極にある赤い服の悪女の妖艶《ようえん》も、殺人者の確信も、子を奪われた母の嘆きも、つぎつぎと彼女の上に現われてきた多くのペルソナは、いま京介のことばの前に奪われ、剝ぎ取られ、消し去られて、最後に残されたのは剝き出しの、守るべきなにものも持たないうちひしがれた女だ。神の前に我が罪を恥じて身を縮める、堕罪《だざい》のイヴにも似て。

「だが桜井君、君はその隠し場所がわかっているとでもいうのか？」

「わかっています、この温室の内部です」

「馬鹿な、そんなわけがない」

荒木は目を剝《む》いた。

「それこそ天井の梁の陰から地下室の隅まで、すべて捜索しているんだ」

「雨樋《あまどい》はいかがです」

「樋？」

彼はぽかんと京介を見返した。

「ここには樋なんてないじゃないか」

「ありますよ。そうでなくてはこの上部の半円ドームと、下の部分の接合部から雨漏りの危険がどうしても出てくる」

だが、そういわれてもないものはない。ガラスの壁の外にそんなものがついていれば、目に見えないわけがないのだ。

京介はゆっくり足を運び、ドームを支える錆《さび》の出た柱の脇に立った。こぶしを握って軽く叩いてみせる。聞こえる音は意外なほど軽い。

「通常はこういう柱を中空にして、屋根の雨水を地下の排水溝に落とします」

「その、柱が——」

「これだけ錆がひどいのは、そのためでしょうね。鋳鉄といっても柱一本を丸ごと鋳《い》るわけはない。いくつかのパーツに分けて鋳て溶接しているはずだ。だからこの中のひとつが腐食して、装飾の一部が剝がれ落ちて穴が開いて、柱の内部が格好の秘密の隠し場所になっていても少しも不思議ではありません。子供はそんな場所を見つけるのが得意だ」

そう。まして杏樹にとって、温室は唯一の世界だったのだから。

「ああ、これが一番錆びている。鱗《うろこ》のようなレリーフが、どこか外れそうだ」

柱の裏に手をすべらせ、ジャリジャリと錆の音を響かせる。手をかけてねじろうとするのに、荒木が駆け寄って手を貸した。

「外れた！――」

やがて引き出された彼の手に掴まれていたのは、腐食して真っ黒になったぼろ布の塊《かたま》りだ。しかし床に広げるとそれが、子供のTシャツらしいことがわかる。そして中にくるまれていたのは、赤錆に覆われた短剣と、もうひとつ、蛇の意匠のブレスレットだった。

「いかがです、荒木さん。お探しの凶器ですか」

「間違いないようです」

「美杜かおるさん、あなたがなさったことの物的証拠ですよ」

無雑作な手つきで短剣を持ち上げて見せた、その嘲るような口調はあまり京介らしくはない。突然すぐ近くで鋭い悲鳴が聞こえた。床にうずくまって動かなかった、杏樹が跳ね起きている。開かれた目に燃えるのは怒り。そして杏樹は京介に向かって、敏捷《びんしょう》な肉食獣のように飛びついてきた。

しかし京介の方が早かった。軽く体を脇に避けながら、腕を伸ばしてその体をすくい取る。同時に右手がそっと子供の首筋に触れる。スイッチの切れたようにくたりと力をなくした杏樹を、やわらかに床へ横たえる。子供は意識を失っていた。

一瞬落とした視線を頭を一振りして上げると、

「後の対策を講ずるのは、皆さん方の仕事だ」

冷やかにいい捨てて立ち上がる。

「桜井君——」

「門野さん、慰謝料の支払いはいつでも歓迎しますよ。それじゃ」

ジーンズのポケットに両手をつっこんで、とってつけたような皮肉な笑みを口元に浮かべると、京介は踵《きびす》を返す。残された人間たちはまだ茫然として、動くこともしゃべることもできないままだ。

神代は迷ったが、無言のまま会釈《えしやく》だけしてその後を追う。雨はすでに止んでいたが、真っ暗な芝生を横切っていく京介の足はやけに早い。

(あいつ——)

最後にわざと嫌ないい方をして、あの子を怒らせた。受け止めていた背の重みを、母親に向かって突き放すように。なんと不器用な馬鹿だと神代は思う。普通に礼をいわれたり別れをいったりには、耐えられないとでもいうのか。

だがいずれにせよ京介は薬師寺家事件の謎を解明し、かおると杏樹母子をがんじがらめにしていた誤解の縛《いまし》めを断ち切ったのだ。京介自身が予測した通りの荒療治は完了した。彼らの先行きが決して平坦《へいたん》なものではないとしても、これ以上は他人が関われることではない。

門のところで落ちつかなげにしている運転手に、中に入って手助けをした方がよいといっている間にも、京介はびしょ濡れのスリッパを引きずりながら、ひとりで道を歩いていってしまう。あわてて追いついて摑んだ腕が熱い。熱が出ている。

「おい、タクシーを呼ぼう」

「平気です」

「おまえ、スリッパのままだし」

「歩きたいんです」

「病院までだってかなりあるぞ」

「——病院？」

振り向いた顔がかすかに笑う。熱のせいか、唇が赤い。

「家に帰りたいな」

「京介——」

「帰りましょうよ、神代さん。もうこのあたりにいるのは真っ平だ」

「そう、か」

帰っても家にあの子はもういない。だが少なくともいまは、あれが神代の家であり京介の家だ。

「そうだな、帰って一杯やるか」

「つきあいますよ」

「怪我人め、また治りが遅れるぞ」

「ご自分から誘っておいて、そんなことをいうんですか？」

「ははっ。まあ、一杯くらいはな」

しかしそのとき背後から、駆け足の足音が近づいてきた。子供の、それも裸足の。

「——ま、って……」

聞き覚えの薄い、か細い子供の声が呼ぶ。神代は足を止め、振り返って見た。白いパジャマ姿の香澄、いや杏樹だ。泥まみれの足をして、息を弾《はず》ませている。

街灯を映して、猫の子のような目が丸くひかる。もう視線はそらさない。さっき見せた激しい怒りの表情は拭われたように失せて、だがなにを考えているのかはやはり神代にはわからない。別れをいいにきてくれたのかと思った。

「どうした、杏樹」

しかし彼はいやいやをするように頭を振った。そして人差し指で自分の胸をさすと、はっきりとした声でいう。

「あ、お」

こちらを見上げる目が大きい。

「あお。ほかは、い、ら、な、い」

蒼。他は要らない——

それでも神代たちがなにもいわないでいると、彼は大股に近づいてきた。

張り詰めた表情。怒っているような顔だ。握りしめた小さなこぶしが震えている。その手首にいまも結ばれた、赤い毛糸の輪。神代はふいに、この子がひどく緊張しているのに気づいた。

ところがかたわらを見ると京介は、振り向いてさえいないのだ。両手をジーンズのポケットに深く差し入れたままで、じっと背を向けている。彼の方がかたくなな子供のように。

「おい——」

腕を摑んで向き直らせようとした。そのとき京介の目が神代を見た。顔が白い。見開かれた目が揺れている。ようやく神代はわかった。動揺しているのだ、彼は。それは怯えているような、助けを求めているような目だ。

かまわず手に力をこめて体を回させた。杏樹と向い合わさせた。

子供は京介の前に立って、まばたきもせず睨み付けるようにその顔を見上げる。

「いった、あお。ちがう？」

京介も杏樹を見ている。目が揺れる。だがまだ、なにもいえない。左右に振ろうとした顔が、子供の視線の強さに引き止められる。

「ちがう？」

やがて……

ふうっと息の音が京介の唇をもれた。

「──違わない」

目の縁がわずかに赤らんでいた。自分の胸を指で示し、いう。

「いってごらん。僕は京介だ」

大きな目をゆっくりとまばたいて、少年はその名をつぶやく。

「──きょーすけ、さん？……」

「京介、でいい」

「きょーすけ」

緊張に固くこわばっていた小さな顔に、明かりを点すように笑みが広がっていく。そしてそれを見る京介の顔にも。

（そうだ、それでいい）

神代は思う。

（この子がおまえを選ぶなら、受け入れてやればいい。おまえはまだこの子に、与えることのできるものを持っているはずだ。それだけでなく、この子から与えられるものも）

「──おいで、蒼」

「きょーすけ！」

そしてその広げた腕の中に、蒼は体を投げ入れた。

エピローグ——硝子の柩

I

そうして生まれてからの四年を美杜杏樹として、後の六年を薬師寺香澄として生きてきた少年は『蒼』になった。

その翌日。一九八九年八月十一日の朝刊は、ついに逮捕された連続幼女誘拐殺人犯の記事で埋められた。その報道は日を追って、ひとつの社会現象と呼ばれるほどに激しくなっていったが、三年前の薬師寺家殺人事件の真相が世に現われることはなかった。

渡部晶江はあの後すぐに、アメリカに戻ったらしい。マンハッタンの絵葉書に添えた簡潔《かんけつ》な礼状が、一月後に神代の元に届いた。

荒木刑事はその見聞きしたすべてを胸に畳んで、警察を辞《じ》した。

これも神代の元にはきわめて簡単な挨拶状が一通届いただけで、その後彼がどんな道を歩んでいるのかは知るすべがない。

門野もまた一切の事業から手をひいて東京を離れ、隠棲《いんせい》するから今後はご隠居と呼んでくれるようにという、どこまで本気なのかわからぬ巻紙毛筆の挨拶が届けられた。また、その手紙にはなんの説明もなく、一鉢の小さな紅の花をつけた薔薇が添えられていた。

それがあの、美杜かおるが杏樹の四歳の誕生日に首飾りにしてやった、庚申薔薇と呼ばれる種類の花だとわかったとき、神代はそれを彼女からの便りだと考えることにした。おそらくかおるは門野に守られて、彼とともに東京を離れたのだろう。

以来毎年五月十日になると、カードも贈り主の名もつけぬ薔薇の鉢が神代の元に届けられる。稀《まれ》に門野と電話などで語ることがないではないが、神代は敢えてそのことを尋ねようとはしない。相手も説明はしない。

だが一九九六年の五月十日、薔薇には小さな小包みが添えられていた。中に入っていたのは手のひらに乗るほどの額、収められているのは木炭の風景画。見覚えがあった。ブリュージュの街角を描いた、クノップフの絵。かおるのマンションの図書室に飾られていた、美杜コレクションの最後の一枚だ。

しかし神代はまだ、門野に向かって尋ねることができないでいる。美杜かおるは亡くなったのかと。

彼女は健《すこ》やかに成長していく我が子を、もう一度胸に抱く機会を永遠に失ってしまったのか、と。

彼女は愚かな母親だった。みちるが、主観的には間違いようもなく彼を愛しながら、虐待を繰り返すことしかできなかったように、かおるもまた彼のことだけを考えていたつもりでいて、結局は自分のために彼を傷つけていた。

マスコミに暴露記事のための資料を流したのは、取り戻した杏樹を世間から確実に隔離するためだったのだろう。

自分の病気の重さを自覚するにつれ、警察の子供に対する疑いを払拭《ふっしょく》するために、敢えて門野を巻きこんで園梨々都のまぼろしを踊らせたのに、我が子をたやすくなつかせた京介を見れば、止み難い嫉妬から殺意に突き動かされた。

最後の誘拐劇も、計画では赤い服の女の出現と消失を演じてみせるはずだったのだろうが、無理心中の誘惑に耐えることとさえできなかった。

だが彼女は、自分の愚かさゆえの罪を自覚することで、すでに充分すぎるほどの罰を受けている、とも神代は思うのだ。彼女自身もそのことを自覚している。だからこそ彼女は子供を我が手に引き止めることなく、自分たちの元へ、より正確にいえば桜井京介の腕の中へ、ゆだねることを受け入れられたのだろう。

人は愚かだ。

人は罪を犯す存在だ。

だが、そこから立ち返ることもできる生き物だ。

彼女が生きていてさえくれれば、蒼はきっとまた彼の母と向き合うことができるはずだと思いたい。

蒼は美杜かおると薬師寺みちる、ふたりの母を持ち、美杜杏樹と薬師寺香澄、ふたつの名と誕生日を持つ子供だ。

それぞれの名にはそれぞれの母の、思いが刻印《こくいん》されている。

ふたりの母はあまりにも多くの過ちを犯しながらも、子供を愛していた。そのことを苦しまずに受け入れられるときが、きっと蒼にも来る。

少なくともこの世界に存在する自分を愛せる者ならば、その自分を生み育ててくれた者への感謝を忘れることはないはずなのだから。

II

そうしてぼくは『蒼』になった。

いまもぼくは蒼だ。

この名前が好きで、この名前で呼ばれる自分がわりと好きだ。

でもほんとうのところ、それほどスムーズに物事が展開したわけじゃない。予想できるだろうけれどどこの後二年も三年も、ぼくはそれこそぐちゃぐちゃのめちゃめちゃだった。

自分を押さえこんできた箍《たが》が無くなった分、全然感情がコントロールできなくて、いきなり涙が出て止まらなくなったり、わけもなく腹が立って、体が張り裂けそうで、なにもかもぶちこわしたくなったり。

眠れば必ず恐い夢を見た。明かりなしでは目もつぶれなかったし、戸の閉まる空間なんてトイレの個室さえ駄目だった。もちろん学校なんて行けやしない。名前を呼ばれただけで心臓が痛くなる。

他人と会うのが嫌で嫌でたまらなくて、誰も彼もがぼくのことを知っていて、ぼくの噂をして、笑ったり蔑《さげす》んだりしている気がした。

神代先生も、それから半年ばかりしてひょっこりどこからか帰ってきた熊男（第一印象）栗山深春も、いろいろぼくからは迷惑をこうむったはずだけど、一番の被害者はなんといっても桜井京介だろう。

ぼくは他に向けようのないものを、全部彼に向けてしまった。ひどいときは大声で罵ったり、殴ったり、嚙みついたりした。

でも、そのへんのことはあんまり書かない。とっくに卒業できたことではあるけれど、平気で人にいえるほど遠い過去でも、まだないからだ。

わかっているのはぼくがなんといっても、なにをしても、京介は絶対に怒ったり、嫌な顔をしたりはしなかったこと。狂犬病みたく暴れるぼくを、ひたすら辛抱強く受け止めていてくれたことだ。

だからぼくも逃げないで済んだ。

自分の過去、そこで起こった事々、自分がしてしまったことの記憶から、目をそらすことも逃避することもなく、いままで生きてこれた。

それは仕方のないことだったのだと、もう少しいい方法はあったかもしれないが、とにかく終わってしまったことで、ぼくはそれでも頭を上げて生きていくんだと、自分で自分を納得させることが、できたとはいわない、できそうには思えてきたんだ。

だから最近は考える。今度はぼくの番だってね。

ぼくを守ってくれた人たち、ぼくを許してくれ、受け入れてくれ、おまえはここに生きていていいんだといってくれた彼ら。中でも誰よりも京介に、ぼくがしてあげられることがあったら、なんでもしてあげたい。だってぼくはもうじき、初めて会ったときの京介の歳になるんだもの。

ぼくが生まれたときの名前は間違いなく『美杜杏樹』で、でも戸籍名はいまも『薬師寺香澄』。改名とかそういう手続きで杏樹になることはできるといわれたけれど、まだ決められないでいる。

いくらかはぼくのせいで、四歳になる前に死んでしまった、従弟の香澄。名前を変えてしまったら、断片的にしか思い出せない彼のことをはっきり切り捨ててしまうような気がするからだ。

いろんなことがあったのにぼくがいま生きていられるのは、彼の分の命をもらったからで、ぼくは生きられなかった彼の分まで生きて、幸せにならなけりゃいけないんだって、そんなふうにも思うんだ。

それから、毎年そう思いながらできないでいるんだけど、今度こそかおる母さんに手紙を書くつもりだ。

毎年の杏樹の誕生日薔薇をありがとう、ぼくは元気ですって。

神代先生はぼくがなにも気づいてないと思ってる。

先生にもごめんなさい、いっぱい心配をかけて。でも、ぼくはもう大丈夫。もうじきみんなで笑って会えるって、信じてる。

III

そうして彼は『蒼』になった。

あれから七年。彼はいまも僕たちといる。

いや、僕が彼らと共にいるという方が、より正確だろうか。

いまの僕は幸せだ。僕のような人間がこれほど幸せでいいのだろうかと、ときおり怪しまずにはいられないほどに。

それは無論自分の力ではない。栗山深春と、神代教授と、そして誰よりも彼、——蒼。僕を受け入れ、信頼してくれる彼らがいるからだ。

蒼は僕を必要としてくれた。

つまり、ここに生きているべき理由をくれた。

メルヘンの魔法使いのような力を持てたらと本気で望んだこともあったが、僕に魔法をかけてくれたのは、蒼の方だった。

だがその時が尽きるのもそう遠いことではないだろう。彼も大人になる。自分の足で歩くことができるようになる。

僕がつけた猫の名前なぞじゃない、自分で選び取った自分の名で生きるようになる。そうなれば僕の役目も終わりだ。子供自身のためではなく、自分の慰めのために子供を求めた母親を断罪した僕が、同じ罪を犯すわけにはいかない。

猶予《ゆうよ》の時は、たぶんあと一年か二年。

だがそれまでは僕は、彼らの信じてくれた『桜井京介』であり続けよう。かつて犯した罪の記憶も、未来に犯されるだろう罪の予定も、硝子《ガラス》の柩《ひつぎ》に封じて誰も入れることのない、心という閉ざされた庭の底に埋めておこう。

その瞬間が来ることを決して望みはしないが、やはりそう遠くないだろうと思わざるを得ない、別離の日が来るまでは。

ノベルス版あとがき

建築探偵シリーズ第五作『原罪の庭』をお届けする。予告タイトルから変更したのは、それと酷似したタイトルの推理作品が他にあったからで、他意はない。なお本作をもって建築探偵桜井京介の第一部を終了する。これでようやく序の段が終わった。

自作に解説を加えるのはあまりみっともいいことでもないが、今後も続いていく物語の節目ということでなにとぞお目こぼしいただきたい。

すべての事件が建築を巡って起こり建築に回帰する、シリーズのスタンダードと考えられるのが『未明《みめい》の家《いえ》』と『翡翠《ひすい》の城《しろ》』だ。扱う建築関連の問題は可能な限り正確に、しかし具体的な建築は架空の存在を扱っている。『灰色《はいいろ》の砦《とりで》』はこれとは異なり、実在の建築家に対する評価を巡っての論議がかなり大きな比重を占める。『玄《くろ》い女神《めがみ》』ではどんでんがえしの効果も考えて、建築の割合は意識的に少なくした。

シリーズだからどれもスタンスが同じ、というのは趣味に合わない。七味唐辛子の味を調整するようなつもりで、今後も作品ごとに趣向やかたちは変化させていきたい。

その意味では本作も、異色作の範疇《はんちゅう》に入れられるかもしれない。とまれ作者は現在の己れの、可能な限りを尽くした。後は読者の反応を待つばかりである。

私がプロデビューして、今年で丸五年を迎える。自分ひとりのために拙《つたな》い物語を記すことは遥《はる》か以前からしてきたが、プロになって初めて与えられたのはなによりも読者という存在であり、物語は読まれることによって最終的に完成するという認識だった。

読者の数だけ物語は存在する。

その脳裏《のうり》に私の物語が、小さくとも色あざやかな夢の果実を結ぶことができるなら、それはこの空虚な世界から私が得たささやかな勝利であり、その勝利を与えてくれたのはいうまでもなく読者、つまりあなたである。

例によって作品を成すにあたって私を支えて下さった、多くの方々にお礼のことばを捧げる。

畏友川島徳絵と、彼女の愛息、川島隆徳君、輝彰君へ。私の知り得ぬ母なるもの、私が忘れてしまった子なるものについて多くの示唆をいただいた。彼女の協力なしに、この物語は形をなさなかったろう。

評論家濤岡寿子氏からは神代宗宅の平面設計に関して、いくつかのヒントを頂戴した。表紙写真と巻頭図作成は夫半沢清次。常に最上級の愛と感謝をこめて。

講談社文芸図書第三出版部の担当秋元直樹氏、いつも一番の若輩者のつもりでいた私が、いつの間にか自分より遥かに若い人に助けられている。

部長宇山日出臣氏。あなたと出会えたことでいま私はここにいるのだと、いえることがどれほどの幸せか。

尊敬する先達、宮部みゆき氏。いただいた過分なおことばにはただ感謝あるのみ。

そして最後になったが誰よりも、私の物語を愛し、その完成に立ち合って下さる読者の方々。ありがとう、みんな大好きだよ。これからもよろしく。

では、どんなに遠くともまたこの一年の内には、建築探偵の新しい物語で会えることをお約束して。

――再見！

文庫版あとがき

いつの場合でも自分の旧作を読み直して手を入れるというのは、決して心楽しくも容易くもない仕事だ。今回も手入れをしていて、「この文章、意味が取りにくいじゃないか」「なんでこう、変に持って回った表現するわけ？」「読者に不親切なセンテンスだなあ」などと感じるところが次々と現れて、赤面と後悔の中の作業となった。

当時書き上げたテキストはテキストとして成立しているのだから、敢えて直しを入れるには及ばない、という考え方もある。だが私はいたっていさぎよくない性格なので、どんなに楽しくなくとも手入れしないままで文庫化する気にはなれない。

それと本シリーズでは、文庫版が刊行されても元版のノベルスも新刊書店で入手可能、という事情がある。従ってノベルスは一九九七年の、文庫は二〇〇三年の、篠田真由美作品として、読み比べていただくのも一興だろう。もっとも手入れは文章表現とディテールだけで、ミステリとしての肝はまったくいじっていないので、どちらを良しとするかは読者のお好み次第だともいえる。

以前どこかのあとがきで書いたことと重複するが、現代日本を舞台にしたミステリというのは『未明の家』に始まる本シリーズが初めてのことだった。キャラクターもストーリーも一歩一歩手探り状態で書き続けてきたが、ようやくひとつの手応えを摑んだ、という気持になれたのが本作、『原罪の庭』だったと記憶している。もっとも手応えを摑んだ作品というのは、書き手にとって「次はこれを越えないと駄目でしょう」という堰になるのが、なかなかしんどいところなのだが。

シリーズは現在も講談社ノベルスで進行中である。文庫で買いそろえるという方には大変申し訳ないが、最初に書いたようなわけで、手入れもそれなりの時間を食うので文庫化は年に一冊ずつ、ということにさせてもらっている。

時間軸に沿ってレギュラー登場人物も成長し（あるいは歳を取り）つつあるが、ミステリとしてお楽しみいただく分には、どの一冊から読み始めていただいてもかまわない。作者が意図したわけではないが、読む順番が変わると感想や楽しみ方が変化するという、興味深い現象も起こっている。

というわけでどうかいましばし、『建築探偵桜井京介の事件簿』シリーズにおつきあい下さいますよう。

篠田真由美

主要参考文献

人工楽園　シュテファン・コッペルカム　鹿島出版会
トラウマ　ディビッド・マス　講談社
記憶を消す子供たち　レノア・テア　草思社
傷ついた子供の心の癒し方　シンシア・モナハン　講談社
ロマンティックな狂気は存在するか　春日武彦　大和書房
自閉症からのメッセージ　熊谷高幸　講談社
児童虐待　池田由子　中央公論社

『建築探偵桜井京介の事件簿』シリーズ

未明の家　講談社文庫　講談社ノベルス
玄い女神　講談社文庫　講談社ノベルス
翡翠の城　講談社文庫　講談社ノベルス
灰色の砦　講談社文庫　講談社ノベルス
原罪の庭（本書）　講談社文庫　講談社ノベルス
美貌の帳　講談社ノベルス
桜闇　講談社ノベルス
仮面の島　講談社ノベルス
センティメンタル・ブルー　講談社ノベルス
月蝕の窓　講談社ノベルス
綺羅の柩　講談社ノベルス
ａｎｇｅｌｓ　天使たちの長い夜　講談社ノベルス

解説——夢想の哲学

有栖川有栖

建築探偵・桜井京介の事件簿シリーズの第一作『未明の家』のあとがきで、作者はこう宣言している。

「アナクロだと笑われようと、馬鹿にされようと、ののしられようと——（中略）私は〝お館〟の登場するミステリが好きだ」

そして、好きな作品として中井英夫の『虚無への供物』、小栗虫太郎の『黒死館殺人事件』、ディクスン・カーの『髑髏城《どくろじょう》』、綾辻行人の『十角館の殺人』を挙げていた。

広壮な館を舞台にした本格ミステリについては、「わくわくするほど好き」やら「リアリティがなくて白ける」やら賛否両論があるだろう。かつては否定派が優勢だった。一九六〇年代から七〇年代にかけて、風采の上がらない刑事が〈アパートでのホステス殺人事件〉の聞き込みに回る社会派風ミステリが猖獗《しょうけつ》を極めていた頃だ。そのため、館ミステリがアナクロだと笑われる場面もあったが、八〇年代の終わりに本格ミステリが新本格として復権して以降、情勢が大きく変わる。

館ミステリは多くの支持者を獲得し、「なにを今さら」と冷笑されなくなったかわりに、別の難題を抱えることになった。「また館ものか。珍しくもない。少しは工夫して書いたんだろうな」という厄介なハードルだ。前記のあとがきで「私は〝お館の登場するミステリが好きだ。すてきな建物が出てきたら、それだけでかなり許せてしまうくらい好きだ」と書いた〈読者としての篠田真由美〉も、今ではそう甘くはないかもしれない。

同書のあとがきで、篠田氏は「建築を単なる背景としてではなく、もっとも生き生きと魅惑的に描くことができるのはミステリだと断言したい」とまで書いた。「もっとも」とまで断ずる自信はないにせよ、本格ミステリには館がよく似合う、と私も認識している。が、その根拠は何かと問われると、明晰かつ美しい解答を示すのは容易ではないし、その認識がどの程度まで普遍的かも定かではないのだが。

千街晶之氏は「終わらない伝言ゲーム――ゴシック・ミステリの系譜」(『創元推理10』所収)において、お館の本場であるイギリスのミステリで描かれる貴族や富豪の邸宅にはゴシック趣味（異形性・迷宮性・陰鬱な雰囲気の強調）は希薄で、それらはアメリカで誇張され、日本に伝わってさらに拡大解釈され続けている、と指摘した。川下に行くにつれて過剰化・異形化するという現象は、文化が模倣される場合にはありがちなことだ。篠田氏は、その末端（あるいは先端）に立って、「もっとも」と断言する。「馬鹿にされようと、ののしられようと」という悲痛でありながら微笑ましい叫びは、伝言ゲームの川下に立っている自覚の表明と理解したい。

今日、ミステリの源流をたどるとゴシック・ロマンス＝浪漫的な怪異譚に至る、という説に有力な反論はない。近代精神の鑑賞に耐えられなくなった時、それはミステリやＳＦに分岐して、アクロバティックな変身を遂げた。出来上がったものは、近代精神の担保を獲得した中世＝怪異や奇想。そうであるなら、ミステリがゴシック趣味に流れるのは、郷愁の遠吠えとも言える。非日常的な建築へのこだわりも、その一環であろう（このあたりが、私の考えが及ぶ限界だ）。

愛好家の域を超えて建築にのめり込む篠田氏には、『幻想建築術』（祥伝社）という彫心鏤骨《ちょうしんるこつ》の著書がある。こちらはピュアな幻想小説だ。その序章では、死の床にある普請道楽《ふしんどうらく》の老人が、莫大な富と情熱のかぎりを尽くして建てた館について想いを巡らせる。またもや引用をさせていただきたい。

「白人の目に映じた異国趣味としての東洋を、同じ東洋人である自分が真似《まね》ることの滑稽《こっけい》と皮肉。客の誰かがしたり顔に、そのことを指摘してくれてもよい。だが、それさえも含めてのこれは遊戯だ」

「東洋の豪奢《ごうしゃ》と西洋の美をふたつながら内に収め、しばしば笑うべき錯誤や贋物《にせもの》に陥《おちい》る欧州人たちの異国趣味などよりも、遥かに深く濃い折衷《せっちゅう》の快楽を実現することは、確かに男にとってひとつの大きな野心ではあった」

この男のような諦念と自負は、建築においてのみ成立するわけではない。極東の島国という川下で本格ミステリを受け取り、それを貪らんとする者たちの口から、同じ言葉が洩れない方が不思議と言うものだ。

「それさえ含めてのこれは遊戯だ」の述懐に、やはり篠田氏の自覚がにじみ出している。したり顔の縁なき輩《やから》に「アナクロだ」と嘲笑されることを厭《いと》わない遊戯精神が、本格ミステリの命脈を保たせてきたのである。

だが篠田氏は、「判ってやっているんだから放っておいて欲しい」と開き直るのを潔しとしない。自覚した者の責務を引き受けようと模索した結果、誕生したのがこの建築探偵シリーズである。ここには、篠田真由美という作家の指向性が鮮やかな輪郭をもって表出している。

それを簡単に言ってしまうと、可能なかぎり現実を幻想に奉仕させる、という姿勢だ。先に氏のお気に入り作品を列挙したが、オールタイム・ベスト・ミステリと呼ぶほど偏愛しているのは「郊外の文化住宅を色彩絢爛たる悪夢の城に化生させる魔術的作品」の『虚無への供物』だそうだ。ケルト・ルネッサンス式のシャトウ〈黒死館〉、ライン河畔の古城〈髑髏城〉、数奇なからくり建築家が設計した〈十角館〉よりも、郊外の文化住宅である『虚無への供物』の〈氷沼家〉により強く魅せられるのが、この作者なのだ。何故、〈氷沼家〉なのか？　それは、東京都内に実在していてもおかしくない、というリアリティが決め手ではあるまいか。リアルなものが「悪夢の城」と化する魔術が氏の心を揺さぶり、騒がせるのに違いない。

夢に落ちるためにはまず覚醒しなくてはならないし、夢と現実の間《あわい》を味わおうとすれば現実の透徹が必要になる。篠田氏は、そんな夢想のための公理に忠実なのだ。

館ミステリとひと括《くく》りにするのをやめてみよう。およそありそうにないが故に蠱惑的《こわくてき》な建築物と、あるべきところにあるべき形で存在していながら蠱惑的な建築物がある。篠田氏は、本格ミステリを書くにあたって常に後者を採用している。これは一つの夢見る哲学である。

黄金時代の英米作品のごとき〈夢のような殺人事件〉を描こうとした時、わが国の作家はしばしば困惑する。ストックの文化に背を向け、フローの文化を育《はぐく》んできたこの多湿な風土には、そのような殺人と釣り合う堅牢な館がない。舞台がないが、描きたい。ローティーンの頃からミステリの創作で遊んでいた私にも、そんな葛藤《かっとう》の記憶がある。そして、適当な打開策を見出だせぬまま、いつも「ええい、あることにしてしまえ」と大風呂敷を広げて、あるわけがないような西洋館を建てた。しかし、自作ながら「こんなすごい館が実在していたら、テレビや雑誌で紹介されて日本中に知れわたりそうなものだ……」と突っ込まずにはいられなかった。子供の創作でなくとも、日本を舞台にした多くの館ミステリは、そのような危うさを免れていない。

その点、篠田氏の方法論は正攻法だ。明治以降、わが国にも幾多の西洋館が建てられた。文化遺産として保存されているものもある一方、正当に価値を評価されないまま、あるいは惜しまれつつ取り壊されていくものも多い。それらに関するよろず相談を募る〈建築探偵〉を主人公に起用すれば、掘出物の西洋館を次々に舞台にすることができる。明治の〈煙草王〉や〈石炭王〉や〈鰊《にしん》長者〉になって、思いのままリアルな架空建築を設計して遊ぶ快感。そこに思いのままの死体を転がし、妖しい事件を立ち上げる愉悦。それは、シャトウのごとき〈黒死館〉を紙の上に築く陶酔に劣らない。

正攻法だが、その手法を穏当すぎて微温的に感じる読者がいるだろうか？　虚構というのは面白い。アンチ現実の権化のごとき〈黒死館〉建造を諦めてアンチ黒死館を描いたとしても、そこに生まれた館は現実ではない。それもまた、〈黒死館〉の鏡像としてのアンチ現実となる。

この手口は、実は本格ミステリそのものの手口でもある。超自然を否定しながら現実に回収されないというひねくれた本性を持つ本格ミステリにとって、篠田真由美の建築探偵シリーズは最上のフォーマットなのだ。

現実を可能なかぎり取り込む姿勢は、キャラクターの造形にも窺える。と言っても、桜井京介、蒼、神代宗教授、栗山深春ら主要キャラクターが写実的に描かれているわけではない。彼らの造形と配置は、むしろ堂々と虚構めいていて、そのためこのシリーズをキャラクター小説として楽しむ読者も少なくない。作者はここでは、本格ミステリの虚構臭を中和するのに、あえて虚構めいたキャラクターをもってしていると思われる。私がリアリティを感じると言うのは、彼らがちゃんと歳をとる、ということだ。そのあたりの事情は、『未明の家』の文庫版あとがきでこう説明されている。

「このシリーズでは『作品世界でも時は流れる』ということにこだわり続けている」「確かに老いることは辛い。死に向かって生きることはしばしば苦しい。しかし私はそういう人間の運命から切り離された夢物語を書きたくはない」

篠田氏は、ここでも夢物語の足場にとことん自覚的なのである。

また、例を挙げてつぶさに見ていく紙幅はないが、このシリーズでは登場する建築のみならず、場所（土地）や人名、事績の配置が恐ろしく的確だ。おそらく作家的教養の乏しさから私が見落としているものもたくさんあると思われる。読者は、それらを拾い集める作業をも楽しむことができるだろう。

シリーズ全体について語りすぎたかもしれない。『原罪の庭』についても書こう。この作品は非常にシンプルでクリアにまとめられているため、読者が特別な鑑賞の手引きを必要とするとも思えないが。

作者があとがきで「異色作の範疇《はんちゅう》に入れられるかもしれない」と述べているとおり、設定にひねりを加えたシリーズ中の異色作だ。

「主要キャラクターの一人、蒼の過去にまつわる物語」だから？　そう受け取る読者もいるかもしれないが、私が興味深かったのは、舞台が庭だったことだ。

もっとも、庭といっても作中で血が流れるのは邸宅に付属した庭園ではない。ロンドンにある世界で最も有名な植物園、キュー・ガーデンのパーム・ハウスに似た温室の中だから、事件は建造物の内部で起きる。だが、この建造物＝西洋仕込みの館は、温室という機能のためにガラス張りで透明だ。宇宙の模造品である植物園を抱え込んだ透明の館。そんなものがシリーズ第五作で飛び出してこようとは、予測していなかった。

庭と館は不可分の関係にあるし、篠田氏はすでにデビュー第二作の『祝福の園の殺人』で、十七世紀イタリアを舞台にした庭園ミステリを書いているから、驚くことはないかもしれない。しかし、『原罪の庭』の現場は、庭園を呑み込んだ館という両義的な空間だ。館ものとしても庭園ものとしても、腕のふるい甲斐があっただろう。

チャールズ・W・ムーア、ウィリアム・J・ミッチェル、ウィリアム・ターンブル・ジュニアの『庭園の詩学』に、こうある。

「植物園は、世界の果てから集められた様々な種類の植物によって、世界のイメージに形を与えていた」

「そのために、最初の植物園の創設者たちは、愉悦のためだけでなく、(神を知るという意味で）知識を獲得する手段として、楽園から失墜した後に再び自然を支配する手段として植物を収集していた。分散されたエデンの断片を注意深く収集してつなぎ合わせれば、人間にもエデンを修復できると思われていた」（有岡孝・訳）

『原罪の庭』は、忌《い》まわしい過去に縛られ、ぬくもりのない世界に追放された少年をめぐるミステリである。その痛々しさは、まさに〈硝子の柩〉に閉じ込められたかのようだ。陰影のない透明の館にとり残された少年は、「見たままだ。あいつがやった」とすべての罪を被せられる。その彼を、桜井京介はいかにして救うことができるのか——。

庭園という言葉から連想を広げていけば、やがてエデンの園が浮かぶだろう。だが最早、その片鱗《へんりん》すら地上にない。あるのは、「断片を注意深く収集してつなぎ合わせ」た植物園の温室だけ。だからこそ、失楽の少年の謎の舞台として、作者は〈美杜邸温室〉を建てたのだ。そうすることによって、作品は結果として建築探偵シリーズに組み込まれた。まさに異色作だろう（もちろん、作者はまず温室を舞台として選び、そこから逆算して少年の物語を生み出したのかもしれないが、いずれにしても矢は的に命中している）。

建築探偵シリーズは、建築フリークという作者の趣味の反映というにとどまらず、その資質を充分に開花させ、夢想の哲学を展開させる絶妙の器となっている。これからも傑作、秀作が生まれるに違いない。

●本作品は、一九九七年四月、講談社ノベルスとして刊行されました。
文庫化にあたり、一部改筆いたしました。

|著者|篠田真由美　1953年東京都生まれ。早稲田大学第二文学部卒、専攻は東洋文化。1991年に『琥珀の城の殺人』が第2回鮎川哲也賞の最終候補作となり、作家デビュー(講談社文庫所収)。1994年に建築探偵・桜井京介シリーズ第一作『未明の家』を発表。以来、傑作を連発し絶大な人気を博している。シリーズは他に『玄い女神』『翡翠の城』『灰色の砦』『原罪の庭』(本書)『美貌の帳』『桜闇』『仮面の島』『月蝕の窓』最新刊『綺羅の柩』がある。番外編として蒼を主人公にした『センティメンタル・ブルー』『angels 天使たちの長い夜』も発表している。他に『この貧しき地上に』全3作、『レディMの物語』などがある。

原罪《げんざい》の庭《にわ》 建築《けんちく》探偵《たんてい》桜井《さくらい》京介《きょうすけ》の事件簿《じけんぼ》

篠田真由美《しのだまゆみ》

講談社文庫

定価はカバーに
表示してあります

2003年10月15日第1刷発行

発行者——野間佐和子
発行所——株式会社 講談社
東京都文京区音羽2-12-21 〒112-8001
電話 出版部 (03) 5395-3510
販売部 (03) 5395-5817
業務部 (03) 5395-3615

デザイン—菊地信義
製版——豊国印刷株式会社
印刷——豊国印刷株式会社
製本——株式会社大進堂

Printed in Japan

ISBN4-06-273863-5

講談社文庫刊行の辞

二十一世紀の到来を目睫に望みながら、われわれはいま、人類史上かつて例を見ない巨大な転換期をむかえようとしている。

世界も、日本も、激動の予兆に対する期待とおののきを内に蔵して、未知の時代に歩み入ろうとしている。このときにあたり、創業の人野間清治の「ナショナル・エデュケイター」への志を現代に甦らせようと意図して、われわれはここに古今の文芸作品はいうまでもなく、ひろく人文・社会・自然の諸科学から東西の名著を網羅する、新しい綜合文庫の発刊を決意した。

激動の転換期はまた断絶の時代である。われわれは戦後二十五年間の出版文化のありかたへの深い反省をこめて、この断絶の時代にあえて人間的な持続を求めようとする。いたずらに浮薄な商業主義のあだ花を追い求めることなく、長期にわたって良書に生命をあたえようとつとめるところにしか、今後の出版文化の真の繁栄はあり得ないと信じるからである。

同時にわれわれはこの綜合文庫の刊行を通じて、人文・社会・自然の諸科学が、結局人間の学にほかならないことを立証しようと願っている。かつて知識とは、「汝自身を知る」ことにつきていた。現代社会の瑣末な情報の氾濫のなかから、力強い知識の源泉を掘り起し、技術文明のただなかに、生きた人間の姿を復活させること。それこそわれわれの切なる希求である。

われわれは権威に盲従せず、俗流に媚びることなく、渾然一体となって日本の「草の根」をかたちづくる若く新しい世代の人々に、心をこめてこの新しい綜合文庫をおくり届けたい。それは知識の泉であるとともに感受性のふるさとであり、もっとも有機的に組織され、社会に開かれた万人のための大学をめざしている。大方の支援と協力を衷心より切望してやまない。

一九七一年七月

野間省一

講談社文庫 最新刊

下川裕治　アジアの誘惑
下川裕治　アジアの旅人
下川裕治　アジアの友人
下川裕治ほか　アジア大バザール
下川裕治・桃井和馬　世界一周ビンボー大旅行
下川裕治・篠原章　沖縄ナンクル読本
篠田真由美　ドラキュラ公〈ヴラド・ツェペシュの肖像〉
篠田真由美　琥珀の城の殺人
篠田真由美　祝福の園の殺人
篠田真由美　未明の家〈建築探偵桜井京介の事件簿〉
篠田真由美　玄(くろ)い女神〈建築探偵桜井京介の事件簿〉
篠田真由美　翡翠の城〈建築探偵桜井京介の事件簿〉
篠田真由美　灰色の砦〈建築探偵桜井京介の事件簿〉
篠田真由美・加藤俊章絵　レディMの物語
ショー・コスギ　努力はいらない！英会話〈ハリウッド・シネマ英語道場〉
重松清　定年ゴジラ
重松清　半パン・デイズ
新堂冬樹　血塗られた神話
新堂冬樹　闇の貴族

島村麻里　地球の笑い方
柴田よしき　フォー・ディア・ライフ
柴田よしき　フォー・ユア・プレジャー
新野剛志　八月のマルクス
新野剛志　もう君を探さない
殊能将之　ハサミ男
殊能将之　美《み》濃《の》牛《ぎゅう》
嶋田昭浩　解剖・石原慎太郎
首藤瓜於　脳男
杉本苑子　孤愁の岸(上)(下)
杉本苑子　引越し大名の笑い
杉本苑子　汚名
杉本苑子　女人古寺巡礼
杉本苑子　利休破調の悲劇
杉本苑子　江戸を生きる
杉本苑子　風の群像〈小説・足利尊氏〉(上)(下)
杉本苑子　私家版かげろふ日記
鈴木健二　気くばりのすすめ
杉浦日向子　東京イワシ頭

杉浦日向子　入浴の女王
杉浦日向子　呑々草子
鈴木輝一郎　美男忠臣蔵
須田慎一郎　長銀破綻〈エリート銀行の光と影〉
砂守勝巳　沖縄シャウト
末永直海　浮かれ桜
瀬戸内晴美　かの子撩乱
瀬戸内晴美(寂聴)　かの子撩乱その後
瀬戸内晴美　京まんだら(上)(下)
瀬戸内晴美　彼女の夫たち(上)(下)
瀬戸内晴美　蜜と毒
瀬戸内寂聴　寂庵説法
瀬戸内晴美　再会
瀬戸内寂聴　新寂庵説法　愛なくば
瀬戸内晴美　家族物語(上)(下)
瀬戸内寂聴　生きるよろこび〈寂聴随想〉
瀬戸内寂聴　寂聴天台寺好日
瀬戸内寂聴　人が好き［私の履歴書］
瀬戸内寂聴　渇く

講談社文庫　目録

瀬戸内寂聴　愛　死 (上)(下)
瀬戸内寂聴　白　道
瀬戸内寂聴　「源氏物語」を旅しよう〈古典を歩く4〉
瀬戸内寂聴　いのち発見
瀬戸内寂聴　無常を生きる〈寂聴随想〉
瀬戸内寂聴　わかれば『源氏』はおもしろい〈寂聴対談集〉
瀬戸内寂聴　寂聴相談室人生道しるべ
瀬戸内晴美編　人類愛に捧げた生涯〈人物近代女性史〉
梅原猛／瀬戸内寂聴　寂聴・猛の強く生きる心
関川夏央　よい病院とはなにか〈病むことと老いること〉
関川夏央　水の中の八月
関川夏央　中年シングル生活
先崎学　フフフの歩
妹尾河童　少年H (上)(下)
妹尾河童　河童が覗いたインド
妹尾河童　河童が覗いたヨーロッパ
妹尾河童　河童が覗いたニッポン
妹尾河童／野坂昭如　少年Hと少年A
清涼院流水　コズミック流

清涼院流水　ジョーカー清
清涼院流水　ジョーカー涼
清涼院流水　コズミック水
清涼院流水　W《ダブル》ドライヴ院
清涼院流水　カーニバル一輪の花
清涼院流水　カーニバル二輪の草
清涼院流水　カーニバル三輪の層
清涼院流水　カーニバル四輪の牛
清涼院流水　カーニバル五輪の書
曽野綾子　幸福という名の不幸 (上)(下)
曽野綾子　無名碑 (上)(下)
曽野綾子　絶望からの出発〈私の実感的教育論〉
曽野綾子　私を変えた聖書の言葉
曽野綾子　この悲しみの世に
曽野綾子／田名部昭　ギリシアの神々
曽野綾子／田名部昭　ギリシアの英雄たち
曽野綾子／田名部昭　ギリシア人の愛と死
蘇部健一　六枚のとんかつ
蘇部健一　長野・上越新幹線四時間三十分の壁

そのだちえ　なにわOL処世道
宗田理　13歳の黙示録
田辺聖子　古川柳おちぼひろい
田辺聖子　川柳でんでん太鼓
田辺聖子　私的生活
田辺聖子　愛の幻滅
田辺聖子　中年ちゃらんぽらん
田辺聖子　苺をつぶしながら〈新・私的生活〉
田辺聖子　蜻蛉日記をご一緒に
田辺聖子　不倫は家庭の常備薬
田辺聖子　『源氏物語』男の世界
田辺聖子　おかあさん疲れたよ (上)(下)
田辺聖子　ひねくれ一茶
田辺聖子　「おくのほそ道」を旅しよう〈古典を歩く11〉
田辺聖子　「東海道中膝栗毛」を旅しよう〈古典を歩く12〉
田辺聖子　薄荷草《ペパーミント・ラヴ》の恋
立原正秋　その年の冬
谷川俊太郎訳／和田誠絵　マザー・グース 全四冊
立花隆　田中角栄研究全記録 (上)(下)

2003年9月15日現在